U0925822

寒川图书

天下纵横

鬼谷子的局

长篇历史小说

寒川子 著

北京长江新世纪文化传媒有限公司
www.cjxinshiji.com
出品

目　录

CONTENTS

第 081 章 | 纵亲军六军六心 苦情人两情两愿

苏秦在府中连待三日，易王没有召见。

第四日适逢大朝，苏秦以外相身份上朝，引来百官注目。打眼望去，满朝尽是陌生面孔，文武多是易王的宠信，文公一朝赋闲在家的太师赫然在列，站在文臣班首。

易王迟到三刻上朝，且上朝后只处理一宗朝务：迎聘秦国公主。苏秦从朝臣奏报中得知，秦国送亲车马已经过赵入燕，再有三日就到蓟城，送亲特使为上大夫公子疾。

眼见木已成舟，苏秦知道再谏已是多余。再说，函谷大战在即，苏秦一没闲心与公子疾在蓟城斗口，二有姬雪武阳之约，一刻也不愿在蓟城多待，遂以纵亲事务繁忙为由，向易王辞行。

易王假意挽留几句，便顺水推舟地准奏。

苏秦急如星火地赶到武阳，在褚敏府中落席，屁股尚未坐热，春梅就到了，要他即刻觐见太后。

春梅并没有带苏秦前往离宫，而是带他来到武阳一家不起眼的客栈。

春梅推开一道院门。院中不见一人，春梅止住飞刀邹，引苏秦走进客堂，又反身回至院门处，将门顺手关上，与飞刀邹守在门外。

厅堂里，姬雪一身麻服，坐于主位，静如一尊神像。

苏秦站在门内，身似树桩，心却狂跳不止。

姬雪也是。

一女一男，一坐一站，不知过有多久，谁也没动，甚至可以彼此感知对方越来越重的呼吸声和心跳声。

打破沉寂的是姬雪，声音微微发颤："苏子，您要一直站着吗？"

苏秦回过神，趋前两步，跪叩："臣苏秦叩见太后。"

"免礼。"姬雪轻应一声，指向对面席位，"苏子请坐，看茶。"

"谢太后。"苏秦再拜后落座。

面前几案上早已摆好茶盏。苏秦端茶在手，眼睛却在姬雪身上。

短短两年未见，姬雪瘦了，面色苍白，憔悴不少。

"是茉莉花茶。"姬雪避开他的目光，声音轻柔。

"是吗？"苏秦的心思不在茶上，但还是轻啜一口。

姬雪苦笑一下，端起茶具，轻啜一口，情绪平稳下来。

苏秦知道，姬雪这么急切地召他过来，断然不是让他品茶的。

苏秦放下茶盏，直入正题："太后，一切都已过去，可臣观太后忧色依旧，可为何事？"

姬雪将蓟宫惊变由头至尾细述一遍，只将易王威逼、欲行不伦之事略去，末了泣道："臣妾薄命，阴差阳错嫁入燕室。燕室远离中原，臣妾孤苦无依，本想偏安燕地，过几日安生日子，了此残生，不想竟是一事紧连一事，事事催逼，叫臣妾……"说不下去了，以袖抹泪。

见姬雪一口一个"臣妾"，苏秦就如在胸中揣了只受惊的兔子，心全让它踹碎了，掩袖泣道："是秦无能，让公主受苦了！"

"是臣妾命苦，与苏子何干？"姬雪抹去泪水，抬头，盯住苏秦，"苏子，臣妾事小，燕国事大。臣妾急召你来，是有大事相托。"

"公主请讲。"

"先君在时，早已察觉姬苏心术不正，有意传位于哙儿，可惜迟了，让姬苏抢先。事已至此，臣妾力孤，还请苏子帮忙。"

"谨听公主吩咐。"

"姬苏人性泯灭，人伦早丧，前逼兄，后弑父，如何能承大业？臣妾以为，可借子之、褚敏之力，召集先君旧臣，由臣妾出面，诏告先君遗愿，传檄天下，废姬苏，立公子哙，重整燕室。"

"先君可有遗诏？"苏秦问道。

姬雪摇头。

"如果没有遗诏，此事就不可为！"

"可这……"姬雪大怔，"先君对臣妾多次讲过，说得明明白白，此番紧急回来，为的正是这事儿！"

“就眼下而言，”苏秦解释，“说殿下弑君，尚无足够证据。先君近侍失踪，迄今仍是谜团，我们可以质疑，不可用据。殿下名分早定，燕国无人不知。先君薨天，殿下承袭，也是正统，篡位之说难以成立。先君虽有废殿下、隔代传位之愿，惜无遗诏。没有遗诏，我们就会师出无名，燕人不知就里，何以心服？再说，殿下谋位之心早生，早就在培植势力。今日羽翼已成，朝堂之上皆是他的亲信，更有先君胞弟老太师坐镇。燕室老族多唯太师马首是瞻，殿下既已得他助力，根基已稳。先君重臣或免或贬，能借用者不过是子之和褚敏二位将军。即使他们二人，仅凭公主口谕，也未必会出力。这些都是外话，最棘手的还是公子哙。公子哙宅心仁厚，甚得先君遗风。如果是他人篡位，他或可应命。谋位者是其生父，叫他如何选择？”

苏秦这席话就如一盆冰水当头浇下。

姬雪身子后仰，脸上血色全无，两眼闭起，两行泪水悄然滚下。

是的，这些日来，占据她心的只此一事，就是如何实现先君遗愿，废姬苏，立子哙，为燕室扶立仁君。心事太重，她就障了智慧，不曾想得这么远，这么细。

“公主？”苏秦不知就里，被她的表情吓坏了，跪叩，“公主……”

“苏子，”不知过有多久，姬雪缓缓睁眼，摸出手绢拭泪，表情也恬淡多了，“你走吧，我……有点儿累了。”

苏秦难受得想哭，本想再解释几句，迟疑一下，又止住了，代之而出的是“臣……告……退……”三个连他自己也听不清楚的模糊字音。

苏秦再拜起身，缓缓退出。

苏秦退到院中，厅内却传出姬雪的声音，非常轻柔：“苏子，明日黄昏之后，可有闲暇？”

“有！”苏秦脱口而出。

传出的声音更柔了：“明日旁生霸，是为佳时。臣妾欲请苏子赏月，可否？”

旁生霸是周人对月望日的叫法。月望这日月相正圆，是赏月佳时。

苏秦听出姬雪的语气里没有丝毫责怪，始知她非但未生误解，反而是真正理解了他，内中一阵激动，颤声应道：“唯听公主。”

见过姬雪，苏秦又回到褚敏府中。二人就先君陵墓的修筑及离宫安全、供奉等国事议论一时，苏秦辞别，回到馆驿。

路上，苏秦见飞刀邹时不时地从袖中摸出一物，置于鼻下嗅赏，笑道：“邹兄得到什么宝贝了，在下可否一赏？”

飞刀邹递过一物。

苏秦学他一样放到鼻下，一股奇香袭来，幽幽袅袅，清淡而纯正。

"好香囊！"苏秦赞道，"邹兄何处得之？"

"梅姑娘方才送的。"飞刀邹一脸天真，"咦，主公，你说，梅姑娘为何送我这个？"

苏秦没有回答，反问："邹兄，你觉得梅姑娘这人如何？"

"是好人。"

"喜欢她吗？"

"喜欢。"

"呵呵呵，"苏秦笑道，"喜欢就好。"递还香囊，"此物贵重，邹兄当好生保管，莫要辜负梅姑娘一片心意。"

"只是，"飞刀邹面现惶惑，"在下不曾为梅姑娘做过什么，姑娘却送在下如此厚礼，叫在下……"

"邹兄若是过意不去，何不回赠一物？"苏秦点拨道。

"不瞒主公，在下也是这么想的。可遍观左右，在下并无贵重物事，不知以何物相赠？"

"敢问邹兄，你最最不舍的可有何物？"

飞刀邹轻轻摇头："在下并无不舍之物。"

"那……"苏秦换个角度，"生死关头，邹兄若是尚存一念，能说出否？"

"主公。"

"在下听着呢，说吧！"

"说过了呀，就是主公。只要主公安在，在下死可瞑目矣。"

望着这位素昧平生却数年如一日不顾生死地守护自己的忠勇义士，一股莫名的感激，在苏秦心头升腾。

"邹兄！"苏秦在心底深处轻叫一声，一手重重地搭在飞刀邹肩上。

翌日，旁生霸之夜。

黄昏过后，玉兔起于东天，在薄如丝帛的块状白云间穿行。

离宫后花园的露台上，朔风裹寒，吹冷台前一池清水，水中明月被拉成条条亮带，随波逐散。

偌大的露台上，除苏秦、姬雪主仆之外，再无他人。姬雪与昨日大是不同，虽说素服淡妆依旧，但已换作丝缎，不再是麻服，精、气、神更是判若两人。

发型也有变化，不再是燕国先君夫人高高耸起的发髻，而是在洛阳王宫及笄之后的公主发髻，略有散漫，天真无拘。

苏秦可以觉出，她的忧虑一扫而空。借着朗朗的月光，他甚至观察到她脸上溢出的喜色和嘴角上挂着的浅笑。一旦卸去为老燕公复仇的巨大压力，姬雪就没有什么再可忌惮的了，何况离宫偏僻，又紧邻燕公高陵，若无重大祭事，少有人来。

苏秦感觉得出来，这个月圆之夜是属于他的，一切设计皆是为他。苏秦内心充满感动，嗓眼里如同塞了什么，既咽不下去，也吐不出来，只是实实地卡着，生出一阵奇痒，一直痒下去，痒进心田里。

“苏子，”姬雪甜甜一笑，“臣妾多时未曾摸琴了，今儿风清月洁，臣妾想为苏子弹奏一曲，以飨视听。”

苏秦的嗓眼里依然卡着，无法出声，便拱手打了一个揖。

“梅儿，摆琴。”

春梅移过一张长几摆于姬雪前面，又从旁边抱出一琴，置于几上。

“梅儿，今日风寒月高，姐姐独弹也是无趣。何不取出你的瑟来，你我姐妹共为苏子协奏一曲，岂不更妙？”

春梅原本不通音律，只是在随嫁燕宫之后，才从公主学艺。姬雪爱琴，就让她鼓瑟。功夫不负有心人，十余年下来，春梅竟也鼓得一手好瑟。主仆二人时常琴瑟和鸣，打发漫漫岁月。

然而，在这样一个晚上，在苏秦与飞刀邹两个男人跟前，公主不仅与她姐妹相称，且又邀她琴瑟和鸣，这是春梅做梦也不曾想过的。

春梅既惊且乱，嗫嚅道：“公主，奴……奴……奴婢手贱，岂……岂敢……”

“梅儿，”姬雪不无感慨，“记住，在我心中，你早不是奴婢，是妹妹。在洛阳时，你原本跟随妹妹，是妹妹舍不得离别，才让你陪我。你是代妹妹来的，你就是我妹妹。梅儿，去吧，拿出你的瑟来，今对明月，我们姐妹为苏子合奏一曲。苏子精于音律，堪为知音，你我琴瑟和鸣，正可请他指教。”

姬雪这番话发自肺腑，出自真情。

春梅涕泪交流，跪地泣道：“公主……”

苏秦感动，拱手：“在下能闻梅姑娘雅奏，幸甚！”眉头一动，转对飞刀邹，“邹兄，来，你我兄弟共赏公主姐妹雅奏，岂不快哉。”

“呵呵呵，”飞刀邹不无腼腆地搓搓手，“在下耳拙，只怕糟蹋了雅曲。”

话音落处，人已过来，在苏秦身边坐下。

春梅瞟他一眼，脸色绯红，幸好在这月光下面，还算有些掩饰。事已至此，她不好再推辞，便再次移来一张长几，取下一瑟，款款坐下，如姬雪一般开始调弦。

不消一时，诸弦调好。

春梅、姬雪相视点头，同时起奏。

初节起奏，二人轻挑慢弹，琴瑟和合，音响远悠，如凉风过坡，秋雁掠空。至第二节，琴瑟各自为调，琴唱瑟和，错落有致，如鸟儿问答，天地氤氲。紧接着，琴音清漫，瑟声低吟，两相和合，琴瑟协鸣，如群鸟起于蒲苇，劲风漫过山林。接下几节，瑟之钩挑杂以琴之绰注，粗放犷达，苍凉磊落，如惊鸿斜飞，骤雨突袭，间或二音高拔，或如九天闷雷，或如风暴过谷，或如铁石撞击，或如惊涛拍岩。陡然间，琴瑟再和，指缓弦颤，音响曼妙，余音袅袅，恍如雪后初晴，凉风拂面，清冽之气沁人肺腑。

苏秦是知乐之人。琴瑟一起，他就微闭双目，倾耳以听。初时尚在算计二人指法，细品调门，不久即是耳中有音，心中无指。再后音指皆无，只觉自己身心俱浮，飘飘荡荡，如飞绢随风浮沉。最后竟是心身俱无，如痴如梦，于恍惚之中，猛听铮铮数声，琴瑟皆息，万籁俱寂。

苏秦陡然醒觉，击掌惊道："好个琴瑟和合，天下绝弹矣！"

"谢苏子高评。"姬雪拱手作谢。

春梅似是仍旧沉浸在音乐里，手虽不动，人却在那儿发痴。

显然，她完全沉进音乐中了。

"敢问公主，此曲何名，如此精妙？"

"没有曲名。是臣妾面对漫漫长夜、寒月冷风自创出来的。苏子若是要名，就叫它'苍月寒雪'吧！"姬雪的声音微微颤抖。

苏秦凄然无语。燕地高寒，长夜漫漫，日复一日，年复一年，其中多少凄苦，多少辛酸，以公主柔弱之躯，断然不是一曲《苍月寒雪》所能言尽的。

许久，苏秦的喉眼里挤出一个声音："公主，你……受苦了！"

"苏子……"许是过于激动，许是不胜露台冷寒，许是苏秦一言道破她这首曲子的万千委屈，姬雪但觉一阵眩晕，身子软瘫，歪倒在凤头琴上。

"公主！"苏秦震惊，再顾不上其他，飞身跃起，箭步跨到姬雪身边，将她扶起，跪下，声泪俱下，"公主，你……怎么了？"

姬雪微微睁眼，声音小得不能再小："苏子，抱我！"

苏秦抱住她。

姬雪指向寝处。

苏秦抱她进房。

炭火兴旺，暖气袭人。

苏秦小心翼翼地将她放到榻上，盖上锦被。

姬雪的纤手紧紧握住苏秦，声音颤抖："苏子，天冷月寒，今宵……能不能不回去？"

是夜，苏秦没有回去。

苏秦与姬雪宛如两架干透的柴堆，在这个朔风瑟瑟的寒季，终于遇到火星，熊熊燃烧了。

六国纵军依从主帅庞涓军令，分路开往崤塞。

崤塞位于洛阳以西，河水南岸，东起于渑池，西止于曲沃，长约百里，山高谷深，道路曲折，可与函谷道比险。二者的不同是，崤塞较宽，最窄处也有十余丈许，便于行军运输，函谷道较窄，部分谷道仅宽丈许，易守难攻。

庞涓的部署是，魏、韩、赵三军主力屯于崤塞之西的陕与曲沃，直对函谷关，算作一线。燕、齐、楚主力屯于崤塞之东的渑池一带，算作二线，与一线隔崤塞遥相呼应。但这只是临时屯守，进攻时所有部署重新打乱，如何调动唯帅令是从。

陕与曲沃是两个重邑，位于崤塞与函谷之间，北临河水，三面环山，是块易守难攻的不规则盆地，方圆数十里，春秋时属于北虢国，陕叫焦城，曲沃叫桑田。由于此处沟通两大要塞，历来是兵家必争之地，此时仍旧为魏国领地。

这一带一马平川，只有些许土冈，是再理想不过的沙场，尤其利于战车驰骋。庞涓将前锋设于曲沃，并在函谷关外设置三道防线，把中军帅帐扎于陕城之外的一道土冈上，城邑辟为粮草重地和战地救护场所，重兵把守。

北风裹挟阵阵寒气，席卷起纵亲各军的杂色旌旗。

与这股肃杀的寒意相反，纵亲军士气高涨，尤其是连绵不绝的魏军营帐内，杀气腾腾。各营在演练时发出的冲杀声、金戈搏击声遥相呼应，时断时续。

中军帅帐外气氛森严，甲盔戟士分立两侧。

帐内，两个参将及几个军尉肃然侍立，目不旁视。主帅庞涓端坐于一张巨大的帅案后面，两眼迷离，两耳竖起，神情专注，显然在倾听什么，右手指节时不时地敲在前面的帅案上。

远处传来车马声。

马蹄声止，魏军副将张猛跳下战车，匆匆走进帐中，正欲禀报，见庞涓那般陶醉，忙又止住，轻手轻脚地小步趋进，在帅案前数步处站定。

庞涓却似没有察觉，仍在专注倾听。

张猛竖起耳朵，但周围声音嘈杂，有口令声，有马嘶声，有脚步声，有金戈声，有鸟叫声，还有风裹旌旗的哗啦声，他实在辨不出主帅在听什么，且听得如此起劲。

又候一时，见庞涓仍旧沉醉于那声音里，张猛轻咳一声，小声禀道："主帅……"

"嘘，"庞涓摆手，"你听！"手指再次合节拍地敲打帅案。

跟着他的节拍，张猛渐渐听到一个缥缈的声音。声音来自很远的营盘，尽管雄浑，但终归敌不过附近的噪音，若不细听，真就埋没了。

是金石鼓乐声和兵士们的歌声。显然，有两支队伍在轮流唱着同一首歌，像在比赛。歌曰："渡河梁兮渡河梁，举兵所伐攻秦王……"

张猛笑了："主帅是在听歌？"

"呵呵呵，"庞涓回过神来，"王上与楚、齐、韩三王在虎牢关上合唱的就是它。这阵儿听唱，韵味十足啊！"

张猛迟疑一下："主帅莫不是让各营各寨皆唱此歌，激励士气吧？"

"哈哈哈，真还让你说准了！"庞涓大笑几声，转头吩咐侍立一侧的参将，"传我帅令，从即日起，纵军各营皆唱此歌，半月之后比赛，哪个营寨唱得好，唱得响，本帅就封哪个营寨为破敌先锋！"

参将应命而出。

张猛吃一大惊："主帅，这……"

张猛想说的是，以唱歌是否响亮来挑选破敌先锋，这也未免太荒诞无稽了，但终究未说出口。

"呵呵呵，不说这个吧。"庞涓换过语气，指着前侧席位，"张将军，请坐。观你气色，像是有急事，这就说来。"

见他转换话题，张猛只好抱拳禀道："末将是来请战的，将士们等不及了！"

"别是你张将军等不及了吧？"庞涓反问。

"这……"张猛被他道破，嗫嚅道，"主帅，时不我待了！纵军数十万待命已有月余，再不决战，影响士气不说，只怕……”

“怕什么？”

“别的不说，单是粮草就是大忌。大军挤在这崤塞里，又是冬季，崤塞只此一条道，我们既行军又运粮，越急越是不济。再说，这天气……”

“来来来，”庞涓的表情兴奋起来，扬手道，“你就说说这天气！”

“大雪节已过，冬至将临，行将入九。天气一天比一天冷，万一天寒地冻，大雪封道，莫说是攻打函谷关……”张猛不想再说下去。

庞涓却是神采飞扬，情不自禁地爆出一声长笑。

张猛让他笑愣了，呆望他。

庞涓止住长笑，朗声问道：“张将军熟知此地，在下甚想知道，此地何时才能如你所说的天寒地冻、大雪封道？”

“说不准呢。交九后，只要西北风连刮两天，整个山川就会冻住。”

“呵呵呵，”庞涓笑得合不拢口，连连点头，“说得是，天有不测之风云哪！”转对帐外，“来人！”

一军尉应声而入。

“备上两只木桶，盛满水置于帐外，俟其结冰，晨昏各查看一次，记下冰层厚度，随时报我！”

那军尉答应一声，转身去了。

张猛一脸疑惑地望着庞涓。

“张将军，”庞涓笑道，“你还有何事？”

“末将……末将想……”

“你想知道究竟是哪一日伐秦吧？好，请随我来。”庞涓扯张猛走出帐外，见那军尉正在朝两只木桶注水，指着它们，“就在它们被完全冻实那日。”

燕军大帐里，燕将子之端坐于案前，盯住案上的调兵虎符。虎符一侧摆着燕宫新主的诏书，说齐人欲袭燕，要他即刻撤兵，回防河间。

文公薨天，殿下登基，南面称孤，迎娶秦妇，齐燕交恶，诏命回防……六国会盟后，前后不足两月，燕宫即闹出接二连三的惊天变局，任他有多少智谋也难以筹算。合纵是文公一力主张的未来大政，新主不顾纵亲誓约，如此行事，更让他进退维谷。不退，王命难违。退，如何向纵亲国交代？燕国今后又将何以取信于天下？

子之正自为难，公子哙逃至，一边啼泣，一边将宫中之事细述一遍，包括母亲如何向齐求助，如何被父王赐死及太后如何请殉等，只将父王毒杀先君一事刻意隐瞒。

子之忖思良久，沉声问道："贤侄，你我相交多年，算是知音了。末将有话求问贤侄，望贤侄据实以告。"

"将军请讲。"

"末将说句大逆之言，是与不是，贤侄姑妄听之。末将观察殿下多年，知他胸襟褊狭，既不能谋远，亦不善明断，品行德望不及先君万一。若是不出末将所料，燕宫由他执掌，必生祸乱，燕国也将大难临头。"

"将军可有良谋？"

"贤侄品行可追先君。能救燕国者，非贤侄莫属。"

公子哙大睁两眼。

"贤侄若有救燕之心，末将愿意肝脑涂地，助贤侄扶大厦于将倾。殿下执意迎娶秦妇已经触怒纵亲列国，内有太后，外有末将，更借纵亲列国，尤其是你外公之力，此事必成，贤侄但请放心。"

"不可！"公子哙摇头，"将军大义，姬哙心领。不过，此事断不可为。父王已就大位，是为燕主。我等身为臣子，万不可生此逆心！"

"贤侄，机不可失啊！"子之再劝。

"我意已决，将军不必再言，"公子哙再度摇头，"燕国本已多难，不能再乱下去。父王既已即位，也已诏告天下，我等自当鼎力辅佐，尽人臣之道。再说，将军既为哙之知交，亦当知哙。哙无意大位，只要燕国平安无祸，臣民安居乐业，于愿足矣！"

"唉，"子之长叹一声，"贤侄既已意决，末将也就无话可说了。"朝外叫道，"来人，传令三军，连夜准备，明日凌晨拔营退兵！"

庞涓是辰时接到燕国军报的。

庞涓匆匆扫过，递给张猛。

张猛看毕，倒吸一口冷气，急问传信军尉："子之将军何在？"

军尉应道："据探马所报，由于军情紧急，燕军连夜拔营，子之将军随大军回撤了。"

伐秦在即，纵亲首倡国之一不战先退，且事先不作任何禀报，只在大军撤走后送来一封不痛不痒的军报，无论如何都不可小觑。

张猛将军报递还庞涓，半是自语："六国纵军尚未开战，一军自去，于士气不利。再说，天下既已纵亲，有谁能在此时突袭燕国呢？”

庞涓略一思忖，出口道：“若是不出在下所料，袭击燕人的必是齐人。”

“齐人？”张猛大怔。

“先君薨天，新君即位，是强敌侵袭的最佳时机。燕国北为胡人，南为齐、赵和中山，赵、燕首倡纵亲，中山及胡人之力不足以撼动燕国，不敢妄动。足以扰燕且逼迫燕国新君撤回子之将军的只能是齐人。”

“六国纵亲初成，盟约墨迹未干，齐人不至于……”

“什么纵亲？”庞涓从鼻孔里哼道，“苏秦那呆子一厢情愿之事，岂能当真？别的不说，单说这纵亲列国皆发大军讨秦，你道真为纵亲？为的是他们自个儿！三晋与楚人，哪个不是秦人仇雠？只有齐人和燕人与秦无碍，你看，这就来事了吧。老燕公尸骨未寒，新燕公就与秦人结亲，为的是什么？制齐人。齐人南对强楚，西面三晋，都是硬骨头，不好啃。只有燕国可以欺负。平素有楚和三晋掣肘，齐人尚有顾忌。这阵子，天下目光皆集函谷，楚、秦、三晋无力他顾，子之将军又不在朝，如此用兵良机，老齐王岂能错失？”

张猛忧道：“牵一发而动全身。如果齐、燕真的开战，走的就不单是燕人，齐人也必撤军。齐人撤军，赵人也或不安。还有楚人和韩人，这……”

“你说得是。”庞涓微微点头，“不过，此番伐秦，在下原就不曾指靠燕、齐，只要他们不在背后扰乱就是。楚与三晋皆为秦仇，他们方是在下所倚。秦人屡次扬言伐韩宜阳，韩人自不待言。秦人罗织内奸，差点袭占晋阳，赵人记恨此仇，也是用心。此番会盟，虎牢关四王相会，未曾邀请赵侯，但赵侯仍旧不计此嫌，派军三万，使李将军为主将。就冲这一点，赵人当没说的。在下放心不下的只有楚人，尤其是昭阳那厮，虽有能耐，却精于算计个人得失，当不得大用。此番伐秦，楚营最佳主将当是屈匄，依楚王能耐，竟然派他来了，确实令人费解。好在此人利欲熏心，在下已经送他一块肥肉，想他不会不出力。”

“将军所言甚是，此番伐秦，楚人利益的确最大，唾手而得商於谷地、汉中诸邑不说，我们还要白白送他陉山诸邑。那可是我们血拼出来的！”

“哼，”庞涓冷笑一声，“即使在下白送给他，也怕他的胃口难以消化呢！”陡然想起什么，“说起此事，张将军，烦请你这就走一趟楚营，看看他的云车造好没。带上十桶酒，慰劳一下那些工匠。要是一切如那厮所言，这些云车当是不错，日后必能用得上。”

“末将遵命。”

楚营大帐设在渑池西南十几里外的一道冈坡上，背坡临水，位置绝佳。

昭阳兴致勃勃地引领张猛来到后山，走至一片空旷处。这是楚军的临时军工坊，数十名工匠正在热火朝天地赶制云车。

一行数人走到一架行将完工的云车前。那云车足有数丈高，大小如房屋，四周包裹犀甲、铜皮，刀戈锋镝皆伤不得。箭孔多达数十个，还有几个可随意开合的门与平梯，一旦靠近城墙，即可放下平梯，直夺对方墙垛。

工坊令迎上。张猛详细问过制作情况，工坊令逐一禀明，招呼众人当场演示。云车果是灵敏，只需数人推动，前后左右皆可行动，灵便自如。

张猛眉开眼笑，不无赞叹地转对昭阳道："呵呵呵，有此妙物，函谷关何愁不破？"

"呵呵呵，"昭阳捋须笑道，"张将军满意即可。不瞒将军，在下费心数年琢磨此物，专为攻关陷垒之用。莫说函谷关仅高三丈，即使再高两丈，也必拜伏于它的脚下。"

"将军智谋过人，在下叹服！"张猛恭维一句，指着尚未完工的云车，"敢问将军，这些云车何日可用？"

"在下全力赶制五辆，旬日之内，当可完工。请将军禀明主帅，何日攻关，楚人请打头阵！"

"呵呵呵，"张猛拱手应道，"将军放心，有此妙物在，破秦头功，无人敢与将军争锋！"

"谢将军成全！"

几辆云车就为楚军争下如许面子，昭阳大是得意。

送别张猛，昭阳哼着小曲儿回到大帐，意外看到帐中候着二人。一是家宰邢才，哈腰迎候；另一是陈轸，反缚双手，埋头跪地。

昭阳不问即知，是陈轸跑到郢都搬来邢才了。

昭阳冷冷扫视陈轸一眼，转对邢才："你不在府里守着，来这儿做什么？"

"回禀主公，"邢才应道，"陈大人再三恳请，小人支应不过，只得陪他来了。"

"我还以为是谁跪在此地呢，原来是陈上卿呀，"昭阳冷冷一笑，转向陈轸，揶揄道，"来就来了，绑缚两手却是为何？"

"听闻大人兴兵伐秦，军费短缺，在下此来，或可为大人筹措些许军资，以济所需。"

“你？筹措军资？”昭阳怔了。

“是这样，”陈轸侃侃应道，“在楚之日，大人对在下关怀备至。大人恩德，在下无以为报。在下并无多余钱财，思来想去，唯有贱躯尚有所值。在下自缚至此，是想以此贱躯捐赠大人，望大人笑纳，成全在下诚意。”

“哈哈哈哈，”昭阳手指陈轸，“就你这身肥肉？能值几何？”说毕，又是几声长笑。

“五百金。”

“啥？”昭阳敛住笑，“你身上何处贵重，竟值五百金？”

“这个。”陈轸两手被缚，只好晃晃脑袋，“摇来晃去的这件东西。”

“哼！”昭阳冷笑一声，“此物砍它还得费刀子，怎么就值五百金了？”

“大人有所不知，”陈轸摇头，“在下这颗脑袋，在大人这儿或不值钱，但在另一个人眼里，至少可值五百金。”

听出话中有音，昭阳情不自禁地走近一步：“谁？”

“庞涓！”

“哈哈哈哈，”昭阳恍然大悟，爆出长笑，“是了，是了。若是此说，此物当值五百金。听说庞将军先考灵前至今仍在为它空着地方呢。”说着，走到近前，拍拍陈轸的头皮，“说吧，陈上卿，就本公所知，你这人一向重财惜身，怎么这辰光慷慨起来了？”

“人固有一死，陈轸能为大人捐躯，死得其所。”

“嘿嘿，”昭阳阴笑两声，“这话听起来假。不过，”牙齿咬得咯咯响，“过去的旧账是要算算，你这儿还欠我先妣一条命呢。来人！”

帐外冲进两个卫士，一左一右立在陈轸旁边。

“将这厮拖出去，将双肩之上的那个东西斩了！”

两个卫士扭住陈轸，正要拖出，邢才轻咳一声：“主公？”

昭阳摆手，卫士放下陈轸。

邢才走到昭阳身边，悄语：“上卿此来，是有大事禀报主公。”

昭阳转对卫士：“松绑。”

卫士为陈轸松绑后，退出帐外。

昭阳在主席位上坐下，指客席朝陈轸努嘴：“陈上卿，坐！”

陈轸拱手谢过，席坐下来。

邢才斟上茶水，候立于侧。

“陈上卿，又有何事禀报？”

"大人，"陈轸不慌不忙地啜口茶水，放下茶杯，拱手，"罪人此来，是奉秦公旨意，奉送大人一份功劳。"

"哼！"昭阳一震几案，"不过三个月，我六军铁蹄就将踏平秦川，只怕嬴驷那厮上天无路，入地无门，如何还敢妄称秦公？"

"呵呵呵，"陈轸轻笑数声，"庞涓一厢情愿之词，大人竟也信了？"

"本公深信不疑。"

"看来，大人是真的不知秦人了。"陈轸微微抱拳，"且不说山河之险，即使真刀实枪比拼，鹿死谁手也难预料，何况……"

"何况什么？"

"这个……罪人就不说了。罪人只问大人一句话：大人凭什么踏平秦川？"

"凭我五十万大军。"昭阳不假思索，脱口将数字夸大十万。

"莫说是五十万，纵使再加五十万，大人也未必如愿。"

"你……"昭阳呼吸加重，将端起的茶杯重重砸在几上，茶水四溅，"且说因由！"

"六国六军。"陈轸一字一顿。

昭阳心里一震，直盯陈轸。

陈轸缓缓解释："有齐人制疯旧事，大人可曾听闻？"

"未曾听闻。"

"据《齐谱》所载，桓公广施仁政，在临淄设置疯人院，收聚天下疯者供养之。一日，桓公巡察疯人院，见院中净是疯汉，东一个，西一个，或散步，或自语，或绘画，或写字，或蹦跳，或奔走，或唱歌，或呼号，或凝视，或傻笑，秩序井然，几乎看不到守护之人。桓公大奇，问疯人院长吏：'此院关押多少疯人？'长吏应道：'有疯汉一千二百名。'桓公惊问：'那……吏员几何？'长吏回道：'一十二人。'桓公忧心地问：'若是众疯人拧成一股绳儿，尔等如何是好？'长吏笑答：'君上有所不知，如果他们能够拧成一股绳儿，就不必住进疯人院了。'"

"你是说……"昭阳这也听出话音了，"我纵军是六国六军，六将六心？"

"大人，"陈轸倾身，拱手，"在下敢问，纵亲六君真能抛弃前嫌、合力伐秦吗？六军诸将真能放弃己见，听庞涓乾纲独断吗？"略略一顿，代昭阳作答，"话说白了，在下以为，以秦人眼下之力，无论是魏人还是楚人，若是单打独斗，哪一家上门，秦人都无胜算。唯独六军联盟，秦人是赢定了。"

顿住话头，两眼直盯昭阳。

陈轸之言字字如锤，敲在昭阳心头。

是的，六军不和，确为事实。纵军表面势大，实则一盘散沙。战局未开，齐、燕先自交恶，燕军撤走，齐军思归，六势实已去二。即使韩、赵，也未必与魏齐心。庞涓恃强，调兵遣将、部署防地既不解释因由，也不征询列国主将，莫说自己，即使韩、赵主将也有不满，尤其是李义夫，一直未把庞涓放在眼里，只是碍于赵是纵亲发起国，这才委曲求全。显然，此番伐秦，自己过于乐观了。函谷道易守难攻，秦人本就好战，这又被逼入死路，必恃险以守。云车虽利，实战却未曾用过，结果究竟如何，目前尚难预料。如果战局僵持，纵军久攻不克，内必生隙。而于他昭阳而言，莫说是战败，即使双方言和，楚军未伤一卒，也会落个远师无功，灰溜溜地班师回朝。那时，他堂堂昭氏，岂不要看屈氏脸色？

昭阳不敢再想下去，抬头看向陈轸："上卿既来，想必已有良谋。昭某愿闻。"

陈轸抱拳："罪人身贱言轻，不敢献谋。不过，大人以德报怨，屡屡施恩于罪人，罪人虽无结草之力，却也愿送大人四字以报。"

"是何四字？"

"坐以观变。"

"坐以观变？"昭阳喃喃重复一下，闭目思忖，越忖越出味道，便堆起笑脸朝陈轸拱手，"嗯，这四个字好，在下收下了。"略略一顿，"方才上卿提及秦公有意送给在下一份苦劳，愿闻其详。"

"如果魏人破关入秦，一切皆是空谈。如果魏人破关不成，大人又能坐视中立，秦公承诺，定当奉送商於谷地六百里，与大楚盟誓睦邻！"

"此言当真？"

"秦公亲口所言，轸不敢有半句诳语。"

"果真如此，倒也不是不可行。"昭阳微微点头，"不过，此事重大，还容在下斟酌。上卿近日可有旁务？"

"暂无旁务。"

"在下闲闷，有意与上卿切磋棋艺，还望赐教。"

"恭敬不如从命。"

河水自朝歌东南宿胥口分流，一流沿卫境入齐，在齐燕边界入海。另一流直入齐境，在扶柳之下再次分流入海。这三道河水之间的土地，统称为河间地。

河间地又分上下两大块，上块方圆百余里，为齐赵共有，下块入海处方圆百余里，为燕所独有。河间地夏秋虽有泛滥，却是肥沃，沼泽纵横，林木繁荣，鸟兽虫鱼、奇珍异宝数不胜数，堪为猎游胜地、奇珍之乡，齐人早已垂涎，只缺借口并吞。

借口如今来了。

威王得到爱女求救血书之后，即以燕国太子谋逆篡位、多行不义、滥杀无辜为名，使田忌为将，举兵五万兴师伐罪。

田忌用兵诡秘，不从正面渡河，而从河水上游，借由赵境，如潮水般席卷河间，燕人猝不及防，不及七日，河间十邑悉数失守。田忌似不罢休，命令军士搜集舟船，显然意在北渡河水，扩大战果。更有内线报说，齐王已经旨令征秦纵军回撤，加发大军八万，御驾亲征，兵临蓟都，誓为女儿讨还公道。

军情紧急，宴尔新婚的易王再也顾不上如花娇妻，连夜召集太师、太傅、蓟城令、御史大夫等亲信重臣，商议对策。

众臣毕至，却无人开口。

易王震几怒道："你……你们……怎就不说话了？平日里叽叽喳喳，全是你们的声音，这阵儿全都哑巴了？国难当头，寡人这要指靠你们，你们却……难道真要寡人向他田因齐俯首称臣不成？"

"我王息怒，"老太师趋前一步，缓缓应道，"老臣以为，眼前危势，不是不可解。"

"爱卿快讲！"

"兵来将挡。老臣以为，大王可布三道防线抗御齐人。一是诏令子之将兵，沿河水设防，一线御敌。二是诏令褚敏统兵，坚守武阳、方城诸邑，二线御敌。三是大王亲自将兵，调临近各邑之兵于蓟城，与齐人决死。"

"嗯，"易王点头应道，"寡人准奏！"

"还有，"老太师侃侃说道，"先君听信苏秦之言，首倡纵亲。六国盟誓，墨迹未干，齐人却公然背盟，引兵伐我，这叫什么纵亲？六国合纵，旨在伐秦，苏相国既是纵亲发起者，又是六国共相，结果秦人尚未伐成，自家人倒是先打起来。此等怪事，大王何不召他问个明白，没准儿能得退敌良策呢！"

"太师说得是，六国纵亲是他倡导的，大王何不召他回来，看他有何话说？"众臣来劲了，无不附和。

易王这也想到苏秦，松出一口长气，转对纪九儿："你速去武阳，传旨褚敏，让他统领武阳、方城十二邑兵马，共御齐寇，同时恭请苏相国，要他速回蓟宫议事！"

一连数日，苏秦沉醉在姬雪的温柔乡里，不问日出日落。

第五日入夜，侍寝的不是姬雪，而是春梅。

春梅穿着睡衣，默默地站在榻边，低着头，一脸潮红，如同一个认错的孩子。

"梅儿，时辰不早了，该歇息了！"斜躺在榻上、半裹在锦被里的苏秦柔声说道。

春梅如蚊子般嗡出一声"嗯"字，一口吹灭了油灯，窸窸窣窣地宽衣解带。

"春梅，你……这是做啥？"苏秦听出声音不对，不禁一惊。

"苏大人，"春梅停手，在榻边缓缓跪下，小声禀道，"奉公主之命，今宵由奴婢贱身侍奉大人，望大人莫弃！"

"这……这如何能成？"苏秦打个惊战，伸手摸到榻边的火石火绳，打着火，点亮油灯，"快，快起来，穿上外套！"

春梅跪地不起，泣道："大人莫非嫌弃奴婢吗？"

"这这这……这说哪儿话？"苏秦一把将她扯起，拿过外套替她穿上，"快……快叫公主进来，我有话问她！"

春梅迟疑一下，反身出门。

不待春梅去叫，姬雪已经推门进来。

苏秦迎前几步，一把揽住姬雪，劈头责道："雪儿，你……昏头了呀，此等糊涂！"

"苏子，难道你看不上梅儿？"姬雪柔声应道，"梅儿虽为奴婢，可臣妾早以姐妹视之。梅儿聪慧、机敏、忠诚，你也瞧见了，前后不过十年，她的瑟鼓得多好，已经不弱于妾身了。这且不说，她还做得一手好女红……"

"雪儿，你……不必说了。在这世上，除雪儿之外，即使仙女下凡，苏秦心也不动！"

"苏子，"姬雪紧紧搂住苏秦，小声啜泣，"这……不公平。"

"此话从何说起？"

"苏子，你能为臣妾守身如玉，臣妾……却未能给你一个囫囵身子，心里难受。梅儿虽非臣妾，却是处子，更与臣妾心意合一，可为妾之替身，还望苏子不弃。"

“雪儿，你……”苏秦轻轻抚摸她的秀发，“真的觉得处子重要吗？”

“据臣妾所知，大凡男人都在乎。”

“天下处子数以万计，雪儿只有一个。天下男子数以万计，苏秦也只一个。雪儿，你要记住：于苏秦而言，处子不处子不重要，重要的只有你——我的雪儿。”

“苏子……”姬雪呢喃一声，泪眼模糊。

“雪儿，你听好，”苏秦缓缓跪下，一手指天，一手指地，“天地日月明鉴，苏秦此生只爱一个女人，只忠诚于一个女人，她就是雪儿！”

“苏子……”姬雪嘤咛一声，扑进苏秦怀里，踏实地倚靠在他的宽大胸膛上。

看到春梅穿上睡衣一步一步地走进太后卧室，飞刀邹的心就如被针扎进一般。

他知道等在那个大屋里的是什么人，也知道春梅进去是干什么，因为太后在吩咐春梅时，他听了个一清二楚。

他不是有意偷听。苏秦与太后夜夜欢聚，为防不测，他与春梅就和衣守在寝宫外的偏殿里。

长夜漫漫。宫内两情相悦，宫外四目相对，二人的感情与日升温。

这日晚间，他下定决心，匆匆赶回驿馆，打开随身行囊，从中取出一件宝贝。是一把看起来极其普通的飞刀，由浑铁铸成，只在柄上镶了一点儿铜。此物虽不贵重，但对飞刀邹来说，却是无价之宝，因为它是师父屈将子第一次见他时的恩赐。他珍之藏之，情势再危急也舍不得动用。

此时，他决定听从主公之言，将其赠给春梅，这个世界上真正爱他、心中有他的女人。

飞刀邹袖上飞刀，心情激动地赶到离宫，却意外听到太后如此这般地交代春梅。

接着，他看到春梅身穿睡袍，一步一挪地走进寝宫。

当太后寝宫里的灯一盏接一盏地熄灭时，飞刀邹就站在不远处的阴影里。

飞刀邹的腿僵了，血凝了，心不跳了。

也几乎是在刹那间，飞刀邹醒过神来，扭头疾步走去。

飞刀邹如飞一般走出离宫，走到旷野深处的林子里。

几束月光射透稀疏的林子，照在他的脸上。

飞刀邹在一片草坪上缓缓坐下，漠然摸出春梅的香囊，掏出他打算回赠她的飞刀，将两物并排摆着，兀自感伤。

就在此时，林子里传出异响。

有人在跟踪他！

飞刀邹怔了，几乎是本能地从身上掏出一柄飞刀，冷冷喝道："何人？出来！"

那人却不现身，只在左前方一簇灌木丛后弄出"沙沙"的响声。

飞刀邹正没好气，照声响处"嗖"地飞出一刀。

飞刀邹飞出的是索命刀，要见血的。

然而，树丛里并未传出预期的倒地声或惨叫声，且"沙沙"的声响依旧。

飞刀邹惊异，照树丛连飞数刀，刀刀索命。

那人非但没有倒下，反倒朗笑出声，从旁缓步转出，乐呵呵地直走过来，两手平伸。

借着依稀的月光，飞刀邹注意到，他飞出去的小刀全被他夹在几个指缝里。

飞刀邹瞠目结舌，动弹不得。

那人头戴斗笠，褐衣短襟，一直走到近前，方才顺手一送，将手中飞刀掷在飞刀邹前面："呵呵呵，你小子，差点儿夺走我的老命矣！"

飞刀邹扑身跪地，悲喜交集，泣道："师尊……"

来人正是屈将子。

安葬好随巢巨子，屈将子随即离开尧山，先至洛阳去找苏秦，后追至蓟城，后又一路追踪至此。

"师尊，您……几时到的？"

"师尊一直在你身边。"屈将子屈腿坐下，目光落在地上的香囊与飞刀上，伸手拿起香囊，嗅了嗅，"好香哪，哪位女子送你的？"

"梅姑娘。"

"是燕国太后的那个随身侍女吗？"

"正是。"

显然，屈将子早把一切查实了。

屈将子放下香囊，看一会儿并列的两件宝物，转向飞刀邹："你这样摆放，可以见出你的用心。看来，你并未遂心。遇到麻烦了吗？"

"没……没有。"

"呵呵呵，在师父面前，还不敢承认？你亲眼看着梅姑娘进寝宫侍奉苏子，心里想不开，是不？”

“师……师尊……”

“你从苏子几年了？”

“三年多。”

“看来，你是情迷心窍了。三年多，当是一千多天，你天天跟从苏子，连苏子是个什么样的人，你还都不知道呢！”

一语点醒梦中人。

飞刀邹一心沉溺于情伤中，这辰光好似被当头浇了一盆清凉水。

“我再问你，你爱梅姑娘吗？”

“爱！”

“爱她什么？”

飞刀邹低下头去。是的，爱她什么，他还真没想过。

“你知道什么叫爱吗？”

“弟……弟子不知。”

“爱有两种，一是大爱，二是小爱。男女之爱，可称小爱。小爱又分四种，因患难而爱，因想象而爱，因相知而爱，因容貌而爱。你盘算一下，你对梅姑娘的爱属于哪一种？”

飞刀邹听傻了，闷头思索一时，猛然抬头：“师尊，弟子敢问大爱？”

屈将子没有回答，而是遥望夜空，久久凝视高悬在树梢上的玉兔，反问：“你知道什么叫勇吗？”

“勇即不畏死！”

屈将子依旧望着夜空，半是自语，半是回答：“是呀，勇即不畏死。三十年前，师尊也是这么回答的。”

“师尊？”

“那时，师父像你这个年纪，青春气盛，武艺超群，勇冠天下。有一天，师父听闻有位墨者在街头宣扬非攻，甚是不服，乃长剑危冠，赶过去冲他理论：‘晚生屈将好勇，闻先生非斗，特请赐教！’那墨者扫师父一眼，缓缓问道：‘公子既好勇，可知勇否？’师父朗声应道：‘勇即不畏死！’那墨者连连摇头，师父气恼，拔剑指其首曰：‘有说则可，无说则死！’”

飞刀邹急问：“师父，那墨者可有说否？”

“当然有说了，”屈将子收回目光，望着飞刀邹，缓缓接道，“那墨者侃侃应道：‘据在下所闻，勇有五等。赴榛棘，析兕（sì）豹，搏熊罴（pí），此猎人之勇也。赴深泉，斩蛟龙，搏鼋（yuán）鼍（tuó），此渔人之勇也。登高陟危，鹄立四顾而颜色不变，此陶人之勇也。剽必刺，视必杀，此刑人之勇也。还有一勇，昔日曾见于鲁人。齐桓公发兵征鲁，欲以鲁地为南境，鲁公忧之，三日不食。鲁人曹刿（guì）闻讯，径至齐营，见桓公说，臣闻，君辱臣死，今臣之君受辱，臣有死而已。臣请退师，不退，臣请刎颈，以血溅君矣！言讫，曹刿拔剑就颈，瞪视桓公。桓公惊惧，管仲适时进谏，齐鲁盟誓睦邻，各自退兵。曹刿本为匹夫徒步之士，布衣柔履之人，一怒而却万乘之师，存千乘之国，此勇浩气长存，可称君子之勇也。此五等勇，敢问公子何好？’”

“师尊，您如何说？”

“师尊哪儿再有说呀，当即解下长剑，摘掉危冠，扑通拜倒，请他收为弟子。”

“那人肯收否？”

“呵呵呵，”屈将子笑了，“若是不收，就没有你现在的师尊喽！”

“那位墨者定是胡非子尊者了？”

“是呀。胡非子师尊不仅涵养丰厚，一身武功更是了不得哟！”

飞刀邹再拜：“弟子晓得什么叫大爱了。”

“邹生，”屈将子语气郑重，“师尊此来，是晓谕你两桩大事，其一是，随巢巨子走了，随巢巨子先一步与墨翟巨子会面去了。”

飞刀邹惊呆。

“其二是，”屈将子盯住他，目光更为凝重，“随巢巨子将行之际，有话托给你！”

“托……托给我？”飞刀邹震撼了，“师尊是说，巨子他……晓得我？”

“巨子晓得每一个墨者！”屈将子看向天空，似乎随巢子就在那儿。

“可我……还从未见过随巢巨子呢！”飞刀邹哽咽起来，伏地叩首。

“记住巨子的托付就可以了。”屈将子道。

“先巨子他……托什么给弟子了？”飞刀邹紧盯屈将子。

屈将子一字一顿：“守护苏子，助其成就纵亲大业！”

“先巨子英灵在上，”飞刀邹叩首，向天誓曰，“墨者邹生谨记您的教诲，谨听您的叮嘱，守护苏子，粉身碎骨，在所不辞！”

“告诉苏子，”屈将子盯住飞刀邹，“现在不是卿卿我我的时候，他要尽快离开此地！”

"出什么事了？"

"齐妃死于非命，齐王震怒，旨令田忌伐燕，燕王得报，必使子之回救。合纵三军皆集崤塞，庞涓全力伐秦，箭在弦上，齐燕起争，纵亲危矣！"

"弟子这就去！"

"还有，"屈将子忧心忡忡，"做大事者，不可沉溺于小爱。苏子与燕国太后的事，更是大意不得。苏子公然住在燕国太后的离宫，是大忌。万一事泄，于苏子是灭顶之灾！"

"太后是极小心之人，安排得极是隐秘，别人不可能知道！"飞刀邹应道。

"虫子飞过都有影子，何况是苏子这么大个人？"

"可……师尊，太后与苏子是真心的。远在太后出嫁之前，他们就已经相爱了，没有燕国夫人，就没有苏子的大业。就弟子所知，世上女子，苏子谁也不爱，连他明媒正娶的夫人也没有碰过。苏子与太后……点点滴滴，弟子全都看在眼里！"

"晓得了。"屈将子思忖有顷，低声吩咐，"告诉苏子早日离开武阳，以免夜长梦多。至于今后，师尊另行安排！"

翌日晨起，早膳时分，春梅端上早点和奶茶，侍立于侧。

苏秦瞄她一眼，别有用意地笑笑："梅姑娘，邹兄何在？"

听出话音，春梅面色潮红，低头轻道："奴婢不知。"

"姑娘这就去寻他，请他一道进膳。"

春梅应一声，急急出去。

看着她的背影，苏秦回头看向姬雪："我要做件好事，这想征求雪儿之见。"

姬雪笑道："夫君欲做之事，只管去做就是。"

"这桩好事儿与雪儿相关。"

"哦？"姬雪看过来。

"雪儿自称是梅姑娘的真身，我想为她保个媒，若是真身不同意，这份心岂不是白操了？"

姬雪笑了："谁呀？"

"远在天边，近在眼前。"

"你是说……邹兄？"

"呵呵呵，你相中没？"

“这……”姬雪稍稍迟疑，“我得问问梅儿，看她肯否。”

“呵呵呵，你呀，”苏秦摇头，“是既不知你的苏秦，也不知你的替身。实话说吧，人家二人你恩我爱，早就对上眼了，你一丝不知，在这里棒打鸳鸯呢。”

“啊？”姬雪惊骇。

然而，当苏秦捅破这层纸时，飞刀邹却迟迟不肯表态。

“邹兄，”苏秦候有一时，急了，“梅姑娘这人不错，是难得的奇女子，对你更是一片深情，莫要辜负人家才是。”

飞刀邹咬一会儿牙，拿出香囊，双手呈给苏秦：“烦请主公转告梅姑娘，在下对不起她，也烦请主公将此宝物归还于她。”

苏秦愕然：“邹兄？”

“主公，”飞刀邹声音沉定，“在下四处漂泊，居无定所，逞强好勇，履险涉危，身家性命尚且难保，怎能与她两相厮守、卿卿我我呢？”

“邹兄，”苏秦知道他在说什么，颤声，“是在下拖累你了！”

“主公呀，”飞刀邹跪地涕泣，“在下本为街头无名浪子，蒙主公不弃，提携在下从事天下大业，于愿足矣。不是在下不爱梅姑娘，实乃在下心小力微，守护主公已是不足，何能再添挂牵，更让姑娘担惊受怕呢？”

飞刀邹这番表白既出苏秦意料，也令他黯然神伤。是的，天下乱流奔涌，情势危急，函谷关前行将血流成河，而他却远离旋涡中心，窝于此处缠绵儿女私情。这且不说，一如邹兄所言，他既不能给姬雪以名分，也不能常侍左右，对她一丝无助不说，反倒让她挂心担忧。唉，这个道理连身边侍从也明白如许，他苏秦却……

“邹兄，”苏秦缓缓抬头，“谢谢你了。在下一定记住你今日所言。”收起香囊，“公主身边不能没有梅姑娘，这个香囊在下替你归还于她。你筹备一下，函谷那儿刻不容缓了，我们今晚就走。”

“谨听主公！”

这日晚间，当苏秦归还香囊时，春梅如九雷轰顶，面色惨白，好半天方才回过神来，颤抖着双手接过香囊，勉强挤出惨淡一笑：“大人，公主，辰光不早了，奴婢告退。”

听到门外传来轻轻的啜泣声，苏秦、姬雪各出一叹。

“雪儿，”苏秦凝视姬雪，“我要走了！”

“啊？”姬雪惊叫一声，良久，“何时？”

“就今晚！子夜！”

“天哪！”姬雪扑进苏秦怀里，将他紧紧抱住，生怕他这就飞走。

二人情意绵绵，恩爱畅叙，俟子时更起，依依分离。

为防意外，苏秦未走正门，由飞刀邹将悬梯挂在宫墙上，逾墙而出。

在屈将子等墨者的暗中接应下，苏秦安全返回客栈。

翌日晨起，苏秦前往褚敏府中辞别，引领随行人员径出南门，往投洛阳。

车过易水，苏秦吩咐加快行程。

行不及五十里，苏秦正在闭目思索如何应对函谷战事，一辆驷车如旋风般追至，一人扬手高叫：“苏大人，苏大人，请等一等！”

飞刀邹目询，苏秦吩咐停车。

来车赶至，是蓟宫的几个皂衣。

为首皂衣出示令牌，朗声宣道：“苏相国听旨，大王口谕，恭请相国大人即刻回宫议事！”

苏秦问道：“宫中可有大事？”

“回禀大人，”那皂衣朗声应道，“秦国公主前日归门，大王新禧，说是择日即行立后大典。”

苏秦皱下眉头：“大王召见在下，可为此事？”

“非为此事，”那皂衣摇头道，“是齐师伐我，夺我饶安十邑！”

苏秦耳中一阵嗡响，心里一片空白，好一阵子才回过神来，思索起眼前局势。一边是函谷道剑拔弩张，一边是齐、燕交恶，而他苏秦只有一个，无法分身。

孰轻孰重，何去何从，苏秦须当机立断。

函谷伐秦的决断人物不仅在庞涓，更在魏王。实践证明，魏王的头脑一旦热涨，就会失去判断。眼下，这对君臣完全被合纵形成的压倒性优势及行将到来的可能胜利冲迷心智，再也看不到潜在风险了。魏国臣民，甚至普通兵士，也多被复仇的火焰灼烧，击败暴秦、收复河西已成群体热望。此时此刻，即使赶到函谷，他也实无把握说服他们。再说，战场本无定数。两军尚未交战，一切皆是未知，自己为何一定要说纵军必败呢？

尽管可能性不大，但凡事皆有万一。万一纵军战胜，秦人失败，于合纵大业而言，虽说不是好事，却也未必就是坏事，至少可以避免秦人以严刑苛法一统天下这个恶果。

然而，齐、燕交恶却完全不同。

使纵亲国结成一块的是暴秦，而在六个纵亲国中，三晋与楚皆与秦人交接，利害攸关，只有燕、齐与秦远隔万水千山。如果以秦为敌，三晋与楚可为前锋，燕、齐则为后盾，是纵亲的大后方。前方尚未交战，后方却先火并，无论如何都是亲者痛、仇者快的大事，有伤纵亲元气不说，更为纵亲内部的未来冲突开启恶劣范例。

想至此处，苏秦主意打定，转对候他指令的飞刀邹道："回蓟城！"

蓟宫送老迎新，四处张扬的喜气几乎于一夜之间完全压倒此前的国丧氛围。宫人无不披红挂彩，笑逐颜开。

只有易王笑不出来。

姬雪搬走后，易王将甘棠宫稍加改造，增添一些秦地风格，更名为玉棠宫，作为新主寝宫。

新主即秦惠文公长女玉公主，年不足十五，尚未及笄，照理说仍在撒娇年纪，与紫云公主一样是作为国之利器远嫁燕国的。一路颠簸未及恢复，就又洞房承欢，玉公主娇体不支，再加上水土不服，思乡心切，一肚皮的不乐意无处倾诉，时不时以泪洗面。易王正为国事闹心，这又听她啼泣，愈加心烦。欲责她，心犹不忍，欲哄她，实违心情。

易王正自郁闷，纪九儿从武阳返回，奏报褚敏已经奉旨将兵，部署二线防御，子之也引军赶回，前锋过卫至赵，将至武城，估计三日内可赴河间，与齐对垒。

易王总算嘘出一口长气，幽幽问道："苏秦呢？"

"在呢。"纪九儿阴阴一笑，趋前如此这般低语一阵。

尽管心里早有底数，但经纪九儿砸实，易王仍是妒火中烧，咬牙道："难怪那贱人不肯侍奉寡人，还要搬往武阳去住，这里面真有猫腻呢！可叹先公精明一世，终了却遭奸人暗算！"

"敢问大王，如何处置这对奸夫淫妇？"

易王白他一眼："那厮到否？"

"到了，在宫外候旨呢。"

"传他进来！"话一出口，易王就又摆手，换过脸色，语气改了，"有请苏相国！"

纪九儿心领神会，没再像往常一样朝外唱宣，而是蹿起小碎步疾出宫门，对苏秦拱手揖道："大王有旨，请苏相国觐见！"

苏秦跟从纪九儿趋进，在殿下叩见。

易王走下台来，亲手扶起他，携至席位，按坐下来，叹道："唉，爱卿刚一离开，这就召你回来，害你来回奔波，寡人委实过意不去。"

"大王多虑了。臣之贱躯能为大王奔波，已是大幸。"

"爱卿可知，寡人为何急召爱卿？"

"请大王详示。"

"爱卿请看这个。"易王从袖中摸出一份战报，纪九儿接过，呈给苏秦。

苏秦看过，置于几案一角，回视易王。

"先君听信爱卿之言，于列国倡导合纵。纵是合了，可我燕国得到什么？"易王苦笑一声，摊手做无奈状，"纵约墨迹未干，先君尸骨未寒，他……他田因齐却无视道义，趁我国丧，纵兵袭我，扰我人民，抢我财物，夺我城邑……"

"大王……"见易王只道他人不是，却无一句自省之言，苏秦忍不住插言道。

"爱卿请讲。"

"唉，"面对如此人君，苏秦什么话也不想多说，长叹一声，直趋主题，"大王急召臣来，可否为此十城？"

"是是是！"易王连连点头，"爱卿至燕，是先君助爱卿至赵约纵，扬名于天下。燕国因爱卿倡纵，天下因纵亲聚盟。田因齐既结纵约，就当谨守誓词，彼此睦邻。孰料此人恃强凌弱，背信毁约，趁我国丧行不义之事，举兵取我城池，寡人耻之，不屑与他理论。燕国因爱卿之故为天下笑，爱卿可否为燕使齐，讨还公道呢？"

苏秦起身，拱手："臣这就奉旨使齐，为大王取回十城！"

易王顺水推舟，拱手回礼："情势紧迫，寡人也就不留你了。"

易王礼送苏秦出宫，在宫门外面顿住步子，握住苏秦之手，嘴角现出一丝诡笑："还有一事，寡人也欲拜托爱卿。爱卿如果过路武阳，烦请顺道探望、抚慰太后。太后习惯于蓟城热闹，只怕在那儿独守空闱，寂寞得紧呢。"

乍听此言，苏秦心底一阵惊颤，思忖半晌，方才想出应辞："大王所言甚是。只是臣此番使齐，不经武阳。烦请大王另派使臣抚慰。"

"呵呵呵呵，这可不成。"易王揪住不放，执意把话说死，"太后记挂，只在爱卿一人，若是换作他人，惹恼太后，由不得又要斥责寡人呢！"

苏秦心头干辣，却又不能申辩，只好拱手作别："大王留步，臣告退。"

"劳烦爱卿了。"

从燕宫出来，苏秦只觉得后心阵阵发凉。易王把话说到这份儿上，显然已经知悉他与姬雪的私情。唉，只怪自己一时粗心，不曾料想易王会在离宫安插眼线。所幸飞刀邹提醒及时，紧急收场，否则，后果真就不堪设想了！

回到府上，苏秦迅即写封密函，吩咐飞刀邹密呈太后，让她有所应对。飞刀邹将信交付木华，自与木实保护苏秦前往齐都。

一行人昼夜兼程，不几日来到河水北岸，遥遥望到人喊马嘶，一片连营。

苏秦使人问讯，方知是由函谷撤回的三万燕军。苏秦大喜过望，急赶过去，直驱中军大帐，意外见到了失踪多日的公子哙。

是夜，三人围炉夜话，议起眼前局势，侃至天亮。

翌日晨起，苏秦一行赶至渡口，见天气陡寒，河水全面封冻。

子之凿开冰层，试探一下厚度，忧道："此冰再厚一寸，齐人就可溜冰过河了。齐军势大，我恐难以御敌矣！"

"将军不必忧心。"苏秦应道，"即使此河冻实，我料齐人也不会过河。"

子之怔道："此话何解？"

苏秦笑道："将军静候便是。"又转对公子哙，"在下此去向你外公讨要城池，想带公子同往，公子可有兴致？"

"姬哙谨从！"

第 082 章 | 讨十城姬哙哭殿 走险棋庞涓失算

时入三九，西北风一日紧似一日，接着是沸沸扬扬的大雪，将临淄城中的大小房舍尽数掩盖。

一片白茫中，齐宫西北角的雪宫更见巍峨。

雪宫是姜齐时代的宫殿，虽然有些年头，但在临淄依然是最具特色的宫殿之一，尤其是在冬季，在这大雪天。这也是它得名雪宫的唯一因由。

外面冰天雪地，宫中并不见冷。它的门窗密封极好，墙体又是中空的，直接连通壁炉，只要燃上炭火，宫里就如暮春一般，穿上单衣也不觉寒。

齐威王坐在一块绣垫上，惬意地闭着两眼，任由两个衣着单薄的宫女捶肩捏背。前面侍坐两位臣子，一是太子辟疆，一是相国邹忌。两人的外衣早已脱了，仍觉燥热，尤其是邹忌，年老惧寒，内衣裹得多，可当着君王的面不好再脱，不一会儿已见额头汗湿，拿袖子掩擦。

齐威王似是觉出他的窘态，睁眼看向他："老爱卿，不用讲究了，觉得热就脱。"又转对捶肩的宫女，"去，为相国大人宽衣。"

经宫女宽衣，邹忌顿觉上下通泰，拱手谢恩："谢王上垂怜。就这几年，贱躯真正朽了，冷不得，也热不得。"

"唉，"威王叹道，"寡人也是，老喽，风吹不得，雨打不得，前时还没入冬，寡人这心就赶到雪宫来了，不为别的，只为扛不住哟。"

"王上龙体结实着呢！"

"唉，"威王复叹，"结实不结实，寡人心里有数。老喽，扛不动喽，寡人这该卸卸肩了。疆儿？"

"儿臣在！"

“从今日起，朝里朝外，你要多担当些，趁寡人和邹爱卿还能护持，把这挑子接过去，让寡人松活松活，享几日清福。”

辟疆跪叩：“儿臣稚嫩，恐力所不逮，父王！”

“好了，不说这个。说说情势，寡人老迈，记不住事了。”

“上大夫田婴战报，函谷关外，列国纵军严阵以待，庞涓仍无动静，谁也吃不准他的葫芦里装的究竟是什么药。燕军已经撤至易水，与田忌将军隔河对垒。上大夫有意回援，奏请旨意。田忌将军送回战报，说河水已经封冻，再有数日当可涉渡。将军奏请援兵，计划渡水直下武阳，兵临蓟城！”

“你如何看？”威王缓缓问道。

“儿臣以为，燕君失道，多行不义。我既起正义之师，就当乘胜追击，涉河破敌，诛此昏君，为姐姐讨还公道！”

“老爱卿意下如何？”威王转向邹忌。

邹忌拱手奏道：“臣以为，殿下所言极是。燕君无道，当涉河逐之。”

威王闭目深思。

有顷，威王缓缓睁眼，望向宫门处，半是自语，半是回应：“看这门外，冰天雪地的，如何征战？”

辟疆、邹忌互望一眼，各入困惑。

“父王，”辟疆急了，不再顾及光鲜言辞，直抒胸臆，“我东是大海，无地可取。西是三晋，亦不可征。眼下可图者，唯有燕地与泗下。老燕公薨天，新君失道，列国皆在征秦，无暇东顾，我师出有名，正可弱燕取地，机不可失。”

“疆儿，物极必反，事勿用急。你阿姊之躯得换燕国十城，寡人已知足矣！”

辟疆正自思忖，宫门响动，当值内臣奏道：“纵约长、六国共相苏秦求见！”

几人皆是一怔，尤其是田辟疆，脑子使不过来了：“咦，此人不是回乡省亲了吗？缘何会在此处？”

“唉，”还是威王反应得快，轻叹一声，“此人一来，即使这十城，怕也守不住了！”

辟疆、邹忌心里皆是一揪，目不转睛地望着威王。

威王一脸无奈，两手一摊，转对当值内臣：“传旨六国共相，明日晨时，大朝觐见。”

当值内臣应声去了。

“疆儿，”威王转望辟疆，“方才听你说，上大夫奏请旨意。这就给他一道旨意：即刻撤军，增援田忌！”

既然不准备涉河击燕，既然连这十城也守不得，为何又要上大夫撤回纵军，增援田忌？田辟疆越发愣怔，盯住威王：“父王？”

“寡人疲累，这要歇息去了。”说毕，威王起身，在宫女的搀扶下缓缓走向寝宫。

齐宫大朝。

因要召见纵约长、六国共相苏秦，齐威王特意在宫门外面摆出庞大仪仗，朝堂上更是百官肃立，气氛森严。

候旨厅里，苏秦席坐于地，神色静穆，似在闭目养神。

公子哙沉不住气，小声问道：“苏子，河间十城已是齐王口中肥肉，你却请他归还，齐王他……会允准你吗？”

苏秦摇头：“当然不会。”

“那……苏子既知齐王不允，为何还要来讨？”

“齐王不会允准在下，却会允准公子。这也是在下求公子同来的因由。”

“我？”公子哙先是大怔，后是沮丧，“苏子说笑了。在下既失亲母，这又不容于父，一如丧家之犬，保命已是大幸，何能为燕讨回城池？”

苏秦未及回话，传旨大夫在厅外唱宣：“王上有旨，请六国共相苏秦上殿觐见！”

苏秦应过，起身对公子哙道：“公子守于此处，等候在下。”

苏秦跟在传旨大夫身后，走进殿门，小步趋前，在殿中央叩见威王，再拜后起身，仰天长笑三声，继而俯首长哭三声。

大名鼎鼎的苏子行事如此奇怪，朝中百官无不让他搞晕了。

威王慢慢眯起眼睛：“请问纵约长，三笑为何？”

苏秦朗声应道：“臣冲天三笑，是为庆贺。一笑贺齐国，二笑贺齐人，三笑贺齐王！”

“请言其详。”

“贺齐国扩地百里，贺齐人增丁十万，贺齐王新得十城。”

谁都听出苏秦是在说反话，众臣无不侧目。

“纵约长三哭又是为何？”威王的眼睛依旧眯着，身子略朝前倾。

苏秦缓缓应道："臣向地三哭，是为凭吊。一哭吊齐国，二哭吊齐人，三哭吊齐王！"

"请言其详。"

"哭齐国扩地百里，哭齐人增丁十万，哭齐王新得十城。"

众臣让他搅糊涂了，一番愣怔，待反应过来，面上各现愠色。然而，苏秦为纵亲约长，身兼六相，自然也是齐相，在这朝堂上，地位当在邹忌之上。能够镇住苏秦的，也只有齐王。威王不表态，谁敢乱说。

然而，老相国邹忌憋不住了。

苏秦在列国出尽风头，邹忌心里本就不爽，这辰光又见他大闹朝堂，说的净是歪理，实在难忍，看一眼辟疆，见他仍在思索，遂跨前一步，朝苏秦拱手："苏子庆吊相随，皆为十城，敢问可有说辞？"

苏秦显然不想与他多话，冲他拱拱手，目光转向威王。

邹忌吃了一鼻子戗，正自尴尬，威王的眼睛稍稍睁开一些，冲苏秦微微一笑，为邹忌解围："嗯，邹子所问极是。请问苏子，庆吊皆为十城，何以相随之速也？"

苏秦拱手应道："臣曾听闻，古有一人，因饥近死，四处觅食，得十乌头。秦敢问王上，那人会否食用？"

威王摇头。

"那人为何不食？"

威王的目光转向辟疆，示意他答。

辟疆应道："乌头为毒药，虽能果腹，却不免一死。"

"殿下所言极是。"苏秦转过身，朝他拱手，"饥饿亦死，食乌头亦死。同为一死，敢问殿下，那人何不做个饱鬼？"

"同为一死，死于乌头苦甚。"

"谢殿下释疑，"苏秦拱手谢过，转对威王与众臣，拱手一圈，朗声，"王上，殿下，还有诸位大人，燕之十城，犹如饥人之十块乌头，得之且喜，食之却悲，苏秦方才为何庆吊相随，皆为此故。"

苏秦如此作比，众人一时不解，面面相觑。即使一向老谋深算的邹忌，这时也入困惑，闭目深思。

威王深吸一口冷气，倾身问道："苏子将十城比作十乌头，敢问何据？"

"王上，"苏秦从容应道，"燕之十城，犹如饥人手中之乌头，得之易，食之危。臣非危言耸听，天下情势使然。"

“敢问情势？”

“方今天下，大国有七，齐、楚、秦、燕、韩、赵、魏是也。自去岁迄今，天下以函谷关二分，关东六国纵亲，共抗关中一秦。纵亲盟约墨迹未干，大王却为一时之愤，以一国之力而敌天下，臣窃以为不智。”

“苏子言大了。”威王仰回身子，“燕国太子失道，欺下罔上，逼兄弑父，谋篡大位，滥杀无辜，多行不义，寡人爱女无端受害，临难前向寡人血书求救。寡人忍无可忍，这才兴师问罪，为爱女讨还公道，有何不可？”

“臣所言断非危言耸听。敢问王上，以齐眼前之力，能敌天下否？”

“寡人不过取他十城，与天下何干？”

“臣请为王上析之。燕公薨天，太子袭位，不为篡上。弑父一说，尚无实据。燕国新君既立，燕人拥戴，亦不为失道。至于燕君滥杀无辜，臣从燕地来，以臣目力所及，此说不足取信。今王上以伐罪为名，取燕地十城，也已关联天下。如前所言，天下二分，非纵即秦。齐国既已入纵，盟约墨迹未干，王上却取亲国十城，纵亲列国人心必寒。燕国新君已纳秦女，当为秦公少婿。翁婿一家，秦、燕既已结亲，齐掠燕地，秦人必愤。若是燕人报复，秦人鼎持，纵亲国亦合力谋齐，王上如何应对？臣以为，王上以十城而寒天下之心，得不偿失，故以乌头喻之。”

苏秦语毕，众皆惊惧，因为没有谁能考虑得如此长远。

威王身子大幅度前倾，哑声问道：“以爱卿之见，寡人该当如何？”

“老聃曰：‘祸兮福之所倚，福兮祸之所伏。’福祸相倚，古之善事者，善于转祸为福。若是大王听臣，可撤征军，归燕河间十城。燕不战而得十城，必喜。魏、赵、韩、楚诸王得知王为爱女之故伐燕，取其十城，又为纵亲之故撤军，归其十城，必喜，纵亲益固。秦公知王因秦女之故归燕十城，亦必喜。大王一举而得诸喜，以十城取天下之心，何乐而不为呢？”

“哈哈哈哈，”齐威王长笑几声，手指苏秦，“好一张利口，寡人佩服。”又转向众臣，“诸位爱卿，还有何奏？”见他们尽皆无奏，便摆手，“散朝！”

苏秦仍旧住在稷下威王赏给他的官邸里。

三日之后，齐王使王辇盛请苏秦至雪宫小宴。

苏秦叫来公子哙，道：“走吧，公子，燕国能否讨回十城，就看公子的表演了。”

“我？”公子哙心中忐忑，“如何表演？”

"待会儿见到齐王，你不可视他为齐王。"

"那……视他为何？"

"为外公。"

"外公？"

"对呀！"苏秦的两眼直视他，"他是你生母的父亲，自然是你外公。"

"这……"公子哙点头，仍是迷惑，"在下该当如何表演？"

"想想看，假定你是寻常百姓。你父枉杀你母，你外公为女报仇，叫人强抢你家一头牛，你父不肯，叫人夺回这头牛。一边是你父亲，一边是你外公，皆是你的亲人。你不想让两个亲人为这头牛拼命，于是自告奋勇，寻你外公讨牛。这要见面了，你该如何讨呢？"

"我……"公子哙被苏秦说得伤心，泪水流出，"我……除了哭，还能咋讨？"

"对，你就哭！"

"哭？"公子哙忘了眼泪，大怔。

"见你外公后，一句话莫说，跪地就哭，越伤心越好。至于这头牛，由在下去讨。"

公子哙松下一口气，点头应允。

二人坐上王辇，来到雪宫。

二人觐见，公子哙一身孝服，一进宫门就叩首于地，悲叫一声："外公……"便放声悲哭。

苏秦至齐合纵时，公子哙是燕国副使，威王原本见过他的，但这辰光他一身麻服，又这般悲哭，竟然认不出了，指着他问苏秦道："此是何人？"

苏秦拭去眼泪："是王上的亲外孙，燕国长公子姬哙！"

"哙儿？"威王惊道，"你怎么来了？"

公子哙闷住头，只是悲号。

"哙儿，"威王向他招手，"来，让外公好好看看你！"

"外公……"公子哙跪前几步，宛如一个受尽委屈的孩子，一头扑到威王怀里，两肩一下一下地抽动，哭得越发伤悲。

威王轻拍公子哙，长叹一声，转对苏秦："爱卿前日所言，寡人深以为然。寡人这召你来，是想再议此事。那十城，寡人可以归还，可姬苏无端逼杀爱女，这口气如何出得？"

"王上，"苏秦叩道，"人死不可复生。王上即使旨令马踏燕地，杀尽燕人，也无法让田夫人活转，只会使伤悲愈甚。田夫人虽去，血脉仍在，公子哙既是燕王嫡亲公子，也是王上血脉。王上归还十城于燕，明还燕王，实归公子！”

威王眼睛一亮：“爱卿是说……”

“王上何不趁此良机修书予燕王，使其立公子为储？燕之未来尽由公子，王上所得，何止十城？”

“寡人诚听爱卿，”威王绽开笑脸，拍拍公子哙道，“哙儿，你莫要哭了。寡人这就看在你的面上，还十城于燕。”又转对苏秦，“不过，哙儿能否成为储君，尚须爱卿援手。”

“臣尽力！”

就在帅帐外面的两只木桶将要冻实时，赵国上大夫楼缓、魏国上卿朱威求见庞涓。在他们身后跟着袁豹。

袁豹报过身份，摸出一封密函，呈予庞涓。

庞涓见是苏秦书信，随手拆开。书曰：

> 在下再次恳请庞兄暂勿伐秦。非秦不可伐，实机缘未至。在鬼谷时尝闻孙兄论兵，曰：“上兵伐谋，其次伐交，其次伐兵，其下攻城。攻城之法，为不得已。”当今情势，以兄大才，必已洞察。六国纵亲初成，众心尚待趋同，众将尚待协调，财物尚待筹措，兵将为乌合之众。以乌合之众，伐四塞之国，窃以为不妥。上兵伐谋，大谋在道。合纵旨在制秦，非在伐秦。六国纵亲，已成大势，秦自恐惧。化之以大道，晓之以大义，规之以绳墨，秦弗敢不听。听，我“不战而屈人之兵”。不听，兄再引师讨之，必破。
>
> 苏秦拜上

庞涓阅毕，脸色很不自然，将信“啪”地丢在几上，似觉不敬，又伸手捡起，纳入袖囊，对楼缓、朱威抱抱拳道：“楼大夫、朱上卿，征伐在即，最让在下忧心的是粮草。听闻二位各押粮草前来劳军，真乃及时雨啊，在下代三军将士，谢二位了。”

楼缓抱拳：“庞将军客气。征伐在即，在下有句闲话，不知当讲否？”

“上大夫请讲。”

“从苏子约纵时，在下多次听闻苏子高论。会盟之际，苏子又与在下论及纵亲，面现忧色。天下纵亲，全仗苏子，如今功成反忧，在下甚奇，问所以然，苏子道，一旦纵成，天下必伐秦。在下认为暴秦当伐，就与苏子强辩。苏子讲出一番大理，在下目光短浅，当时不以为然。观今日情势，在下有所明白。秦有四塞之固，函谷之险，以逸待劳，士卒十万可抵二十万。今我大兵压境，秦后退无路，必然上下同欲，死战卫国，二十万又抵四十万。反观我纵亲军，尚未列阵，内争先起，六势已去其二。在下虽不知兵，却识大势，今直言以告，望将军三思。”

楼缓话音落地，庞涓即出一声长笑，讥道：“上大夫过谦了。听上大夫教诲，在下甚是惭愧。上大夫既知势，又知兵，真乃旷世大才，庞某敬服。只是……”话锋一转，语气严厉，“上大夫只知其一，未知其二。身为人臣，当唯君命是从。六国之君纵亲会盟，议定会师诛秦。非在下不识大势，实乃在下奉旨伐贼，君命不可违！难道上大夫定要在下违抗六君之旨，听命于一个苏子吗？”

楼缓诚挚献言，却遭如此抢白，脸上红一阵，白一阵，垂头不语。

“上大夫，”庞涓穷追不舍，语气更厉，“军阵未列，战鼓未响，上大夫却在六师主帅面前扬暴秦之威，抑纵亲之势，意欲何为？在下想问，是上大夫惧怕了，还是你们赵人惧怕了？”

楼缓气急：“庞将军，你……此言从何说起？”

庞涓也觉说得过了，语气稍稍和缓：“上大夫方才所言，如果仅是上大夫之意，在下权作没有听见。如果是奉赵君旨意，恕难从命。在下是六师主帅，非赵师主将，若有不恭之处，敬请上大夫谅解！”

朱威见气氛激烈，只好圆场，朝楼缓拱手：“上大夫不必介意，其实，上大夫所忧，庞将军不会不加考虑。以在下所知，庞将军向来用兵谨慎，不然的话，大军在此屯扎数月，应该早向秦人开战才是。”

朱威此话极妙，既维护了庞涓的面子，也支持了楼缓的观点，庞涓不好再逞强，只得就坡下驴：“朱上卿所言极是。只是，弓既拉开，矢已难收。休战之事，上大夫切勿再提。在下身为主帅，唯六君之命是从！”

送走楼缓、朱威和袁豹，庞涓气呼呼地返回帐中，在帅案前闷坐一会儿，从袖中摸出苏秦的书信，又看一遍，狠狠摔在案上，恨道：“什么孙兄曰，什么上兵伐谋，一个只会嚼舌头的呆子也来谈兵，嘿，待我破秦之后，看不羞他！来人！”

参将应声而至。

"召张猛、魏印二将军帅帐听令！"

战争阴云越迫越低，秦国全民动员，上下亢奋，皆立死国之志。

惠文公拜大良造公孙衍为主将，国尉司马错为副将兼前敌先锋，使甘茂督运粮草，起锐卒十五万迎敌。惠文公在咸阳坐卧不安，在张仪的陪同下，起驾赶往宁秦。

宁秦也即阴晋，连同函谷关一道，是几年前司马错趁齐国伐魏当儿从魏军手中夺来的。此时六国伐秦，齐逼函谷关，而宁秦东通函谷，南制河西，西控咸阳，宛如秦之咽喉，为战略形胜之地，万不可失。两个月前，惠文公任命公子华为宁秦守城主将，囤积粮草，加固城防，同时密调三万精兵屯于华山谷中，与宁秦策应。

即使这样，惠文公仍不放心，吩咐兵士扛上自己的方天画戟和五石宝弓，带上三千宫卫，一路喧嚣地赶赴宁秦，向国人昭示死战决心。

就在庞涓召集诸将听令之时，惠文公抵达宁秦。公孙衍、司马错、甘茂、公子疾等臣也从不同方向驰到，齐至公子华的府邸。

"诸位爱卿，"见众臣皆已落座，惠文公咳嗽一声，缓缓说道，"苏秦合纵，庞涓肆兵，数十万纵军集结函谷关外，剑拔弩张。不是寡人要打仗，是人家逼到家门口了。"扫视众臣，"你们几个不仅是寡人的左臂右膀，更是秦国的头脑与心腹。这次大战，寡人输不起，秦国也输不起。寡人召请诸位来，是想最后议定迎敌方略，确保万全。"

尽管惠文公语气平淡，但诸臣仍旧感受到每一个字的沉重，无人应腔。

见众人面孔皆是紧绷，惠文公笑了："呵呵呵，说话呀，个个拉长脸，好像寡人欠了你们粮饷似的。"又等一会儿，见俏皮话丝毫没起作用，便敛住笑，直接点将，"公孙爱卿，你是三军主将，就开第一弓吧！"

"臣以为，"公孙衍直入主题，"庞涓将列国纵军部署于崤塞两端，许是疑兵佯攻。函谷关道狭关险，易守难攻，兵力再多也无法展开，以庞涓之才，断不会如此弱智！"

"以爱卿之见，庞涓会从何处主攻？"

"就从这儿，"公孙衍摊开随身携带的形势图，指着少梁城东的河水，"涉渡！"

"涉渡？"包括惠文公在内，众人尽皆惊愕。

"你们看，"公孙衍指着一段河道，"从这儿到这儿，长约十里，地势相对和缓，河床七八里宽，水流减慢，两岸尽是沼泽，淤泥没顶，水草杂生，人迹罕至，是鸟与鱼的乐土，当地人叫烂泥滩，也叫死人滩，无人敢去。”

众人更是不解，甘茂问道：“既然淤泥没顶，人迹罕至，纵军如何涉渡？”

惠文君陡然明白过来，脸色变了：“爱卿是说，庞涓在等河水封冻？”

“君上圣明！”公孙衍略略拱手，神色严峻，“据臣所知，此段河水若遇极端酷寒，即会封冻。没顶的烂泥浑然一体，坚如磐石。即使中间激流处难以冻实，在大寒天里也是极易之事，浮桥随手可搭，千军万马由此涉渡，如履平地！”

显然，公孙衍的判断绝非臆猜。

司马错拍腿叫道：“怪道庞涓迟迟不下战书，急得末将手心痒痒。原来他是在候天气呢！”

惠文公已经镇定下来，转问公子华：“河东魏人可有异动？”

“回禀君上，据臣探知，河东魏人尚无异动。只是，安邑附近魏兵有明显增加，只是未见其他国家的纵军。”

情势已经摆明了。

“嗯，”惠文公微微点头，“观庞涓数次用兵，无一不是以奇制胜，攻敌不备。此番对阵，他又故技重演，列纵军于函谷关外，引我注意，然后，趁天寒地冻，河水冰封，以奇兵渡河，大兵跟进，取绕过函谷、制我河西之效！”

诸臣纷纷称是。

惠文公转对公孙衍：“爱卿既已识破敌策，可有应对？”

“函谷关现有精兵十万，臣拟回调三万，协防少梁，备引燃之物，沿河水暗设岗哨，一旦发现魏人涉渡，即于初渡时击之，逼敌退却，烧其渡桥，与敌隔河对峙。”

惠文公思索良久，摇头：“函谷关正面对敌，十万已是不多。这样吧，就调协防宁秦的三万锐卒去少梁吧！”

张仪嘴巴动了几动，强力憋住。

“爱卿可是有话要说？”惠文公的目光望过来。

“臣以为，”张仪抱拳应道，“宁秦为我咽喉要冲，远重于少梁。河水由河西军民守之足矣。河西郡都尉吴青将军家住少梁，熟悉河西各邑，颇能征战，君上只需委以重任，可保少梁无失，河水无虞。”

“好吧，就依爱卿。”惠文公略一思索，转对身后御史，“拟旨，升河西都尉吴青为河西郡守，抽河西郡各大邑锐兵一千，小邑锐兵五百，确保少梁无失，河水无虞！”

“臣领旨。”

诸臣又议一时，各自领命而去。

西北风再次刮起，如冰刀般削向大地上的所有生命。

中军帐里，张猛、公子印的四只眼睛眨也不眨地盯住庞大的沙盘。沙盘上赫然摆着从大帐外面的寒地上拿回来的两只大木桶。

庞涓拿棍子敲打木桶，发出“咚咚”的闷响。

不用再审，单听声音，就知两只大桶都冻实了。

庞涓的嘴角浮出一丝笑，目光飘过张猛：“张将军，在下交付之事，可备妥当？”

张猛朗声应道：“一应物事均如主帅吩咐准备就绪，三万武卒整装待命！”

“好！”庞涓将那丝笑敛起，一字一顿，“两位将军，听令！”

公子印、张猛“唰”地立定。

“魏印听令！”

“末将在！”

庞涓目光直视公子印：“本帅命你为征秦先锋，引安邑城中步卒五万，从这儿，烂泥滩，”指向少梁东侧的那段河谷，“涉河破敌！”

“末将遵命！”

“知道如何攻吗？”

“涉渡之后，袭取少梁，抢占河西！”公子印不假思索，显然对此已经酝酿许久、胸有成竹了。

“正是！”庞涓赞道，“公子可大张旗鼓，兵分多路，分散袭击河西诸邑，可攻则攻之，不可攻则疑兵惧之，是否攻取城池并不重要。另外，你要四插旌旗，遍点狼烟，使五万变十万、十五万，声势越大越好，要使秦人摸不清底细。秦人主力皆在函谷、阴晋一线，少梁及河西仅有守卒，可用疑兵。”

“这……”公子印有点转不过弯来。

“张将军，”庞涓也不解释，转向张猛，“你引锐卒三万，直插这儿，”指向封陵一处地方，“飞猿峡。在下曾去那儿实地察过，虽然流急，峡谷却窄，可搭建水上浮桥。等抢渡成功，立即拦腰截断函谷道，兵分两路：一路向东，从背后攻击函谷关，择险筑垒，堵死函谷关敌军退路；一路向西，攻击阴晋方向，择险筑垒，堵死秦人援军！”

这是个极其大胆、出奇、切实可行的制敌方案，庞涓严格保密，除惠王和张猛之外，谁也没有透露，直到此时才和盘托出。

公子卬听得两眼发直，既惊且喜。

“两位请看，”庞涓指着沙盘，“函谷关如秦之口，大张狼牙，意图啖我，函谷道如秦之喉，阴晋如秦之胃，关中如秦之五脏六腑。我若拦腰卡断其喉，函谷关秦人的十万锐兵必腹背受敌，粮草不继，就如瓮中之鳖，除投降之外别无退路。歼灭此敌，函谷道尽归我有，那时，我即长驱直入，直捣秦人腑脏。不过，”目光缓缓望向张猛，语气加重，“将军此举，如卡喉之刺，秦人必以全力围堵，将军务要挺住。如果要你坚守二十日，三万人够不？”

“足矣。”张猛早对那处地势了若指掌，朗声应道，“主帅选了好地段呢。函谷道到飞猿峡这里，又狭一些，南面是大山，背面是河水，少有回旋余地，兵力再多也难展开。即使这三万步卒，至少也须左右各展开二十里，够秦人喝一壶了。”

“这样吧，我再予你援兵一万，屯于河北，情势危急时，也好有个接应。总之，你要像钉子一样，牢牢卡死在那儿。”

张猛声音响亮：“主帅放心，末将即使粉身碎骨，也要卡死敌喉！”

公子卬这才明白轻重，扑通一声跪下，放声悲泣：“主帅……”

庞涓大怔：“公子，你……这是为何？”

“主帅，”公子卬跪前几步，泣不成声，“在下……在下不才，愿与张将军对调，引精兵前往飞猿峡，恳求成全！”

“公子，”庞涓大为感动，一把拉起公子卬，握其手道，“非在下不予成全，实乃用兵要诀。吴子曰：‘人有短长，气有盛衰。’用将之要，在于各展其才。张将军久镇阴晋，统辖函谷关，对函谷道山川地势、要塞壁垒了如指掌，此任非他莫属。而公子长于造势，若是长驱直入河西，必能使河西热闹，最大范围地牵动秦军，减缓张将军的压力。此外，使公子主攻河西，在下另有用意。河西失于公子之手，亦当由公子收回才是。烂泥滩非为佯攻，实为主攻。公子涉河之后，可兵分数路，自在打去。秦军主力皆在函谷关，背后五脏六腑，任由公子捣毁。公子若得余力，还可直插阴晋，助张将军一臂之力。待函谷守敌尽歼，阴晋崩塌，秦人军心涣散，那时直捣咸阳，公子就在最前沿，先锋非你莫属！”

听完庞涓是此用心，公子卬方才止住悲泣，郑重点头。

入夜，宁秦城头，灯火点点，冷风飕飕。

惠文公站在城门楼上，心事重重地望着远处。视野尽头，是一溜或高或矮的山峦，在这夜色里像是一群黑乎乎的魅影。魅影后面，是被寒气侵逼的滚滚河水。

“君上面有忧色，所为何事？”陪在身边的张仪轻问。

“不瞒爱卿，大战在即，寡人……心里没底呀。”

“呵呵呵，君上所想，不同于臣所想。”张仪面带微笑，语气极是轻松。

“哦？”惠文公扭过头来。

“臣所想只有一字，胜。臣想问，君上所欲，是大胜，还是小胜？”

“小胜如何？”

“保家卫国，寸土不失。”

“大胜呢？”

“瓦解纵亲，开疆拓土。”

“寡人……”惠文公长吸一口气，轻轻摇头，“就眼前而言，小胜且无底气，何谈大胜？”

张仪侃侃言道：“兵不在众，在将。胜不在势，在谋。在鬼谷时，臣熟知庞涓。此人有小才，无大略；有阴策，无阳谋；有野心，无气量，不足畏也。可畏者二人，一是苏秦，二是孙膑。庞涓恃魏王之势，害孙膑，逐苏秦，六师无大谋，不战已先败矣。再观六国，虽结纵亲，实已离心。君上嫁女，燕齐生隙。燕已撤军，如果不出臣所料，齐人必撤。楚有陈上卿在，心必懈。六势实已去三，庞涓所恃，唯三晋之力。我观三晋，亦非铁板一块，不足畏也。臣是以断定，此战，我必胜！”

“那……如何瓦解纵亲、开疆拓土呢？”

“分离三晋。臣已有一谋，请君上定夺。”张仪凑近惠文公，附耳低语。

“呵呵呵，果是高谋！”惠文公喜不自禁，乐道，“寡人这就密旨公孙将军！”

就在公子卬、张猛领命去后，庞涓正式下战书，约定后日与秦决战函谷关。

战书刚下，齐军主将田婴使人急报，说燕人伐齐，齐国边关告急，他已奉齐王旨令率军回援。

齐人撤回早在庞涓预算之中，因而并无意外。庞涓思索妥当，使人分驰楚、韩、赵三军，要他们各出锐卒三万，两日之内赶至函谷关，在关前听令布阵，与秦决战。

天气暴寒，楚营许多兵士抗御不住，病倒者日多，军医馆里候诊的兵士渐成长龙，各个营房都可闻到中药味。

昭阳正为此事着急，主帅令至。

昭阳召陈轸谋议，陈轸叫他如此这般。昭阳依计安排妥当，方才使人迎进主帅传令参将，引他绕行至军医馆。传令参将远远望见排队兵士多达数行，呻吟哀号不绝于耳，惊问其故，方知楚营流传寒病，患者多达三成，昭将军也未幸免，正在大帐疗治。

参将赶至中军大帐，果见昭阳头敷湿巾，榻前放着两只药碗，一副昏昏欲睡的样子。几个军医或诊病，或处方，无不忙碌。楚将七八人守于榻前，面现忧色。

参将出示令牌，申明来意。

昭阳挣扎着坐起，勉力挤出一笑："将军这都看到了，三军人心惶惶，本将也是这副模样。非不从帅令，实乃力不从心。请将军回复主帅，待本将康复，三军稍安，即引军前往助阵，与秦人厮杀！"似是想起什么，扭头吩咐一将，"周将军，几辆云车既然造好了，就让这位将军先行带去，主帅急用呢！再派两个工匠，向主帅禀明原理，方便使用。"

那将应声大诺，准备云车去了。

昭阳复躺下去，合上眼皮。

参将告辞，带云车赶回帅帐，向庞涓复命。

庞涓咬牙恨道："什么风寒？他是有意演给本帅看的！"又想一阵，嘴角忽地撇出笑来，"呵呵呵，那厮不来也好，反正这儿用不上他。有这几辆云车，也算是他一份功劳。待本帅攻破函谷，除灭秦人，他也有个理由跟在后面，啃个鸡屁股吃吃！"

函谷关上，关尹府设在雄关后面一个山坡上，离城门楼三箭地。

府衙主堂上，秦军主将公孙衍、副将司马错相对席坐，中间摆着一张几案，案上摊着一张山羊皮，皮上画的是附近山势图。

庞涓的战书歪歪扭扭地散落在地板上，是司马错在摊放地图时随手掼下去的。

"司马兄，"公孙衍神色严峻，声音决断，"我们须走一步险棋。"

话音落处，公孙衍手持朱笔，沿关后不远处一道山谷徐徐画下去。那线曲曲折折，直入河水，又沿河水向东，连拐几道大弯，在渑池北侧顺一条山谷向南蜿蜒，落在一处地方，重重一点。

司马错瞪大眼睛，直盯那条红线，许久，恍然大悟，一拳擂在图上："妙棋！"

公孙衍放下朱笔："司马兄，你来说说，这步妙棋如何走法？"

司马错指向那个点："这儿是楚军粮草库，若我一举焚之，楚军必乱。"

"仅此不够！"公孙衍再拿朱笔，连点几处，"这儿是韩军粮草，这儿是赵军粮草，这儿是魏军粮草。"

司马错兴奋地搓着两手："末将这就引军前去，一把火全把它们烧了！"

公孙衍轻轻摇头，指着赵军粮草库："此处留下！"

"咦，这是为何？"司马错不解，恨道，"赵人率先合纵谋我，最是可恨，第一个就该烧它！"

"是君上旨意。"公孙衍想到惠文公紧急送来的密函，不无叹服，"唉，此计之绝妙，正在此处。我大秦得此明君，实属天恩。魏君不自量力，徒贻笑耳！"

司马错急了："君上为何袒护赵人？"

公孙衍未接话头，指着地图上的红线："司马兄，在下已为你备下步卒两万，明日傍黑，待夜幕落定，你引军前去，带足五日干粮，沿此幽谷至河水，沿河谷东下，昼伏夜行。在下已使人勘察全程，此谷平日不可通行，但时下老天相助，河水结冰，河岸淤泥滩甚至部分河水已经封冰，刚好行人。若是不出意外，你们第三日可抵此处，"指着渑池北侧一片山地，"于此谷中林密处择地潜伏，雷打不动，鸟兽不惊。第五日夜间，你可分路出山，焚楚、魏、韩三处粮草，袭击楚军营帐。楚人本无战心，受惊必溃。你不可追击，于天亮前反身控制崤塞，俟庞涓溃兵至，放过赵人，专截魏、韩兵马。"

司马错眼睛大睁："你是说，赵人与我们……"

"也是君上旨意。"公孙衍淡淡说道。

此番伐秦准备数年，无论是惠王，还是庞涓，无不赌上了家底。大魏武卒能够机动的也就十五万人，公子卬引军五万由烂泥滩明攻河西，张猛引军四万插入飞猿峡，剩余六万尽在函谷，由他亲手掌握。在函谷关前，除魏军六万之外，另有韩兵五万，赵兵五万，共计大军一十六万，即使不算渑池后备楚人，也是倍于秦人。

倍则攻之。

首战以礼。在战书约定的一大片开阔地上，庞涓精选锐卒，摆出他首战田忌时所用的虎翼阵，魏军居中为虎身，韩军居左为左翼，赵军居右为右翼。庞涓自居虎头位置，威风凛凛地伫立在帅字旗下的战车上。

公孙衍与庞涓虽为老相识，真正交手却是首次。庞涓扬名列国，公孙衍不敢怠慢，登高遥望，识出阵势，遂引锐卒六万出关，摇旗调动，如田忌一样摆出龙腾阵，使龙口正对虎头。龙腾阵为虎翼阵克星，但庞涓自恃实力悬殊，更有三千虎贲在侧，根本没把对方的阵势放在眼里。

就在庞涓与公孙衍关前龇牙斗阵之时，张猛引军直扑飞猿峡，于傍黑时分，按照事先演练，以葫芦筏渡河，悬空结出数道绳索，从北岸沿绳索排放木板，抛扔秸秆，舀河水泼之。夜晚奇寒，河水瞬息结冰，无须固定，即与秸秆、木板、绳索凝成一块，牢不可破，成为湍流之上的天作浮桥。浮桥渐渐向河中心排铺，因河岸冰封，未封的湍流不足五丈宽，天刚蒙蒙亮，即大功告成，一条宽约一丈的银色浮桥横在河水上方。三万大军井然有序地络绎过桥，如利箭般插向函谷道。

几万人渡河，魏人无论如何小心，也不免弄出声响。若是白日，这声响大可忽略不计，但在这黎明前的静夜里，即使一声轻轻的咳嗽，也会远传数里。

函谷道距此虽有八里，但那指的是谷中山道，直线距离不足四里，只要有人，河中杂音隐隐约约就可听到。

也是合该魏人有事。

大战在即，粮草自是紧要，即使在夜间，函谷道上也时有粮车经过。家住宁秦西边小秦村的秦大川与村中几个壮汉几日前向函谷关送粮，昨日傍黑空车回返，天蒙蒙亮时恰好赶至此处。辚辚车轮声本可掩没河中杂音，但偏巧有人要到林中大便，大家就都停下候他。车一停下，谷中杂音就时断时续地飘荡过来。不知谁说河中闹鬼了，众人正欲逃走，在河西有过战场经验且吃过魏人偷袭之苦的秦大川摆手止住，扯上一个胆大的，就着黎明的苍色顺坡爬上附近山坡，居高望下，顿觉皮麻骨酥。

二人快步返回，秦大川吩咐众人将车推入附近林中藏起，将众人分作两拨，一拨直奔函谷关，另一拨飞奔宁秦。

惠文公的眉头锁成一个疙瘩。

张仪两眼微闭，似入冥思。

“唉，”惠文公长叹一声，“这个庞涓，当真了得。”又转对甘茂，“这几个送粮的村人，皆按将士斩三首记赏。”

“臣遵旨。”甘茂应道。

公子华急急走进，禀道：“君上，河西战报，魏军数万从烂泥滩涉河，主将公子卬。吴青引兵三万，拼死御敌，双方正在滩头激战。”

张仪睁开眼睛，眉头舒展，颜色和缓，轻松接道：“君上，河西之敌不足虑。在下已密函吴青，他自会御敌。”

惠文公松出一口气，自责道：“唉，寡人忧心的不是河西。是庞涓这一招，寡人没有料到啊！”

“哪一招？”公子华惊问。

甘茂压低声音：“刚刚得报，大批魏人从飞猿峡偷渡河水，将函谷道拦腰卡断！”

“啊？”公子华面色陡变。

“张爱卿，”惠文公转向张仪，“观你脸色，可是有了破解？”

“君上，”张仪缓缓说道，“据村人所见，魏人是从飞猿峡搭浮桥涉河。那儿涧深流湍，原本无法搭桥，魏人能够搭成，恃的是天，是寒冻！”

“爱卿之意是……”

“既然魏人可以恃天，我为何不可？”

惠文公仍没明白，目光征询。

“君上请看，”张仪摊开地图，指着飞猿峡，“函谷道是我方咽喉，这浮桥呢，自也是过河魏人的咽喉。魏卡我喉，我为何不反卡魏喉？”

惠文公两眼一亮：“如何去卡？”

张仪指着一段河水：“魏人要卡的是函谷道，河谷里必不设防。我可从此处沿谷而下，烧断浮桥，卡死河谷，公孙将军自东封死函谷道，我们自西封死，过河魏人必成瓮中之鳖，插翅难逃矣！”

甘茂忧虑道：“魏人死卡于此，据险固守，我也奈何它不得。函谷关守军若是得知退路被切……”顿住话头。

张仪应道：“甘兄不必多虑。魏人自恃接应方便，干粮必不多带。我们即使围而不打，魏人也扛不过七天。”

惠文公思忖良久，铿锵出声：“寡人咽喉何能让魏人卡上七天？张仪、嬴华听令！”

“臣在！”二人异口同声。

“你二人引兵两万，焚烧浮桥，封死河谷，沿谷分路出击，将魏人斩成多段，分割围歼，尽快打通函谷道。”

“臣领令！”

惠文公转对甘茂：“传令，其余将士，随寡人封死函谷道！”

函谷关外，两军阵前，庞涓与公孙衍彼此驱车至阵前见礼，依惯例互相指责，而后退回本阵，各使骁将沙场较技，搏杀几轮，互有死伤。

将至后晌，庞涓摆动令旗，亲擂战鼓。青牛身先士卒，率三千虎贲冲阵。

自成军后，这些虎贲乃首次亮相于两军阵前，个个争功，人人逞强，杀声如雷，健步如山，更有重甲坚盾在身，寻常利矢奈何不得。两军交接，秦人抵挡不住，死伤无数。公孙衍急令鸣金，与此同时，秦阵右翼冲出数百辆战车，拼死挡住虎贲，车上连弩射住阵脚，掩护三军回撤。

庞涓初战告捷，见天色渐晚，鸣金收兵，使人清点战果，斩首逾千，获战车、辎重无数，传令记功表彰。

翌日晨起，纵军再至关前搦战，秦人闭关不出。庞涓亦不着急，只令军士轮番叫阵。晨时过后，庞涓遥遥望见河水北岸有三股烽烟冲天而起，知张猛得手，函谷道已被切断，这才发力，驱动五辆云车，密集攻关。

秦人所恃，无非是高耸的城墙。纵军有这云车，秦人失去高度优势，箭矢刀矛也伤它们不得，急切间不知如何是好，眼睁睁地看着云车缓缓驶近，贴上城墙。

魏人放下踏板，登上城头，秦人使用人海战术，枪刀剑戟乱捅。云车过少过小，容人有限，先期登城的魏人寡不敌众，纷纷战死，云车只得退后，组织下一轮冲击。

公孙衍正在关楼上指挥应对云车，公子疾飞奔而上，将他拖到一边，耳语数句。

公孙衍先是震惊，继而冷静下来，连发四令：一令公子疾引军两万，往回打通函谷道；二将魏人截断退路一事明令通告全体将士，激起老秦人的卫国血气，号召他们誓守国门，与函谷关共存亡；三令将士沿城墙泼水，在地上形成溜冰，使进攻之敌脚底不稳；四令部分将士沿函谷道两侧山坡设置滚石檑木，放置干粮，并于道中设置冰墙和路障，以备失关后继续抵抗。

公孙衍四令刚出，庞涓使人射上书信，言秦人已无退路，只有一途——

献关投降。

公孙衍哈哈长笑几声，弯弓射下回书。

庞涓震怒，擂鼓攻关。

函谷关前杀声再起。

纵军连攻三日，并无突破。第四日上，公孙衍想出对付云车之计，在其靠近时陡令将士泼浇滚油，投掷火把，尽毁五车。

就在庞涓苦无奈何时，韩将公仲寻到一个药农，获知曲沃南山有一条幽谷与函谷关后二里许的一条暗沟贯通，在这大寒天里，若有绳具，可通行人。庞涓大喜，令韩军五千锐卒随同药农沿秘径南绕数十里，至函谷关后幽谷，待天将亮时发力从后面袭关。守关秦人苦战数日，正自困倦，不提防韩人背后杀入，关门失守，公孙衍夺路而走。

张仪、公子华引军两万，带足引火之物，沿河谷南侧悄然而下。河水弯曲，两岸悬崖断壁。河水南岸，只有少数几条暗沟可通山南东西贯通的函谷道，不熟悉的人根本看不出来。

张仪在每条暗沟里留伏千人，吩咐其探索出谷，截断函谷道，亲领余众直下飞猿峡。距飞猿峡仅数里时，张仪止住队伍，下令部众将所带葫芦及竹木等物就地扎成葫芦筏，摆满油、硫黄、油松、干柴等引火之物，抛入水中。无数葫芦筏顺激流漂下，直冲魏人浮桥。众筏被浮桥阻挡，黑压压地积成一片。待守桥魏人明白过来，秦人已火弩齐发，熊熊大火顿时沿浮桥狂烧。浮桥尽由冰冻而成，见火即融，不一会儿，整座浮桥轰然倒塌，滚没在冰冷的激流里。

与此同时，公子华引人沿浮桥南侧，顺山沟攀上陡坡，旋风般杀向函谷道，控制了两侧的有利地势，将魏人退路及后援阻断。三万武卒东西受制，退路遭断，又被秦人沿河谷僻径斜刺里杀出，截成数段后分割包围，渐渐陷入死地。魏人或死或降，不到两天工夫，已经所剩无几了。

张猛引着几个部将和数十名兵士退至一个死角，借死角摆下阵势。

数百秦卒蚂蚁般围拢过来。

箭矢早已用光，魏卒聚拢在张猛身边，各执兵器，作最后一战。

“张将军，你们无路可走了，放下兵器吧！”公子华大声叫道。

“哈哈哈哈，”张猛仰天长笑数声，轻轻摆动手中长矛，朗声叫道，“兵器就在这儿，有种就过来拿吧！”

公子华冷笑一声，微微扬手，数十弓弩手搭箭拉弓。众将士拢得更紧，仅有的几张盾牌护在张猛前面。张猛推开士卒，解开甲衣，露出结实的胸脯，将手中枪抖动数下，不无蔑视地盯住秦人。

公子华正欲下令屠杀，远处传来一个声音："公子住手……"

张仪引人飞奔而来。

公子华摆手，众弩手放下弓箭。

张仪走到前面，扑地跪下，叩道："张叔！"

张猛仔细辨认一会儿，惊道："你……可是仪儿？"

张仪再叩："正是不肖侄仪儿！"

"你怎么会在秦人这儿？"

"张叔，您放下兵器，容仪儿慢慢解释！"

"唉，"张猛长叹一声，语气转寒，"仪儿，你……难道忘记你的父母是如何死的吗？"

张仪泣道："侄儿铭刻于心！"

"既然铭刻于心，你……如何能披秦人的黑皮？"

"张叔，请容小侄一言。"张仪再拜，泣道，"父母血仇，河西劫难，秦魏恩怨，仪儿不敢有忘。然而，鬼谷数年，仪儿略有所悟。家恨国耻，河东河西，魏人秦人，在仪儿眼里，都已不再重要。重要的是天下秩序，苍生安泰。诸侯征战，生灵涂炭，天无宁日。只要天下不安，只要彼此屠杀，就会有更多的血海深仇，更多的妻离子散。仪儿所求，只为早日结束天下纷争，还一个太平盛世。"

张猛心里一震，良久，微微点头："仪儿，你……长大了！"

"张叔，放下兵器吧，侄儿求您了！"张仪再度叩首。

张猛转对手下将士："诸位将士，你们……就听我这仪儿的，放下兵器吧！"

众将士面面相觑。

"放下吧。"张猛率先将手中长矛扔在地上。

众将一见，纷纷将手中武器掷地。

"走过去。"张猛又道。

众将互望一眼，纷纷走过去。

见众人都已过去，张猛缓缓抽出宝剑，对张仪道："仪儿，张叔没什么要说的了。这些将士跟随张叔多年，都是好男儿，你要善待他们。张叔和你的阿大有话要说，这就去了，你自保重！”言讫，挥剑横向脖颈。

“张叔……”张仪大叫一声，纵身扑前，已是迟了。

剿完残敌，惠文公旨令驰援公孙衍。

纵军破关，尽得秦人囤于关上的粮草辎重。庞涓组织韩、赵、魏三国纵亲军乘胜追击，公孙衍等抵敌不住，引军撤退，同时用水石浇出五道高约数丈、宽约丈许的冰墙，利用在函谷关西长达十里的狭隘谷道两侧早已筑好的工事，以滚石檑木死守。

庞涓一面命令大魏武卒夺取关道两侧的坡地，一面让兵士推动装满泼油干柴的大车攻击冰石关。魏军在前，勇猛无敌，不顾牺牲，连破四道关隘。秦军节节败退，眼见只剩最后一道冰关了，张仪、公子华率领援兵赶到。

公子华令人将张猛的头盔和长矛挂在冰墙上，炫示魏人。

庞涓闻讯赶至，望见果是张猛遗物，知其事败，大势已去，怆然泪下，长叹一声，喝叫鸣锣撤退。

庞涓刚在中军大帐里坐下，又有斥候急报，说是秦人不知从何处越过崤塞，袭占渑池，将列国粮草尽皆焚毁。楚人连夜撤往方城，秦人又乘夜色，换上魏军服装，随溃兵混进硖石关，从背后袭击关门。守关将士辨不出敌我，主将战死，关门失守。

庞涓吃此一惊，好半天方才缓过气来，怔怔问道：“秦将何人？”

“秦人得关后，打出的是司马旗号！”斥候禀道。

庞涓正自思忖，赵将李义夫、韩将公仲疾走过来，见庞涓双眉冷凝，互望一眼，各于一侧站定。

“唉，”庞涓沉重地叹出一声，自责，“二位将军，是在下误算了。这几日不见司马错，在下以为他前往西河去了，没想到此人……”打出一个无奈手势，摇头苦笑，“这倒好，本要包抄秦人的，反让秦人包抄了。”

说实话，庞涓的袭秦计划，单就军事而言，堪称奇谋，莫说是公仲，即使赵将李义夫也是心服口服。不曾料到的是，山外有山，秦人非但破了张猛，这又突出奇兵，插入纵军背后，火烧粮草，截断三军归路，真正是棋高一着了。

“军情紧急，我等是进是退，还请主帅定夺！”李义夫跨前一步请示道。

庞涓朝旁边略一摆手，缓步走向战地沙盘。

打眼望去，摆在几人面前的是一块狭长谷地，西起函谷关，东至崤塞，东西长约六十里，南北宽仅十余里。这块谷地原是魏国辖区，魏军在谷地两端设立两个城池，西端为曲沃，制函谷关，东端为陕邑，扼崤塞。

此时此刻，这块狭长地带被韩、赵、魏三国约十数万大军分别屯驻，处处可见兵营。秦人十几万大军则被阻隔在函谷关以西的狭长函谷道上，如果破关而出，就会直面谷地联军。

谁都知道，函谷关是守不住的，因为秦人是从背后进攻。函谷关为秦人改建，正面朝东，易守难攻，背面为秦军基地，为利于运输辎重，通往关顶的小径四通八达，尽是台阶，秦人又熟悉地形，显然是攻守易势。

不守则攻，然而，张猛奇袭失败，联军沿函谷道再向西进已失去意义，摆在前面的出路只有一条，放弃函谷关，从谷地撤军。

关键是，如何撤?

贯穿崤塞的共有两条通路，一条是北崤道，也即出函谷后直达洛阳的正道，另一条是南崤道，直通韩城宜阳。卡住两条崤道的分别是两道险关，即北崤道上的硖石关和南崤道上的雁翎关。这两道关口虽然不及函谷关凶险，但也各据地势，易守难攻。硖石关为魏人所设，雁翎关则为韩人所设。司马错袭占硖石关，眼前的出路只有雁翎关了。

庞涓稳住心神，看向公仲：“公仲将军，你可有良策？”

“回禀主帅，”公仲指向沙盘，“以在下浅见，可分两路撤退，一路出雁翎关，撤往宜阳，一路北渡河水，撤往安邑。”

北渡河水，就是由陕邑北侧的太阳渡与茅津渡两个渡口渡河。两个渡口相距十数里，原是良渡，可渡大型船只，但眼下天寒地冻，两岸埠头尽皆封冻，河水中心却激流汹涌，船只需要破冰靠岸，岸边死水处又不敢久停，是以每到冬天，渡口基本封渡。且赵、魏联军近十万，渡口所有船只加起来也不过二十余艘，这般敲冰渡河，怕是一个月也难渡完。渡河不为良策，只能南走宜阳。而南走宜阳，于韩军是回家，于赵、魏联军，则是绕大弯了。

绕弯事小，失崤塞事大。失崤塞事小，失面子事大。再说，崤塞若失，渑池也将不保。崤塞、渑池若是尽让秦人得去，秦人东出再无一丝拦阻，可以直逼周室王城洛阳，挟天子以令诸侯了。

显然，崤山南道不可走。而公仲于此时讲出此话，显而易见，是要分道扬镳、各走各的路了。

庞涓心里不悦，却也不能说破，嘴角微微一笑，转向李义夫：“公仲将军欲走宜阳，李将军意下如何？”

“末将谨听主帅！”李义夫朗声应道。

"好！"庞涓紧捏拳头，转向公仲，"公仲将军，你引韩军主力撤往雁翎关，留下一军协助在下守卫函谷关，掩护大军撤退。"

公仲得令，大踏步而去。

"李将军，"庞涓看向李义夫，"秦人夺占崤塞，断我归路，我等只有一战了。在下在函谷关顶住秦人，由将军夺回崤塞如何？"

"末将领命！"

李义夫引军回攻崤塞，前脚刚走，函谷关就报失，据守函谷关的青牛等将浑身是血地跪进大帐请罪。庞涓安抚青牛，亲率大军在曲沃城外布下阵势，迎战秦人。

李义夫引领三万赵军回攻崤塞，杀奔硖石关，本欲血战一场，不料却见关门大开，关上关下并无一个秦人。李义夫亲自上关探察，极目望去，远近山峦起伏，静无一人，关上倒有不少血迹，显然这儿不久前曾经发生过激战。

秦人得关不守，显然已经撤去。赵军诸将皆松一口长气，看向主将。李义夫沉思良久，稳步下关，大手一挥，驱动三军直入崤塞。

与硖石关一样，百里崤塞也没看到一个秦人。三万赵军畅通无阻，不消半日即驰出崤塞，杀奔渑池城下。

渑池城门大开，亦无秦卒，唯城门下血污斑斑，城中一片狼藉，到处是大火焚过的惨状。城中居民、兵士或救火，或扶伤，或收尸送葬，皆在奔忙。

李义夫不顾一切，直奔赵军囤粮处，见赵国粮秣俱在，守卫军士毫发无损，好像秦人完全忘记此地还有一座粮库似的。

众将皆惑。

李义夫沉思良久，决定不再跟从庞涓蹚浑水，便写出军情简报，说偷袭秦人已全部撤走，百里崤塞不见任何秦兵等，使斥候报予庞涓，之后，传令将库中粮秣留给魏人，只让军士携带七日干粮班师东去，经由孟津渡河，回上党去了。

得知偷袭秦人全部撤走，庞涓起初惶惑，继而恍悟，心内忖道："嗯，必是公孙衍那厮见我势盛，行下诈兵之计，使司马错引小股人马扰我后方，烧我几个草料场，攻我崤塞，以夺我志。只是眼下我计已败，齐、燕、楚三军未战先走，赵、韩也都退兵，耗下去亦是不智，莫若暂且收兵，待来年时机成熟，再寻秦人复仇不迟。"

忖至此处，庞涓一面使右军稳住阵脚，顶住秦人，一面传令左军拔营，撤往崤塞，自己引领中军，大摇大摆地撤往崤塞。

就在左军前锋抵达硖石关、行将通过之时，关门戛然闭合，紧接着，关楼上鼓声大震，万弩竞发，滚石檑木齐下。魏军猝不及防，阵脚大乱，伤亡无数，后退数里才算稳住阵脚。

庞涓闻报大惊，急往观看，但见关楼上扬起无数秦旗，“秦”“司马”等字赫然入目。

望着紧闭的关门及关楼上的秦旗，庞涓拿出李义夫“关道无人”的军报，再想到秦人烧去楚、魏、韩三国粮草，独独不烧赵人的，情不自禁地打个惊战，从牙缝里挤道：“赵人卖我！”

气恨交加下，庞涓扬剑朝关楼上一指，声音嘶哑地大叫一声：“杀——”

话音落处，庞涓的战车已如利箭出弦，不顾一切地朝硖石关疾冲。

三军将士也都扬鞭催马，高喊“杀——”字，紧紧跟在主帅后面。

就在离关门约一箭地开外，庞涓的战车戛然而止。

三军停步，无数道嗜血的目光射向庞涓。

庞涓久久凝视关门。

就在众将翘首以待，准备抢关厮杀时，庞涓喝道：“撤！”便引军退回曲沃。

冬夜沉沉，寒风凛凛。

许是因为太冷，许是过于疲倦，许是并不急于进攻进退维谷的魏人，进攻谷地的秦军见庞涓撤回，也于迎黑时分退回函谷关内，关门睡觉。魏人历经多日苦战，又困又乏，这也各抱枪刀，在帐篷里生起炭火，和衣而卧。

难以入睡的是主帅庞涓，坐在沙盘边，两道浓眉拧作一团。

情势岌岌可危了。

战前庞涓料到一万种可能，只未料到结果如此不堪。眼下看来，苏秦是对的。此番伐秦，是自己一时头脑发昏，操之过急。燕、齐、楚三国不战即走，赵军去远，韩军这也撤了。公仲虽然依约留下三千弓弩手协助防御，却全部驻守在雁翎关前，有等于无，随时都可溜之大吉。短短几日光景，甚嚣尘上的六国伐秦就如变戏法般演变成魏武卒孤军入险，被秦人两面夹击在崤、函之间。

更要命的是，张猛殉国，大魏近半锐卒或从张猛战死，或从公子卬而去，身边的八万将士，真正有战力的只剩青牛所部的三千虎贲及三万中军，且二者皆在前几日的攻坚战中伤亡不少。

善为将者，兵败而不乱。庞涓凝眉运神，祭出鬼谷中修来的沉定功夫，冥思良策。

庞涓不惧秦军，也不惧孤军入险，但局势显然不利于他。一无援军，二无粮草，兵力对比更处劣势，曲沃、陕邑是不可守也守不住的。

曲沃、陕邑可失，崤塞万不可失，这是庞涓的底线。秦得函谷，如果再得崤塞，就将东出无阻，直逼周室王城了。六国伐秦是自己一力主张的，秦未伐灭不说，崤塞并大周王城如果再让秦人得去，让他这个主帅情何以堪？史笔又将如何描写呢？

想到史笔，庞涓不由得打个惊战。是的，他必须收复崤关，守住崤塞，这是他眼前力所能及也必须做成的头等大事。

庞涓伸手取过李义夫的急报，闭目有顷，再入长思。司马错得渑池而不守，这又火烧粮秣，只能有一个解释，兵力不足。

庞涓睁眼看向沙盘，两道目光渐渐聚焦在硖石关两侧的山梁子上。看有一时，庞涓召到一些崤关溃卒，从一个老兵口中得知有暗沟直达梁上，离关楼近不过百步，且有库房掩护，可以通行。暗沟里长满灌木荆棘，没有路径，是以鲜为人知，即使关上守将也不晓得，老兵是在几个月前追赶一头受伤的野猪时意外发现的。

庞涓大喜，引老兵来到沙盘前，让他详细标出暗沟位置，随即召来青牛，命他引虎贲之师，由老兵带路，连夜奔暗沟而去。

翌日晨起，天色蒙蒙亮时，庞涓大帐点将，抽出一万弓弩手配合右军两万摆下月牙阵，如一柄弯形利刃封死函谷关，又命几将各引兵卒，分别阻断硖石关南北两侧的交通要道。

一切部署妥当，庞涓亲引中军，浩浩荡荡地再次杀奔硖石关，在关外摆出志在必得的拼命架势，擂鼓呐喊，轮番猛攻。

就在秦人全神贯注地据关死守时，一彪军由背后杀出，个个膀大腰圆，形貌怪异，犹如神兵天降。为首青牛，手抡巨斧左劈右砍，挡者立死。秦人惊骇，阵脚大乱，司马错眼见不敌，急令撤退，不料下山道中皆有伏兵，秦人奔逃无路，伤亡惨重，司马错仅带百余人杀出重围，投北侧河水而去。

河水一览无余，既无去路，又没个躲处，在魏人眼里是条死路。魏人无不振奋，个个奋勇，杀气冲天，“活擒司马错”“为张将军复仇”的呼叫声震耳欲聋。

司马错浑身是血，多处挂彩，长枪、头盔尽皆丢失，只拿一柄带血的短剑，率残众跃下河谷，跌跌撞撞地沿河边坚冰向上游奔逃。魏兵追赶十余里，眼见赶上，斜刺里突然杀出一彪秦军。魏人见秦人势众，不敢逞强，秦人也没纠缠，保护司马错等退回函谷关去了。

就在庞涓倾尽全力围剿司马错时，函谷关内的秦军也不惜代价地倾巢杀出，魏军弓弩手射尽箭矢，在长枪队的掩护下且战且退，函、崤之间的狭长谷地，连同曲沃、陕等数邑，皆被公孙衍夺去。

不过，硖石关一战，魏人却毙杀秦将十余，斩首秦兵逾万，俘获数千，差点活擒司马错，好歹让庞涓找回一点面子。

大军退回渑池，庞涓布置防御，检点损失，安排完善后，猛地想起公子卬，又使斥候召其撤军，又命青牛引军五千，经由茅津渡，越中条山，前往临晋关接应。

第083章｜ 公子卬河西血战 纵约长鬼谷求解

在河西，与公子卬对阵的是河西郡的新任郡守吴青。

二人皆是猛将，但吴青远非对手，因为公子卬自幼熟读兵法，酷爱军事，更在血与火的教训中积累了惨痛的经验。这且不说，与近年一帆风顺、养尊处优的吴郡守不同，公子卬在庞涓、苏秦的轮番熏陶下，心智渐趋成熟，这又存下死国之志，看淡了死生，在气势上更胜一筹。

为打好此仗，公子卬苦心研究数月。庞涓给他的命令是佯攻并扰乱河西，吸引秦军主力，公子卬却不这么想。他要把河西变为猎杀秦人的主战场。

出兵前夜，公子卬召集部将，指着河水声情并茂道："诸位将士，你们这都看到了，对面就是河西，是我们魏人的河西！十年前，河西失陷于秦，八万将士喋血，皆是在下之过，今朝，在下只存一念，收复河西，誓雪吾耻！诸位看好了，"说着，抽剑斩断河边一树，"此功不成，在下犹如此树！"

"收复河西，誓雪吾耻！"众将军血脉偾张，纷纷拔剑削树。

约定时辰到后，公子卬远远望到封陵方向烟雾腾起，晓得张猛偷渡成功，遂率大军在汾阴附近宽约数里的河面上展开渡河攻势。

这里河谷开阔，河水流缓，浅滩区尽皆冻实，水深流湍处宽仅十数丈，魏人早就备好无数浮船，横木为桥，泼水成冰，用绳索统一串联，由此岸顺流推向彼岸。

过去河水即是河西郡府少梁，吴青不敢怠慢，早就沿河设防，严阵以待。

就在双方在河滩上演激烈攻防战时，秦人背后突然杀出大队魏兵。原来，公子卬早于几日前就已派出奇兵，皆披白布，远望去与雪地一色，经皮邑渡河，沿龙门山西侧绕过籍姑、繁庞郊野，如鬼魅般由北而南，直插少梁。

秦军腹背受敌，仓促应战，伤亡惨重，吴青引溃众缩入少梁城中，坚守不出。

与此同时，公子卬派出的另外一支奇兵，也于普阪西北侧一段看似不可涉渡、秦人因而未曾设防的湍流处渡河成功，马不停蹄地直取临晋关。

魏兵赶到临晋关时，天色尚未大亮，关上秦兵皆在晨睡。魏人叩关，守卫还以为是送牛奶的来早了，骂骂咧咧地开门。数千魏人蜂拥而入，几乎未经血战即夺回关门，控制了河渡要塞。

紧接着，公子卬抛开少梁，将五万大军分作八路，按照预先部署，各如饿虎扑食，分别奔袭河西关口要塞，攻城略地，自取补给。公子卬统兵一万坐镇临晋关，一边在河渡处搭建浮桥，接通河东，一边居中协调，策应各路人马。

进攻河西的几万人马虽说不是武卒精锐，却个个憋足了气，铆足了劲，无不一以当十，勇猛倍增。一时间，河西旷野里，到处是魏人在横冲直撞。一些对严苛秦律心存抵触的老魏人，见家乡人打过来了，纷纷反水，二十多个城防不坚、兵力薄弱的城邑，在三日之内先后插上魏旗。长城多处告破，狼烟四起，一支魏军越过长城，杀奔洛水，直入大荔关。由于河西尽归秦人所有，失去军事意义的大荔关几近废弃，只有不足百名秦卒看守。魏人几乎没费多少周折，就已夺关在手。夺关之后，魏人一边沿洛水一线扫荡秦人，一边筑垒设防，阻隔秦人关中援兵。

河西守军被公子卬的分兵游击战术打蒙了，一时间闹不清究竟有多少纵亲军攻入。尚未失守的城邑无暇他顾，纷纷关门避战。

吴青连使斥候，频频向秦公告急。

魏军出其不意，闪电渡河，且在渡河之后长途奔袭临晋关，分兵攻略河西，整局棋一气呵成，滴水不漏，环环相扣，即使是惠文公也看傻了。

然而，此时惠文公仍在全力剿灭卡在谷中的张猛残部，无暇西顾。

得知秦人烧断浮桥，将张猛部困在函谷道了，正在指挥魏兵肆意横扫河西的公子卬大吃一惊，传令各路放弃所占城池，合兵一处，奔袭宁秦，控制潼关，从西侧打通函谷通道，接应张猛。

宁秦就是魏国的阴晋，北临河水，南望华山，紧扼函谷通道，堪为函谷关西侧的战略门户。打蛇打七寸，公子卬此举，刚好就敲打在关道的七寸上。

由于内地秦军多被调往函谷道围歼张猛，宁秦仅余七千守军，且多是因身体素质不适宜野战的。真正能战的是惠文公的三千卫队，但卫队的首要职责是保护秦公，不是上阵御敌。数万魏军掉转矛头，突破洛水袭来，使情势陡然严峻起来。惠文公旨令紧闭城门，全力防守，自己也甲衣裹身，手执长戟，与公子疾同登城楼，亲自指挥守御。

远远望到秦公，魏卒无不振奋，公子卬更是两眼血红，拿过鼓槌，擂鼓攻城。众魏卒在主帅亲自擂响的阵阵鼓声中，纷纷抬起攻城器械，逼向城门和城墙。

惠文公与公子疾并肩站在城门楼上，凝视如蚁般越逼越近的魏兵。

大敌来势汹汹，惠文公却似没有看在眼里，只将两只眼睛兴致勃勃地盯在起劲擂鼓的公子卬身上。

“君兄，”公子疾顺着他的目光也看过去，眉头拧起，“臣想不透的是，天底下真有怪事，这个草包居然发起威来了。”

“呵呵呵，”惠文公目光没动，乐得合不拢口，“你呀，真就是隔着门缝看人，总是将人看扁。寡人告诉你，此人不是草包，是一员天生的战将！”

“什么战将？”公子疾脸上现出不屑，“商君在时，最瞧不上的就是此人。”

“商君瞧不上的还有一个，陈轸。几年下来，你总不会觉得陈轸也只是个草包吧？”

“也是。”公子疾略怔一下，憨憨地笑了，“陈轸一到君上手里，真就是脱胎换骨了呢。”又指着公子卬，“君上不会是也要收下此人吧？”

“让你讲对喽。”惠文公收回目光，敛起笑，对公子疾一字一顿，“传旨，生擒公子卬，违令者斩！”

“臣领旨！”公子疾显然是一下子明白了君上的意图，冲守值军尉朗声宣旨，“向所有守城将士传君上旨意：生擒公子卬，违令者斩！”

“生擒公子卬”的传旨声此起彼伏，口口相传，不消一刻，守城秦人个个领旨，人人振作，一场交战双方生死相搏的攻防大戏由此拉开序幕，直到第三日，函谷道中腾出手来的秦军陆续回援，栎阳、武阳等远近守军也纷纷闻讯救驾，四面合围，大戏才算落幕。

公子卬似是成精了，幕开得好，谢得也漂亮。从俘获的秦兵口中得知张猛殉国后，他见秦兵陆续驰援，宁秦于急切间也不可下，便传令鸣锣收兵，朝临晋关撤退。

秦人却不让撤。

惠文公的旨令已经传至各个兵士，秦人为得头功，无不奋勇，一路上围追堵截。经过连日奔波，这又攻城数日，魏卒战力大减，疲于应对，死伤无数，撤至洛水，再被秦人死死咬上。公子卬一面组织抵抗，一面要将士们将随身所带的辎重等物，包括战车，尽数抛进河道。冬日河水本就不多，加之天寒地冻，水浅部分完全冻实，只有深水处尚在流淌，瞬间即被填塞，魏人踩踏过河，抢占河对面阵地。

眼见魏兵要逃，秦人急红眼了，追杀更紧。

公子卬脱下头盔，交给身边参将穆庄道："穆将军，你将这个带回，交给主帅，快走！"

穆庄知他欲就死地，哪里肯走，跪地泣求："将军先撤，末将断后！"

"你敢违抗军令吗？"公子卬厉声呵斥，"快撤！记住，传我军令，战至最后一人，也要守住临晋关，为我大魏保守一块立足之地。"

穆庄与众将士无不泣别。

二十名贴身卫士却是死活不肯走，均将头盔交给穆庄带走，誓与主将同在。

秦兵冲过来。

公子卬松开长发，威风凛凛地站在桥头正中。二十死士左右横成一排，牢牢地锁死桥头。

为首秦将摆手，秦兵在二十步外停下。

公子卬长发披肩，当风而立。二十死士无不披发跣足，手中枪戟皆有破损，满是血污，甲衣没有完整的。

所有秦兵俱被震撼，皆将目光转向秦将。

秦将扬手，数十名弓弩手上前几步，搭矢引弓。

二十死士面无惧色，巍然伫立。

秦将扬起的手猛力砸下，众矢齐发，二十名死士尽皆倒下，唯公子卬手握银枪，依旧英姿飒爽。

双方继续僵持。

秦将摆手，弓弩手引弓退去。步卒围拢上来。

见撤退的魏兵烟尘远去，公子卬方才将枪头一摆，大吼一声"杀"字，冲向秦阵，直取敌方秦将。

秦将退开。

公子卬左冲右突，秦卒左避右让，既不逃开，也不应战，只是将他团团困在中央。

公子卬如入无人之境，兀自冲杀一阵，长啸一声，将长枪掷地，拔出宝剑，横剑于颈，正要抹去，一个声音远远传来："上将军——"

公子卬循声望去，见一辆战车飞驰过来，车上站的是公子疾，冷冷一笑："上大夫，你是来为本公子饯行的吗？拿酒来！"

“在下见过上将军。”公子疾跳下战车，走前几步，拱手揖道，“在下倒是想为上将军饯行，可惜还轮不上呢！”

“此话怎讲？”

“因为……”公子疾略顿一下，眼角斜睨站在公子印侧后的一名军尉，见他会意，接道，“要为上将军饯行的早已有人了。”

“可是嬴驷？”公子印嘴角撇出冷笑。

“不是！”

“哦？”公子印似吃一怔，“不是嬴驷，还有何人？”

“紫云公主！”

公子疾于情急之下抬出紫云公主，公子印不免心头一震。

说时迟，那时快，就在公子印的注意力稍稍分散的瞬间，侧边军尉一枪刺出，枪头不偏不倚地钻入他的肘弯子，顺势一挑，砰然剑落。

与此同时，众秦兵一拥而上，将公子印按倒绑起，押往宁秦。

公子印喧宾夺主，在河西发挥出色，不仅杀伤逾两万秦人，将河西搅个底朝天，这又夺占并守住临晋关，意外地为庞涓发动的这场六国伐秦大战添加了一抹亮色。

收到公子印和二十死士的头盔并河西战报，庞涓跪地长哭，令三军皆衣缟素，披麻戴孝，以上将之礼将二十一只头盔合葬于临晋关，任穆庄为临晋关守丞，使青牛引军一万屯于河水对岸接应，见秦人大军退去，再无异动，这才班师回大梁。

战报传来，魏惠王是站着阅读的。读到张猛身死，韩、赵撤军，秦人夺占峭塞，魏惠王似是没有反应过来，呆怔片刻，方才两眼一黑，摇晃几下身躯，一头栽倒。

魏惠王病了。

自此日始，魏惠王再没上朝，一天到晚将自己锁在御书房里，只留毗人服侍。

这日午后，毗人小声禀道：“王上，武安君班师了。”

魏惠王眼睛微微睁开：“哦，是庞爱卿？回来就好。”

“王上，武安君觐见，就在门外。”

“是吗？”魏惠王从榻上慢慢坐起，“请他进来。”

庞涓全身缟素，两手反绑，膝行至惠王跟前，放声长号：“王上——”

"爱卿，"惠王盯他一会儿，"你这为的是哪般呀？"

"伐秦失利，三军出征无功，六万将士喋血，粮草被焚，痛失陕地……如此种种，皆因臣无能，恳请王上赐臣死罪，以谢国人！"庞涓匍匐于地，现出裸背，背上插的不是荆条，而是三根布满钩刺的铁条。

"唉，"惠王长叹一声，"伐秦未能成功，非战之过，爱卿此言从何说起呢？"

庞涓啼泣："王上……"

"爱卿啊，那些战报，寡人也都看过了。爱卿不为无能，将士不为无功。至于失利一说，并不切实。我未成功，秦人也未取利。秦剿我数万将士，爱卿亦剿秦人数万；我将士虽说捐躯六万，可斩敌总量亦不下此数；我虽失粮草，可河西一片狼烟，秦人亦损失不少；我失陕地，却得临晋关……两相比较，爱卿与秦人当是战成平手，虽说未建大功，却也是无过呀！"惠王转向毗人，"给庞爱卿松绑，看席！"

毗人拿去铁条，为庞涓松绑。

"父王，"庞涓再拜谢过，擦把泪水，改过称呼，起身到旁边席位上坐下，握紧拳头，咬牙恨道，"此战未能取功，儿臣憋屈啊！儿臣不服啊！"

"涓儿，都是哪些憋屈，你讲给为父。"

庞涓从袖中摸出一道奏呈，双手捧上："父王请看。"

惠王接过，瞄过几眼，随手放下，长叹一声："涓儿呀，不瞒你讲，不仅是你憋屈，为父这也憋屈啊。什么纵亲？什么盟约？寡人总算看明白了，熊商、田因齐两条老狗让寡人执牛耳是没安好心，一开始就是在设套害我！"

"父王，"庞涓恨道，"这两条老狗倒在其次，真正害我的是那赵贼！"

"哦？"惠王倒吸一口气，"赵语？"

"正是。"庞涓看向那道奏呈，"具体细节，涓已写在上面，请父王御览。"

惠王复又拿起奏呈，凝眉看完，"咚"一声擂拳于案："赵语欺我太甚！"

"确是如此，"庞涓恨道，"纵观此战，赵人发兵最迟，主将肥义不来，派个副将李义夫搪塞。攻函谷时，李义夫畏敌不前，远不如公仲拼命。得知秦人断我崤塞，儿臣下令撤退，李义夫主动请命，臣初时以为他是将功补过呢，不料赵军过关，并无搏杀，三军毫发无损不说，且写来急报，说崤塞没有秦人。儿臣听信此人所言，放松戒备，引军班师，岂料秦人伏兵齐出，损失惨重。儿臣痛定思痛，亦出奇兵包抄秦军，原想活擒司马错解恨，不想被他走脱了！父王，赵人这般落井下石，是可忍，孰不可忍？"

许是过于震怒，惠王呼吸急喘几下，气道噎住，憋得脸色紫涨。毗人过来，在他背上接连捶拍几下。惠王缓过气，深呼吸两口，稳住心神。

毗人朝庞涓使个眼色，生怕他再讲下去。

庞涓起身，叩道："父王，儿臣……"

显然明白庞涓还有大事，惠王直看过来："涓儿，讲下去。"

"我……父王……就这些了，儿臣……"庞涓深叩于地，一脸哀伤。

"涓儿，讲吧，还有何报？"

"父王，"庞涓号啕大哭，"安国君他……"

"印儿？印儿怎么了？"惠王急问。

"安国君他……为国捐……捐躯了……"庞涓以头抢地，砸得咚咚直响。

除去庞涓的额头砸地声和悲泣声之外，殿内再无其他声音。

不知过有多久，庞涓止住哭泣，哽咽："父王，败军之将庞涓斗胆为安国君……请功。"

"准奏。"一阵沉默过后，惠王声音沙哑，"此番伐秦，虽败犹荣，为何人请何功，爱卿拟个奏表。"又转对毗人，"传旨太庙令，为我印儿在正殿立个牌位。"

为燕王讨回燕地十城后，苏秦未及去田忌府上看望孙膑，即刻起程前往函谷，以便近距离观察战况，协助庞涓，同时吩咐公子哙赶回蓟城，向易王复命。

苏秦星夜兼程，刚至卫境就听到庞涓战败、纵军溃退的消息。

尽管早有心理准备，苏秦心底仍旧免不了"咯噔"一震，飞刀邹、袁豹诸人则是目瞪口呆。在他们看来，合六国之力，伐一国之军，竟然战败溃退，真正是匪夷所思。

沉定片刻，苏秦吩咐斥候加鞭，赶往大梁。

一路上，魏国境内哀鸿遍野，魏都大梁更是笼罩在极度的悲伤之中，大街上不见笑脸相迎，不见红绿蓝紫，人人皆衣缟素，连太庙顶上的报时铜钟敲的也是大丧节奏。

苏秦未入驿馆，直驰宫门，却见宫门紧闭，不见一人。

苏秦使人禀报惠王，良久，毗人使守值内臣传话，说大王龙体欠安，要他暂回驿馆安歇，候旨觐见。苏秦这也觉出是自己操之过急了，拱手别过，改投馆驿。

魏国朝臣，没有一个来接待他们。驿馆吏员、侍从也不待见，虽没赶客，却是一脸冷冰冰的，大冷的天，莫说是炭火，连碗开水也没人给烧。

堂堂六国共相、纵约长却在魏国都城、接待列国官员的驿馆里遭遇这般非礼待遇，当真是滑天下之大稽。飞刀邹大为光火，欲找人讲理，被苏秦止住。

袁豹上街，苍黑时分，载回一车吃用、日用之物，外加几篓子炭火和两坛老酒。众人动手，折腾小半个时辰，才算安顿下来。

纵亲大幕刚一拉开就被撕裂，裂口还不止一处。

是夜，苏秦思前想后，决定去见庞涓。六国合纵，轴心国是魏。此番伐秦，魏受齐、楚蛊惑，冲锋在前，损失自也最巨。在觐见惠王之前，苏秦首要摸清楚这场大战的详细战况，搞明白纵亲军是如何战败又败在何处，否则，下面的棋路就不好走，纵亲国的裂隙也无从弥补。而作为伐秦主帅，没有人比庞涓更知内情。

苏秦想定如何应对庞涓，于次晨信心十足地赶往武安君府，不料却被拒之门外。家宰庞葱一身缟素，出门拱手说，武安君得到边关急报，连夜赶往西河去了。

从庞葱游移不定的目光里，苏秦看出他在说谎，庞涓非但没去边关，而且就在府中。然而，庞涓既不肯见，再点破也是不妥。

苏秦长叹一声，拱手别过，吩咐驱车相国府。

惠施正在埋头阅览奏报。大战善后，万般事宜急需处理。惠王不朝，各地大小奏报，全都搁在惠施案上。惠施侧重的是学理上的名实之辩，喜欢谈天说地，论大不论小，最不擅长的是处理案头琐事。平日这些案宗都是交给朱威、白虎处理的，但这几日，二人皆在前线善后，朱威在渑池，白虎在临晋关，惠施也就责无旁贷了。

惠施正看得头皮发麻，听闻苏秦到访，精神大振，将一堆奏报推至一侧，大步走出，将苏秦迎入正堂。

二人没有客套，直入主题。苏秦一连问出好几个他急于知晓的问题，惠施概未作答。

待苏秦问完，惠施从案上拿过一摞子庞涓发来的战报，推到苏秦案上："苏大人，你想知道的也许是这些。"

"谢惠兄了。"苏秦拱手谢过，接过来匆匆览毕，眉头紧拧，半是自语，半是说给惠施，"怪道魏王不肯见我，馆驿不肯生火，原来如此。"

"是的。"惠施点头，"庞主帅将所有怨气都撒到纵亲国头上，尤其是赵国，认定赵国与秦国暗中勾结，出卖魏国。"

"这不可能！"苏秦急道，"卖魏国的不是赵国，也不是韩国，是……"

“是楚国和齐国，对不？”见他打住话头，惠施接下了。

苏秦咂吧几下嘴皮，苦笑一声算是作答。

“唉，”惠施轻叹一声，“在下实在搞不明白，同是鬼谷高才，庞主帅竟然连这个也看不明白，被人拐卖，竟然还……”连连摇头，也把话头止住。

“惠相国，”苏秦沉思良久，拱手，“在下必须面陈魏王，望大人成全！”

“唉，”惠施又叹一声，“不瞒苏子，这一战，把魏王的所有希望、所有梦想，全都打没了，眼下是既不上朝，也不见人。听宫中人说，王上一天到晚只在书房里发呆，莫说是寻常臣下，即使王后嫔妃，他也不见。前几日公子嗣生病，发高烧，说胡话，宫中闹翻天，王后三日不语不食，王上却连一个问候也没有。就我所知，诸公子中，除太子之外，王上最宠公子嗣呢。”

“这……”苏秦长吸一口气，闭上眼去。

惠施也把眼睛眯起，似入冥思。

良久，苏秦睁眼：“相国大人，六国会盟，墨迹未干，誓犹在耳，纵亲大业刚刚开启，就这么毁于一旦，在下实在不忍心哪。魏居三晋之中，为天下枢纽，魏国若是退纵，纵亲危矣，请相国大人明鉴！”

“苏大人，”惠施长吸一口气，脸上现出苦笑，“在下不才，这个道理却也明白。只是，列国攻秦，除去燕、齐纠纷不提，魏、韩、楚三军皆有折损，唯赵军毫发无伤，庞涓是以认定赵国卖魏，三军将士也都看在眼里，叫王上如何去想？”

“这是秦人使的离间计！”

“是啊。秦人这么做，必为离间。然而，事实胜于雄辩，赵国百口莫辩。在下以为，苏子眼前急务不是觐见王上，而是尽快赶往赵国，查明真相，再回头向王上解释，还赵国以清白。只有消除误解，三晋才可复合。只有三晋复合，纵亲方可不散。”

“谢大人指点。”

苏秦起身别过，回到驿馆，盘算多时，觉得惠施所言不仅切实可行，且也是唯一的解决方案了，于是吩咐众人即刻起程，直驱邯郸。

由大梁到邯郸，必经宿胥口，由那里渡河，前往漳水。

一到宿胥口，苏秦就“噌”地从车上跳下，大步行走在那条他再熟悉不过的街道上，还时不时地拐进一些看起来一点也不起眼的小店面。许多店员他仍旧认识，但他们显然没有一人认出他来。的确，今非昔比，他们万万不会想到，眼前这个气宇轩昂的大官人竟然就是当年那个每隔几个月就来逛一次的年轻书生。

苏秦在店铺里挑置几匹绸缎和杂布、针头线脑、几床锦被、几袋米面、盐油酱醋及一些山中缺乏的必需品，将之分别装入几只大竹篓里，又买几根扁担和绳索，全都搁到车上。

此地河水甚宽，全部封冻，冰层极厚，上面又覆盖一层厚厚的白雪，足以承受车马。苏秦等毫不费力地驱车过河，在岔道处拐往云梦山方向。

车到山前，苏秦吩咐袁豹等拐回宿胥口，寻个客栈安歇，自己与飞刀邹挑选几个壮士，挑起竹篓，往投鬼谷。

鬼谷五年，这段山路苏秦走过不知多少趟了，闭眼也不会摸错。然而，此时正值隆冬，山地高寒，前面几场大雪下来，均没融化，放眼望去，白茫茫一片，全然寻不到路径。即使山里人，在这季节里也很少外出。苏秦一行一边寻路，一边轮流挑担，走走停停，说说道道，赶到谷中时，太阳已经落山。

谷中白茫茫一片，静得窒息，静得可怕。远处草堂也被厚厚的白雪覆盖，不到近前根本看不出来。谷中没有人迹，甚至连那些年司空见惯的兽迹也看不到一个。放眼望去，熟悉的草堂方向不见炊烟，照理说，当是晚炊辰光。

难道……苏秦打了一个寒战，脚底不由加快。不，先生不会另选仙境，先生一定在！先生一定知道他遇到了天大的难题，一定算准了他将于此时此刻回山求解，也一定守在草堂里候他！

草堂到了。

苏秦摆手，众人在离草堂一百多步处停下，放下担子。

苏秦一步一步地移向草堂，靴子踩在雪地上的“嚓嚓”声是这条谷中唯一的音响。

堂门前没有足迹。

堂门是掩着的，堂中不见光亮透出，也似没有人气。

苏秦的心降到冰点。

苏秦在堂门口停下，闭上眼睛，长吸一口气，轻轻敲门。

门应声而开。

站在门内的是一身素衣的玉蝉儿。

“师……师姐……”苏秦猝不及防，倒退一步，嗫嚅。

玉蝉儿没有应答，只是一动不动，如玉树临风，两只大眼一眨不眨地紧盯住他，好像面对她的是一个怪物。

苏秦回过神来，打揖：“师姐，别来无恙？”

玉蝉儿仍无回应，依旧睁大眼睛，紧盯住他。

玉蝉儿异样的眼神让苏秦不安。冷静下来，苏秦也意识到方才所问有点可笑，人家好好地站在此地，自己却来一句“别来无恙”这般不疼不痒的问候，实在无趣，遂脸上一红，深深一揖：“师姐，浪子苏秦……回家了。”

“回家了。”玉蝉儿喃声重复一句，又怔一阵，方才回过神来，脸上浮出浅笑，拱手还礼，“玉蝉儿见过苏兄。”说毕闪到一侧，伸手礼让，“苏兄，请！”

苏秦走进来，目光扫过草堂，见先生、童子皆不在，又转对玉蝉儿：“先生可好？”

“还好。”玉蝉儿轻轻点头。

“师兄可好？”

“也还好。”玉蝉儿再次点头，目光仍在他脸上，声调关切，“苏兄，你……瘦了。”

“是啊。”苏秦故作轻松地笑笑，活动几下胳膊，“瘦点好，走路精神。”

玉蝉儿的声音越发关切：“印堂青赤，看来苏兄事有不顺；须发皆张，看来苏兄神弦紧绷；额纹横切，看来苏兄思虑过甚；鬓现白发，看来苏兄操劳过度。山下几年，看来苏兄过得并不容易呢！”

玉蝉儿观察如此细微，体贴这般入心，苏秦心里一阵发酸，使出强力把住泪关，声音却是发颤，再次深揖：“苏秦不才，让师姐费心了！”

玉蝉儿没有应腔。

场面正自尴尬，远处传来搓手声和哈气声。原来，飞刀邹等一路行走，倒也不觉得冷，这辰光停下了，被汗水浸透的内衣就如冰刀一样贴在身上，实在禁受不住。

苏秦向玉蝉儿笑笑，开门出去，朝飞刀邹招手。众人挑起担子走过来，放在门口。

“邹兄，”苏秦指着不远处依然存在的四子草舍，“你和兄弟们到那几间草舍里安歇，生火取暖，将就过上一宵。”

飞刀邹点点头，领人直奔草舍而去。

苏秦将所有竹篓搬进草堂，将东西一一拿出，在玉蝉儿的帮忙下，分门别类地放好，笑道：“这些东西全是今朝路过宿胥口时置办的，想必用得上。”

“及时雨呢，”玉蝉儿微微一笑，“这道谷里已有半月没起炊烟了。”

“啊？”苏秦惊愕，“你……你们……”

“不打紧的，”玉蝉儿又是一笑，“蝉儿习惯了，眼下在辟谷，莫说是半月不食五谷，即使一个月不食，也不在话下。”

“师姐……”苏秦泪水流出，“辟谷是一事，断粮却是另一事，你们……”哽咽起来。

“是啊，有点大意了。我和师兄原说下山置办的，不想连下两场雪，把山路封了。师兄硬要下山，被我劝阻，说是索性与他比试一番，看看我们的功力究竟可以多久不食，这不，刚刚辟谷半月，你就送粮来了。你呀，莫要七想八想。”话音落下，玉蝉儿“咯咯”笑起来，显得轻松自然。

苏秦细审她的面孔，见她确实显不出任何不适。在这大冷天里，草堂里既没烧炭火，她穿得也不多，然而，非但没有觉出寒冷，反倒是肤色红润，眼睛水灵，动作灵活，甚至比几年前还要年轻、漂亮、利索，只是在苗条的曲线里隐隐透出几分此前他未曾见到过的女性成熟之美。

“真没想到，分别只几年，师姐、师兄的功力已经精进如斯，若非亲眼所见，在下真还不相信呢。”苏秦大是叹服，由衷赞道。

“苏兄夸早了。”玉蝉儿笑应道，“先生能做到半年不食，半月不饮，我和师兄顶多不过辟谷六十日，水是三日也断不得的，火候尚差甚远。”

“师姐、师兄这以先生作比，就足以让苏秦敬服了！”苏秦真诚地褒扬一句，转入正题，“师姐，师弟这想拜望先生，烦请禀报。”

玉蝉儿面现难色：“实在不巧，先生早在雪前出游去了。”

“这……”苏秦惊呆了。

“苏兄，”玉蝉儿指向旁边的席位，“这样站着不妥，还是坐下说话吧。先生不在，冬夜漫长，蝉儿这也正想和你说说话呢。”

“我……”苏秦回过神来，嗫嚅一句，见玉蝉儿已在席位上坐下，只得走过来，站在席边问道，“大师兄在何处？我去寻他来，我们三人聊个通宵。”

“坐下吧，”玉蝉儿朝席位上一指，“他不会来的。”

“为什么？他……”苏秦怔了。

“因为他三日之前就已入定了。”

“这……”苏秦再无借口，只好缓缓坐下，表情惶惑。

“一别数年，蝉儿孤陋寡闻，山下热闹，苏兄可否略讲一些听听？”玉蝉儿两眼紧盯住他。

“师姐想听，苏秦不敢有瞒。只是，天色黑了，与我同来的还有几个弟兄，苏秦这要安顿一下，去去就来！”

“蝉儿恭候。”玉蝉儿朝他笑一下，轻轻点头。

苏秦起身，走到刚刚摆放的米粮面前，舀出一些，寻到煮饭的铜釜，径走出去。待他回来，草堂中已经燃起两根松枝，炭火也生起来，比方才不知暖和多少。席前几案上，摆着几盘干果，一壶热茶也已沏好，两只斟满茶的杯子并排放在炭盆一侧保暖。

“谢谢师姐，让师姐久等了！”苏秦席上坐定，拱手道。

“不必客气。若要谢，蝉儿还要谢你呢。”玉蝉儿指着摆在身边的几匹布和一些针头线脑，“这些东西蝉儿喜欢，自宫中出来，好久没有做过女红了。”

“师姐喜欢就好。”苏秦憨憨地笑了，“苏秦原想为先生和师姐、师兄各买两套衣装的，又怕大小款式不合身，这才出此笨策，劳动师姐了。”

“有苏兄来，蝉儿这就开吃了。”玉蝉儿嫣然一笑，拿过几个干果，剥开一颗，动作优雅地放进口中，轻啜一口香茶，“苏兄，请！”

苏秦也剥一颗，品口香茶。

“讲吧，苏兄，蝉儿洗耳恭听。”

“山下诸事，林林总总，犹如一团乱麻，不知师姐想听哪一缕？”

“就讲你这一缕吧。事无巨细，蝉儿全都想听，苏兄尽可慢慢道来。”玉蝉儿讲此话时目光炽热，关爱之情溢于言表。

苏秦心底微颤，稍稍别过头，避过她的目光，以一声轻咳开场，将自己与张仪如何出山，如何分手，张仪如何前往楚国，如何说服越王，如何至楚，如何灭越，如何受陷害，如何逃离楚地，如何至秦，如何想出金牛计，等等，栩栩如生地讲述一遍，只瞒去他与香女结亲及自己用计迫他入秦等事。

玉蝉儿没有任何反应，只是默默地闭眼倾听。

苏秦讲得口干舌燥，也大略讲完了，在低首品茶的当口儿，玉蝉儿微微睁眼：“张师弟这一缕该是理完了吧？”

“完……完了。”苏秦怔了下，尴尬应道。

“张师弟这人，倒也有趣。”玉蝉儿对他一笑，“还有什么有趣的，蝉儿还想听呢。”

苏秦接口讲起孙膑和庞涓，讲庞涓如何妒忌孙膑，如何陷害孙膑，孙膑如何装疯避祸，等等，听得玉蝉儿唏嘘再三，扼腕嗟叹。当听到淳于髡施救，孙膑与梅公主逃至齐地后，玉蝉儿方才长舒一口气，轻声道：“这个结局，先生早就料到了。”

"是啊。"苏秦点头，"孙师弟下山时，先生为他易名膑字，我和张师弟皆是不解，不想后来之事，全都应上了。"

"苏兄，"玉蝉儿目光直逼过来，"难道你不想讲讲自己吗？是蝉儿……不配听吗？"

"师……师姐……"苏秦心神慌乱，结巴的老毛病就又犯了，"师……师弟……这……正要讲呢！"

"讲呀！"玉蝉儿扑哧一笑，"就这般讲，好久没有听到你的结巴声了。"

"我……我……"苏秦满面羞赧，"我这就讲了。"

苏秦将一杯茶喝完，又倒一杯，为火盆加几个炭块，使自己渐渐平息下来，也从出山讲起，讲他如何周游列国，如何回家，父亲如何分家析产，他如何卖掉祖地，如何衣着锦绣前往周室，周王如何接待他，如何思念玉婵儿，如何急切地听他讲述她在山中的故事，如何怀念王后，如何听老琴师每天在宫门外为王后弹琴……

玉蝉儿纵使再有定力，也是泪水满盈，几次掏绢揉眼，两道目光透过泪水温和地射向面前这张虽然年轻却已饱经风霜的成熟脸庞上，听他兀自讲述。

苏秦就如一个背书的孩子，两眼微闭，不紧不慢，不动声色，一句接一句地叙述过去几年里发生在自己身上的一切，讲自己如何驷马高车入秦，如何不知深浅、踌躇满志地在咸阳的论政坛上论政，如何感受秦法，如何在秦受辱，如何逃离秦地，如何差点客死途中，如何狼狈返家，如何在自家的破草棚里回味先生教诲、苦悟治世之策而不得，如何夜半听琴，豁然心动，如何在葬埋老琴师的过程中悟出合纵方略，如何离家至赵以策动天下纵亲，如何由赵至燕，见到燕国夫人，燕国夫人如何问及玉蝉儿，如何思念玉蝉儿，自己如何得到燕公重用，燕公又是如何帮助他完成纵亲大业，等等。

苏秦的讲述是有取舍的，没说自己如何舌战六国，促成纵亲大业，如何使六国会于孟津，如何被封为纵约长、身挂六国金印等丰功伟绩，只述自己的种种荒唐、深深忏悔和反省，以及对姬雪及老燕公的不尽感恩。他甚至几番冲动，欲和盘托出他与姬雪之间的浓浓情意，好让玉蝉儿不再对自己用情，然而，话到口边，又都强自咽下。

不是不想讲、不敢讲，是他不能讲，也讲不出口。姬雪毕竟是老燕公夫人，他们的爱恋本身就是践踏周礼，若再讲出来，更是向玉蝉儿的心里捅刀子。

不知不觉中，天色已亮，草堂外面已有勤快的小鸟在叽叽喳喳。

许是讲累了，许是再没什么可讲，苏秦彻底闭眼，久久不再说话。

“听苏兄讲故事，真是享受。”玉蝉儿拱手谢过，缓缓说道，“山中一日，山外数年。蝉儿在这山中，日复一日，平淡如水，世间万物渐渐模糊，连思念也成一缕飘飘荡荡、时断时续的弦音，即使偶尔响出一声，也迅即消失于谷中了。同样是这几年，苏兄却有这多奇遇、这多奇趣、这多感悟，真正是羡杀蝉儿呢。”

“师姐此言，羞煞苏秦矣。”苏秦拱手。

“敢问苏兄，”玉蝉儿把目光转向苏秦昨晚搬进来的一长排物品，“苏兄此来，就为看看先生，送来这堆物件吗？”

“不瞒师姐，”苏秦沉思良久，轻叹一声，“苏秦合纵遇阻、进退维谷了，此来想向先生求个解招，不想先生却……云游去了。”

“哦？”玉蝉儿微微一笑，“这个倒也有趣。你就讲讲，遇到什么阻，维到什么谷，蝉儿不才，出不了解招，听听却是无妨。”

见她这般问话，苏秦不好再说什么，只得把眼前困局略略述过，长叹道：“唉，秦与仪弟下山之时，先生为我们摆出一局，以棋道喻治世，叮嘱说，天下太平之道，唯经两途，一是天下一统，二是诸侯相安。仪弟求问二途孰胜一筹，先生应道，人心不古，诸侯各怀私心，让其彼此相安，实为与虎谋皮。天下已如罹患囊肿之人，唯有快刀利刃，行非常手段，方可成功。是以一统之途，方为上策。秦舍一统上策，选定下策苦心经营。今日看来，一切果如先生所言，秦费尽心机撮合纵亲，六国却是各生其心，各谋其利，难以撮合。”

“敢问一句，苏兄因何舍去一统上策？”

“秦与仪弟判断略同，六国能一统天下者，或秦或楚或齐。仪弟与秦有仇，选定楚国，秦所能选的只有齐、秦。与仪弟分手之后，秦决定入齐，在稷下游历数月，与天下学者有所交流，其间熟读师姐抄写的《商君书》，认定一事，如果秦国依据商君之书治秦，则天下无人可敌，包括齐、楚。秦决定西下入秦，助秦公成一统大业。然而，在秦逗留数月、切身感受过秦法之后，秦改变了初衷，觉得秦法灭人欲，绝人伦，既违天道，亦悖人道。秦人唯法是从，唯命是听，秦法必将秦人驯服为征战的野兽。如果任此野兽肆虐，天下即使一统，也不会太平。秦存留此念，寝食不安，在离开秦国后苦悟应对，最终决定走先生所言之第二途，致力于列国纵亲，制衡抗秦。纵亲本为休战，不料纵亲初成，函谷关前却因此而生灵涂炭，血流漂杵，实违在下初衷。六国伐秦，纵亲失利，纵亲国之间互生猜疑，秦是以进退维谷，处境狼狈。”

听苏秦一口气讲出这般用心，玉蝉儿大受触动，缓缓起身，朝苏秦深深一躬："蝉儿为天下百姓向苏兄致礼！"

苏秦也忙站起，与她对鞠一躬："师姐大礼，羞煞苏秦矣！"

"先生不在，敢问苏兄作何打算？"

"纵军战败，魏人疑赵人阴结秦人，暗生嫌隙，在下这要赶往赵国，查出实情。"

"这……"玉蝉儿略略一怔，沉思有顷，不无关切道，"苏兄一路跋涉，这又一宵未睡，想必累坏了。今朝权且歇息一日，明日起程如何？"

"谢师姐美意，"苏秦拱手，"天下事急，秦之贱躯不足为惜。"浮出浅笑，补充一句，"再说，与师姐说话，秦并无一丝疲累。有师姐勉励，秦这如生龙活虎呢。"

玉蝉儿盯牢苏秦，有顷，拱手："苏兄执意要走，蝉儿就不强留了。路途漫漫，蝉儿这为苏兄做碗热粥去。"说毕扭身提过米粮，到草堂旁侧的灶房里忙活去了。

太阳出东山一竿子高时，苏秦、飞刀邹几人吃饱热饭，别过玉蝉儿，踏上回程。

一行人走至谷口，望见道中站立一人。

是个白衣飘飘、仙风道骨的英俊男子。

尽管男子手无异物，面相和善，走在最前面的飞刀邹仍旧戛然止步，正要出声盘诘，苏秦摆手止住，几步跨到前面，盯住他看。

看有一时，苏秦觉得面熟，却又吃不准，拱手："先生是……"

那人微微一笑，拱手还礼："童子见过苏师弟。"

"大师兄！"苏秦这也认出他来，飞跑过去，握住他的手，泪水流出，"大师兄……"

四手紧紧相握。

苏秦抽出手，擦下泪水，将他细细打量一番，感慨道："大师兄摇身变成个小伙子，若不点破，师弟真还不敢认哪。"

"是啊，"童子甜甜笑道，"自你们下山之后，童子别无精进，倒是个头增长不少，喝白水也挡不住它。"

"昨晚听师姐讲，师兄远游仙境，需要几日方回，师弟俗务缠身，候等不及，只好抱憾而去，不想……竟在此地见到师兄。"

"师弟的气场太大，硬把师兄我扯回来了！"童子又是一笑，从袖中摸出一囊，双手呈上，"先生推出师弟要来，出游之前，留下锦囊一只，吩咐童子交付师弟。”

“先生！”苏秦双手接过锦囊，扑通跪地，望空连拜数拜，泣不成声，“弟子不才，这……这又劳烦您了！”

待苏秦敬师礼毕，童子退后一步，拱手：“道阻且长，请师弟一路保重！”

苏秦亦退一步，拱手：“师兄亦请保重！”

玉蝉儿站在草堂门外，望着苏秦一行的背影渐去渐远，隐于一块巨岩后面，方才轻叹一声，回身进舍，反手掩门，靠在门上，放任泪水流淌。

伤感一时，玉蝉儿拭去泪水，拿冷水洗把脸，缓缓进洞。

山外严寒，洞中却是温和。行至一挂布帘前面，玉蝉儿顿住脚步，稳会儿心神，方才掀开帘子，趋步而入。

一块花纹斑驳的豹皮上，鬼谷子赫然端坐。

玉蝉儿在他斜对面的一块兽皮上坐下，轻声道：“先生，苏秦走了。”

鬼谷子没有回应。

洞穴内死一般寂静，连这一老一少的呼吸也似乎凝滞了。

终于，一声叹息从鬼谷子的喉管发出，尽管声音轻且悠扬，但在这死一般寂静的山洞里，却如风过幽谷，虎啸远林，清晰贯耳，意味深长。

“敢问先生，此叹可为苏秦？”玉蝉儿不失时机，再次出声。

“是。”鬼谷子微微点头。

“先生，”玉蝉儿声音急切，“蝉儿有一事不解。”

“说吧。”

“苏秦踏雪而来，先生为何避而不见？”

“蝉儿，你见过雄狮吗？”

玉蝉儿摇头。

“雄狮幼小时，只在父母膝下转悠，然而，总归有一天，它会离开父母，去征服外面的世界。它离家时，一步三回头。”

“因为它知道，它再也不会回来了，是吗？”

“是的。”

“要是……它遭遇挫折、遍体鳞伤呢？”

“它会自己寻个处所，慢慢舔伤。”

“先生，”玉蝉儿咬会儿嘴唇，“您是说，苏秦此来……”她猛地顿住话头。

“蝉儿，苏秦是头雄狮，此来不为舔伤，是为眼前困局寻求一个破解。”

“先生，”玉蝉儿眼睛睁大，“您全都晓得了？”

“非但晓得，且已将破解之法，让童子予他了。”

玉蝉儿长嘘一口气，挪到他身边，伏下头，孩子似的将脸蛋贴在他的大腿上，良久，侧脸望着他，轻声问道：“先生，蝉儿不懂天下，不懂治世，原也不想去懂，可……不知怎的，自苏秦下山，蝉儿竟是不知不觉地牵挂起来。”

“蝉儿，”鬼谷子不无慈爱地轻拂她的柔发，“牵挂是情，不懂是懂。你渐与道通，天下万物，可运于掌中矣。”

“先生过望了，蝉儿是真的不懂呢。譬如说下面几处，蝉儿就没忖透。”

“你讲。”

“苏秦以合纵应对方今乱世，是正解吗？”

“家国治理，没有正解，也没有邪解。天下有病，诸子各把其脉，各施其方，皆有短长。然归根结底，殊途同归于道，百川汇流入海，道乃天地之根，海乃大平之渊。”

玉蝉儿沉思良久，“嗯”了一声，抬头再问：“听苏秦说，张仪在秦，必出连横之策应对合纵。蝉儿已经明白纵横之理，未能透彻的是，苏秦合纵，旨在列国共和，张仪连横，旨在天下一统。共和与一统，针锋相对，水火不容，而天下大势，却只容一个结局，他们二人各执一端，以先生之见，孰胜一筹呢？”

“就长远看，苏秦胜出一筹。就眼前看，张仪将占上风。”

“先生，”玉蝉儿吸口长气，半是汇报，半是为苏秦解释，“听苏秦讲，他先到秦国，欲借秦国一统天下，但看到秦律严苛，秦法独大，秦国正在变作战争野兽。律法为刑，刑为术，术行天下，而无道统御，后果不堪设想。苏秦深感后怕，这才离开秦国，苦读先生所注《阴符》，悟出天下纵亲制衡之策。张仪所行，不过是苏秦的赴秦初衷。”

“你讲得是，”鬼谷子微微点头，旋即摇头，“也不完全是。”

“蝉儿稚嫩，请先生譬解。”

“苏秦放弃助秦一统，是看到秦国法统、专制前景不善，这比张仪看得远。但他尝试的这条列国共治之途，却是逆水行舟，事倍功半。”

“为什么？”

“列国要做到真正共治，并非易事。共治的根基是限制私欲，天下为公。方今天下私欲充斥，苏秦以利害制私欲，以恐吓制贪婪，取的是以毒攻毒之法，虽能收到一时奇效，但要保持此效，却如逆水行舟，难矣哉。去六国之私尚且不易，何况让他们尽皆为公呢？”

“照先生此说，未来成功的必是张仪了？”

“未来何人成功，自有天意决定。就眼前而论，张仪致力于一统，乃与天下大势同流，顺水泛舟，事半功倍矣。”

“可……”玉蝉儿并不甘心，“先生，听苏秦所言，将来如果真由秦人一统，必将是强权肆虐，道路以目，官吏专横，民不聊生。这样的天下，不会是先生想要的吧？”

“是以我说，苏秦看得长远。至于眼下，”鬼谷子从案下拿出棋局，指着棋盘上的纵横棋路，微微一笑，“只有纵，没有横，难以成局哟。”又顺手摸出两盒棋子，“来来来，蝉儿，陪老朽纵横一局，如何？”

玉蝉儿起身，燃起两支松明，使洞中亮堂，而后，正对鬼谷子坐下，摸过一盒黑子，笑道：“先生，蝉儿执先，走纵局。”

前往邯郸的驿道上，一辆驷马大车在积雪里艰难滚动，车轮在雪、水、泥凝结而成的冰凌子上发出“咔嚓、咔嚓”的碾轧声。

车篷子里，苏秦两眼闭合，浓眉锁起。

有顷，苏秦睁开眼睛，从袖里取出童子交给他的锦囊，抖出一小片羊皮。

苏秦展开羊皮，现出四行墨字，是一首十六字偈语：

纵横成局
允厥执中
大我天下
公私私公

苏秦长吸一口气，闭上眼睛。

“纵横成局，”苏秦自忖，“当是先生对我与仪弟治世要略的认可。允厥执中，本为舜帝诫禹之言，先生引用于此，或是诫我谨守中正和合之道；中正和合即无所偏倚，是纵亲必守准则，当无疑义。大我天下？与大我对应的是小我。小我为私，大我为公，大我天下当是天下大我，天下大我当是天下为公，天下为公当是先生为纵横大局所设想的终极目标。但这公私私公该作何解呢？是先生为天下大我制订的实施良方吗？大我天下，公私私公，从前后释义上可作此解。若作此解，何以是公私私公？万一不作此解呢……”

苏秦再次睁眼，目光落在偈语的最后一行上。

"公私私公"四个墨字，赫然醒目。

苏秦的两弯浓眉越凝越重。

公子疾轻松一声"紫云公主"，就将公子印由烈士变成了战俘。

然而，公子印早已抱定死国之志，即使秦公亲释其缚，待以上宾之礼，公子印仍旧不肯降顺。秦公无奈，只得将他"请"回咸阳，寄居于公子疾宅中。

半月之后，陈轸由楚地凯旋，向秦公奏报使命，将昭阳如何备战，如何建功心切，自己如何说服昭阳，昭阳如何改变心态，楚王如何密旨观望等过往情节一一禀明。秦公听毕，执其手不无感慨道："此番六国伐我，势如泰山压顶，关键辰光能够奋不顾身，力挽我大秦基业于将倾者，首推爱卿了。"

"君上……"陈轸感激涕零，跪地泣道，"臣不过是尽点儿小小的职分而已，君上却这般褒扬，臣实……愧不敢当！"

"呵呵呵，"秦公朗声笑道，"爱卿不必过谦。此番御敌，函谷道之所以未失，河西、商於之所以无虞，皆因楚人未动。而楚人未动，功在爱卿一人！"

"谢君上知遇！"

"拟旨，"秦公转对内臣，"陈上卿使楚退纵，功勋卓著，赏黄金一百两，歌伎十名，绫缎十匹，夜明珠一颗，轺车一辆，宝马两匹。"

内臣一一记下秦公赏赐。

"君上，"陈轸谢道，"臣略效此劳，君上却如此厚赐，叫臣……"重重叩头。

"爱卿请起，"秦公朝陈轸微微一笑，轻轻抬手，"与爱卿卓著功绩相比，这点赏赐不足挂齿。再说，寡人这里还有一求呢！"

陈轸起身复坐，拱手："臣贱躯皆属君上，君上但有驱策，臣必赴汤蹈火，死而后已！"

"不不不，"秦公连连摇头，"爱卿是寡人大宝，死不得哟！"身子趋前，"寡人听说爱卿与魏王膝下的安国君甚有私交，可有此事？"

"是有私交。敢问君上有何吩咐？"

"秦不缺兵，缺的是率兵之才。纵观此战，安国君伐我河西，真正了得，堪称不可多得的将才。"秦公拱手，"如此大才，寡人欲得之，特请爱卿成全。"

"君上，"陈轸略略一忖，似笑非笑道，"安国君是否将才，列国皆知。就轸所见，其将兵之才，智不及公孙衍，勇不及司马错。大秦三军中智如公孙衍、勇如司马错者，不在少数，君上却对此人这般器重，敢问……"顿住话头。

"唉，"秦公长叹一声，"爱卿既然问起，寡人也就实打实讲。当年先君在时，将阿妹许嫁安国君，虽是情势所迫，但阿妹与安国君毕竟有过夫妻之实。阿妹为秦立下大功，今却苦守宫中，再嫁他人不妥，若不嫁人，寡人总不能眼看阿妹守一生活寡吧？"

"君上，"见秦公将话说到此处，陈轸由衷信服，拱手，"君上仁心，臣知矣。只是，安国君他……"话头顿住，面现忧色。

"此人毫发无损，眼下就在咸阳，寄身上大夫府中。昨日听疾弟讲，安国君抱定死国之志，已经绝食三日了。寡人不想让他死，而能使其生者，只有爱卿了！"

"谢君上器重，"陈轸微微拱手，"臣这就奉旨探望老友去！"

上大夫府中后院，寂静无人。

一处偏房的房门虚掩着，公子卬一身戎装，两眼微闭，端坐于席。

前面案上摆着几盘美味佳肴，全都凉了。地上一坛美酒，坛封开启，案上一盏酒爵也早斟满，酒香菜香四溢扑鼻，但没有动过一口。一双玉筷整齐地码放着。

房门"吱呀"响过，陈轸走进，在公子卬对面轻轻坐下。

公子卬显然察觉有人来了，腰杆挺得更直，眼皮闭得更紧。

"上将军，是下官陈轸，陈轸看你来了。"陈轸的声音极轻。

公子卬打个惊战，猛然睁眼，两道目光如利剑般射向陈轸。

"陈轸见过上将军！"陈轸两手拱起。

"哼，"公子卬不无鄙夷地斜他一眼，"我道是谁，原是你个奸人！"

"好好好，"陈轸竖起拇指，"上将军骂得好哇！"

"你……"公子卬气急，"真还没见过你这般无耻之人！"

"不不不，"陈轸连连摇头，"上将军可以骂轸是奸人，却不可骂轸无耻。"

"咦？"公子卬倒是愣了，两眼直盯住他，"为何不可？"

"上将军请看，"陈轸拿过公子卬前面的酒爵，倒出一些，用手蘸几蘸，在案上写出一个"姦"（奸的繁体）字，"三女成奸，女为家室，家室为私，奸即私也。轸是俗人，爱恋美女佳肴、功名富贵，是个道地的奸人。然而，轸虽奸人，却非无耻之辈。轸在魏十数年，上将军可曾见过轸做过半点无耻之事？可曾见过轸盗抢欺蒙？可曾见过轸不忠不孝？可曾见过轸忘恩负义？可曾见过轸言而无信？可曾见过轸强取豪夺？轸敢对天起誓，轸既凭本事吃饭，亦按规矩做人，有奸心，却知耻。”

“陈轸，”公子卬冷笑一声，“亏你还能说出这些！我这问你，你设下赌局，引诱白家少爷赌光家私，算不算盗抢？你弄出什么凤鸣龙吟，怂恿父王南面称孤，使大魏从此陷入危局，算不算不忠？父王待你不薄，你却背离父王，事魏世仇，算不算忘恩负义？至于此生是否做到言而有信了，你可扪心自问！”

“唉，”陈轸长叹一声，泪水流出，“别人不知内情，可以这么讲，上将军怎能这么讲呢？我设元亨楼不假，可我为什么设呢？还不是因为上将军您？白少爷入局，是他自愿，我没有使人强迫过他。南面称孤，本为王上心愿，我弄出那个凤鸣龙吟，是对王上尽忠。王上待我不薄是真，可我也把心掏给王上了。至于逃离魏国，上将军你是知情的。轸若不走，上将军还能在此地见到轸吗？至于是否守信，轸无语自辩，唯有公断。他人自不待言，就上将军所知，这些年来，轸可曾有过一诺不守？”

“这……”公子卬倒是语塞了。

“上将军哪，”陈轸抹把泪水，“这些年来，轸之衷肠，唯将军知。轸之委屈，也只有诉予将军听啊。轸逃过庞涓剐身之难，也算是死过一次的人了。自轸至秦，本以为再无知己，不想天意成全，今朝得见将军，死无憾耳！”说着，从菜篮子里取出一爵，拿起酒坛，斟满酒，将对面斟满酒的酒爵端起，双手捧给公子卬。

卤水点豆腐，一物降一物。陈轸真正是公子卬的克星，只消一番说辞，就将他驳得无言以对。见陈轸这又递上酒爵，公子卬拒绝不得，便半推半就地伸手接过。

“上将军，”陈轸端起面前酒爵，“啥都甭讲了，为你我多年来相识、相知，痛饮此爵！”说毕一饮而尽，将空爵底朝天亮给公子卬。

公子卬两眼一闭，一口饮下。

“来来来，”陈轸摸出一双筷子，在菜碟子上敲敲，“上将军，垫垫肚子好喝酒。此地再无别人，你我喝个尽醉。”

有了一，接下来只能是二。公子卬长叹一声，拿起筷子，夹菜入口。

由于绝食三日，体力不支，腹中饥渴，这又突然开戒，把菜当饭，将酒作水，不消半个时辰，原本有些酒量的公子卬竟也支撑不住，再次满饮过后，情绪激昂，先将空爵“啪啪啪啪”连续击砸案面，继而起身狂舞，以头撞柱，再后伏在柱上号啕悲哭。

陈轸坐在那儿不动声色，直到他的哭声低下去，方才缓缓起身，走过去，两手在他肩上重重一按：“从今日起，在下不叫你上将军了，也不叫你安国君，仍旧恢复昔日称谓，叫你印弟！”

“陈兄，”公子印紧握其手，“魏印此生，活得窝囊啊！”

“印弟，你且说说，是哪儿窝囊了？”

“魏印自幼喜兵，却逢战必败，好不容易打次痛快仗，这又沦为阶下囚……”公子印说不下去，再次将头撞柱。

“所以呀，印弟，听轸一句，留得青山在，不愁没柴烧。想开一些，未来有的是仗打！”

“我……”公子印的指节捏得咯咯直响。

“印弟，人生如梦，把酒作歌，来来来，今朝不谈这个，喝酒！”陈轸挽住他的胳膊，再次扯回案前，举爵对饮。

又灌几爵下去，公子印烂醉如泥。

陈轸轻叹一声，命人将他背到车上，载回自己府中，安排婢女侍奉睡下。

第 084 章｜ 败六国秦公称王 驱犀首张仪拜相

函谷一战，秦以一国之力，敌六国之军，不胜也是胜了。

这也是自即位之后秦公在列国舞台上真正有意义的亮相。战后一个月，秦公旨令清理损失，抚伤恤死，论功行赏，公孙衍、陈轸、司马错、公子华、公子疾、甘茂等一应将士，凡是参战者，尽皆重奖。即使被公子卬打得闭门不出、连丢河西数十邑的吴青，也因应对得法，使秦避免更大损失，不仅没受责罚，反倒晋爵一级。

秦公在朝中一连颁奖数次，独无张仪。

朝臣亦无猜测和议论，多数认为他虽然参战，却没建功，因他既无斩首，也未明确挂帅，所谋也在暗中，多是讲给秦公听的，即使是公孙衍也不晓得。

张仪初时也是诧异，以为秦公会另有说法，连候几日，仍旧不见说辞，好像这场大战压根儿与他张仪无关似的。

咸阳城内，各家府宅皆有庆贺，唯独张仪的右庶长府冷冷清清，莫说是争强好胜的家宰小顺儿脸上挂不住，即使是香女也觉不平，要他进宫问个公道。

“好戏在后头呢，”张仪笑对香女道，“筹备酒宴，本公请了几个贵宾，马上就到！”

果不其然，酒菜尚未备好，几辆马车就在府前停下，公子疾、公子华、司马错三人搭作一伙直入正堂。

香女端上酒菜，四人把酒畅饮，不消半个时辰，皆有醉意。

几人中，只有公子疾晓得张仪所建之功，此时喝多了，趁酒意鸣不平，公子华大声附和。得知自己出奇兵原是张仪所谋，司马错大是叹服，当即表示，再上朝时为张仪请功。

“呵呵呵，”张仪摆摆手，把酒笑道，“在下叫诸位来，不是求你们帮在下请功的。”

几人一怔。

“在下是为两桩事情，其一是，”张仪举爵，“请诸位喝酒。在下虽是酒鬼，却不喜欢喝闷酒，特请诸位助兴。来来来，请端起。”

三人纷纷端起酒爵。

张仪举爵，朝几人拱一拱手，一饮而尽。

三人没有举爵，只是各睁两眼，盯住他，听他下文。

“其二，”张仪抿下嘴唇，“是想送给诸位一桩功劳。”

三人尽皆放下酒爵。

张仪示意，三个头凑过来。张仪如此这般讲述一番，三人无不表情惊愕，面面相觑。

“诸位，”张仪干脆把话讲绝，“若是信得过在下，就照在下所言，不可有误。”

一阵沉默过后，三人先后点头。

“好！”张仪又倒一爵，“来，为这桩功劳，干！”

四人碰酒。

半月过后，秦宫大朝，张仪启奏夜观天象，咸阳上空有王气冲天，公子华启奏凤鸣岐山，公子疾启奏龙跃渭水，司马错启奏有麒麟现身咸阳北郊。一时间，朝中几位重臣接连应和，无不上奏祥瑞异象，朝廷之上群臣一时呆了。

与群臣一般无二，秦公也是一脸惊愕。

待回过神来，秦公怫然作色，不由分说将几人呵斥一顿，说一堆“大敌虽去，合纵仍在，初战虽捷，却不能浮躁自满，南面称王……”等虚话套话，喝令退朝，拂袖而去。

满朝文武面面相觑一阵，尽皆看向率先启奏的张仪。张仪两手合掌，“啪啪啪”地连拍几下，拍完之后，扭身即走。

谁也不晓得他为何而拍。

公孙衍一脸惑然，眯眼琢磨一会儿，轻叹一声，摇头亦出。

望着张仪渐去渐远的背影，陈轸嘴角浮出一丝说不清、道不明的苦笑，不无叹服地拧起眉头，深吸一口长气。是的，这些无不是他曾经玩过的把戏，但他当年玩得那么辛苦，人家张仪却信口道来，连个证人证物也不屑准备。

关键是，张仪玩得恰当其时。

就天下情势而论，秦公是该称王了。

一连数日，秦公不再上朝。

公子华有事欲奏，听闻秦公在御花园里，赶过去求见，却被守值内臣拦在园门外。公子华扯住内臣，求问细情。

“不瞒公子爷，”内臣悄声道，“君上这些日来心事浩茫，一直闷坐，莫说是见人，连膳食也不应时。不过，今朝心情稍稍好些，听说园中迎春花开，移驾赏花来了，大家都很开心呢。内宰特别叮嘱小的在此守候，任谁来也不准禀报，免得扰了君上雅兴。”

“这……”

“若是急事，公子爷可在此处守候，待君上出来，就可见驾了。”

“也好。”公子华谢过，就在附近林荫信步溜达。

正走之间，公子华听到身后一阵细碎的脚步声，接着，一阵幽香袭来，扭头一看，惊喜道：“云妹！”

是紫云公主。

“华哥。”紫云顿住步，小喘道。

“云妹，你这气喘吁吁的，慌什么呢？”

“寻你！”紫云嗔他一眼。

“寻我？”公子华呵呵乐了，“是有好吃的了，还是有好玩的了？”

“你净想自家好事，”紫云又是一嗔，“从来就没为紫云想过。”

“咦，云妹呀，”公子华越发乐了，“这话可就冤死华哥了！我这问你，华哥何时不曾想到过云妹了？华哥何事不曾想到过云妹了？记得有年云妹想吃老太后花盆中的长命果，是谁人从老太后的龙头拐杖下面替云妹偷摘出来的？”

“就让你偷枚果子，瞧你早晚挂在嘴角上。”紫云做出委屈状。

“好了好了，”公子华凑上来，轻声安抚，“云妹呀，想让华哥做什么，轻启玉口就是。”

“我……”紫云脸色微红，“想见一个人！”

“谁？”

“就是……就是那个……”紫云的脸色更红了。

“嘻嘻，”公子华涎脸一笑，凑她耳边，压低声音，“是安国君吧？”

紫云啐他一口，揪住他耳朵，咬牙恨道：“再提那个死人，看我拧断你这耳朵！”

“咦？”公子华捂住耳朵，挠几下，“不是那个……又是哪个呢？”

“就是你常提起的那个！”

“这……”公子华有点蒙了，“华哥提过的人多了去了，云妹想见的是哪个呀？”

“就是……那个嘴巴会讲的。”

公子华挠起头皮来：“阿妹呀，是个嘴巴都会讲呀！”

“右庶长，”紫云公主豁出去了，“就是张仪！”

“张仪？”公子华吃一惊，“阿妹，这……这不成呀！”

“为啥？”

“因为……”公子华抓耳挠腮，“因为张仪早有家室了。”

“我晓得。他夫人名叫香女，天生奇香，还会舞剑！”

“是是是，”公子华竖拇指赞道，“云妹耳目倒是灵通。”

“华哥，”紫云脸上红晕褪去，眼中现出倔强，两道目光直逼过来，“云妹相中这人了，你必须帮我。”

“这……”公子华面现难色，“云妹有所不知，张仪与他夫人相亲相爱着呢。不瞒云妹，华哥从未听说他在外面有过女人，府中也没纳妾，想来张仪是个重情的人呢。”

“要是他们不恩爱，要是那人不重情，紫云我还看不上呢！”紫云越发认定了，“华哥，我认定他了，我这就要见他。”

显然紫云不是一时心血来潮，是真的上心了。河西之战，紫云公主军功显赫，但因是女儿身而无法封君，也不好定爵，孝公只好在咸阳为她专门立起一宫，号紫云宫，封为大秦第一公主，赐金杖，享永生刑事豁免权，位在秦宫所有女子（除老夫人及其母夫人之外）之上。因公子印健在，且未写休书，紫云公主在名义上就不好嫁人，一直孤零零一个人。但秦宫遵法而不循礼，宫闱男女之事没有成规，紫云公主喜欢谁就可与谁肌肤相亲。

紫云公主却是心高气傲，谁也没有看上。公孙衍初入秦时，公子华考虑过撮合他俩，侧面提过数次，但她似乎没有动心。

此番紫云看上张仪，竟然寻他寻得气喘，公子华不得不慎重起来，吸口长气，思考有顷，一拍脑门道：“有了！”

“华哥快讲！”

“张仪是个酒鬼，我把他灌醉，云妹与他生米煮成熟饭，如何？”

“这……”紫云脸色绯红，略一迟疑，旋即点头，“也好，听说香女当年也是这般嫁他的。”

“嘿，”公子华惊愕了，“云妹真是神了，连这也晓得哩。”

紫云不无娇羞，低下头去。

想到自己要奏的事情并不紧要，公子华当即动身，请紫云去他府中，安排范厨备好酒菜，亲自去请张仪。

张仪早就听他说起过这坛百年陈酿，听到公子华请他品尝，二话没说，抬脚就走。

范厨拿出本事，备好七冷八热满满一案美味佳肴，又将祖传陈酿提出一壶，摆在堂中。张仪一入院就闻到酒香，连赞好酒，迫不及待地直入酒席，“噗”地坐下。

公子华亦无二话，与他对坐，拿过摆在案上的酒壶，美美嗅几下，绘声绘色地开讲范家陈酿的陈年往事，说是喝过此酒的人屈指可数，在魏地，只有两个死人和两个活人，两个死人是范厨的先祖和先父，两个活人是孙膑和公子华，莫说是庞涓，连魏王也不曾喝过。而在秦地，得饮此酒的也只三人，一是秦公，二是嬴虔，三就是他张仪了。

张仪未饮先醉，拿过酒壶，连嗅数下，就要斟酒，被公子华拦住。

“张兄且慢，”公子华拿过酒壶，笑道，“今得美酒，当有美人斟酒才是。”言讫击掌，素衣飘飘的紫云移步趋入，没有珠光宝气，不见粉黛颜色，但见双颊娇羞，二目含情，一颦一笑，尽现真朴之美。

尽管张仪见识过不少阵仗，也是看得两眼发直，怦然心动，转向公子华道：“果是美女，公子金屋藏娇，让在下饱眼福了！”

“小女子谢先生美言。”紫云跪在地上，拿过酒壶，慢慢倒酒，举止如一般侍婢无二。

观她衣着，张仪只将她视作府中侍婢，再没多问，与公子华切入正题，把酒品啜。

果是好酒。

不消多时，壶中仙品已被“品”完，二人的酒兴却刚升起。公子华吩咐搬来早已备好的三十年陈酿，开怀畅饮。

有美女斟酒，有仙品垫底，二人完全放开了。不消半个时辰，一坛老酒已是见底，公子华喝叫再开一坛。同时传令起歌舞。一十六名乐手依序而进，席地跪坐，奏起雅乐。一十六名舞女翩跹而出，从乐起舞。音乐雅致，舞姿曼妙，美女频斟，公子连劝，张仪把持不住，不消一时就喝高了。

别人喝高了或吐或睡，张仪喝高了却要耍个小酒疯，忽地站起，歪歪斜斜地当庭起舞。紫云见了，也站起身，在他身边伴舞。

张仪两眼迷离，紫云含情脉脉，没舞多久，两个躯体就你来我往，贴作一处。

见张仪脚步已是踉跄，公子华示意，紫云扶他去往侧室，侍奉他躺于卧榻。

张仪睡醒时已是夜半。

房中燃着数盏灯，两盆炭火，既暖和又亮堂。紫云躺在他怀中，仍未睡醒，但衣衫不整，头发凌乱，半隐半露的酥胸上搭的正是他的手臂。

张仪唬出一身冷汗，急急松开，翻身坐起。

经他这一折腾，紫云也醒过来。显然意识到场面尴尬，紫云粉脸娇羞，胡乱扎起衣裳，头发也顾不上打理，飞也似的逃走了。

见紫云逃走，张仪这才松下一口气，将昨晚之事细想一遍，将脑门子连拍几拍，自说自话："张仪，张仪，喝酒误事，切记，切记！"

惺忪一时，感觉内急，张仪起身，匆忙间寻不到茅房，见四下并无他人，就在院中竹丛里行过方便，回房倒头又睡。

张仪再醒时，天色已是大亮，院中传来人声。

一阵脚步声响，公子华走进。

想到昨夜之事，张仪面上过不去，拱手道："公子好酒，让张仪出丑了！"

"呵呵呵，"公子华亦拱一下，爽朗笑了，"听闻张兄是性情中人，昨日始信。酒不醉人，人自醉矣。张兄喝到后来，两眼发直，目中只有美人，连在下也不睬了。"

张仪脸上一阵臊红："是公子谋我！"

"嘿，得了便宜还卖乖，天底下哪有你这号人？"公子华就题发挥。

"好好好，"张仪连连拱手，"在下服你了。"看看日头，"在下这得告辞。一宵没回，我家香女放心不下呢！"

"我说张兄，"公子华却不撒手，"你就知道嫂夫人，难道就不问问昨夜良宵春梦，搂在怀中的是何人吗？"

"何人？"张仪心里一紧。

"未来的大秦陛下嫡亲御妹！"公子华盯住他，微微一笑，打趣他道，"紫云公主慧眼相中张兄了，在下这在等着喝张兄的喜酒喽！"

张仪脸色陡变，许久，方才长叹一声："唉，喝什么喜酒？公子呀，你这是拿在下朝火墙上推啊！"

多日不朝的秦公突然召请大良造公孙衍和上卿陈轸入宫觐见，二人皆吃一惊。

没有几句客套话，秦公就将话题扯到张仪的奏议上，紧盯二人："二位爱卿，天降祥瑞，右庶长等奏议寡人祭天祀地，寡人不敢逆天，但天地之祭，事关重大，寡人心中忐忑，今召二位爱卿，是想听听二位高见，请二位畅所欲言。"

公孙衍、陈轸互望一眼，各自低首。

候有一时，见二人仍不开口，秦公直接点将："公孙爱卿？"

"君上，"公孙衍拱手，"张仪所奏，臣以为有三不妥。"

"哦？"惠文公身子前倾，"爱卿请讲！"

"其一，"公孙衍直抒胸臆，"天降祥瑞，皆为传言，臣使人探访，迄今尚未取到实证。秦法，无证不立。其二，山东列国皆已并王，君上此时南面，是步列国后尘，既无新意，亦难收奇效。其三，当年君上与苏子在论政坛上所辩，必已广播天下，列国皆知。"

公孙衍显然有意和张仪对着干，一连列出三条反驳奏议，条条直中靶心。第一条，在秦国，秦法为大。张仪想得周全，却未虑及此条。第二条，等于复述惠文公自己在朝堂所言，用上意来驳张仪。至于第三条，则是把张仪所奏彻底堵死。

这三条反驳显然出乎秦公预料。

秦公捋须沉思，场面一时冷清。

沉思良久，秦公抬头，看向公孙衍："爱卿可有长谋？"

"臣以为，"公孙衍顺势说道，"六国合纵谋我，大敌虽去，危局未解，我当以三策应对：一是韬光养晦，储粮备战；二是结交列国，稳定戎狄，化敌为友；三是取苏子之谋，在合适时机帝临天下，以盖群雄。"

"爱卿之意是，不王而帝？"惠文公目光质疑。

"这……"公孙衍听出话音，不好再说下去。

"对张子所奏，陈爱卿意下如何？"惠文公略顿一下，转问陈轸。

"回禀君上，"陈轸拱手奏道，"天降祥瑞，必有实证，君上可旨令呈供。天地之祀，既关天地，当听天意，君上可赴太庙卜卦！"

"爱卿所言甚是。"惠文公连连点头，拱手辞客，"寡人有扰二位爱卿了！"

公孙衍、陈轸拜别，一同退出宫门。

步下殿前台阶后，公孙衍显然不屑与陈轸同行，迈步正欲走去，陈轸住步，朝公孙衍拱手揖道："公孙兄留步！"

"哦？"公孙衍亦顿住步，扭头看过来，却没还礼，"是陈大人呀，兄不敢当，请问何事？"

"在下略备薄茗一壶，欲请大良造赏脸品鉴！"陈轸再次拱手。

"品鉴不敢，"公孙衍略一拱手，"谢陈大人厚爱。只是在下冗务在身，敬请宽谅。"说罢，转过身，大踏步而去。

陈轸晓得公孙衍仍在记恨当年之事，望着他的背影怅然一叹："唉，公孙兄，似你这般胸襟，连一个陈轸也容不下，哪里能是张仪的对手？"摇摇头，径投嬴虔府中去了。

此后数日，在张仪、公子疾、公子华等发动下，众多朝臣纷纷上奏，各个郡县均有祥瑞异象报奏，证物证人也都陆续送抵咸阳。大良造案头摆满各地传来的异象奏闻及群臣奏请祭天的奏章。

直到此时，公孙衍方才明白自己做了蠢事，正自追悔，府门外面一片喧嚣，一队宫卫旋进院子，荷枪侍立。公孙衍慌里慌张出迎，刚出堂门就见惠文公健步走入，赶忙叩地迎驾，被惠文公一把扯起，挽臂入堂，分主仆坐了。

"公孙爱卿，"惠文公客套几句，眼角斜向案前一堆奏章，直入主题，"你这儿的奏议不少嗬。"

"启禀君上，"公孙衍拱手道，"臣正欲进宫，向君上奏报此事。"

"呵呵呵，"惠文公朝他笑笑，"不想寡人先行一步了。"指向奏议，"就案上这些，爱卿是何观瞻？"

"君上，"公孙衍再次拱手，"天降祥瑞，异象纷呈，证人证物臣这儿全齐备了。前几日，臣使人夜观天象，斗转星移，斗柄正对秦野，紫微闪烁异常，这些确为帝王气象。天意不可拂，民意不可违，是以臣以为，君上可以祭天，南面称孤。"

"唉，"惠文公长叹一声，"公孙爱卿，其实寡人此来，并不是与你谈这事的！"

"君上？"公孙衍一怔。

"此地并无他人，寡人这也对你实说。"惠文公指着案上奏议，"所有这些，都是应景之作，寡人心里有数，爱卿心里也有数。寡人想说的是，时过境迁，六国并王谋我，寡人若再韬光养晦，内不足以激励民志，外不足以抗衡列国，这个王位，寡人是不得不坐了。”

见惠文公如此托底，公孙衍深为所动，长吸一口气，跪地叩道：“君上，是臣谋短了。”

“爱卿请起，”惠文公抬手，见他起身坐定，接道，“爱卿所谋，亦不为短，是寡人此前把路断了。”

“君上……”

“好了，”惠文公摆手，“我们不谈这个，如何祭天，如何建制，寡人想听听爱卿之意。”

“回禀君上，”公孙衍早有备案，择要奏道，“若是此说，臣倒有一奏！”

“请讲。”

“商君之法虽说利于耕战，但过于严苛，尤其是连坐之法，民皆畏惧。以威势临民，民惧服而非心服，可用于战时，不可视作长策。是以臣斗胆奏请君上借祭天之威，仿照中原朝制，设立相府，改良商君之法，推行新政，以宽仁治民，德临天下，成就王业。”

公孙衍此奏，显然不是一时心血来潮。

“公孙爱卿，”惠文公二目微闭，思虑良久，睁眼应道，“秦民不化，难以理喻，只可严律，不可宽宏。商君之法在秦由来已久，秦民皆已知法，惧法，视法为大，若是废之反倒不妥。不过，如爱卿所言，适当改良倒是可取。至于吏制，不宜硬套中原，但可以改革，设立相府节制。爱卿可据此拟出条陈，三日后上朝，报奏寡人。”

“臣领旨。”

三日之后，秦宫大朝，公孙衍上奏，秦公颁旨祭天。

及至四月，秦公择定吉日在咸阳效外拜祭天地，诏告天下，正式称王，是谓秦惠文王。同日，秦惠王颁旨设立相府，重新诏命百官。

相府虽设，相却未拜。就在众臣翘首以待相位归属之时，秦惠王却旨令五大夫以上诸臣，包括各地郡县守丞，尽皆荐举相国人选，所荐奏折依照旧时规程呈送大良造府，由大良造统一报奏。

显然，拜何人为相，秦惠王仍在斟酌。

秦惠王确实在为相位人选犯难。

惠王心中的不二人选是张仪，但问题是，公孙衍如何安置?

公孙衍堪为大才，至秦后屡建大功，又在大良造位上辖制百官数年，朝臣及各地郡县没有不服的。如果舍公孙衍而拜张仪，公孙衍该作何想？以公孙衍之志，必舍秦而去。秦已失苏秦，再失公孙衍，单凭一个张仪，何以遏制列国？

惠王一时寻不到解招，突然想到前太傅嬴虔，遂去探望。相国人选至关重要，作为前朝老臣，老太傅在秦国公族世家里威望颇高，惠王很想听听他的建言。结果，他还没有张口，嬴虔就出口荐举陈轸。在他眼里，陈轸才是真正的大才，胜商鞅多矣。

惠王笑笑，问候几句身体，闲扯几句，便托词离开。

惠王前脚刚走，陈轸后脚赶到，寻他对弈。

棋局尚未摆开，老太傅便拱手贺道："陈轸哪，老朽这要贺喜你了。"

"贺喜？"陈轸怔道，"敢问太傅，晚辈喜从何来？"

"未来国相呀！"老太傅诡秘一笑，压低声音，"不瞒你小子，方才王上探访老朽，老朽断出王上是征询国相人选来的，就向他荐举你了。你猜王上是何反响？是连连点头，眉开眼笑呀。哈哈哈，你小子就等着坐那相位吧。"

显然，嬴虔老了。老而生童心，凡事也就想得天真些。

望着面前的一头白发和真诚表情，陈轸苦笑一声，拱手："谢老太傅抬爱。"摆开棋局，拿出装黑子的棋盒双手呈上，"太傅，您请执先。"

"咦？"嬴虔大是诧异，"你小子，大喜临门，你不好好慰劳老朽，就让执个先？"说罢将棋盒推到一边，连连摇头，"这般打发老朽，不成，不成！"

"不瞒太傅，"陈轸又是一声苦笑，"国相人选，大王早就定妥了。"

"啊？"嬴虔吃一怔，"何人？"

"右庶长，张仪！"

"什么？"嬴虔一拍几案，"你是说那个在楚国偷走和氏璧的家伙？他算老几！不成，不成，老朽这就进宫问问驷儿！"

嬴虔起身欲走，被陈轸死活扯住衣襟。正拉扯间，公子华回来探父，被嬴虔逮个正着，劈头问及此事，公子华推说不知。

"看看看，"嬴虔乐了，转对陈轸，"你小子净是瞎猜。华儿与驷儿自幼就在一起耍，形影不离，如果驷儿定下人选，华儿不可能不知。"

陈轸自也晓得其中利害，对公子华揖道："适才前辈与在下话及相国之事，是在下妄猜上意，公子万不可当真，亦请不要对外提起！"

"陈大人，"公子华回揖，"在下心里有数。"盯住他，"顺便问一句，如果大王真的如大人所言，拜右庶长为相，大人作何感想？"

"唉，"陈轸长叹一声，"不瞒公子，在下为大秦使楚，奉大王旨意与张仪结怨。在下探过鬼谷，又在楚地与他交道多日，深知其人。鬼谷诸子中，仪与苏秦、孙膑大是不同，与庞涓倒有几分相似，却又胜之数倍。仪大用于秦，在下必不容于仪，处境危矣。"

陈轸与张仪的过节，公子华自是熟知，安慰道："陈大人想多了。人臣各为其主，大人奉旨谋事，张仪焉能不知？再说，彼一时也，此一时也，张仪今与大人同朝为臣，共谋王业，想必不会再去计较过往的斤斤两两。"

"如此最好。"陈轸再揖，"公子若是得闲，也望在张子面前为轸说几句软话。"

"谢大人信任，在下一定尽力！"

当公子华到右庶长府上"说软话"时，张仪果如陈轸所料，恨得牙齿"咯咯"作响，誓言让陈轸付出代价。

说也凑巧，刚好这日上灯时分，秦王不期而至，且自带酒菜，在后花园的凉亭里与张仪对酌。君臣谁也没有聊及朝事，只是喝酒。

酒过数巡，张仪借酒意道："我王陛下，臣听说有人脚踏两只船，随时准备开溜呢！"

"哦？"秦王略略一怔，以为他矛头指向公孙衍，笑道，"爱卿不会是指大良造吧？"

"大良造为人磊落，臣不敢中伤！"

"爱卿是讲……"惠王又是一笑，豁然开朗，"陈上卿吧？"

"大王圣察。"

"爱卿何出此言？"

"据臣所知，"张仪侃侃言道，"陈轸在楚，令尹昭阳对其言听计从，非寻常私交可比。不仅是令尹，听闻楚王亦与轸相善，轸出入章华台，如出入自家庭院。商於谷地本为楚有，前些年却为商君所夺。此谷六百里乃楚、秦咽喉，为兵家必争之地，是以楚人视秦如寇，轸身为秦使，却分别得宠于楚国君臣，个中蹊跷，不言自明！"

"爱卿想多了，"秦王笑道，"陈爱卿使楚，是寡人一手安排，结交昭阳，逼迫爱卿，也是受寡人所使。就眼下所察，陈爱卿在楚，并无出格之事。"

"臣治越期间，断过一桩讼案，大王可愿闻否？"

"寡人愿闻。"

“有女风流成性，滥交男人，连嫁数次，皆被遣返，但因其貌美，音甜，善媚，总有男人娶她。在又一次被遣返之后，父母恨其不淑，败辱门庭，拒其入门。此女痛哭流涕，誓言痛改前非。父母心慈，只好许其归门思过。思过数月，此女果是有悔，行为举止无不贤淑。父母喜，再使媒妁约嫁。邻近知此女者，无人肯娶。一远客游至，不知端底，见此女貌美性温，举止得体，又有媚态，遂下聘礼，娶之入门。不及三月，此女旧疾复萌，与仆役通奸时，为其夫察觉。仆役情急，刃其夫，终成讼案。”

话音是明摆着的，秦王微微皱眉：“爱卿是说，陈轸有二心？”

“不是二心，是三心，四心！臣听闻，陈轸早年在卫，为宋谋。入宋，为魏谋。在魏时，又密结商君，为秦谋。今轸入秦，大王敢望此人一心为秦乎？”

秦王长吸一口气，眉头结得更紧。

“以臣所断，”张仪趁热打铁，“列国七强，可以王天下者，非秦即楚，秦、楚不共戴天。秦视楚为敌，楚亦视秦为仇。作为仇敌使臣，楚国君臣何以独信陈轸？大楚之王，仅为一个白肤舞姬吗？堂堂令尹，尚缺几箱黄金珠宝吗？是以臣疑此人以国情输楚。”

秦王眼睛微微闭合，陷入沉思，良久，抬头：“爱卿所言，不可不察，只是，捉奸须双，捉贼须赃，无凭无据，叫寡人如何处置？”

“若是不出臣所料，”张仪应道，“近日陈轸或会向大王辞行。”

“辞行？”秦王怔道，“辞行何为？”

“去秦适楚。”

“这……不会吧？”

“王若不信，可试问之。”

秦王本想听听张仪如何看待相国人选，不料被张仪将话题引至陈轸身上，反倒怀下心事，越琢磨越不踏实。反复数日，秦王终是按捺不住，召陈轸入宫，闲聊几句，直入主题：“陈爱卿，寡人这召你来，是有一桩难事。”

“可是相国人选？”陈轸点破。

“正是。依爱卿之见，何人堪当此任？”

“张仪。”

“哦？”秦王略是一怔，吸口长气，微微点头，转开话题，“寡人听说，爱卿近日要出趟远门，可有此意？”

“大王明察，臣确有此意。”

“爱卿欲至何地，寡人愿为爱卿约车。”

“谢大王恩典，”陈轸拱手，“臣欲往楚地。”

“哈哈哈，”秦王长笑数声，“爱卿此行，还真让人说着了呢！”

“大王，恕臣冒昧猜度，能够说着臣的，必是这个未来国相了吧！”

“是何人并不紧要，”秦王又笑几声，二目直逼陈轸，“只是他所讲的一个讼案，倒是成趣。”

“敢问大王，是何讼案？”

“说是一个不贞之妇，因心怀二志，致其夫家罹祸，终成讼案。”

“臣不才，求闻讼案。”

秦王将张仪所讲讼案一一复述，之后，二目如炬，直射陈轸。

“臣没有讼案可说，”陈轸沉思有顷，拱手应道，“却也遇有一桩趣事，大王可愿一听呢？”

“寡人愿闻。”

“楚人有一妻一妾，妾年少貌美，自不待言，妻虽年长，却也风韵不减。有客至，居楚人之家，戏楚人妻，遭妻唾骂，复勾其妾，妾半推半就，未几，得手。客居不久，楚人死，其友问客：‘你今如愿以偿，我且问你，娶下哪一个了？’客应道：‘已娶其妻矣。’其友愕然：‘咦，其妻辱骂你，其妾迎合你，你为何不娶其妾，反娶其妻呢？’客笑道：‘此时与彼时，所想不同而已。客居其家时，我想的是谁能迎合我。而今居家娶妻，我想的则是谁能为我而辱骂其他男人。’”

陈轸于眨眼间对出这个故事，秦王大是叹服，竖拇指赞道：“爱卿真急智也。”

“谢大王夸奖，”陈轸应道，“非臣急智，此故事在楚地广为流传，臣不过是有感而发罢了。”

“爱卿心迹，寡人知矣。只是，寡人甚想知道，有人预测你去秦适楚，寡人也忖知你将去秦适楚，你其实也心知肚明，为何仍要对寡人明言去秦适楚呢？”

“回禀大王，”陈轸苦笑一声，“除去楚地，臣真还不能再去其他地方了。”

“咦？”秦王怔了，“爱卿何出此言？天下之大，难道爱卿只有楚国一地可去吗？”

“正是。”陈轸再出一声苦笑，“大王试想，未来国相既已预测，大王既已忖知，臣若是另适他地，岂不有失大王和国相所望吗？至于臣是否会以国情输楚，方才那个掌故已代臣言明。想必大王已知，楚王不算昏主，昭阳亦不为庸相。臣若以秦之国情输楚，则与楚人之妾一般无二，大王难道相信楚王、昭阳会重用臣吗？”

“好辞令啊！”秦王脱口赞道，“陈爱卿，寡人相信你，也请你相信寡人。这样吧，爱卿既然动念再去楚地，寡人理当成全，这就予你车二十乘，金百镒，歌伎二十，依旧持大秦使节，如何？”

“大王……”陈轸由衷感动，叩地泣道，“臣……臣……”

“爱卿请起，”秦王亲手扶他起来，“爱卿此去，在楚地想待多久，就待多久，何时待得闷了，你再回来。无论爱卿身在何处，寡人必定念着你。记住，秦地，永远是你的家。寡人，永远是你的亲人。”

“大王，”陈轸哽咽，“轸……记下了！”

从宫中回来，陈轸担心夜长梦多，便安排仆从翌日出行。

陈轸正自收拾细软，宫中赏赐之物并二十名歌伎送达。一番迎送过后，天色已黑。陈轸刚要喘口气，猛然想起一事，遂让仆从端起菜肴，自提一坛陈酿，缓步走进府中一处偏院。

在此院寄住的是公子卬。

听到脚步声，公子卬迎出房门，拱手揖道：“一听声音就知是陈兄来了。”

陈轸放下酒坛，回揖：“卬弟，在下与你话别来了。”

“话别？”公子卬怔了，“陈兄这是……”

“吃着说吧。”

陈轸提酒坛进屋，支走仆从，摆下酒菜，斟满酒，与公子卬一边喝酒，一边将与张仪如何结怨等事，由头至尾，根根源源地全都倒给公子卬，末了叹道：“唉，想我陈轸，真就是个苦命之人，在魏辛苦多年，尚未有个出头之日，无端得罪庞涓，被逼入秦，在秦刚刚有个开端，这又遇到张仪。鬼谷子的门下弟子，真就是在下的克星啊！”说着，连连摇头，举爵，“来来来，卬弟，干！”

公子卬放下酒爵，两眼呆滞。

“卬弟？”陈轸一怔，斜望过来。

“好好好，”公子卬一下子回过神，举起酒爵，脸上起笑，语气却是伤感，“楚地广博，陈兄此去，定如蛟龙入海，可喜可贺，来来来，魏卬恭贺了！”说罢仰脖饮尽。

"印弟，"陈轸没有喝，放下爵，两眼盯住他，"在下已经请示秦王，已得秦王口谕，这处宅院从明日起，就归入印弟名下。至于印弟名分，秦王将择日另行诏命。"陈轸嘴角现出笑，多少有些苦涩，"山不转路转，有朝一日，轸若有幸再来秦地，再入此门，就是印弟的门下客了。"

"陈兄，你……"倒是公子印怔了。

"今宵诀别，在下有几句话欲问印弟。"

"陈兄请讲！"

"印弟可曾想过前路？"

"想过。有朝一日，嬴驷或会召我，待见他时，在下就请命回国！"

陈轸摇头。

"有何不妥吗？"

"不瞒公子，"陈轸改过称呼，"据在下所知，公子已经回不去了！"

"为什么？"公子印惊问。

"因为所有魏人都已认定公子战死沙场，庞涓为公子请功，你的父王也旨令太庙在正殿立起公子牌位，公子头盔与二十勇士之盔合葬于临晋关了。公子若回，人也？鬼也？"

公子印手中的空爵掉在地上，整个惊得呆了。

"印弟，"陈轸的声音不急不缓，"于世人而言，于大魏而言，曾经的上将军公子印已经殉国，不可复生，不过，公子眼前仍有三条路可走。"

公子印目光呆滞。

"第一条，苟活。第二条，求死。第三条，为秦效力。"

公子印的眼珠子动了一下，望过来。

"如果公子求全性命，可走第一条，在下明日即带公子入楚，你我二人忘情于江汉之间，优哉游哉，不亦乐哉。如果公子认命，满意于现今功名，可走第二条，真心求死之人，天下无药可救。如果公子不认命，不服输，仍想做一个真正的将军跃马沙场，验证自己将军本色，凭自身本领建功立业，扬名立万，可走第三条。"

时光凝滞。

不知过有多久，公子印活转过来，拱手："谢陈兄。在下不才，愿走第三条。只是，此路如何走，还请陈兄指点。"

"公子若选此路，可分三步去走，一是改换名姓，二是结好张仪，三是与紫云公主重修旧好。"

公子卬再次惊呆。

“公子，”陈轸身子凑前，言辞恳切，“这三步你必须走。改换名姓，你可抛弃过往包袱，一身轻松地上阵杀敌。结好张仪，因张仪未来必得秦相之位。将相和，方可建功。至于与公主重修旧好，个中利害，在下就不必多讲了。”

公子卬长吸一口气，憋在胸中，良久，缓缓吐出。

“更名之事，在下也为公子想好了，公子可姓魏名章，姓魏可不必更姓，根基永在，至于这个章字，倒是颇有讲究。”

“是何讲究？”

“章字从音从十，音者，乐也，十者，数之末也。章即音乐之终，为终曲也。将军戎马半生，乐曲未竟，此名或可有助将军完整此生，建不世之功，谱不朽之曲！”

陈轸一席话讲完，公子卬情绪亢奋，击案叫道：“好释义！”拱手，“魏章谢陈兄赐名！”

“来，”陈轸举酒，“为魏兄浴火重生，干！”

“干！”

百官荐举国相的奏章陆续呈送大良造府，所荐之人五花八门，但过八成是荐现任大良造公孙衍。由于秦国此前没有国相，大良造即前商君的任职，是秦国实质上的百官之首，公孙衍自入秦后，一直担任此职，得到众臣公推，也是自然。

由于事关自己，对所荐奏折公孙衍并没有在大朝时奏报，而是在大朝之后专程觐见。

秦惠王将所有荐奏翻阅一遍，顺口问道：“咦，为何不见荐举右庶长的？”

“臣不知，”公孙衍吸口凉气，拱手应道，“想必是右庶长为人平实，军功不彰，百官知之不多吧。”

为人平实即不张扬，是肯定张仪的品性，但军功不彰则一语点中张仪死穴，因秦国任命官职、赐地封爵，历来就是军功至上，即使是公孙鞅，若是没有河西大战时主将之功，只能是大良造，断不会被封为商君。

“嗯，”秦王不好再说什么，微微点头，“爱卿所荐何人？”

“这……”公孙衍略是一怔，“臣尚未想过。”

“寡人诏命百官举荐，爱卿缘何不想？”惠王目光直射过来。

“臣以为，”公孙衍这也寻到说辞，“国相乃佐君辅国之才，非天下大才不可。就臣目力所及，有一人堪当此职，只是……此人眼下并不在秦，臣是以没有举荐。”

“爱卿是指苏秦吧？”惠王笑了，以问代答。

“大王圣明。”公孙衍这也松出一口气。

“唉，”惠王敛起笑，长叹一声，“爱卿所荐甚是。寡人一念之误，放走大才，致使天下合纵，终成今日灾变！”

“此乃天意，非大王之误！”

“好了，不讲这个。”惠王回归话题，“除去苏秦，就眼前朝臣中，爱卿可有荐举？”

“回禀大王，”公孙衍拱手道，“臣并无荐举，听凭大王圣裁！”

公孙衍告退之后，秦王又将所有奏章细审一遍，闭目长思。

秦王心中的不二人选本为张仪。然而，近日之事，尤其是张仪对待陈轸的小肚鸡肠，却又让他不无顾虑。国相乃百官之首，若无容人之量，何以辖制百官？就治国而言，能够辖制百官的首推公孙衍。近年秦政张弛有度，内外有治，公孙衍功不可没。

公孙衍始终不荐张仪，显然并不认可张仪。若用张仪为相，公孙衍必定不服。反过来讲，若用公孙衍为相，张仪亦必不服。苏秦、张仪同为鬼谷子高徒，苏秦身挂六印，张仪千辛万苦至秦，若连一印也不让他挂，叫他情何以堪？

既然称王，不可无相。一边是公孙衍，一边是张仪，秦惠王左想不是，右想不是，一连折腾数日，正煎熬时，猛然想到寒泉子，全身一振，吩咐摆驾终南山。

“呵呵呵，”寒泉子听完陈述，笑问，“敢问君上，是想治一隅呢，还是想治天下？”

“这……”秦惠王心头一颤，拱手应道，“敢问前辈，嬴驷不才，治天下可乎？”

“欲治天下，必抗纵亲，而纵亲为苏秦发动。天道制衡，可制苏秦者，唯有张仪。”寒泉子的语气毋庸置疑。

“谢前辈决疑！”秦惠王长舒一口气，再次拱手，“只是，二马不可同槽。若用张仪，何以安置公孙衍呢？”

“既然不可同槽，何不分槽养之？”

好一个分槽养之!

秦惠王豁然开朗，连声称妙。如此难题，寒泉子竟以寥寥数语轻松化解，着实令惠王叹服。接后一个时辰，一君一民一边品茗，一边聊些天地阴阳、修身养性等无关紧要话题，看看天色向晚，惠王辞别。

寒泉子也未挽留，礼送出谷。

秦惠王其他不问，单问张仪，公孙衍越想心里越不踏实。

显然，自己并不是秦王心目中的相才。公孙衍对国相一职并不贪恋，但入秦以来，他已在不知不觉中将大秦国势视作人生大业苦心经营。就如种树，他挖坑，他培土，他浇水，他施肥，如今终于结出果子来了，摘果的人却不是自己，任谁心里也不是滋味。

秦王进山，伴行的是司马错，公子疾因义渠使臣来访而未能成行。

这日晨起，公子疾至大良造府禀报义渠诸事，正事议完，公子疾起身欲辞，公孙衍伸手笑拦道："公子且慢，在下顺便问句闲话。"

公子疾复坐下来，拱手："下官谨听大良造吩咐！"

"大王诏令五大夫以上吏员举荐国相人选，在下遍览荐奏，未见公子的，敢问公子可有荐奏？"

"下官尚未想定，是以未能成荐。"公子疾略顿一下，"怎么，王上催得急吗？"

"呵呵呵，"公孙衍笑道，"没有的事。大王只让举荐，并未限定具体时日，公子尽可慢慢想定。"

"这就好，"公子疾松一口气，"下官敢问大良造所荐何人？"

"在下也未举荐。不过，前日大王问起此事，在下倒是提起一人。"

"哦？"公子疾直望过来，"敢问是何人？"

"苏秦。"

公子疾竖下拇指，凑过身子："敢问大王何应？"

"苏秦乃大王之伤，在下荐毕，也自后悔了。好了，不讲这个。疾公子，你我随便闲聊，若是你必须马上举荐，敢问举荐何人呢？"

"这……"公子疾略一迟疑，"在下真的尚未想定，这也正好请教大良造，若是举荐张仪，妥否？"

"呵呵呵，"公孙衍笑道，"疾公子举荐任何人皆可，若是举荐张仪，当是独树一帜了。"

“哦？”

“就报上的所有荐奏看，没有一人举荐张仪，疾公子若是举荐，岂不是独树一帜吗？”

“敢问荐举的多是何人？”

“倒是不少，有荐疾公子的，有荐华公子的，有荐甘茂兄的，有荐陈上卿的，也有不少是荐在下的。”

公子疾这也听出话音，拱手：“自商君之后，朝中诸务、百官辖制皆由大良造兼理，今百官皆举大良造为相，实乃众望所归，下官预贺了。”

“这这这……”公孙衍亦忙拱手，“谢公子美言，只是，相国乃佐国辅君要职，非大才不能为也。在下不才，岂敢望此高位？”

“公孙兄不必自谦，待大王回宫，下官这也举荐去。”

两雄内争，必伤其国。一向并不重视功利的公孙衍竟然在意这个相位，且与张仪公开起争，这让公子疾深为忧心。

公子疾左想不是，右想不是，遂将忧思讲给公子华。公子华近日在为紫云公主跑腿，有事没事就扯张仪喝酒，不由得把话透给张仪了。

秦王在终南山中悟到的两槽之法就是设左右双相，一是左相，张仪，主外交，二是右相，公孙衍，主内政。

秦王已知公孙衍心思，回来之后，决定先召张仪征询。

张仪进宫，屁股尚未坐定，即拱手贺道：“臣恭喜大王！”

“哦？”秦王似吃一怔，“爱卿因何而贺？”

“大王得到贤相，此为秦国大喜，大王大喜，臣是以恭贺！”

“贤相？”秦王忖思自己回宫，尚未对任何人讲起此事，极是震惊，“爱卿呀，你这讲讲，寡人得到何人为相了？”

“大良造呀！”张仪脱口而出。

“呵呵呵，”秦王朗笑起来，“爱卿这是长了千里眼、顺风耳啊！”

“非也。”

“咦？”秦王歪头看着他，“既然未长，爱卿何以晓得寡人已得大良造为相？”

“是大良造自己讲的。”

“哦？”秦王震惊了，“他是如何讲的？”

“大良造讲给上大夫，上大夫讲给公子华，满朝文武这也全都知道了。

大家都在为大王欣喜，为大秦庆幸。”

秦王眉头紧皱，沉思良久，挥退张仪，密召公子华，查问张仪所言果然属实，心甚不悦，决定暂先晾公孙衍几日，让他多个思量。

翌日上朝，秦王颁旨设立左相府，拜张仪为左丞相，但未明确左相职责，更未旨令他辖制百官。明眼人一眼可见，既设左相府，就会有右相府。

公孙衍却不这么想。

三日之后，当公孙衍的辞呈摆在案头时，秦王方才追悔，反思自己身为君王，气量确实小了，赶忙召来公子疾，让他前去劝留。

公子疾赶往大良造府时，已迟一步。公孙衍将大良造府印等物及秦王所赐尽数封存，仅带身上佩剑及两个简陋行囊驱车往投东门去了。

公子疾驰至东门，说是大良造已于一个时辰前出城。

公子疾大惊，当即掉转马头，赶回宫里。

“大王，”公子疾详细禀过，谏道，“大良造不是性急之人，想必不会走远，若是斥候追拦，尚来得及。”

秦王闭目有顷，叹道：“此人实意欲走，就让他去吧。”

“万万不可呀，大王！”公子疾急赤白脸，“大秦国情，此人了如指掌。以此人之才，无论他去何国，都将是我大敌啊，大王！”

“以你之见，又该如何？”

“大良造挂印而去，不为争官，只为争个面子。如果大王能够屈驾请他，说句软话，成全他个面子，想他不会不念君臣之义吧？”

“你呀，”秦王苦笑一声，“真把公孙衍看作陈轸了！”

咸阳郊外，三十里亭，一车一马，辚辚而来。

一人驻足亭前，翘首以待。

车马近前，顿住。

见拱手而立的是张仪，公孙衍这才跳下车子。

“公孙兄，”张仪伸手指向亭子，“在下略备薄酒一樽，难成敬意，权为公孙兄饯行。”

公孙衍目光扫向亭子，见那里果然设有几案，案上菜肴齐备，一樽二爵均已摆好，嘴角浮出一笑，拱手：“张子好雅兴呢！只是，在下前路迢遥，无此闲暇，还望张子谅解。”

“公孙兄不会连一桩趣闻也不想听吧？”张仪脸上挂着笑，伸手礼让。

“哈哈哈哈！”公孙衍长笑几声，大步走上亭子，撩起衣襟，在案前坐下。

张仪亦笑几声，在他对面坐定，将一只斟满酒的爵递过去，自己端起面前一爵：“公孙兄，请。”

公孙衍接过酒爵，放在面前，目光直逼张仪：“在下好奇，还是先听张兄的趣闻吧！”

“好好好，公孙兄果是爽快人！”张仪亦放下酒爵，“这桩趣闻是，公孙兄之所以驾车至此，是因为在下的一句话。”

“是吗？说来听听！”

“在下听说大王欲拜公孙兄为相，先一步向大王贺喜了！”

“哦？”

“大王问在下何以知之，在下说，是大良造亲口所讲，大良造讲给上大夫，上大夫讲给公子华，满朝文武无人不知了。”

“哈哈哈哈，”公孙衍放声长笑，“张兄所讲，果是奇趣，在下佩服！”说毕举起酒爵，一饮而尽，忽地站起，几步下亭，跳上车马扬长而去。

望着一溜渐行渐远的尘埃，张仪拱手作别，长叹一声：“公孙兄，非在下不容你，是在下不能容你，因为你我所志不同啊！”

孟津会盟顺利结束，楚国纵亲副使公子如长嘘一口气。然而，就在公子如欲动身前往宋地拜会“真人”的当口，却被威王召到身边伴驾。

楚威王原本体虚，这更受不住北方天寒，与魏、齐、韩三王在虎牢关达成伐秦意向后，遂谢绝魏惠王的盛情相邀，取道鲁山关进入方城，摆驾南归。

一则上了年岁，二则近年被嫔妃佳丽掏空精髓，楚威王初始北上时还没觉出什么，踏上归程后渐渐不堪，一入鲁山口就轰然病倒了，先是腿脚不听使唤，夜晚盗汗，继而厌食、口渴、骨疼，全身无一处是舒坦的。跟在身边的子嗣只有公子如一人，大小诸事自也责无旁贷。

从随行御医口中得知父王所患的只是气血两虚，并非死症，公子如略略放心，吩咐放缓行程，走走停停。御医汤药及时，针砭齐用，公子如也使出多年来的修炼功夫辅佐内功，在此后两个多月里，威王非但经受住了长达两千余里的旅途颠簸，且在回到章华台后，饮食增加，气色也大有好转。

看到父王明显康复，朝臣皆来道福，公子如终于嘘出一口气，正式提出赴宋要求。

威王这才想起当初承诺，但几个月下来，他是真的离不开公子如一步了，旨令身边内臣约车前往宋地，务必请到庄真人至楚。

宋地蒙邑，西南郊十数里处有濮水流过。草长莺飞时节，天气转暖，濮水微波荡漾，是理想不过的赏春去处。

河床宽阔，但时值春旱，水流不大，水并不深，近岸边可以清楚地看到来回游动的小鱼。一个衣衫褴褛的半大孩子坐在一块长满草的土墩上，一动不动地望着远处的一块沙洲。

沙洲岸边，几只野鸭子旁若无人地将嘴巴啄进水草里，边啄边发出“嘎嘎嘎嘎”的叫声。

离这孩子几步远处，一个头发蓬乱、衣衫同样褴褛的中年男子不无惬意地一腿搭在另一腿上，枕着另一块小土墩睡梦正酣。

蓦然，那男子搭在上面的腿滑落下来，微微颤动。另一腿也似受到感染，跟着振动。然后是两只手，十根手指头一伸一屈，甚有节奏。

孩子显然看到了那男子的变化，目光从河面上收回，落在男子脸上。

中年男子的面部完全松懈，嘴皮子一张一合，一道口水随着两片嘴皮子的不断掀动而流出嘴角，从腮边滴出一条悬线，落进一窝草里。

这个沉浸于酣梦中的男子不是别人，正是公子如一心欲访的“真人”庄周。

庄周的手脚兀自摆动一会儿，乍然醒来，忽地坐起，用袖子抹去嘴角口水，又用手背在眼窝子里揉几下，睁开眼，怔怔地望着眼前的河水，喃喃语道：“奇哉，奇哉！方才还明明白白是只蝴蝶，只这眨眼间，怎就变成庄周了？”似在梦中，又似梦醒，眉头微微拧起，陷入困惑，“我这是梦呢，还是醒呢？我这是周呢，还是蝶呢？我这是梦到蝶的周呢，还是梦到周的蝶呢？”猛拍几下脑门，“是哩，醒与梦，周与蝶，必定有个区分。可这区分何在呢？是梦与醒的那个瞬间吗？醒是周，梦是蝶。梦不是醒，蝶不是周。此时的我是醒后的周，可那梦中的蝶又是何人呢……”

庄周挠挠头，陷入苦思。

“阿大。”旁边的孩子见他这般没完没了，憋不住了，轻叫出来。

庄周抬头望去，这才看到那孩子，略吃一惊：“遒遒，你啥辰光来的？”

“早就来了，”叫庄遒的孩子应道，“有大半个时辰哩。你一直睡，我……”打住话头。

“是来玩水的吧？”庄周忽地站起，指河水道，“走走走，阿大这就带你看河鳖去，天暖和了，河鳖这在岸上晒盖盖呢！”

“我不看河鳖，我……饿了。”

“饿了？”庄周顿住步子，扑哧笑道，“饿了该去找你娘呀，让她给你做吃的。”

“阿大，”庄道哭丧起脸，“是娘让我来的，家里没吃的了。”

“没吃的了？”庄周怔了，“不可能呀！前几日不还烙着饼吗？”

“就烙那一块饼，大半块让阿大拿走了。剩下小半块，不够俺仨吃。这都三天了，遥遥饿得哭，娘没法子，这才让我来寻你。”

“那就让她再烙一块呀！”

“没有面了。”

“唉，”庄周眉头皱起，半是嗔怪地轻叹一声，“你娘也真是的，没面就去寻面哪，连这等小事也来烦我，这这这……”看看头顶上的日头，又看看河水，“春江水暖，阳光明媚，她就容不得阿大自在这一时。”

庄道嘴巴揿动几下，低下头，没吱出声。

“好了好了，”庄周摇摇头，又叹一声，慢腾腾地伸个懒腰，“走吧，这就回家去！”

庄周跟在庄道后面，越过河堤，沿一条小路走了一个时辰，踏上一道长满乱树、郁郁葱葱的土冈。

庄周的家就在土冈后面，是个还算宽敞的简易草舍，看样子有些年头了，周围用碎石块砌出一个不足腰深的院落，可防野猪，但防不住狗。院门是个单扇柴扉，用麻绳套在一侧的木柱上。

庄道解下套子，打开柴扉，还没走进院子，一个四五岁的女孩子听到声音，飞跑出来，欢快地叫声“阿大”，扑到庄周身上，抱住他两腿。

庄周将她抱到怀里，狠亲一口：“呵呵呵，是遥遥呀，快看，阿大给你带回来一件好东西呢！”说着将手伸向自己耳朵，从耳后取出一束野花，在她眼前晃晃。

庄遥接过花，放到鼻子下嗅嗅，声音怯怯的：“阿大，这花好吃不？遥遥饿了。”

“呵呵呵，”庄周又亲她一口，“傻丫头，花是赏的，不是吃的。好吃的东西，得找你娘。你娘呢？”

“娘出去了。”

庄周从她手中取过花，乐呵呵地别进她的羊角辫里，放她到地上，指水缸道："遥遥，去水缸边照照，漂亮不？"

庄遥跑去照水缸，庄周大步走进草舍。

家徒四壁，只有一个破损的几案。靠墙边是几个用来储粮的米缸陶罐之类，庄周走过去，挨个掀开盖子，果是空空如也。

庄周微微皱眉，在一个破几案前面席地坐下，两眼闭合。

庄遥在水缸上照过，跑进来，正要去闹庄周，被庄逍一把扯住。两个孩子互望一眼，一齐眼巴巴地看向他们的阿大。

门外传来脚步声。

脚步声很慢，一下接一下，很是沉重。两个孩子飞跑出去，分两侧扯住一个三十来岁清瘦女子的衣襟。衣襟上打着几块补丁，从补丁上的粗大针脚看，她并不擅长女红。

"娘，阿大回来了！"庄遥迟疑一下，指着头，"你看，阿大送我的草花，好看不？"

"好看。"女人显然没心赏花，目不斜视，一步一步地挪往堂间，站在庄周前面。

庄周睁开眼睛，目光落在女人手中的空瓦盆上。

显然，她去外面借粮，无功而返。

"他大……"女人眼里流出泪，说不下去。

"他娘，"庄周挤出一个苦笑，"你都去过哪些家了？"

"方圆左近，该去的都去过了。"

"仇春家呢？"庄周想一会儿，冷不丁地问。

"去过了。"

"他不肯给？"

"给了。给过三次，这次实在给不出。去年收成不好，今年闹春荒，他家也断粮了。"

"再断粮，总不会连一小盆也凑不出吧？"

"莫说一盆，连半盆也凑不出了。仇春说，他明早就要出远门，想必是去讨饭了。"

庄周长吸一口气，似是觉出问题的严重了。

空气凝滞。

两个孩子仰脸望着女人，一边一个，紧紧抱住女人的腿，目光怯怯的。显然，他们知道外出讨饭意味着什么。

“有了！”庄周猛地睁眼，“监河侯，他家有粮。”

“他大，”女人迟疑一下，“也去过了。他……”顿住话头。

庄周盯住女人：“他如何讲？”

“他说，”女人嗫嚅道，“他家的粮食，只给狗吃，养狗好看门。”

“哈哈哈哈，”庄子非但没有生气，反倒长笑几声，“真好玩，真真好玩。他娘，寻条麻袋，我这就做条狗去！”

“他大，”女人盯住他看一会儿，声音坚定，“我们还是不借了吧。要不，我这去和仇春讲一声，明早一道讨饭去。听仇春说，定陶富足，不愁粮呢。”

“去去去，快寻麻袋！”庄周来劲了，忽地站起来。

话音刚刚落地，庄道不知从哪个角落麻利地钻出来，手中掂了个特大的麻袋，双手递上：“阿大，麻袋来了！”

庄周接过，拍拍他的小头，兴致勃勃地大步跨出屋门。

“他大，”女人紧追几步，“漆园的事，监河大人仍在生你的气呢，你这去了，岂不是自取其辱吗？”

“哈哈哈哈，”庄周将麻袋搭在肩上，“我这正是为他消气去的！”

监河侯家住在一个小山的半坡上，濮水绕此坡拐个近乎圆形的大弯，监河侯足不出户即可对濮水一览无余。

监河侯既不姓监，也不姓侯。其祖上姓薛，是郑国人，家住河水旁边，颇通水文，历年参与郑国的治河工程，做水文监管小吏。宋桓公时，濮水泛滥，桓公向郑公求援，郑公也在忙于治河，随手将其祖派来。其祖因治水建功，被桓公封为监濮令，顺带监管河坡两岸占地逾万亩的公室漆园，位列宋宫下大夫。之后，此职由其子承袭，直到其孙监河侯这辈。

监河侯与庄周、惠施差不多年纪，早年共同拜过蒙邑南郭一个先生为师，说起来是同门。监河侯这个封号，就是庄子在同窗共读时戏封他的，此后一直这般叫他。久而久之，远近百姓也都这般称呼他了。

时过境迁。与惠施相似，庄周生性放荡不羁，入冠年后四处游历，而立过后才倦飞归家，虽娶妻生子，却不善生计。眼见庄周度日艰难，家中一贫如洗，这又多出几张口来，能卖的全都卖光了，仍旧是吃上顿没下顿，监河侯出于同窗之谊，聘他照管漆园，算是送他一个糊口营生。岂料庄周并不是个做生计的人，心思只在花鸟虫鱼、田园野趣，三年照管下来，园丁们既偷工，又偷漆，漆产量大跌，漆树也遭盗伐不少。有人告官，王室督察，斥责监河侯。

监河侯使尽解数走门路，虽然保住祖传职分，但漆园的监管权却被宫中收回，失去一条财路。监河侯将一腔怨气泼到庄周头上，召他申斥，岂料辩他不过，开始时自己占理，没过几个回合，倒被庄周驳了个哑口无言，气得他嘴眼歪斜，再不顾念同窗情面，将庄周一家扫地出门，誓言不相往来。

此后数月，二人果无来往，监河侯门前清静不少。

然而，是缘躲不过。

这日午后，监河侯正在房后山顶的瞭望亭上观察河景，家宰气喘吁吁地跑上来，老远即叫："老爷，老爷，大事不好了！"

"什么大事？"监河侯吃一惊道。

"姓庄的来了，在门外学狗叫呢！"

"哦？"

"老爷，他这是来讨粮的。前日他夫人来，小的原想给她一点，打发她走，老爷却……这下倒好，姓庄的亲自上门，一升两升可就打发不走了。"

"是吗？"监河侯扑哧笑了，捋须有顷，看向家宰，"他想要多少？"

"掮着一个大麻袋呢。"

"多大个麻袋？"

"大得很！"家宰不无夸张地比画一下。

"哈哈哈哈，"监河侯大笑起来，"照你这么比画，至少也得装二斗哩！"

"老爷呀，"家宰哭丧起脸，"莫说是二斗，二十斗怕也装不满！"

"有这等事？"

家宰凑近，压低声："小的看清楚了，他那麻袋是漏了底的！"

"哈哈哈哈，"监河侯又是几声长笑，"走走走，瞧瞧热闹去！"

主仆二人匆匆下坡，打后门进来，穿过府院，走向前门，果然，大老远就听到门外传来"汪汪汪"的狗叫声和围观者的狂笑声。

家宰打开院门，监河侯重重咳嗽一声，虎着脸走出，袖手站在府前台阶上。

庄周仍在空场地上学狗叫。叫过几声，他还一手着地，一手伸到屁股后面，学狗尾巴来回摆动，在场观众全都笑癫了。

"庄兄，"监河侯沉起脸，步下台阶，走到庄周跟前，"你这是来为在下守门的吧？"

"不是。"庄周这也站直身子。

"哦？"监河侯略略一怔，"既然不是，你在我门前'汪汪汪汪'，叫唤什么呢？"

“讨吃的呀。”庄周拱手，“听说监河君仓中的粟米是狗才能吃，是人不能吃，庄周舍中断粟数日，一家老小立等救急，这想贷点粮食聊度春荒，只能委身作狗了！”

众人不笑了，纷纷看向监河侯。

庄周的意思再明白不过，这是一个狗家呀。

“庄兄上门，在下不能不借，”监河侯却是丝毫不见尴尬，呵呵笑几声，“庄兄大人雅量，胃口必也不小。请开尊口吧，庄兄欲贷多少粟米？”

“不多，不多，”庄周从肩上取下麻袋，抖几抖，扔在地上，“大人将此麻袋装满即可！”

场上目光齐都落在麻袋上。

果如家宰所言，麻袋底部有个头大的漏洞，若不补上，即使一仓也装不满。

显然，庄子上门是寻事来的，众人再次哄笑。

监河侯捡起麻袋，打开袋口看看，又将整只胳膊伸进袋下的漏洞里，故意钻来钻去，末了摇摇头，长叹一声，将袋子扔到地上。

庄周是真来借粮的，只是不曾留意漏洞，这也笑了，眼珠子四下乱瞄，欲寻绳子将漏洞扎牢。

绳子尚未寻到，监河侯率先发话：“庄兄啊，不是在下不肯出贷，是在下仓中之粟，难以装满你这无底麻袋呀！”

“这这这……”庄周急中生智，“噌”地解下腰带，弯腰去扎袋底，不料麻袋却被监河侯先一步用脚挑走。

“庄兄，”监河侯将麻袋挑到家宰脚下，朝庄周拱手，“在下这个君侯是庄兄所封，庄兄既封在下，在下当有封邑才是。待在下得到封邑，收到邑金，再贷庄兄三百镒足金如何？”

三百镒金子足可把宋国所有官库的粟米全部买断，虽然未必能够装满这只无底麻袋，但这数量却是足够大的。

众人见监河侯将皮球如此这般巧妙地踢向庄周，忍俊不禁，一齐看向庄周。

“谢监河君美意，”庄周这也听明白了，变过脸色，慨然应道，“庄周途中遇到一桩奇事，监河君可想一听？”

“庄兄请讲。”

“庄周行至茫苍之野，听到有呼救声。庄周环顾良久，见是一条鲋鱼受困于车辙中的一个小泥淖里。庄周问道：‘鲋鱼，你这是怎么了？’鲋鱼应道：‘在下乃东海君的臣子，受困于此。先生肯借斗升之水以活命否？’庄周应道：

‘这倒不难，在下这就南游吴、越，说服吴、越之王拦截西江之水前来济你，可否？’鲋鱼愤然作色，怒道：‘在下落难于此，无所寄身，不过求你一瓢水，聊以苟喘，你却这般推诿，还不如这就前去干鱼店里寻我下锅呢！’”

庄周讲完，听者无不怆然，尽皆唏嘘。

“哈哈哈哈，好掌故嗬！”监河侯长笑两声，鼓几下掌，转对家宰，“庄兄不候西江水，只想取一瓢饮而已，去，这就为庄兄舀一瓢粟来！”

家宰应声而去，不一时，果真取来一瓢粟米，将庄周的麻袋漏洞扎牢，倒入袋中。

“庄兄，还有何求？”监河侯盯住庄周。

“无求矣，无求矣！”庄周长笑几声，提粟扬长而去。

看热闹者纷纷离散。

望着庄周远去的背影，监河侯嗟然长叹。

“老爷，”家宰小声道，“是少了点。要不，小的这就再舀几瓢送去？”

“不必了。”监河侯摆手，“此非长久。明朝你去庄兄家，聘他夫人测量濮水涨落。你可教她如何监测，按月发放五斗粟米，够他一家吃用即可！”

“老爷？”

“安排去吧。此事不可张扬，亦不可让那混世魔王晓得，再生枝节！”

第085章｜ 逃楚聘庄周奔梁 我丧我魏王迷道

庄周持粟回家，一家人皆是欢喜，美餐一顿。

翌日晨起，庄周不知从何处摸出一只铜簋（guǐ），“咚”一声扔到院里，吩咐庄道拿刷子擦亮。庄妻洗完餐具，走到院里，见状大惊，问道：“他大，你擦这东西做啥？”

“呵呵呵呵，吃完这顿，还有下顿呢。”庄周乐道，“今朝逢集，我且拿它到蒙邑换粟去。嘿，没想到这玩意儿挺重，当值不少粟米哩。”

“万万不可呀，他大！”庄妻急了，一把夺过铜簋，捏在手里，“老祖宗传下的宝物就剩这件了，你若再去卖掉，家里……真就是一无所有了呀！”

庄妻看向铜簋，泪水流出。

此簋四足，四耳，圆身，方座，上面还有一只盖子，通身精铜，重约七八斤，上面还刻着鸟兽虫鱼，工艺极是精致，一看就是宝物。庄子祖上是名门望族，后来家道虽然败落，但在其祖父辈流落蒙邑时，作为祭器的五鼎四簋，仍旧一件不少。只是到其父辈，祭器少去大半，待庄周立事，又卖两个，眼下仅剩此件了。

“他娘呀，”庄周盯住她道，“你怎么能说是一无所有呢？”连连指点院中人头，“你，我，他，她，这不是竖着四个大活人吗？”

“他大，活人可不是宝物。”

“非也，非也！”庄周连连摇头，“人生天地之间，化日月之精气，为万物之灵长，不是宝物，又是何物？”

“可这……人是要填饱肚皮的啊！”

“是呀，是呀，我将此物换粟，不就是为了填饱肚皮吗？”

“这是家里唯一值钱的东西了。”

“真正值钱的是此物呀！”庄周拍拍吃得饱饱的肚皮，伸手去夺铜篮，庄妻闪过，跑回草舍，将铜篮藏起，拿出一打草鞋来，“他大，这是我学着打的，虽不好看，却是结实。你拿到街上试试，要是能够换来粟米，我们就有生计了。”

庄周拗不过她，只得掮起草鞋，扭头出门去了。

监河侯的家宰如同卡了点似的，庄周前脚刚走，他后脚就迈进来，随身还带着测量水文的各类器具。家宰说明来意，庄妻喜泪沾襟，正在听他讲解如何测量水线，一辆驷马豪车沿土路驰来，径至庄家门外。

一个吏员率先下车，在门外大叫：“庄周，庄周在家吗？”

庄逍跑去开门。

庄妻正自狐疑，家宰认出是里正，赶忙迎出。里正刚要介绍，已从车上下来的楚王内臣以为家宰就是庄周，揖道：“庄先……”

“非也，非也，”家宰拦住，回礼，“在下不是庄先生，请问二位是……”

楚王内臣进前一步，应道：“在下来自楚地郢都，奉楚王谕旨，礼聘庄周先生前往楚宫。”

“楚王？”家宰吃一大惊，“敢问大人，欲聘庄先生去做何事？”

“拜庄先生为国师。”

堂堂楚王竟然要拜庄周为国师！家宰目瞪口呆。

“国师？”庄妻急问，“国师是做什么的？”

“庄夫人，”里正拱手贺道，“国师就是国王的师傅，也就是楚王的师傅，啧啧啧，你家庄周不得了，大喜临门哪！”

庄妻惊呆了，一时不知如何应对。

“敢问庄夫人，”楚王内臣揖道，“庄先生何在？”

庄妻不好说是卖草鞋去了，正自支吾，庄逍朗声应道：“我阿大到街上卖草鞋去了，走没多久，要是去追，准能赶上！”

楚王内臣朝随从努下嘴，那人将庄逍抱到车上，与里正一道朝蒙邑方向疾追。不一时赶到蒙邑，他们搜遍整个集市，不见庄周踪影。

车马路过一家粟米行时，庄逍一眼看到柜中金灿灿的粟米，眼珠子急转几下，转对里正：“我晓得阿大在哪儿。”又指着粟米，“如果你们肯为我家买上一袋粟米，我这就领你们寻去！”

想到他家的窘态，楚王内臣没再多话，当即购下数袋粟米，又到布店置办布匹及其他一应日用，买了些鸡鸭鱼肉等现成肉食，兴致勃勃地一路赶回。

走到十字路口，庄逍指挥车辆拐向一条土路。

路越走越窄，前面再无车辙了。

内臣吩咐里正陪同车夫原地守候，自己与侍从紧跟庄逍，径至濮水堤岸。

三人沿水而行，走有半个时辰，果真望见远处水岸边伫立一人，头戴破斗笠，正持竿垂钓。

持竿者正是庄周。

原来，庄周持草鞋赴市，走没多久，全然忘掉职分，循本能拐往河道来了。春风拂面，万物共生，天地间最好的风景尽在濮水两岸，庄周魂牵梦萦，一刻也不想错过。

内臣见过庄周，长揖至地，说明来意。

庄周闭目良久，从容扬起钓竿。

内臣看过去，长吸一口气，因为庄周手中所持，不过是根普通芦苇，上面更无任何钓钩和诱饵，只有两片苇叶，仍在湿淋淋地向下滴水。

乖乖，这是真正的大才呀，难怪大王要拜此人为师！

内臣叹服，长揖："楚王诚请先生至郢，欲托以境内之事，待以国师之礼，敢问先生意下如何？"

庄周将破斗笠推向脑后，道："听说楚有神龟，在云梦泽里畅游三千年，之后被人捉住，塞进竹笼，献给楚王。楚王裹之以锦绣，藏之于庙堂，以其肉献祭天上诸灵，以其甲卜卦社稷吉凶，可有此事？"

"确有此事。"内臣互望一眼，应道，"先生所言，乃灵王时异事。此龟堪为神灵，在宗庙里最受尊崇，其甲骨所断所刻，无不为社稷大事、国家纪要。"

"请问二位，"庄周微微一笑，盯住二人，"假定你二人是此龟，是舍身求死而留骨于宗庙呢，还是全身求生而曳尾于大泽之中呢？"

内臣顺口应道："这还用说，全身求生，畅游于大泽之中。"

"哈哈哈哈，答得好哇！"庄子拱下手，扬起芦苇指向河水中一只因受惊而快速爬走的河鳖，"在下非大楚灵龟，不过一只宋地土鳖，这将曳尾于烂泥淖了。"

话音落处，庄周将芦苇置于脚下，沿河水扬长而去。

内臣先是惊愕，继而与仆从蹽腿狂追，边追边扬手大叫："先生留步，先生留步……"

庄周置若罔闻，越走越快，见二人紧跟不舍，索性拐入水中，蹚水而去。二人欲再跟从，但试试河水，依旧清冷，且见最深处已经漫至庄周腿根，只好作罢，与庄逍暂回村落。

多年来，楚人一直惦念宋人国土，宋、楚堪称世仇，因而，楚王使臣一进宋地，就被宋国的人盯梢了。

得知二人奉楚威王谕旨聘请属下臣民庄周为国师，宋王偃本就震惊，又闻来者是楚威王宠臣，愈加骇然，急召众臣谋议。众臣七嘴八舌，议论纷纷，无一人知晓庄周是何人。

宋王问不出个所以然，只好传唤蒙城令。

蒙城令召到里正、监濮令等一行诸人赶至王宫。监濮令即监河侯，得到机缘，遂将庄周、惠施与自己同窗就读等陈年旧事一五一十地尽述一遍，末了提及漆园旧案，为自己洗刷冤枉。当讲到庄周一家断粮，庄周上门学狗叫借粟之事时，众人无不唏嘘。

得知惠施之才远不及庄周，惠施早晚见庄周都要礼让三分，宋王偃更是惊愕。惠施早已贵为大魏相国，比惠施才高几分的庄周却在自己辖内默默无闻，宋王偃脸上本就挂不住，若是此人再被楚威王聘去，叫他情何以堪?

就在此时，军尉来报，楚使已在庄周草舍旁边扎下帐篷，看样子是不达目的不罢休了。楚是大国，宋国本就不敢招惹，此来又是聘贤，在列国不为犯禁。

情势不容再缓，宋王当即决定将现任相国改任太师，空出相位，旨令庄周即时入宫拜相，同时安排专人“款待”楚使，以免他们先一步得到庄周。

然而，大贤庄周却不见了。

楚使、宋臣两拨人马在庄家门外对峙三日，仍旧没见庄周踪影。楚使较上劲了，赖在此地不走。宋王偃面上也过不去，旨令司徒府画出图像，如捉拿犯人般四处张贴，更出动军卒，将濮水两岸如拉网般搜寻一遭，仍旧一无所获。

正自一筹莫展，有人从魏地回来，说是在魏境看到一人貌似画中人庄周。

如果庄周赴魏，必是去寻惠施。若惠施推举，以庄周之才，必为魏王所用。宋王偃闻报愈加震惊，急召监濮令觐见，当廷晋其为中大夫不说，又将漆园的监管职分悉数返还，旨令他赶赴魏境，务必请回庄周。

前后不过旬日，原本让人头大的庄周竟就闹出如此之大的动静，不仅使漆园失而复得，更使监河侯如做梦般由下大夫一举跃升为中大夫，真正是匪夷所思之事。面对这份突如其来、连先祖也可望而不可即的荣耀，监河侯喜泪奔涌，在详细盘问过报信人后，安排好家事，带足银两直驱大梁。

庄周果是奔大梁去了。

自遇楚使之后，庄周一连晃悠两日，这天见天色黑定，肚子也着实饿了，循路回家，远远望见门外灯火通明，人喊马叫，眉头皱起，忖道："瞧这样子，楚人想必是不甘白走这一趟。也好，我正存心远游，何不就此成行？"

想至此处，庄周扭头就走，沿濮水上溯半个时辰，一拍脑袋："有了，久没见到惠施，且到大梁寻他耍去！"

蒙本为宋、魏边邑，不消一日，庄周即入魏境。

此时正值纵亲军伐秦无果而还，魏国境内一片哀恸，几乎村村有号哭，路人皆缟素，天和地也似被某种莫名的哀伤和压抑笼罩了。

然而，这种哀伤、压抑与早就参透了生与死的庄周全然无关。脱开楚人纠缠的庄周一身轻松，漫无目的地游山赏景，想歌即歌，想咏即咏，想睡即睡，想走即走，渴了掬口水喝，饿了随便寻些吃的，真正是逍遥自在，无拘无束，竟连此行的目的也抛诸脑后了。

提醒他的是一次小小意外。

一日，庄子游至大梁城外的一个市集，见人们纷纷围向一块新贴的告示牌，打眼一望，蓦然一惊，因为上面赫然写的是他的名字，画的是他的画像，悬赏十两足金。

细看落款，不是司徒府，而是相国府。

照理说，相国府不事缉拿。

"咦？"庄周拉下斗笠，闪至一边，忖道，"魏国相国不就是惠施吗？我来投他，人还没到呢，他怎就晓得了？我不曾妨碍到他，他却这般拿我，又为哪般？这这这……我这刚得自在，怎就……待我寻上门去，问他个所以然来！"

庄周不由分说，撒腿就奔大梁。

庄周边问边走，将到相国府时，一眼瞥到街边一溜儿跪着三人，是一个女人携一对儿女行乞，每人面前各摆一只破损陶盆，里面杂乱地放着各种施舍。女人还很年轻，看样子二十多岁，模样还算俊秀，只是一脸尘垢，头发凌乱，衣裳比庄周的还要破烂，仅仅是遮个羞处。一对儿女倒是灵秀，儿子五六岁，女儿又小一些，两只大眼紧盯路人，一见有人望来，不管给不给赏，只管伏地磕头。

庄周呵呵一乐，冲这一家人走去。男孩子盯住他看，小姑娘不管三七二十一，接连磕下好几个。女人上下打量他几眼，指着男孩子旁边的空地说：“这位大叔，若是不嫌弃，就跪在那儿吧。此地有钱人多，或能讨个赏钱。”

庄周在她跟前蹲下，两眼盯住她：“你年纪轻轻的，为何在此乞讨？”

“唉，”女人见问这个，潸然泪下，“他阿大战死沙场，公婆伤悲过度，得病走了。家里没男人，有这两个娃子，想改嫁也寻不到合适人家，地卖光了，没有营生，这又遇到荒春，只得离乡背井，舍脸讨点吃的。”

想到也在挨饿的妻子及两个孩子，庄周心里发酸，瞄一下他们破陶盆中的几个铜板，问道：“阿妹，想不想讨到比这个多点儿的钱？”

“多少？”女人问道。

“十两金子。”

“十两金子？”女人吃一大惊，盯他看一会儿，苦笑一下，别过脸去。

“阿公，”男孩子眼睛大睁，“我想去讨！”

“好小子，”庄周冲他笑笑，起身，“想要钱，就跟我走！”

男孩子站起来，拿起陶盆，跟着庄周就走。女人见儿子随从庄周扬长而去，连忙起身，拉起女儿急跟于后。

庄周寻到悬挂告示的地方，取下递给那孩子：“拿上这个，跟阿公取金子去！”

母子三人将信将疑，跟从庄周径至相国府前。

庄周一手拉起一个孩子，头前闯去。

毋庸置疑，几人全被门房拦住。

庄周示意，孩子举起手中的告示牌。门房这也看到了，又将庄周上下打量一番，奔进去禀报。

不一时，一个家宰模样的走出来，拱手：“先生可是庄周？”

“正是在下。”庄周亦回一揖，“宋人惠施可在？”

“主公进宫去了，很快就回。”家宰看一眼女人及两个孩子，以为是他家人，拱手，“庄先生，府中请！”

“且慢，”庄周从孩子手中拿过牌子，指牌道，“赏金还没兑付呢。”

“是了，是了。”家宰笑笑，使人取来十两金子，递给孩子。

望着黄灿灿的十小块金子，女人与两个孩子目瞪口呆，良久，方才“扑通扑通"跪在地上，磕头连呼恩公。家宰这也明白原委，轻笑几声，携庄周入府。

一杯水未凉，惠施散朝回府，听闻庄周已经入府，一改往常的慢动作，三步并作两步地直趋客堂，人未进门，声音已经钻入："庄兄，庄兄——"

庄周黑丧起脸，侧过身子，给他个背。

"庄兄，想杀吾矣。"惠施跨步过来，见他这般动作，一把扯住他的胳膊。

庄周一把甩开，鼻孔里哼出一声。

"庄兄……"惠施略吃一惊。

"庄兄？"庄周冷笑一声，"这辰光叫得倒是亲昵！"顺手拿过木牌，朝他直塞过去，"这个牌子上，可是相国大人手笔？"

"呵呵呵呵，"惠施笑过几声，接过牌子，看也不看，扔到一边，"在下就晓得庄兄是这反应，昨晚还为这个与人打赌来着。"

"这等反应？"庄周又是一声冷笑，两眼直逼过来，"姓惠的，我且问你，庄某犯下何等王法，或又何时何事招惹你了，你竟使出此等下作手段，四处悬赏缉我？"

"呵呵呵，庄兄，且听在下一言。"惠施又是一笑，在他对面坐下。

"说吧！"

"庄兄既没犯王法，也没招惹在下，在下之所以缉拿庄兄，是因为有人前来府上，密告在下说：'庄子已来魏国，欲抢相国之……'"

"哈哈哈哈，"未及听完，庄周爆出一声长笑，笑毕谑道，"南方有鸟，其名为鹓（yuān）鶵（chú），相国大人可曾听说？"

"未曾听说。"

"鹓鶵乃一奇鸟，一年两度，春日发于南海，飞抵北海，秋日发于北海，飞抵南海，沿途飞越千山万水。此鸟品性高洁，非梧桐不栖，非竹实不食，非醴泉不饮。有鸱（chī）一只，偶得腐鼠，正自喜而啖之，忽见鹓鶵飞掠头顶，乃惊恐万状，仰天奋爪，斥道：'吓！'今朝相国难道也想为这区区相国'吓'我不成？"

"哈哈哈哈！"惠施亦出几声长笑，两手击掌，连声，"精彩，精彩，这些年不见，庄兄口舌越发精进了。"

"非关口舌之事。"

"嗯，的确非关口舌之事。不过，庄兄难道不想问问是何人来我府上，又为何事讲出那般话吗？"

庄周略略一怔："请讲。"

"监河侯！"

"监河侯？"庄周先是吃一惊，继而作色，"这个吝啬小人，他来做啥？"

"呵呵呵呵，"惠施指他笑道，"庄兄，你这叫不识好人心哟！"

"此话怎讲？"

惠施遂将因他而起的诸多事端一五一十尽讲一遍，庄周这才明白是自己误解了监河侯，急问："监河兄呢？"

"在下打发他回去了。什么大楚国师、大宋相国？在庄兄眼里，这些不过是鸱鸟爪下的一堆腐鼠而已。"

"谢惠兄遮挡了。"庄周拱手谢过，目光瞄向旁边的牌子，"在下还有一事不解，既然惠兄已经打发监河兄了，为何还要缉拿在下？"

"呵呵呵，"惠施笑道，"庄兄试想，如果不用此法，在下何以请到庄兄呢？"

"诸事已经过去，你请在下做啥？"

"解闷哪。不瞒庄兄，在下自来魏地，是天天烦闷哪！"

"哦？"庄周故作惊讶，"在这一隅之内，你已是一人之下、万人之上的人了，理应志得意满、心想事成才是，又因何烦闷呢？"

"唉，"惠施长叹一声，"一言难尽哪。庄兄之快活，在于逍遥自在。在下之快活，在于天地名实。"指向外面，"可你看看，满城金碧辉煌，满街绫罗绸缎，却难见到能让在下吐一时之快的活物，岂不闷哉？"

"唉，"庄周亦出一声长叹，"在下寻你，是想邀你游于天地之间，你寻在下，却是要逞口舌之强，于你可得快活，而于在下，岂不闷哉？"

"走走走，"惠施显然急不可待了，起身扯住庄周，"这就后花园里耍去，让你见识一下什么才叫花草。不瞒你讲，近年来在下口舌发僵，唯有园艺功夫大有长进呢！"

二人走至后花园中，尚未欣赏园艺，家宰急追过来，说是又出战事了，殿下紧急召请，要他即刻入宫。惠施苦笑一声，两手一摊，朝庄周做个无奈动作，请他园中自在赏游，便匆匆上朝去了。

这场战事，仍旧发生于秦、魏之间。

战端仍是由庞涓挑起来的。

从安邑东出大梁，魏人只有两条道可走，一条是横穿中条山，经此渡口至陕，取道崤塞，东至洛阳，再沿河水南侧官道抵达大梁，另一条是取道王屋山与太行山交错处的轵关陉至南阳盆地，经由孟津渡河。两条道互为倚重，就军事而言，任何缺失，对魏人而言都是不可容忍的。

函谷一战，陕邑、曲沃失守，秦人直接控制太阳渡，威胁茅津渡，而这两大渡口是沟通安邑与大梁的主动脉之一，这让深谙地势利害的庞涓如鲠在喉。庞涓暗调兵力，兵分两路不宣而战，一路攻打陕邑，一路攻打曲沃。由于事发陡然，陕地秦人猝不及防，陷于绝境后失守，曲沃却得函谷关守军及时驰援，勉强保住。

司马错震怒，一面急奏咸阳，一面调动秦军集结函谷关，矢志夺回失地。庞涓亦紧急部署，同时疾驰大梁，奏报朝廷，力主与秦复战，夺回曲沃与太阳渡，确保大魏血脉畅通。

魏王不上朝，国事依例由太子申主持。

前伤未愈，这又复战，任谁心里也是憋堵。是以无论庞涓如何解释，甚至让人把军事沙盘抬到宫里，指沙盘反复讲解陕、曲沃诸邑战略地位之重要，声称自己有绝对把握收复曲沃，将秦人封堵在函谷关内，太子申仍旧黑丧起脸，朱威别过脸去，白虎一言不发，惠施更是两眼闭合，似是睡去了。

“诸位，诸位，”庞涓急了，“前线已经开战，秦人大规模集结，欲夺回陕邑，甚至还叫嚣抢我崤塞，断我大魏血脉，将士们正在浴血，在下迫切需要粮草辎重，需要后备兵员，求请诸位了！”说着连连拱手。

“庞将军，”朱威长叹一声，缓缓应道，“在下不是不想与秦人开战，只是……将军晓得，这几年的存粮，该吃的吃了，没吃的让秦人一把火烧了。时下又遇荒春，各地皆有饥民，至于后备兵员，眼下正值春耕，人手本就……”

朱威越说越慢，讲不下去了。

“司徒大人？”庞涓看向白虎，向他递眼色。

“庞将军，”白虎非但不帮话，反倒附和朱威，“在下赞同上卿大人，眼下与秦开战，时机不妥，望将军三思。”

在此场合下，庞涓晓得势单力孤，气呼呼地别过脸去。

“惠相国，”太子申看向惠施，“武安君要求与秦开战，朱上卿、白司徒认为时机不妥，敢问相国是何决断？”

“回禀殿下，”惠施微微睁眼，拱手，“军国大事，当由王上裁决，臣不敢动议。”

惠施将皮球踢到惠王那儿，庞涓自是无话可说，当即动身求见魏王，被毗人拦在门外。庞涓候等两个时辰，见惠王仍不传见，晓得再等下去也是白搭，又担心秦国出兵报复，只好长叹数声，驱车出城，连夜驰奔渑池大营，部署应急防务去了。

见庞涓这般好战，众臣皆是叹气。

“就眼前困境，”太子申看向惠施，“先生可有良策？”

“伐秦、征战皆是外务，”惠施应道，“眼前纵亲未散，纵约仍在。既涉外务，殿下何不求问外相苏秦呢？”

“对，对，”朱威连声附和，“当初伐秦时，苏相国就坚决反对，向我提过此事，只是孤掌难鸣，无法说服王上与庞将军，才致这个结局。”

“听说苏子前时来过，”太子申思忖一时，看向几人，“近日却是没他音讯了。你们有谁知道苏相国人在何处？”

“当在赵国。”惠施闭目应道，“庞将军怀疑赵人与秦暗结，王上也存疑虑，苏子解说不清，赶赴赵国查询真相去了。”

“白司徒，”太子申转向白虎，“你走一趟邯郸，一是代父王问聘赵侯，二是拜访苏相国，就眼前局势请他指点。如果苏相国能拨冗光临大梁，那是再好不过的了。”

“回禀殿下，”白虎略一迟疑，“王上那儿……”

“父王那儿，自有本宫奏报。”

白虎赶到赵国，问聘过后，径直造访苏秦府，将魏国危势详述一遍，拱手道：“苏大人，纵亲伐秦无果，近十万将士喋血，伤者不计其数，魏国好不容易恢复起来的元气再次伤损，武安君却无视国情，再请用兵。王上抱病不朝，朝臣束手无策，殿下与惠相国皆请大人赶赴大梁，指点迷津。”

“唉，”苏秦叹道，“白兄有所不知，武安君和陕地之争，不过是大海一涛，眼前危局也不在魏国。”

“不在魏国，又在何处？”白虎吃一怔道。

“在纵亲国之间的嫌隙和猜疑。”

“确是如此。”白虎吸口长气，“尤其是武安君，他认定是赵人出卖魏国。”

“出卖魏国的不是赵人，而是楚人和齐人。”

“楚人和齐人？”白虎惊愕。

“是的。”苏秦微微点头，“纵亲缔约之初，在下听闻魏王与楚、齐有意伐秦，即现忧虑，与赵侯谋议，赵侯所忧与在下趋同。在下晓得伐秦枢纽在魏王，前往劝谏，不料魏王深信庞涓，借省亲之名将在下支开，终致此战。至于庞涓猜疑，不过是中了秦人离间之计。”

“秦人离间之计？”

“旬日之前，李义夫将军入宫禀事，在下已将实情查明。就李将军为人及战局进程判断，其言可信。秦人为破纵亲，远交燕国，挑起燕、齐争端，齐兵借此脱离战场。楚人借口不服水土，出人不出力。剩下三晋之军，皆听庞涓调遣。庞涓抢头功，令赵为后军，驻守陕、焦，不料前军受阻，崤塞遭袭，李义夫自告奋勇，回夺崤塞，秦人却隐身不出，故意陷害赵人。李将军误以为秦人劳兵袭远，已经撤回，又认为此番伐秦，非赵侯所愿，遂引军自回上党。赵侯已责其失误之罪，削其职爵，让其闭门思过了。”

白虎沉思良久，抬头：“敢问大人，既然已结纵亲，齐、楚怎能这般言而无信？”

“不瞒白兄，”苏秦叹道，“齐、楚入纵，动机本就不纯。话说白了，齐、楚两国都想借合纵弱魏！”

“弱魏？”白虎两眼大睁。

“一旦纵成，魏必伐秦。伐秦若胜，楚、齐坐享其成；若败，魏、秦两败俱伤，楚、齐亦坐享其利。”

“利在何处？”

“利在弱魏。就远说，魏虎踞中原，这是齐、楚都不想看到的。就近说，黄池、陉山之事，他们也都记着的。”

“是啊，”白虎倒吸一口冷气，“可武安君他……”

“不能怪他，”苏秦轻叹一声，微微闭眼，“武安君是个好战将军，他的目力所及，只有杀戮。”

听完苏秦一席话，白虎豁然洞明，当即邀他同赴大梁，消除魏、赵隔阂。只要魏王想通，三晋和好，纵亲就可继续履约。

苏秦大以为是，正欲起程与白虎一道赴大梁，公子哙赶至，说是齐人似无诚意归还十城，子之将军几番使人交接，全吃闭门羹，并说燕王震怒，已加拨军卒三万，车三百乘，诏令子之武力催讨。

见事出紧急，苏秦只得修书一封，托白虎捎予魏王，便赶赴蓟城善后。

庞涓突袭谷地，夺回陕邑。战报传至秦宫，秦王急召诸臣商议对策。群情激愤，纷纷要求与魏开战。

“王上，”在崤山险遭不测的司马错早欲复仇，慷慨陈词，“曲沃、陕、焦诸邑，背依函谷，进可攻，退可守。攻北可经由渡口，直取安邑，攻东可直取北崤塞，直抵洛阳，攻南可直取南崤道，直入宜阳，实乃战略要冲之地，是以庞涓与我争夺！”

“以爱卿之见，该当何如？”

“与魏开战！”司马错挥拳，“前有六国，我尚不惧，今只有一魏，臣誓夺回陕邑！非但夺回陕邑，臣还奏请攻夺崤塞，占领渑池，打通东出之路。同时，出兵收复临晋关。河西之地，不能容魏人插足！”

众臣纷纷附和，与魏开战声沸沸扬扬，充满朝堂，唯有坐在臣辅首席的张仪一声不响。

“张爱卿，”秦惠王看过来，“你如何看？”

“回奏大王，”张仪微微拱手，“臣以为，眼下我不宜对魏开战。”

“哦？”秦惠王倾身。

“非但不宜开战，臣还建议将曲沃诸邑，包括太阳渡还给魏人，与魏睦邻。”

公孙衍走后，秦王再没拜相，张仪名为左相，实际是秦国的唯一相国，内政、外交一手独揽。常言道，新官上任三把火。张仪初任相国即遇挑衅，照理当雷厉风行，借挫败纵军锐势，一举打通崤塞才是，不想他竟在这朝堂之上公然孵软蛋，实在有损威仪，大煞风景。

众臣面面相觑，有嘘声发出。这些人中有许多与公孙衍相善，张仪代公孙衍为相，他们原本不服，这又见他如此犯软，无不生气，尤其是武将。但张仪眼下是百官之首，众臣忌惮，几乎是不约而同地看向司马错，显然指望他能反驳。

“敢问左相，”司马错不负众望，略略拱手，沉脸问道，“是害怕魏人呢，还是害怕庞涓？”

张仪微微一笑，闭上眼去，没有理睬。

“左相大人，”司马错脸上挂不住了，声音激昂，“六国纵亲，数十万人马压境，我且不惧，单单一个魏寇，敢问左相大人惧在何处？”

“是呀，是呀，”众臣纷纷附和，声音不齐，但话是一样的，“请问左相大人惧在何处？”

“诸位，”张仪朝众人拱手一圈，“在下只惧一个，因小失大，得豆丢瓜。”

张仪的“得豆丢瓜”四字，让在场人再吃一惊，只有秦惠王表情释然，显然明白了他的所指。一声重重的咳嗽之后，惠王宣布散朝，但留下张仪、公子疾、司马错和公子华四人。

“张爱卿，”惠王冲张仪微微一笑，“讲讲你的瓜吧，国尉等不及了。”

“呵呵呵，”张仪朝司马错笑道，“此瓜本是国尉所种，要讲也该国尉来讲才是。”

直到此时，司马错方才明白张仪所指，半是迟疑：“左相所指，不会是巴、蜀吧？”

“正是巴、蜀！”张仪点头，“纵亲军溃退，纵亲列国无暇顾我，我将有至少三年时光，正是图谋巴、蜀良机。巴、蜀乃后备粮仓，蜀道虽远，但若遇到饥荒，有粮就比无粮强。再说，巴、蜀之民骁勇善战，堪为上乘兵源之地……”顿住话头，给出一个笑。

最后一句显然是说给司马错的。

“可……”司马错显然听进去了，吸口长气，“庞涓那厮如果得寸进尺，又该如何？”

“国尉尽管放心，”张仪笑道，“不是吹的，天底下没有人比在下更清楚他了！”

“爱卿不是虚言吧？”惠王忙问，“难道苏秦也看不明白他吗？”

“当然能，”张仪应道，“不过，苏秦看明白的是他的正，臣看明白的是他的邪。此人邪大于正，所以苏秦拿他束手无策。”

“对，”公子华点头应道，“据在下所知，此番伐我，苏秦极力反对，却被庞涓设计支开，耍得团团转呢！”

“那……孙膑呢？”公子疾问道。

“邪不压正。孙膑不屑与他斗邪，所以那厮害怕，才设计害他！”

“咦？苏秦亦是一身正气。既然邪不胜正，为何庞涓害怕孙膑，却不怕苏秦呢？”

“呵呵呵，这个嘛，”张仪笑道，“叫一把钥匙开一把锁。庞涓与苏秦不在一个层级上，苏秦之正，压不住其邪。庞涓与孙膑在同一个层级上，庞涓之邪压不住孙膑之正。”

“爱卿呢？”惠王兴趣来了。

“至于臣，”张仪拱手应道，“与庞涓虽说不在一个层级，玩的却都是邪。他邪，臣比他更邪。呵呵呵，以邪对邪，他玩不过臣。听说那厮在黄池摆出什么王八屎溺阵，一举擒住齐将田忌，可有此事？”

“有有有，”公子华乐了，“天下传为美谈呢！”

“什么美谈？”张仪鼻子一哼，“那个计是在下手把手教他的！”

言及此处，张仪顺口讲出当年鬼谷里的那桩恶作剧，听得众人乐翻肚皮，无不竖拇指大赞张仪，尤其是惠王，反复征询每个细节，细细品味。

一番言笑过后，惠王转入正题，诏命张仪出使魏国，以曲沃诸邑与魏睦邻，秦人退回函谷关，恢复战前格局。

张仪受命去后，惠王转对司马错、公子华、公子疾，伸拇指赞道："晓得什么叫大才了吗？大才就是，在关键辰光，永远晓得瓜与豆的差别。曲沃、峭塞、临晋关，这些都是豆，不过是寡人的点心，随时想吃，伸手就可捏一粒，巴、蜀却是一只大香瓜呀，你们将此香瓜搁在枕边，只让寡人闻香味，叫寡人何能睡得着呢？"

"臣想得小了。"司马错揉搓两手，憨憨地笑了。

"司马爱卿，"惠王看着他笑道，"魏国元气已伤，庞涓折腾不出名堂。有相国去哄哄他，啥事也就没了。你把精力腾出来，这就整顿三军，挑选五万精壮，准备山地战。"

"臣领旨！"司马错朗声应过，拱手退出。

殿里只有公子华与公子疾了。

"华弟，"惠王转向公子华，压低声音，"苏秦可有音讯？"

"前时在邯郸，不久前驰往蓟城去了。"公子华应道。

"蓟城？"惠王似吃一怔，盯住他问，"做什么去了？"

公子华摇头。

"恐怕是奔燕、齐十城去的！"公子疾接道。

"是了。"惠王点头，沉思良久，转对公子华，"眼下纵军虽有缓解，但苏秦仍是心腹大患。吩咐黑雕，加派人手，监视此人的一举一动。"

"这……"公子华面现难色，"苏子身边不止一个飞刀邹，近来好像另有高手，臣弟疑为墨者，防范极严，任何人也接近不得。前时有两个黑雕近前窃听，刚过围墙就被发现，所幸逃得快，对方也似不想结怨，尚无大碍。"

"华弟，"惠王看向公子华，"你的其中一个小雕该当振翅了。"

"秋果！"公子华、公子疾几乎是不约而同。

"她人何在？"

"天香带她到大梁历练，在太子申府中做宫女！"

"召她回来，寡人要见见她！"

大梁一年，秋果成熟多了。

然而，无论她多么成熟，当跪在偌大宫殿里面对大秦之王的时候，秋果仍旧紧张，紧张、激动、兴奋、害怕……心里的各种忐忑似乎全都表达在她脸上的两朵红晕里。

“你就是秋果？”惠王盯住她。

“是。”秋果低下头去，声音微微打战。

“抬起头来。”

秋果的头非但没能抬起来，反倒埋得更低了。

秦王看一眼公子华，起身，走到秋果前面，轻轻托起她的下巴。

秋果全身颤抖，两眼紧闭。

“睁开眼。”

秋果睁开两道细缝，两朵红晕宛若熟透的山果。

“哈哈哈哈，”秦王笑出数声，“好一个青涩女子！”敛住笑，倾身，“秋果，进雕台多久了？”

“不到三年。”

“听说你还在乐坊里待了几个月？”

“六个月。”

“禀王上，”公子华夸道，“秋果肯吃苦，肯练习，琴棋诸艺皆有精进，至于种桑养蚕，烹调女红，乃自幼习得，在雕台又有长进，已于一年前由雏晋升为枭，在大梁试翅一年，可以单飞了！”

“好好好，”秦王微微笑道，“秋果，寡人召你来，是想问你几句话，你要如实回答。”

秋果点头。

“听说你救下一个名叫苏秦的人，可有此事？”

秋果点头。

“听说你的阿大将你许嫁苏秦，可有此事？”

秋果点头。

“听说苏秦答应三年后来娶你，可有此事？”

秋果点头。

“如果寡人送你前去与苏秦完婚，你可愿意？”

秋果叩首，声音打战：“黑枭秋果……谨听大王吩咐！”

“金雕听旨，”秦王转对公子华，“晋升秋果为鹫，晋其父秦大川为官大夫，在咸阳城赐府一座，举家搬进咸阳居住，食粟米一百石，免三世赋役！”

“金雕领旨！”公子华叩首，转对秋果，“秋果，谢大王恩赐。”

“黑鹫谢我王恩赐！”秋果叩首。

“不过，”秦王转过话锋，“寡人要你记住一句话。”

“黑鹫候旨！”

“你，秦秋果，生是秦国的人，死是秦国的鬼！”

秦王一字一顿，声音威严、阴冷，尤其是最后一个“鬼”字，让秋果毛发悚然，不寒而栗，不由得打了个寒噤。

“记住了吗？”秦王加重一问。

“记……记住了！”

“重复一遍！”

“黑鹫秦秋果，生是秦国的人，死是秦国的鬼！”

惠施憋屈多年，好不容易得到吐舌之人，自是珍惜每一寸光阴，天天揪住庄周论短辩长。

惠施原就不是讲究的人，又因庄周的到来恢复了天性，不消几日，竟就与他一般邋遢了。因朝务在身，惠施不能远游，只能是一得空就扯他到后花园里较真。

因天气渐暖，二人论得兴起，晚上竟也不回，就在花园里一棵合抱粗的梧桐树下席地而卧。家宰怕有阴邪袭入，待二人睡熟，吩咐仆女为他们搭上被子。

次日晨起，二人从日出辩到日中，惠施七绕八拐，辩题始终不离名、实。实即事物，名即对事物的称谓，此所谓“物固有形，形固有名”。是先有名还是先有实，名实是必须相合还是可以不合，自春秋以来，不少学者争吵不休，到惠施这里达到极致，围绕名、实的“同与异”折腾出一系列花样，庄周被他弯来绕去，绕得头大，所幸总有解脱，一会儿是这个到访，一会儿是那个登门，一切好像是提前安排好似的，每到关键辰光，家宰就会到场，在惠施耳边嘀咕几句，气得惠施吹胡瞪眼，终不免出声长叹，皱眉起身，留下庄周悠然自得地倚在梧桐树的枝丫间呼呼酣睡。

中午过后约一个时辰，通常是惠施的午休辰光，朝臣无不晓得。自忖再无打扰，惠施振起精神，将庄周从树上扯下来。

庄周似也睡足睡美了，到旁边树丛里放完水，美美地连伸几个懒腰，待回到树下，惠施已先占据了梧桐树这个有利地势，正背倚树干，一腿压在另一腿上，不无惬意地眯起两眼。

庄周只好将就，走向斜对面的草垫子。

“前年春日，”惠施微微睁眼，拿眼角瞟一下庄周，不待他坐定，再开论题，“魏王赐在下一颗大瓠之种，”指指旁边一个土堆，“就被在下随手种在那处地方。及至秋日，此种结出一瓠，就挂在那根大枝子上，”指指树上一个大枝，啧啧几声，“好一个大瓠，可容物五石哪。然而，待在下摘其下来，却犯难了。瓠剖之可为瓢，然而，若以此瓢舀水，其坚度不够，无法举起。在下左思右想，觉得此物实在无用，只好将它砸了。”说着不无夸张地连连摇头，“唉，枉费在下一番苦心矣。”

“哈哈哈哈，”庄周这也坐定了，见惠施把话题从实、名转移到了体、用，顿时放松许多，长笑几声，应道，“怕是相国只会用小，拙于用大吧？”

“此话怎讲？”

“在下听闻，一个宋人有祖传偏方，专治冬日手裂，世代以浣洗为业。有客闻之，以百金求其偏方。宋人喜而从之，客得偏方，前赴吴地，被吴王重用为将。客选择冬日最寒冷时伐越，大败越人于水上，被裂地封侯。同一偏方，有人因之裂地封侯，光宗耀祖，有人因之世代浣洗，得百金而喜。相国有五石之瓠，为何不将其拴在腰里，畅游于江湖呢？”

“这……”惠施两只小眼睛眨巴几下，又开新题，“在下有棵大樗，其粗无比，然而，树干弯曲，疙瘩缠身，树枝扭折，不中规矩，无数匠人路过，无人睬它一眼。唉，在下拿它……”长叹一声，摇头，“派个什么用场呢？”

“唉！”庄子亦出一声长叹，将头摇得比他还要夸张。

“在下是为此树叹，庄兄却又为何而叹呢？”

“为相国大人而叹哪！”

“哦？”

“见过狸和鼪吗？它们屈身而伏，以待猎物，但有鼠至，遂东跳西蹿，不避高下，然而，一旦误中机关，却也只有候死于陷阱网罟之中。再看蛮牛，用以耕耘拖曳，力大无穷，用以捕鼠，却徒唤奈何。天地万物，皆有其性，皆有其所不能，亦皆有其所能，相国大人何愁此树无用呢？为何不栖身树下，拥其浓荫，得享自在呢？”

“呵呵呵，谢庄兄为此树寻到一用，”惠施乐了，将两条搭起的腿交换一下，“照庄兄所言，万物皆有所长，亦皆有所短，敢问心之为物，其短何在，其长又何在？”

“你呀，”庄周咂吧几下嘴皮子，“辩归辩，怎能乱搅浑水呢？”

“敢问庄兄，在下何处搅浑水了？”

“心不为物，心为物之用。”

“是吗？”惠施故作不知，“请庄兄赐教，心为何物之用？”

“性。性这个字，从心从生，生心为性。性为心之体，心为性之用，是谓心性。”

“受教，受教，”惠施拍几下巴掌，“在下可以效譬吗？”

“譬吧。”

“譬如水波。”惠施眨巴几下眼睛，目光狡黠，“若以庄兄所言，波当从水从皮，水皮为波，波为水之体，水为波之用，是谓水波。”

庄周先是一怔，继而挠挠头皮，沉思良久，连连摇头，“非也，非也，你又搅浑水了，体、用颠倒矣。”

“何处颠倒了？”

“心性非水波。就水波而言，波由水起，水动波生。波不离水，水不离波，水为波之体，波为水之用。”

“是呀，在下所言，依的正是庄兄之理。心从性起，性动心生，性不离心，心不离性。心为性之体，性为心之用。呵呵呵，别是庄兄自己搞颠倒了吧？”

“这……”庄周让他又搅蒙了，一时语塞，又是一番沉思，方才恍悟，手指惠施，“谬也，谬也。物类不同，此譬不妥。”

“万物皆同，此处为何不同呢？再说，医之道，心藏神，神通灵，灵通性，心为神居，自亦为性灵所居。心既为性灵所居，在下为何不能用水波作譬呢？”

惠施东拉西扯，终让庄周寻到破绽，击掌笑道：“好好好，总算晓得相国大人是如何辩论、如何取胜的了。你这用的是偷天换日之术！”

“偷天换日？”该到惠施怔了。

“医之道，心藏神，神通灵，灵却并不通性。反之，灵为性所生，性为体，灵为用。灵通神，神通心，性者，生心之体也，心、神、灵三者，皆为性之用。哈哈哈哈，相国大人，你还有何说？”

惠施挠会儿头皮，欲再强辩，一阵脚步声急，家宰再次趋至。

惠施不悦，拉下脸皮，未及斥责，家宰已趋至跟前，小声禀道：“主公，是殿下来了，已在堂中恭候。”

听到殿下驾到，惠施再无话说，只好冲庄周苦笑一下，起身离去，足足过有大半个时辰，方才返回，见庄周已经占据梧桐树，倚在树干上迷离两眼，只好在庄周坐过的草垫子上坐下，脸上写满郁闷。

“相国大人，”庄周却似没有看见，学起惠施，将搭起的两腿换过来，不知多久没洗的脚丫子臭烘烘地直伸过来，在惠施的眼皮底下有节奏地来回晃动，“观你心不藏神，魂不守舍，别是想不出抗辩谬辞，生出情绪来了？”

“唉！”惠施长叹一声，摆手，“罢了，罢了，我来是想告诉你一声，今日休战。”

“嘿！”庄周却来劲了，忽地坐直，“在下这这这……刚到兴头上，你却挂起免战牌来，”连连摇头，“不成，不成！”

“在下告饶了！”惠施拱手，做出可怜状。

“告饶可以，只是……总该有个所以然吧！你讲讲，所为何事？”

“为魏王。”

“魏王怎么了？”

惠施遂将函谷伐秦及魏惠王一病不起、数月不朝诸事略述一遍，末了叹道：“唉，在下所务所扰，尽是这些琐碎，哪似庄兄终日逍遥啊！”

“哈哈哈哈！”庄周详细问过魏王病情，长笑数声，“什么茶饭不思？你这大王完全是吃饱了撑出来的病，交给在下，管保他立马下榻，活蹦乱跳！”

“啥？”惠施眼睛大睁，直看过来，“庄兄所言，可是当真？”

“算了，算了！”庄周眼睛闭合，摆手，“还是睡我的觉，做我的梦去。什么王不王的，与庄周毫无关系！”说罢，复将身子倚在树干上，三息之间，竟就响起鼾声。

惠施似是想到什么，忽地站起，连屁股上的草末子也没拍去，急慌慌地蹽起两腿，“嘚嘚嘚”直奔前院。

魏惠王的病较前更重了，心神疏懒，茶饭不思，莫说是书，即使歌舞管弦，也没心情欣赏，外人更是一个也不想见。

眼见魏王数十日不离卧榻，说话有气无力，毗人急了，请来多名御医，均没诊出毛病，只胡乱开些补药。毗人害怕有啥长短，只好禀报太子申。

太子申正在为朝事苦恼。

魏惠王乾纲独断已成习惯，太子申晓得自己只是名义上主政，小事尚可决断，遇到大事，则必须向父王请旨。偏巧的是，这些日来，朝中小事不见，大事却是不断：先是庞涓在函谷又起战火，奏请加兵；继而春荒加剧，多地已现灾情，朱威奏请开仓放粮，解燃眉之急；再是白虎使赵归来，奏明赵、秦并无暗通，军中传言为秦人离间；再是斥候报说，秦国来使，使臣乃秦国首位相辅张仪，来意不明；等等。

诸事皆关紧要，太子申拿捏不定，正要进宫请旨定夺，这又得到毗人告急，真正是急火攻心，无奈之下，方才亲自上门，就诸事求教惠施，把惠施搞得心烦意乱。

然而，庄周的信口所言一下子触发了惠施的灵感。惠施赶到前院，备车驰至王宫，扯殿下一道去御书房探望惠王。

惠王果真就如霜打的茄子，从里到外全蔫了，毫无生气地躺在榻上，面前摆着各式山珍海味，还有几种羹汤，全都放凉了。

惠王二目紧闭，一动不动，对殿下、惠施的拜见没有任何反应。

“王上，”毗人在惠王耳边小声禀道，“殿下和惠相国觐见来了。”

惠王依旧没动。

太子申望一眼惠施，目露忧色。

“王上，”惠施声音很轻，“惠施这来辞行了。”

听到“辞行”二字，惠王打个惊战，头扭过来，眼皮一下子睁开，眨也不眨地直盯惠施。

惠施再拜。

“你……”惠王指向惠施的手颤动着，“辞行？”

“正是，王上。臣这是辞行来了。”

惠王惊怔，挣扎几下，想坐起来。毗人过去扶他，连扶几次，都没能坐直。

惠王呼呼直喘，以胳膊肘斜撑身子，二目炯然出光，直射惠施：“快讲，爱卿何往？”

“春天来了，有个怪人约臣郊游踏青。”

见惠施讲出的只是郊游踏青，惠王一颗悬起来的心扑通落下，长舒一口气，庞大的身躯同时沉落，重重地砸在木榻上，眼皮复合。

气氛略僵片刻，惠王似又想起什么，眼又睁开，盯住惠施：“什么怪人？”

“一个目中无人的人。”

“目中无人？”惠王眨下眼睛，“那……可有物否？”

“没有。”

“那他一定是个盲人。”

“不是。”惠施摇头，“非但不是，反倒长双千里眼，千里之外，可观秋毫。”

“什么？”惠王哂笑，“千里之外，可观秋毫？这不可能，寡人连鼻子也不信！”

“王上，天下之大，没有什么是不可能的。”

“此人何在？”

“就在臣的府中。”

“有请他来，”惠王略略一顿，来劲了，“寡人倒想看看，此人长双什么奇眼！”

“臣领旨。”

惠施告退，匆匆回府，一把扯起庄周，一脸苦相：“庄兄呀，在下……大祸临头了！”

“大祸临头？”庄周奇道，“什么大祸？”

“欺君之罪！”

“哦？”

“说起此罪，还与庄兄有关呢。”

“哦？”

“在下甚想与庄兄遨游春日，方才觐见王上，向王上告假，王上问在下何起此念，在下只好讲出庄兄，王上追问庄兄。也是这些日来与庄兄辩得糊涂了，在下信口吹牛，说庄兄如何有能耐，尤其是长了一双千里眼，千里之外，可观秋毫。王上兴起，当即旨令庄兄觐见，在下……这这这……这该如何是好？”

“哈哈哈哈，”庄周拍拍衣裳，指他笑道，“相国大人绕来绕去，不就是想让在下前去诊治你的主子吗？走吧，甭费口舌了！”

二人回到客堂。细审几眼庄周的一身破烂行头，惠施摇了几下头，让家宰拿出新衣裳，却被庄周一把掼在地上，甩手出门。

“这这这……”惠施急了，拿起衣裳紧追上来，“庄兄，入不得宫门呢。”

“入不得就不入嘛，”庄周扭头又向后花园走去，“我还不想进去呢。”

“好好好。”惠施奈何他不得，只好将衣裳扔给家宰，扯庄周登车，直驰王宫。

见与惠施同行，宫卫并未拦阻。

二人一溜顺当地走到御书园，毗人禀报，惠王依旧侧躺于榻，旨令觐见。惠施率先趋入，拜毕，在旁边席位上坐定，却迟迟不见庄子进门。

惠王急了，再次传旨：“宣宋人庄周！”

毗人朗声传宣：“王上有旨，宣宋人庄周觐见！”

庄周依旧不进。

毗人略略一忖，走到门外，见庄周仍在那儿悠然赏景，便拱手：“先生，王上有请。”

庄子回过神，大大咧咧地走过来，一边走，一边东瞅西看。

毗人瞥见，眉头微皱。臣见君，按照礼仪是要趋入的，也就是小碎步快走，目不斜视，以示尊重，此人却如出入自家庭院一般。

然而，这是惠施的客人，又是王上召请，毗人不好多讲什么，只得趋步紧跟。

庄周走进院落，在毗人指引下直入正门。进门槛后，庄周却顿住脚步，就地站定，二目直视惠王，既不近前，也不跪拜。

惠王自然也在盯住他看。

候有一时，见庄周仍如钉子一般竖在那儿，惠王示意，毗人再去召请。庄周非但没有趋前，反倒就地坐下了。

殿堂高阔，庄周站在几丈开外，惠王久卧病榻，眼力不济了，只是约略看到庄周一身褴褛，一头垢发，胡子也似从未剪过，一双破草鞋更是不堪，比当年随巢子的还要破烂。关键是他露在外面的几根脚指头，脏兮兮的不知多久没有洗过。随巢子虽然寒酸，满身补丁，却是上下整洁，而眼前此人，竟如他在街上所见乞丐一般无二。

然而，此人竟是惠相国门下贵宾，且拥有千里之视，这……

强大的反差让惠王长吸一口气，二目聚光，直射过来。

二人对视。

良久，惠王收回目光，微微点头：“果是高士。听惠爱卿所言，高士目力无人可及，能于千里之外分辨毫发，可有此事？”

“确有此事，庄周天生神目。”

“太好了。”惠王精神大振，忽地坐起，“请高士这就帮寡人看看，赵语那厮在做何事？”

“赵语？”庄周略略一怔，显然不知此人。

“就是赵侯。他在邯郸。”

“邯郸离此不足千里，庄周不能视。”

“那……熊商呢？就是楚王。”

“楚王在郢，已出千里之外，庄周亦不能视。”

“秦王嬴驷呢？他在咸阳。”

“过千里矣。”

“田因齐呢？”魏惠王抓耳挠腮一时，一拍巴掌，“就是齐王！据寡人所知，临淄离此刚好千里。”

“是九百九十九里九，不足千里。”

“你……”魏王大怔，手指庄周，“九百九十九里九，岂不就是千里吗？”

“回大王的话，九百九十九里九，是九百九十九里九，不是千里。”

“那……你所视何处？”

“庄周所视，刚好是千里之数，多一分不成，少一分亦不成。”

“你这……岂不是狡辩吗？”惠王“呼呼”喘会儿粗气，嘟哝一声，不悦地看向惠施，见惠施二目紧闭，似已睡去。

“庄周非狡辩，大王可使人丈量千里之数，在刚好千里之处放置毫毛，一试即知。”

这是根本无法完成的试验，惠王显然气馁了，心里却又不甘，盯住庄周又看一阵，“哈哈哈哈”爆出长笑。

惠施睁眼，急看过去。

“庄高士，”惠王指向庄周的一身破烂服饰，“寡人问你，你既生此神通，又何以混得这般潦倒呢？”

“哈哈哈哈！”庄周笑得更响，更长。

“高士因何而笑？是寡人所言不确吗？”

“不是不确，是大谬特谬矣。”庄周抖抖衣袖，“庄周这是贫穷呀，怎么能说是潦倒呢？胸有大欲而不得展，满腹道德而无力践行，这样的人才叫潦倒。庄周既无大欲可展，也无道德可去践行，怎么会是潦倒呢？至于衣裳破烂，履底洞穿，只是因为贫穷。庄周因何贫穷呢？是生不逢时，处境不利。大王可曾见过猿猴吗？在崇山峻岭，在悬崖峭壁，它们攀缘于高大的林木之间，往来穿梭，逍遥自在，即使善射的后羿、逢蒙再世，也奈何它们不得。然而，一旦步入荆棘丛中，它们只能谨小慎微，怵惧而过了。何以如此呢？非其筋骨不柔了，实乃处势不便，难逞其能啊！生在这昏君乱臣当道之世，庄周就如那荆棘丛中的猿猴，想不贫穷，怎么可能呢？”

“昏君乱臣”四字，犹如当头棒喝，惠王一下子被打蒙了，待醒过神来，欲发作，想想不妥，毕竟是自己挑起话题，讽人潦倒，欲忍下，却又不甘，一双老眼珠子滴溜溜急旋几圈，缓缓击掌：“高士果是好言辞啊，来来来，近前来，让寡人好好瞧瞧你！”

“庄周就在此处，大王欲瞧草民，可近前来。”

“咦？”惠王两眼大瞪，紧盯庄周。

“庄先生，”毗人看不下去了，打圆场道，“君臣之礼，该先生拜见才是！”

“非也，非也，”庄周连连摇头，“大王为魏主，庄周为宋民，庄周赴魏，是来访友，非来拜君。惠相国乃庄周之友，携周至此，亦为访友，何来君臣之说呢？”

庄子这般解说，倒也成立，视为朋友，也算是亲近，惠王的脸色略略柔和，见毗人仍要争执，冲他摆下手，朝庄周拱手：“好好好，不论君臣了，就论年齿吧。寡人六十有三，想必稍稍年长高士几许，能得高士近前几步否？”

“按照周礼，尊卑礼让当以辈分，非以年齿分。你我既为友人，当以同辈相待，大王何以自尊若是呢？”

“寡人……”惠王支吾一下，这又寻到说辞，“好好好，我们不论年齿，不以辈分，总也该论个宾主吧？你来探望寡人，寡人为主，你当为宾。这宾主之礼……”

“敢问大王，是否一向在榻上礼宾呢？”

“这……”惠王语塞一时，出声长叹，“唉，非寡人礼节不到，实乃寡人病魔缠身，已数十日没下此榻了。”

“哈哈哈哈！”庄周爆出几声长笑，手指惠王，“大王谬矣！庄周观大王体康身健，何来病重之说？”

“这这这……”惠王急了，指着旁边几案上的羹汤，“高士总该看到了吧？寡人若是体康身健，摆来诸多汤药何用？”又分别指头，指心，指四肢，“不瞒客人，这些日来，寡人头疼，心疼，四肢犯软，寝无眠，食无味，看遍疾医，没个治呀。唉……”重重摇头，“寡人真正是动不得哟！”

“非也，非也，”庄周亦摇头，“大王身体没病，是心病了。”

“非也，非也，”惠王连连辩白，“寡人是身病了，动不得矣！”又手捂膝盖，继而是肚子，继而这儿指指，那儿按按，“哎哟，哎哟，这身子老朽不堪，从上到下无处不痛，痛死寡人矣！”

“大王是否经常说谎呢？”庄周紧盯他问。

“什么？”惠王全然忘了方才的病痛，“你说寡人说谎？君无戏言，你可问问满朝文武，你可问问惠爱卿，寡人何曾说过谎了？”

“不瞒大王，庄周神目，不但能视千里，还能透视肉体。方才庄周已经透视大王，观大王身体无病，只有心病，大王硬说身体有病，岂不是说谎了吗？”

庄周此言一出，不仅是惠王，即使毗人也是一震，不由自主地侧身对他，显然怕这个神人一眼看出自己的裆中尴尬。

“这……”惠王被挤到墙角，“既如此说，敢问高士，寡人之心可有医治？”

“是病自然有医。”

“敬请高士为寡人诊治！”惠王拱手。

“诊治不难，但大王必须应允庄周一事。”

“敢问何事？”

“在诊治之时，大王须听庄周吩咐。”

“这是自然。你为寡人诊治，当是医者，寡人有疾，当是患者，天底之下，哪有患者不听医者之理？”

“庄周这就诊治了，大王听好。”庄周坐正身子，两眼闭起，口中喃喃有词，就如楚地巫人在行巫事一般。

房间空气凝滞，于瞬间形成一个庄严气场。

惠王、毗人皆被这个气场震慑了。

有顷，庄周陡然出声：“请下榻，站于榻前！”

惠王如鬼使神差一般，出溜下病榻，站在榻前。

“大王向前走，走向庄周这里，先迈左腿，听令，左右左……左右左……”

几声口令叫过，惠王已到跟前，随着一声“停步”，在庄周前面稳身站定。

庄周指向面前的砖地：“坐！”

惠王何曾有过这般体验，如受魔咒，全然忘记地下之脏、之硬、之凉，“扑通”一声，竟在砖地上依言坐定，看得毗人两眼大睁，却出声不得。

庄周微微睁眼，朝惠王笑笑：“大王之病已好一半，至于另一半，大王还想治否？”

“敢问高士，另一半如何诊治？”惠王这也回过神来，看到自己竟然从榻上走到这儿，连连抱拳。

“须靠大王自己。”

“靠寡人自己？”惠王一怔，“寡人愚痴，请高士破解！”

“要想根治，得长寿之身，大王必须忘记一事。”

“得长寿之身？”惠王心里“扑通”一响，两眼发亮，射出欲光，倾身问道，“敢问高士，寡人须忘何事，方可得长寿之身？”

“须忘自己是个寡人。”

“这这这……”惠王苦笑一声，表情惶惑，“寡人怎能忘记自己是个寡人呢？”

“大王方才不是已经忘记了吗？”庄周反问。

“是哩！”看到自己这般走下病榻，走完这几丈，且与一个乞丐般邋遢的人坐在又脏又硬的砖块地上竟然浑然不觉，惠王这也笑了。

“昔年庄周游历楚地，在郢遇到南郭先生，觉得他是世上第一奇人。”

“第一奇人？”

“正是。大王可想听闻此人奇在何处吗？”

“寡人……”惠王急又改口，拱手，“不不不，魏罃愿闻！”

“此人长相与常人迥异，两耳垂肩，头上三目皆如铜铃，鼻如鹰钩，额前有独刺，长约尺许，望之若犀角，但硬而不刺，锋而不利……”庄周顿住，眼睛闭起。

“真乃天人也！”惠王惊叹不已，脱口赞道。

“非天人也。”庄周就如追忆往事，缓缓言道，“庄周前往拜见，初时被此人奇相异貌惊骇，定睛视他，却见他凭几而坐，仰天而嘘，形如枯木，就如这般。”

庄周现场复演南郭先生怪状，因表演过于逼真，看得惠王两眼大睁，心弦绷得越发紧了。

“庄周恭候良久，先生却不理不睬，无视无见。庄周急了，开口问他：‘凭几之人，状可若枯木，心难道亦如死灰了吗？’”

“南郭先生如何作答？”

“先生恍然归来，以独角对我，坦然应道：‘问得好呀！今日我丧我，你可知晓？’”

“我丧我？”惠王惊问，“此言何意？”

“先生应道：‘先说这个我吧。我是谁呢？谁又是我呢？如果没有你，没有他，何来这个我呢？天下万物，相反相成，没有彼就没有此，没有你就没有我。为什么会是这样的呢？是因为冥冥之中的道吗？道又是何物呢？请看这个我吧。我为何物呢？我是数以百计的骨骼、肌肤、九窍、五脏、六腑、毛发和体液，除此之外，我还余下什么呢？难道是心吗？好吧，就是心了。心上有我，我思我在。我就是心，心就是我。然而，在这些骨骼、肌肤、九窍、五脏、六腑、毛发和体液中，我的这个心是该亲近所有呢，还是该偏好某一些呢？若是偏好某一些，我的这个心又该疏远另外的哪一些呢？如果我的这个心既能偏爱它们，又能疏远它们，它们与心的这个我又是什么关联呢？是臣属吗？若是臣属，何为君、何为臣呢？我若为君，它们为何并不完全听从我呢？我若为臣，它们为何并不完全役使我呢？它们彼此之间又是何种关联呢？是彼此平行、互生互克呢，还是互为君臣呢？如果互为君臣，它们之中，何者为君、何者为臣呢？一旦承受精气，成就形体，直到精气耗尽，有哪一个我能够忘掉其所认定的这个我呢？人生漫漫，这个我无时无刻不在与人斗，与物争，惹是生非，战斗不已，岂不悲夫？终身劳役，成功又在何处？归宿又在何处？终身劳役而不知归宿何处，这样的我岂不哀哉？这样的我即使不死，又有何益呢？心我相依，我为心生，当我的这个躯体衰竭时，我的这个心也必随之而去。心若去了，这个所谓的我又在何处呢？人生一世，难道尽皆这般茫然、这般无解吗？抑或是只有我一个人茫然、一个人无解呢……’”

庄周以南郭先生口吻，或自问自答，或以问作答，步步递进，问问惊心，势若长虹贯日，声若天外滚雷，惠王完全被笼罩在不可挣脱的气场下，目瞪口呆，如闻神谕。

就在惠王倾身以听、翘首以待时，庄周忽然起身，连声招呼也没打，径自出门离去。

事发陡然，初时，惠王以为他是出恭，久未见回，方使毗人探视，竟是不见踪影。毗人询问宫人，说是他已朝宫门方向去了。

惠王傻了，急叫惠施寻人。

“王上，”惠施这才睁眼，拱手奏道，“庄周自在惯了，天地任我行，来去无所拘，他这一去不返，想必是把话说完了。”

惠王又怔片刻，长吸一口气，精气神与此前迥然两异，忽地站起，大步走到庭院中，优哉游哉地晃荡几个来回，招手吩咐毗人：“去膳坊寻点吃的。寡人……不不不，”指自己，语气利索，“就是这个我，尚未丧我，它饿了！”

毗人喜不自禁，应一声诺，屁颠屁颠地一溜烟儿小跑着去了。

第 086 章｜ 呈舌功张仪横魏 辩是非长舌受挫

张仪使魏，必过峭塞，坐镇渑池大营的庞涓在第一时间就知道了。

作为对手国的首任相辅，张仪亲持使节出使敌国，这让庞涓有点发蒙。

庞涓想不明白的有两点：一是此人用什么手段挤走公孙衍，当上秦相；二是此人为什么一当相国就率团使魏。秦、魏交恶，血战未休，张仪此来，用心必不善，但何处不善，颇让他思量。

想到自己与张仪在鬼谷里的纠葛，想到张仪为人狡赖，从来就不是个磊落的人，庞涓越发坐不住了，一面使人一路监视，四处打探，一面悄无声息地紧跟于后。

张仪前脚赶到大梁，递过国书，被太子申安排入驿馆安歇，庞涓后脚就驰入城门，赶回府中了。

庞涓洗去尘埃，穿上浴袍，未及与夫人亲近，庞葱入报，说是秦使张仪求见，已在府门恭候。

“咦？”庞涓吃一大惊，“你就对他讲，我不在家，在军中未回。”

“我讲过了，他不信，他说你就在府中，若不见他，他就不走！”

“这这这……”庞涓急踱几个来回，“全大梁人都晓得我在军中理事，他是如何晓得我已回到府中了呢？”

庞葱摇头，脸上也是惑然。

“也罢，”庞涓顿住步子，脸上发狠，“你且请他进来，看我羞他一羞！”

庞葱出去，将张仪请入客堂，托故出去。

张仪候有半个时辰，庞涓才从偏门进来，身上仍是那身浴袍。

以浴袍见人，在官场是大不敬，但在同窗面前，倒是另当别论，是以张仪视若无睹，“呵呵呵”笑出几声，起身拱手：“好一个出水王八，庞兄你总算露头了啮！”

听到“王八”二字，庞涓即刻联想到当年山中的那场戏弄，顿时脸上发涨，气血上涌。然而，毕竟是同窗相见，自己身穿浴装，不敬在先，且在自己府中，张仪这又笑脸相迎，庞涓有火也发不出来，勉强忍下，略略一拱：“惭愧，惭愧。在下从前线驰回，这刚洗去尘埃，听闻张兄驾到，未及换装，就急急出迎来了。”

“幸甚，幸甚，”张仪又是一拱，算作回礼，收住笑，切入正题，“鬼谷别后，你我兄弟天各一方，相见一面，真比登天还难哪！”

“呵呵呵，这不就相见了嘛！”庞涓截住话头，指席位略略让过，分宾主坐定，直入主题，“敢问张兄，大梁城中无人不知在下在渑池，张兄何以认定在下就在府中呢？”

“不瞒庞兄，”张仪缓缓应道，“在下不但认定庞兄人在府中，且还认定庞兄是一路护送在下至大梁的呢。”

庞涓怔道：“你何以这般认定？”

“因为，”张仪狡黠一笑，“天底下知晓庞兄的，怕是只有在下一人。”又凑上身子，压低声音，“知我张仪入使，若不尾随监视，还能是庞兄吗？”

“哈哈哈哈，”庞涓豪爽长笑，“痛快！”转对屏风后面，“来人，上茶！”

庞葱闻声趋入，斟上茶水，低首退出。

“来来来，张兄，请茶。”庞涓端过一杯，两手一拱，品啜一口，放下杯，二目直射过去，“张兄来得好呢，自鬼谷一别，在下有多个不解之谜，正要一一请教张兄。”

“不必客气，”张仪亦啜一口，放下杯，看向庞涓，伸手礼请，“庞兄请问。”

“张兄应该不会藏私吧？”庞涓将话砸实。

“在下知无不言。”

“好！”庞涓捏捏拳头，“在下这第一问，”凑过去，压低声，“张兄是如何舍得师姐，来此污秽凡尘里博取功名的呢？”

“回庞兄的话，”张仪心底微微一震，迅即定住，嘴角绽开一笑，亦压低声，“功名好咧。庞兄难道不是率先舍下师姐，涉身污秽的吗？”

庞涓似是没有想到是这应答，先是一怔，继而竖起拇指：“张兄好答。这第二问是……”略顿一下，刻意制造气氛，“听闻张兄失恋下山，失意酗酒，在楚地饮了个酩酊大醉，糊里糊涂地娶下一妻，可有此事？”

"正是。她叫香女，依照谷中排序，庞兄该称她师嫂才是。"

"哈哈哈哈，"庞涓长笑出声，"香女，香女？嫂夫人起得好名字嘛！"故意捏下鼻子，压低声音，"听闻嫂夫人是个宰猪的，可是当真？"

"此闻不虚。"张仪淡淡一笑，"山不转路转，他日庞兄若到寒舍，在下定让她宰杀一猪，为庞兄来个全猪宴，如何？"

"好好好，在下就爱吃猪肉呢！"庞涓阴阴一笑，朝后略略一仰，"在下这第三问是，听闻张兄在楚，相中楚王一块宝璧，欲拿走细赏，不幸却被大楚令尹误作贼人，捉个现行，逮入大牢，打了个皮开肉绽，此事当真？"

"庞兄听错了，"张仪不疼不痒，修正他道，"不是误当，是真当呀！在下让大楚刑卒打了个体无完肤，差一点点儿就见不上庞兄你了！"

"啧啧啧，"庞涓连啧几声，拱手道，"大难不死，必有后福，在下贺喜张兄了！"又倾身凑近，再压低声，"在下甚想一睹张兄所窃，不不不，是所拿之璧，敢问张兄能赏脸否？"

"让庞兄失望了，"张仪微微摇头，两手一摊，"在下是既没窃，也没拿呀。"

"哦？"庞涓故作一惊，"这么说，昭阳他是……冤枉张兄了？"

"呵呵呵，"张仪淡淡一笑，轻松滑过，"冤也没冤，没冤亦冤，这是一桩无头案了。"

"张兄好肚量，"庞涓再伸拇指，"真是人各有志呀。若是有人冤枉在下，在下必与此人势不两立，不共戴天！"

"庞兄还有问否？"

"有有有，"庞涓急又转回正题，"在下好奇得很，有得问呢。这第四问是，听闻张兄不屑留楚，赴赵投奔苏兄，却被苏兄误作乞丐，打发十金送客，可有此事？"

"确有此事。"

"唉，"庞涓长叹一声，"在谷中之时，苏兄这人，看起来倒挺厚实的，岂料出山之后，竟就这般小气，才赏十金。要是张兄到在下府中行乞，必赏百金！"说着"呸"地啐一口，"就冲这个，在下鄙视他了！"

"第五问呢？"张仪面无愠色，淡淡问道。

"呵呵呵，张兄真还是个急性子呢！"庞涓哂笑一声，接道，"听闻张兄与秦人有杀父之仇、羞母之恨，可有此事？"

庞涓刻意将"逼"字改为"羞"字，静观张仪的反应。

"有。"

"唉，"庞涓叹声更长，"儒者仲尼有云，'父之仇，弗与共戴天'，这又加上羞母之恨，唉，在下今日方知，张兄是真正不容易哟，为了这个功名利禄，投身事仇，将杀父之仇、羞母之恨，全都豁出去了！"说毕，又出几声长叹，摇头，阴阳怪气，"嗟乎张兄，值乎？不值乎？"

张仪没有接腔，也没生气，两眼眨也不眨地盯住庞涓。

"张兄不觉羞乎？"

张仪微微一笑，轻轻摇头。

"张兄不觉耻乎？"

张仪又是一笑，依旧摇头。

"张兄面皮……"庞涓猛地变过脸色，声音骤冷，端起茶杯，作赶客之势，"竟然厚至此乎？"

"庞兄息怒，"张仪摸摸脸皮，依旧挂笑，"这张脸皮若是不厚，怎能分给他人呢？"

"分给何人？"

"分给庞兄你呀！"

"分给我？"庞涓一震，两眼直射过来，"我怎么了？"

"庞兄一切好好的，只是……"张仪指向庞涓的脸皮，"此处没皮了！"

"姓张的，"庞涓暴怒，震几，一字一顿，"此言可有说辞？"

"有有有，"该到张仪来神了，摇头晃脑，"身为无敌将军，率六国之师，攻一国之门，门未破，六师却丢盔卸甲，落荒而逃，敢问庞兄，身为主帅，脸上可有皮乎？"

"你……"庞涓手指张仪，脸色惨白，气极。

"还有，"张仪不紧不慢，抑扬顿挫，却振聋发聩，"不听六相劝言，一意孤行伐秦，却看不出齐、楚二王早有勾结，皆欲卖魏，竭力怂恿人主涉险，身为一国主将，庞兄脸上可有皮乎？"

庞涓的手哆嗦起来，全身也在剧烈颤动，声音却因过于愤怒，全被堵在嗓子眼里。

"庞兄，"张仪淡淡一笑，拱手，"在下此来，既不为揭短，也不为颂长，只为送给庞兄一张面皮，还望庞兄笑纳。"

"是何面皮？"庞涓总算迸出一句，两眼似要冒出火来。

"连横！"

"连横？"庞涓显然是首次听说此名，目光征询。

"哦，就是与在下合作，助在下说服魏王，与大秦结盟睦邻！"

"这与连横何干？"

"庞兄不是善弈吗？棋局有纵有横。苏秦诱惑列国合纵，你我兄弟何不联手，给他来个连横呢？"

"哈哈哈哈！"庞涓爆出几声长笑，"是狐狸终归会露出尾巴来的。张兄这绕来绕去，总算绕到正题上了！"脸色一沉，鹰鼻一勾，声音如从牙缝里挤出，"念你是远方来客，念你我同窗数载，在下就不给你难堪了。"拂茶，起身，大喝，"来人，送客！"言毕，也不及张仪起身，径自从偏门出去。

张仪冲他背影苦笑一声，缓缓站起，摇几下头，一步一晃地走出了客堂。

自庄周来过，魏惠王的病情竟是好了，吃得香，睡得着，起得早，走得动，完全像是换了个人。然而，旧病虽去，新病却又来了。惠王无论是睁眼闭眼，庄周衣不遮体的邋遢样子总也挥之不去。

"神人哪，真是个神人哪！"惠王在后花园里绕来绕去，时不时地嘟哝这一句。

"呵呵呵，王上，"惠王病愈，毗人的心情是最好的，"叫老奴看，庄先生不是神人，是个怪人！不过，他的学问倒是大哩，难怪惠大人对他这般恭敬。"

听到"学问"二字，惠王来神了，大步流星地走向藏书室，与毗人一道寻找庄周著述。

藏书室太大，书架太多，没过多久，二人尽皆查得累了。毗人吩咐宫女端来净水洗过，扶惠王正殿歇息，召来太史令，由他吆喝二十几个识字的宦臣，将所有书架挨排检索，直忙到天昏地暗，仍未查出一册庄周著述。

太史令告退，惠王郁郁不乐。

"王上，"毗人小声奏道，"抑或庄先生未曾有过著述。王上书房收录也是全的，列国士子凡有名者无不在册，唯此庄周……"

惠王再次看向一排排书架，叹出一口气，显然对未能找到庄周著述甚是不快。

数月来，惠王不朝，毗人身边压着一大堆报奏，这想趁势将他扯回现实，笑道："也许庄先生只是能说而已，不过是惠大人请来为王上舒怀的。"

"你讲得是。"惠王点头，"自古圣人述而不著，庄周乃当世圣人也。"

"圣人无不通晓天地之道、治国之术。王上何不再召庄先生觐见，以国家之事问他，庄先生是否圣人，一问可知矣。”

“是哩，寡人正好憋堵些事。传旨惠爱卿，有请庄先生。”

翌日卯时，惠施再引庄周进宫，惠王在御花园里摆下宴席款待。

酒过数巡，惠王诚敬拱手：“前番听先生所言，如闻神人，魏罃里外皆震，久病之躯瞬时痊愈，犹如脱胎换骨。先生实为超凡脱俗的雅士，魏罃却是俗人，有俗事欲累先生，还望先生不吝赐教。”

“大王欲问何事？”庄周亦不客套，拱手还礼，笑着望他。

“寡人承继先祖之业，数十年不敢懈怠，然则，西有嬴氏侵我，东有田氏辱我，北有赵氏坑我，南有熊氏骗我，叫我心中憋闷，是可忍，孰不可忍！”

“敢问大王，他们是如何侵你、辱你、坑你、骗你的呢？”

“诸事一言难尽。就眼前之事，嬴氏杀我八万将士，夺我河西不还，为收复河西，魏罃听从苏秦合纵伐秦之策，集六国之兵于函谷，岂料事出变故，燕、齐交恶，率先撤兵，楚人观望不前，赵人通秦卖我，致使我功败垂成，憋屈至今。”

“哈哈哈哈！”庄周笑得前仰后合。

惠王让他笑蒙了，良久方道：“敢问高士，魏罃之说好笑吗？”

“好笑，好笑，”庄周又笑几声，倾身问道，“大王可曾听说过蜗人之事？”

“蜗人？”惠王摇头。

“就是住在蜗牛头上的那些人哪！”

“啊？”惠王两眼大睁，“蜗牛之头，上面怎能住人呢？”

“能能能，”庄周语气沉定，毋庸置疑，“蜗牛头上有两只触角，左角栖居一国，名唤触氏，右角栖居一国，名唤蛮氏，两国为争蜗牛额头的一块地皮，激战数日，伏尸百万，血流漂杵啊！”

“孰胜孰败？”惠王顾不上较真，急于询问结果了。

“蛮氏胜，触氏败，蛮氏追逐触氏败卒，旬有五日方才返还哪！”

“乖乖！”惠王惊叹一声，闷头细想，扑哧笑道，“先生，你这想必是虚言了吧？”

“这么说来，大王是想听实言了？”

“愿闻实言。”

“请问大王，四方、上下，可有止境？”

“没有。”

“天下之域，可有止境？”

“有。”

“大王的心，可是自由？”

“是。”

“如果大王的自由之心一会儿遨游在无止境的广宇里，一会儿又局限在有止境的天下里，是不是会有一种若存若亡、若得若失的感觉呢？”

惠王闭目良久，微微点头：“嗯，一定会有这种感觉。”

“在这个有止境的天下里，有一片地方叫魏国，在这个魏国里，有一片地方叫大梁城，在这个大梁城里，有一片地方叫王宫，在这个王宫里，有一个人叫大王你，是不？”

“是。”

“推而广之，大王与那触氏、蛮氏二君有何区别吗？”

“这……”惠王挠挠头皮，“好像是没有区别。”

“这就是了。”庄周合起眼皮。

殿中静默。

显然，在场诸人皆被庄周套进这个触蛮之争的有趣故事里了。

“先生真神人也！”惠王率先出套，诚敬拱手，“先生卓识，非俗人可及。魏罃有一求，恳请先生成全！”

“大王请讲！”

“魏罃才疏，诚心求拜先生为国师，恳请先生不弃！”

“哈哈哈哈！”庄周仰天长笑。

“先生？”

“王上有所不知，”一直闭目冥思的惠施开口了，“就在不久前，楚王求聘庄周为国师，宋王求聘庄周为国相，庄周至此，正为躲避二君之聘哪！”

“啊？”惠王惊愕，不解地看向庄周，“先生为何躲避？”

“无他，不利于养年。”庄周淡淡应道。

“养年？”惠王来劲了，长吸一口气，倾身问道，“先生可否赐教何以养年呢？”

“弃知。”

“弃知？”惠王迷茫了，“众人皆在求知，无知何以养年？”

“生也有涯，而知也无涯。以有涯随无涯，岂不荒唐吗？”

“嗯，是哩，”惠王思忖一时，竖起拇指，“先生所言成理。除弃知之外，还有何方？”

“弃善恶。”

"这……"惠王迷惑了，"弃恶倒是可解，弃善从何说起？"

"福祸相倚，善恶相随，无善则无恶，若不弃善，何以弃恶？"

"嗯，是这个理！"惠王恍然有悟，倾身向前，"还有否？"

"顺天之道，应人之命，是谓天人合一，大王若是做到天人合一，可得永年矣！"

听到"永年"二字，惠王又吸一口长气，眼中冒光："寡人，不不不，魏罃如何方能做到顺天之道，应人之命呢？"

"大王可曾见过庖丁解牛吗？"

"魏罃不忍见血，是以远离庖厨。"

"庄周昔年游历于赵，亲见庖丁解牛。那庖丁手之所触，肩之所倚，足之所踏，膝之所抵，刀之所向，牛之所解，莫不合于节奏，中于音律，就好像他是在循着《桑林》《经首》的优美旋律起舞似的。"

"神技呀！"惠王赞道，"他是如何达到这般境界的呢？"

"庄周也是这般问他，那庖丁应道：'无他，合于道而已。在下初解牛时，所见皆牛；三年之后，目无全牛；及至今日，在下只以神遇，不以目视。解牛之时，在下循依天理，避实就虚，切中肯綮，凭直觉所向披靡。良庖一年一换刀，因为他是割的；庸庖一月一换刀，因为他是砍的。在下之刀已十九年矣，解牛数千，刀刃仍如刚刚磨过一般。为什么呢？骨节有间，刃却无厚；以无厚入有间，在下就悠然自得、游刃有余了。不过，即便如此，每逢筋骨交错处，在下仍要全神贯注，小心动刀，待关节自解，牛体如土委地，在下方才嘘出一口气，提刀起立，举目四顾，踌躇满志，善刀而藏之矣。'"

庄周一席话讲完，惠王连叫数声："痛快，痛快！"

几人遂将朝事尽忘一边，就着养年话题扯开去，这儿转转，那儿站站，不知不觉中，天色已是昏黑。

看到时辰不早，惠施起身告退，惠王兴致却是不减，留下庄周作长夜之谈。

张仪走后，庞涓再也坐不住了。张仪此来，显然不为睦邻。秦、魏血仇越结越深，函谷烽火未熄，剑拔弩张，这厮扬言睦邻，简直就是笑话。

非为睦邻，却是为何？

庞涓坐于静室，将张仪出山之后，入楚灭越、入秦即击败公孙衍入相诸事连成一条线冥想一夜，又将他的连横之语细细盘算一遭，越发断定其来意不善，于次日晨起，驱车直驰王宫。

当值内臣入内禀报，不一时，毗人迎出，拱手道：“王上一宵未眠，此时刚刚安歇，敢问武安君有何要事？”

“一宵未眠？”庞涓吃一大惊，“王上龙体……”打住话头。

“回武安君的话，”毗人微微一笑，“王上龙体大有好转，昨夜与人畅谈，是以一宵未眠。”

“与人畅谈？”庞涓又是一惊，眼珠子一转，赔上笑脸，“敢问阁老，王上与何人畅谈，这般尽兴呢？”

“是惠相国的朋友，姓庄名周，嘴巴特别能讲。”

“哦？”庞涓心里一寒，脸色变了，“难道比惠相国还能讲？”

“嗨，只要他在场，就没有惠相国插话的地方。”

“乖乖，”庞涓咂下舌，声音压低，“敢问阁老，庄先生这都与王上讲什么了？”

“都是些养生怡年的话题，什么天呀地呀，阴呀阳呀，把老奴都听晕了。”

“好哇，好哇，”庞涓嘘出一口长气，换作笑脸，“难怪王上开心呢。王上龙体，是得好好将养。”

“是哩。武安君没有大事吧？”

想到所奏之事也并不急，方才是自己急火攻心了，庞涓这也松弛下来，拱手笑道：“不急，不急，在下刚从渑池回来，欲向王上禀报军中之事，好让王上安心。”

“若是不急，就请武安君晚几日再来。看这样子，王上与庄先生有得聊呢。”

“好好好，王上开心就好！”

庞涓拱手辞别，大步出宫，正欲上车，旁有一人直走过来，呈上一封信函。

庞涓打开，里面是块羊皮，写着一个地址和一幅涂鸦草图。

庞涓目光落在图上，左看右看，愣是没有看出名堂。图上净是线条，所有线条无不指向那个地址。线条或曲，或折，或交叉，或重叠，似是随意勾勒，又似匠心独运。

庞涓凝眉一时，盘问送信人，不想是个哑巴。

庞涓挥退哑巴，再去琢磨那图，越琢磨越是气恼，将信“啪”地扔在地上，叫车夫打道回府。走有一时，庞涓又叫停车，吩咐车夫返回，亲手拾起仍旧落在原地的羊皮，又审一时，狠狠心，吩咐车夫照信中地址驰去。

是个寻常客栈。

早有人候在门外，见是庞涓，拱手相请。

此客栈附近就是刑狱，客户多与刑狱相关，少有其他人来。想到此处戒备颇严，刑狱又归白虎管辖，庞涓并无惧心，大步随他走入里厢，连进二门，步入一套雅院。

那人引庞涓入院，伸手朝堂中礼让，拱手退出。庞涓略一迟疑，大步入堂，进得堂门，见堂中端坐一人。对面客席空置，显然是为他备下的。

庞涓直望过去。

那人一袭白衣，长发披肩，模样洒脱，身上并无武器，背他而坐。庞涓四顾审视，见并无异常，遂走过去，撩起衣裳，在客席坐定，重重咳嗽一声。

那人扭转身体。

是张仪！

“庞兄，在下恭候多时了！”张仪拱手，眯着眼笑。

“你……”庞涓这也从惊愕中回过神来，指向张仪，“邀在下来此何干？”

“喝酒呀！”张仪击掌。

一阵脚步声响，一溜仆从络绎而来，每人皆端一只食盘，无不是珍馐美味，最后一人提着一个大酒坛。

一切摆好，仆从为二人各斟一爵，退出。

张仪端起，朝庞涓举道：“庞兄，请！”

“要是在下不喝呢？”庞涓不睬酒爵，只盯张仪。

张仪一饮而尽，一边放爵，斟酒，一边斜他一眼，缓缓说道：“那就是和酒过不去了！”

“哈哈哈哈！”庞涓大笑数声，端起酒爵，一饮而尽，亦自己斟酒，边斟边道，“你为何认定在下一定会来？”

“好奇之心，人皆有之。”张仪再次端爵，拱手。

庞涓咂吧几下嘴皮子，从袖袋里摸出那张羊皮，指着那画：“好吧，在下认栽。你这讲讲，此图可有深意？”

“有呀，”张仪瞄他一眼，朝羊皮努下嘴，“是一张棋盘，纵横各有道道，庞兄亦为爱弈之人，当能看出才是。”

“棋盘？”庞涓惊愕，再次瞄向那些弯弯曲曲的线条，半是自语，半是诘问，“棋盘当纵横交错才是，这图却……”

“呵呵呵，”张仪笑道，“它们不也是纵横交错吗？”

“可它们是弯的，扭曲的。”

“因为，”张仪阴阴一笑，“它们是在下特意画给庞兄的。假使画给苏兄和孙兄，它们就该是笔直的了。”

“这是为何？”

“因为他们的心是直的，而庞兄之心，就如这些道道一般无二。”

“哈哈哈哈！”庞涓又爆几声长笑，自斟一爵，一饮而尽，将爵咚一声置于案上，“痛快！说吧，这次邀我来，总该有个分晓才是！”

“对弈！”

“拿棋来！”

“棋局就在那儿。”张仪朝那张羊皮上努下嘴，“请庞兄落子。”

庞涓凝视那幅由张仪随手乱涂的羊皮图，不知所措，良久，微微皱眉，抬头看向张仪：“如何落子，请张兄指点！”

“庞兄若要落子，首当看清局势。”

“这……”庞涓再审一下那些画得变形的棋路，眉头皱起，“局势何在？”

张仪呵呵一笑，从屁股下抽出一张牛皮，是个比较直观、纵横交错的棋盘。

“庞兄请看，”张仪摸出棋子，在天元之位放置一枚，“此乃大魏，居天下之中。”又摆十数子，分置于四侧，“此乃列国，居天下之野。”

“这个不消说的。”庞涓摆手，“请直入主旨。”

“主旨是，”张仪指着四周之子，“在大魏周围，敌国环伺，远且不讲，单表近年，齐有黄池之耻，楚有陉山之辱，赵有朝歌之恨，韩有南阳之争，秦就不说了。魏居中无友，四邻皆仇，而庞兄则为仇国上将军。此为列国大势。”

“这又如何？”庞涓斜棋局一眼，冷冷一笑。

“庞兄再看。”张仪将所有棋子尽皆拿下，在天元置一子，“此为大魏陛下，”又摸几子，一枚枚摆于一侧，边摆边说，“此为太子殿下，此为苏秦，此为惠相国，此为朱上卿，此为白司徒，此为王室其他权臣，”又置一子孤零零地摆在另一侧，“此为庞兄，武安君大人。”俯身审视棋局，“此为魏国朝廷大势。”

张仪直点软肋。

庞涓蒙了，木呆呆地望着棋局。

“大势已然，是纵是横，请庞兄落子吧！”张仪缓缓收起棋子，指空盘道。

庞涓被这直观的阵势慑服了，微微拱手：“依张兄之意，此棋在下该如何落子？”

“天下大势，棋行纵横，纵路不通，于庞兄而言，别无他途，只有横路可走了！”

“纵路为何不通？”

“别人不了解苏兄，庞兄还能不知？苏兄是一根筋，你是知道的。他认准纵棋，以秦为幌，欲将天下列国合作一纵，实现其列国共治之梦。庞兄通古晓今，自尧舜以降，天下共治之梦，其实早就破灭。缘何破灭？缘于人心本私，列国之君各营其私，列国之臣各为其主，天下就如一盘泥沙，盘颤沙动，你兼我并，弱者求存，强者王天下，苏兄仍抱残梦不放，岂不悲哉？庞兄试想，天下若是可纵，举六而伐一，庞兄何能无功于函谷？”

庞涓深吸一口气，缓缓呼出，点头：“请言横棋，张兄是何下法？”

“庞兄见过河蟹吗？”

“河蟹如何？”

“河蟹往来横行，见鱼杀鱼，见虾杀虾，以二螯八爪立威于河涂，水下之物，莫不敬之，畏之，听之，从之。”

“张兄的横棋是……”庞涓两眼睁起，屏住呼吸。

“在下横棋，正是庞兄喜爱的走法，简而言之，只有一招，就是行如河蟹，以二螯八爪横扫天下，从我者生，挡我者死！”

“不错，不错！”庞涓轻轻击掌，“此种走法正合我意！”倾身向前，“只是，张兄这横棋，总该有个章法吧？”

“章法无他，强强联手。方今天下列国，至强莫过于秦、魏。秦、魏若是连横合一，试问天下谁能敌之？”

“秦、魏世代血仇，这个一，如何合法？”

“庞兄差矣，”张仪摇头，“天下列国，没有永远的仇和永远的爱。古往今来，治天下者，无非仁、义、利、力四字，仁行于三皇，义行于尧舜，自夏启始，天下就只剩下利、力二字了。若论血仇，环伺列国与魏之间，哪一家没有血仇？即使秦、魏血仇，又是为何？不就是因为河西一块方寸之地吗？天下之地如此之广，庞兄何处不可得之，何以斤斤计较于河西方寸呢？”

“好言辞！”庞涓笑道，“张兄学舌，看来已得先生真传了！”

“非得真传，合于情、顺于理而已。”

“好吧，敢问张兄，在下若走横棋，利在何处？”

“有远有近。”

“请详言之。”

“其远在于，魏、秦合一，北并赵，南灭韩，先分三晋，后裂大楚，再后并吞齐、燕之地，天下中分。”

“若是二君不肯中分呢？”

“陈兵布阵，再决雌雄。”

“痛快！”庞涓“咚”一声砸在几案上，“请言其近！”

“秦王承诺，只要秦、魏睦邻连横，秦可返还陕、焦、曲沃和太阳渡，回归战前辖区，魏却不必返还临晋关。”

“哦？”庞涓甚是震惊，“秦王为何这般大度？”

“因为秦王通世故，晓常情。”

“晓何常情？”

“魏人在河西亡灵不少，当该有个悼念之地才是。”

这个解释倒是成立。

庞涓微微点头，抱拳道：“秦王若是此心，倒让在下感怀。只是……”略略一顿，“连横之事急切不得，眼下不可提。张兄此来，当以睦邻为上。”

“谢庞兄指点。”张仪亦拱手道，“有庞兄此话，在下明日即去朝堂觐见大王，向大王求请睦邻。”

“明日不可。”

“哦？”

“王上正与一人相处火热，近几日恐无闲暇。莫说是张兄，即使在下，也是近身不得。”

“敢问庞兄，何人有此福分？”

“宋人庄周。”

“庄周？”张仪两眼大睁，嘴巴张起。

“怎么，张兄认识此人？”

“呵呵呵，没什么。”张仪回过神了，淡淡一笑，“鬼谷之时，在下读过此人墨迹，有所得益。天下奇大，同名同姓者多矣。若是此庄周即彼庄周，在下倒想一会。只是……”朝庞涓拱一拱手，“还要烦劳庞兄引见才是。”

“这……”庞涓面现难色，“听说此人是惠相国客人，在下……”

“谢庞兄指引。”张仪又一拱手，举爵，“来来来，庞兄，为你我联手，横扫天下，干！”

得知庄周也在大梁，张仪禁不住内心狂喜。在鬼谷时，先生曾不止一次提起庄周，言谈甚是恭敬，几度将他与列御寇并提。出山之后，张仪仅是化用庄周的一篇论剑妙文，就已智服越王，首战告捷，扬名于天下。此时此刻，这个如神人一般的庄周就在自己眼皮下面，叫张仪如何按捺得住？

然而，以何身份到惠相国府上造访，倒让张仪颇费思量。若是谈论国事，当在朝堂，一应事务已由太子申交代朱威商谈；若是两国相辅交流，也无非是互相客套几句。话不投机半句多，就凭自己的身份，惠施必不愿多谈。直接求问庄周更是不妥。庄周不过是惠施门客，自己仅为一个门客而造访大魏相府，叫大秦相国的颜面哪儿存去？

正愁无个入口，副使公子疾出点子道："据在下所知，南来北往的士子，不通名实者，无缘惠相府之门。相国何不以名实辩他？只要讨教学问，想那庄周，必按捺不住，不请自到。"

"妙哉！"本性好战的张仪击案大叫，"你这讲讲，在下如何辩他？"

公子疾再无二话，将惠施的"观物十事"书在一块木板上，指板道："惠子府中，常年悬挂此板。凡登门士子，解出一条者，自请出门；解出三条者，赏茶点；解出五条者，好酒好菜款待；解出八条者，可为贵客；十条全解者，引为知己；一条解不出者，扫地出门。"

张仪瞄向那板，聚精会神。

"还有一点相国须知，"公子疾凑近，压低声音，"迄今为止，入相府解题者，多被扫地出门，能吃茶点者少之又少，至于好酒好菜……"顿住不说了。

"晓得了。"张仪摆手，指指门口。

见公子疾识趣退出，张仪闩起房门，面对木板，祭出鬼谷中修来的静定功夫，苦苦冥思，一夜未解。鸡鸣时分，张仪灵光一现，将鬼谷先生开示的捭阖大道导至玄冥，恍然有所悟，逐一引证，终至大悟。待天色大亮，张仪已然成竹在胸，伏枕睡去。及至中午，张仪醒来，将凌晨所悟细细琢磨一遍，换上一身士子袍，兴致勃发地踏上征途。

听闻张仪登门，惠施不敢怠慢，迎至客堂，分宾主坐下。

惠施原以为张仪此来是谈国事的，显然不乐意接待，一落席即入主题，一副点到即止的赶客架势："听闻特使乃百忙之身，今朝光临寒舍，可有惠施效力之处？"

"先生客气了，"张仪不称相国，直呼先生，同时正正衣襟，坐坐踏实，摆出赶也不走的论战架势，"听闻先生通达名实，在下不才，此来特向先生求教学问，望先生不吝赐教。"

惠施略吃一惊，目光锁在他的士子服上。自张仪进门，他一直没忖明白此人初次登门，何以自贬身价，没想到他这是上门挑战来了。

尽管对手是名噪天下的鬼谷子高徒，仅凭三寸之舌就灭掉越国，但这论辩名实，惠施却无怯意，闭目有顷，微微一笑：“既为辩论而来，在下规矩，你可晓得？”

“晓得。”

惠施“啪啪啪”连击三掌，候在旁侧的书童应声而入，走到堂前，“唰唰唰”几声，拉起一根垂竿。垂竿连着两根丝线，系起一块长约丈许、宽约三尺的漆板。

书童将面板拉到一定高度，在墙上固定。

板上由左及右赫然写的，正是惠施名震八方的观物十事：

一、至大无外，至小无内

二、无厚千里

三、天与地卑，山与泽平

四、日方中方睨，物方生方死

五、万物毕同毕异

六、南方无穷而有穷

七、今日适越而昔来

八、连环可解

九、天下之中，燕之北，越之南

十、天地一体

惠施扫一眼那板，看向张仪，伸手礼让道：“张子，请。”

“先生，”张仪凝视那板，有顷，拱手，“在下斗胆试解，谬误之处，请先生教正。”

“张子不必客气。”

“观物十事，锁钥在八，连环可解也。”张仪一字一顿。

张仪出口即点要穴，倒让惠施暗吃一惊，但旋即恢复镇定，淡淡一笑，转对书童：“上茶！”

之前是解对三事才上茶，此人只说一句，主人即让上茶，显然出于童子意外，不由得看向惠施，见他眯眼看过来，不敢怠慢，急急端上茶点，低头退去。

“张子，请！”惠施端起茶盏，拱手礼让。

二人各自饮毕。

“连环何解，还请张子详示。”惠施放下茶盏，二目凝视。

“十事连环，由一而生十，解一而释十。”

“一在何处？”

“一在第十事，天地一体。”

惠施吸口长气，良久，倾身问道：“请问张子，天地如何一体？”

“至大无外，至小无内，天地是以一体；无厚不积，其大千里，天地是以一体；天地同卑，山泽同平，天地是以一体；日方中方睨，物方生方死，天地是以一体；南方无穷而有穷，天地是以一体；今日适越而昔来，天地是以一体；天下之中，燕之北，越之南，天地是以一体……”

“不愧是鬼谷先生高足。”惠施竖拇指赞过，转对书童，“通知膳房，准备好酒好菜。”言毕缓缓起身，伸手让道，“老朽有请张子后花园中赏春，还望张子赏脸。”

“谢先生抬爱。”

二人移至后花园里，闭口不谈国事，亦不谈天下治理，只论名、实、义、理，直谈得天色昏黑，张仪酒足饭饱，尽兴而归。

“啧啧啧！”早在守候的公子疾连声赞叹，“在下原以为相国此去，倘若混个茶点，已是了不得的，没想到大人竟然连好酒好菜也混上了！”

“不仅混上，还与惠相国成了至交呢！”

“真的吗，”公子疾赶忙拿过木板，“不瞒大人，你走之后，在下就在琢磨，这也琢磨大半天了，越琢磨越晕头。”

“莫说是大半天，即使三年，料你也琢磨不出来。”

“呵呵呵，是哩，”公子疾憨笑几声，指着板道，“你这快给解解，何为‘至大无外，至小无内’？”

“这个是总纲，所以排在第一。无外的至大，是不能再大，也就是无边之大；无内的至小，是不能再小，也就是无边之小。无边之大与无边之小即最大的大和最小的小，这是两个不可定的数，但在这两个不可定的数字之间，其他所有数字都是可定的。既是可定的，就是相对的，后面所有答案，全部缘于这个相对。”

“这这这……”公子疾挠挠头皮，“你不讲我还明白，你越讲我越糊涂了！”

“就说下面的这一条吧，无厚千里，无厚就是最薄，薄到不能再薄，但再薄之物，也能形成一个面，这个面伸开去，可达千里。”

“这个不讲了，在下这脑瓜子笨哩。”公子疾摇摇头，仍是不解，转向后面，“天与地卑、山与泽平呢？我怎么也想不明白，这天总该比地高才是。”

“天在哪里？”

“这……天在头顶呀。”

“就是说，地上是天，是不？”

“是。”

“你到山里观天，是山顶的地高，还是山谷的天高呢？”

“这个……是哩，山谷的天，当然要比山顶的地低。”

“这就是了。高与低是相对的。如此类推，没有绝对的日中，也没有绝对的日睨，生与死也是一样，生即死，死即生。”

“这这这……生就是生，死就是死，怎能一样呢？”

“譬如说你吧，你出生这日，是最小的数，零岁，你死那日，是最大的数，譬如说八十岁。在零岁与八十岁之间，你活一岁，就少一岁，换言之，就死去一岁。你今年三十五岁，离死还有四十五岁，因而你可以说，我已活过三十五岁，还能再活四十五岁，同时，你也可以说，我已死去三十五岁，还能再死四十五岁。”

“真还是这个理呢。”公子疾摸摸头皮，恍然有悟，“那……南方有穷而无穷，这个何解？”

“四方无限，是不？”

“是哩。”

“四方既无限，何处是南方？譬如以此地为准，南方之地称作南方，可到南方之后，你还会遇到南方，因而南方是无穷的。但南方也是有穷的，因为南方永远是相对的，无论怎样的南方，相对于它的北面，它就是有穷的。”

“是是是，”公子疾拍拍脑门，交口赞道，“真是大道理嗬！今日适越而昔来，这个何解？今日才适越，怎能昨天就到了呢？”

“这话是你理解错了。日即为时，今日即为今时，因为今与昔是对应的。什么是今呢？今就是现在。什么是昔呢？昔就是现在之前。现在永远是瞬时的，可以短到不能再短，你刚说现在，现在就成过去了。你说现在适越，话音尚未落地，它就成过去了，成为昔了。”

“乖乖，”公子疾又是一拍脑门，“他这不是钻牛角尖吗？连环可解呢？这个最让在下想不通了。”

“你若换个说法，‘环方连方解’，或就悟开了。”

“环方连方解？”公子疾陷入沉思，有顷，猛地睁眼，兴奋道，“就是说，这环在初连时，就是它的解时！”

"哈哈哈哈，"张仪伸出拇指，笑应道，"若是你光顾惠门，就凭此语，该当不会被他扫地出门了。"

"说起惠门，"公子疾亦笑一下，切入正事，"大人此去，可否见到庄先生了？"

"还没有。庄先生这在王宫里正哄魏王开心呢。"

"魏王若是开心了，不定会重用此人？当初惠施……"

"呵呵呵，你就甭操这个心了。"张仪笑过几声，扬手打断他，"庄先生不是笼中鸟，圈不过三日，必会飞走。在下给惠相国留下话了，两日之后再去拜访。"

真让张仪说着了。庄周被惠王圈到第三日，就对二百余亩大小的御花园玩腻味了，连说话的姿态也渐渐怠倦起来。

魏惠王却是不同，自从听过庖丁解牛的事，对庄周的养生之道大感兴趣，扯住他问个没完没了。

是的，魏惠王有理由这么做，因为他的身子骨大不如前。尤其在函谷战后，惠王的霸业之梦渐成泡影，一向雄健的身体一如其雄心，无时无处不显露出败象。但惠王不想死。生命于他而言，也不是死与不死的事，是他眼下真的还不能死。太子申仍旧立不起来，其他公子论贤不及太子申，论能不及公子卬，没有一个让他放心，惠王实在不敢设想一个没有他的魏国，至少是现在。

然而，养生是个大且玄的话题。庄周左论右譬，从入门到玄妙，惠王越听越觉得高深。庄周急了，决定不再讲道理，直接带他实修，从斋心修起。

"好好好，"惠王连声应诺，"请问先生，斋心从何做起？"

"斋心就如这般，"庄周坐定，两手抱在丹田上，闭目息气，"口舌不可说话，身体不可动作。"

"这个容易。"惠王亦如庄周坐定，手抱丹田。

"气须沉，息须缓，意不可游，驻守丹田，神不可走，驻守心田。"

"这个也不难，"惠王急不可待了，"先生，斋多久为好？"

"斋心自是越久越好，只是，就你而言，若能斋上两个时辰，在下就肃然起敬了。"

"两个时辰？"惠王大是不屑，长吸一口气，转对毗人，"毗人，什么时辰了？"

"刚入申时。"

“好。”惠王朗声吩咐，“寡人与庄先生这就比赛斋心，以一昼一夜为限，你作裁夺，至明日申时，先起身者为输。”

“王上？”毗人急道。

惠王却不睬他，转对庄周，抱拳：“先生，请吧。”

见惠王逞强比试，庄周朝他笑笑，站起身，帮他摆正姿势，而后大襟一摆，在离他不远处潇洒坐定。

接后几个时辰，庄周渐入佳境，端坐如钟，纹丝不动，状若枯木，惠王却如同受刑。

惠王原也有些修炼功夫的，只是近来心绪不宁，这又遇到庄周，免不得相形见绌。前面两个时辰，惠王尚能坚持，到第三个时辰上，惠王眉须皆动，指节屈伸，龇牙咧嘴，小动作越来越多。熬到后半夜，惠王挠耳抓腮，呼吸不匀，显出各种不自在来。

守在一边的毗人看在眼里，急在心里，琢磨良久，认定是夜寒袭人，吩咐宫女取来两块毯子，一块搭在惠王肩上，另一块搭在庄周肩上。几乎是出于本能，庄周肩膀一抖，毯子落地。惠王见状，只好也抖肩膀，连抖几下，毯子非但没落，反而搭得更踏实了。惠王不由得看向毗人，原本请他取掉毯子，不想毗人干脆拾起庄周的毯子，轻轻搭在惠王的两条老腿上。

惠王轻叹一声，闭眼作罢。

一日一夜只为斋心，惠王之心却一时一刻儿也未落定，只如猿马般肆意奔腾。心累身亦累，惠王再也吃不消了。勉强撑到第二日午时，爱逞强的惠王终于放弃抗拒，身子一沉，头一歪，倚在树干上呼呼睡去。

庄周却如算计过一般，恰好在申时出定。

见惠王呼噜打得山响，涎水顺嘴角流出，庄周苦笑一下，起身绕花园悠悠漫步。

惠王醒时，天色已近黄昏。

毗人伺候惠王洗漱过，用过便餐，惠王自觉不好意思，朝庄周拱手：“魏罃算是明白了，这看似容易之事，其实真正难呢。我观先生立马入静，而魏罃之心却如猿马奔腾，总是想东想西。敢问先生是何缘故？”

“你心绪不宁，心窍不开，是以心不能静。”

“先生可有宁心、开窍之道？”

“无他，顺天应人即可。”

“如何方能顺天应人？”

“抱元守一。”

“这……”惠王紧皱眉头，“如何方能抱元守一？”

“凝神于心，用志不分。”

“凝神用志，先生可有妙方？”

“大王听说过楚人承蜩之事吗？”

“楚人承蜩？”惠王摇头，“魏罃未曾听闻。”

“昔年仲尼至楚，见一佝偻人在林中用蛛丝承蜩，出手必有所得，从无失手。仲尼看得呆了，近前问道：‘老先生好功夫。敢问先生，你这般功夫是如何修来的？’佝偻人应道：‘没什么，此功是用累丸之法练出来的。头半年，当我在承竿顶部摞叠二丸而丸不坠时，收获就已不少了。摞三丸而不坠时，少有失手。当我达到摞五丸而不坠时，自然也就得心应手了。你看我，在承蜩时，身如枯木，持竿之臂如枯木之枝。天地虽大，万物虽多，但我断然不为所动，一意只在蜩翼，从不左右顾盼，这般承蜩，想失手也是难的。’”

惠王长吸一口气，良久，微微点头：“谢先生指点，魏罃晓得如何凝神用志了。”

“晓得是一码事，做到却是另一码事。”

“对对对，”惠王大是赞同，“佝偻人摞丸之事，可望而不可求，先生可有易行之方？”

“佝偻人若不可求，可求梓庆。”

“梓庆？”惠王目光诧异，“梓庆为谁？”

“梓庆是鲁人，善于削木为鐻，所制之鐻精美绝伦，见者惊为鬼神天工。鲁公奇之，召他问道：‘你是怎么做出这种鐻的呢？’梓庆应道：‘无他，斋心而已。要做鐻时，我就不去空耗心神，而是斋心以待。斋至第三日，我不再去想富贵爵禄，斋至第五日，我不再去想褒贬毁誉，斋至第七日，我连自己的形体也全然忘记，自然也把公室、朝廷等抛诸脑后，心中只存鐻。此时，我就持锐器进山，观林木之天性，以其天性成就我鐻。’”

“好好好，”惠王大有感悟，拱手应道，“魏罃就从为鐻做起。从今日起，以先生为师，苦练斋心，可否？”

“好是好，”庄周看一眼周围的雕琢景色、远处戏耍的宫娥美女，最后将目光落在一直候守一侧的毗人身上，“只有一点不妥。”

“先生请讲。”

“梓庆是在野外林中削木为鐻的。大王若是守在此园，内有公子王孙、嫔妃宫女，外有文武百官、王亲国戚，莫说是七日，纵使七月、七年，怕也难成一镳！”

“依先生之见，魏罃当去何处为镳？”

“离开此宫，到广袤的天地去。”

“那……”惠王微微皱眉，“请问先生，魏罃寝于何处？”

“天地我庐，何处不是寝处？”

“好！”惠王沉思良久，牙关一咬，“咚”一拳砸在腿上，“魏罃这就随先生出宫。”

“王上……”惠王的话音尚未落地，毗人“扑通”一声跪下，号啕大哭。

“你你你……你这哭个什么呢？”惠王已站起来，不耐烦地看向毗人，有顷，摆手，“是了是了，寡人晓得你是舍不下。好吧，你这也跟在后面。待寡人为镳时，也好有个照应，有个观瞻。”言讫，拔腿即走。

“万万不可呀，王上！”毗人扑前几步，一把抱住他的大腿。

“哈哈哈哈！”庄周望着这对君臣，听着二人煞是有趣的对话，长笑数声，大步远去。

“先生，等等我……”惠王急了，扬手大喊，拔腿就追。

不料，此时的毗人就如发疯一般，连小命也豁出去了，不顾一切地将惠王的两条粗腿死死抱住。

第三日头上，张仪再访惠施府，意外得知，相国和庄周一大早就外出赏游去了。

张仪问明去处，驱车寻去，果在大梁城外郊野分界处的一个土坡下觅到一辆驷马轺车。车中空无一人，马已卸套，四马悠然自得地在草地上寻食，驭手蹲在地上，正眯缝两眼欣赏它们。

张仪无须多问，单看车篷即知是相府的，遂跳下车，自报家门。那驭手似是晓得他来，拱手还过礼，朝坡上略略一指，说主公正在那儿恭候呢。

张仪大喜，拱手谢过，吩咐驭手也在此处牧马，蹽起两腿健步登坡。

坡上并无一人。

张仪登上坡顶，极目望去，但见逢泽之水无边无际，清波荡漾，岸边百花竞艳，鸟语蝶飞，唯独不见人影。

张仪疾走几步，换角度重新搜寻，终于看到坡下的水岸边有几棵柳树，树下似有人形，急急寻路近前，果是二人，各倚树干，背山面水，无语而坐。

张仪直走过去，垂首拱手：“晚生张仪拜见二位先生。”

二人似是没听见，仍旧神情专注地凝视面前的浩渺水波。

张仪吸口长气，眼珠子一转，瞥见二人中间有棵树，刚好与惠子、庄子的两棵呈“品”字形，晓得是为他备下的，遂走过去，毫不客气地倚树坐定，但不是面水背山，而是背水面山，正对二人。

这种坐法显然不为赏景，亦不为冥想，一看就是论战架势。

惠施的眼睛睁开一道缝，斜他一下，微微拱手：“老朽恭候多时了。”又指向庄周，“这位就是庄周，你不是说做梦都想拜见他吗？”

“正是，”张仪改坐为跪，扑地拜叩，“先生在上，请受晚生张仪三拜！”

“呵呵呵，”庄周笑过几声，也睁开眼，“惠施说你舌功厉害，其他人也都这么说，庄周尚未领教，你这低头就拜却为哪般？是先礼后兵吗？”

“在先生面前，晚生不敢弄舌！晚生所以叩拜先生，是因为一篇妙文。”

“哦？”

“晚生在鬼谷之时，有缘得读先生论剑妙作，深为之迷。出谷之后，晚生以此文为锋，琅琊台上力克越王无疆，助楚灭越，成就出山首功。”

“哈哈哈哈！”庄周长笑数声，敛笑沉声，屈指数落，“庄周论道之语，被你这般谬用，一可叹也。吴越之地，十万生灵，一朝葬送你手，二可叹也。以他人鲜血成就己功而不自省，三可叹也。有三叹而不自知，在庄周跟前夸功，四可叹也。”

张仪原想以此文为缘，以奉承引见，不料庄周并不承情，照头几斧劈下，斧斧见血，任凭他有过修炼，一时也是蒙了，尚余一拜三叩之礼未行呢，整个身体却似僵在那里，既拜不动，亦叩不下。

场上尴尬气氛，犹如凝结。

惠施斜睨张仪，嘴角嚅动几下，似要说句什么，却又打住，眼睛眯起，视线移向湖面。

“多谢先生评判。”张仪总算回过神来，硬起头皮完成大礼，礼毕起身，小心翼翼地拍拍两手，拂袖坐下，拱手应道，“鬼谷之时，尝听恩师论起先生。承蒙上天所赐，晚生今朝有幸得遇先生，诚望先生不吝赐教。”

见张仪如此“谦卑”，庄周不好用强，语气有所缓和：“庄周一向独来独往，与世人无涉，你那恩师何以平白无故地议论起庄周来呢？”

“非平白无故，”张仪应道，“恩师是以先生论道之语，启迪我等徒子修身悟道。”

“你讲讲看，鬼谷老头子是如何引用在下之语启迪尔等的？”

“回先生的话，”见话投机了，张仪倾身应道，“听恩师说，有人曾问先生道在何处，先生以‘道在蝼蚁’‘道在稊（tí）稗’‘道在瓦甓’‘道在屎溺’应对，每况愈下，让人瞠目结舌。先生论道，用譬精准，开塞通窍，晚生大是叹服，每每思之，回味无穷呢。”

看到张仪愈加恭维，庄周微皱眉头：“听惠施说，你甚想见我。你来见我，难道就为说出这几句奉承话吗？”

“不不不，”张仪急了，“晚生此来，是向先生问道，还望先生指点迷津。”

“哈哈哈哈，”庄周长笑几声，“若为问道，你下山何为？听闻鬼谷子道行深厚，你舍近求远，岂不荒唐？”话锋一转，一字一顿，“可见，问道并非你心。”

“非也，”张仪沉声应对，“恩师有恩师之道，先生有先生之道。恩师之道晚生已有领略，先生之道，晚生却少有听闻，今朝有幸得遇先生，还望先生不吝赐教。”

“只怕你听闻我道，还得返回谷中，从鬼谷子重新修起。”

“这倒未必。”张仪微微一笑，甩几下袖子，做出论争架势，两手夸张地在耳朵上揉搓几下，拱手道，“晚生已洗耳矣，请先生赐教！”

“子桑户、孟子反、子琴张三人为莫逆之交，子桑户死，孔子使子贡往吊。见孟子反、子琴张鼓琴操瑟，围尸唱咏，子贡愕然，责怪二人失礼，反遭二人嗤笑，回告孔子，孔子慨然叹道：‘彼，逍遥于游方之外，丘，拘泥于游方之内，内外不相及，丘却使你前往吊唁，何其浅陋呀。’你与我，亦为方里方外之人，内外既不相及，你这舍近求远，向庄周求道，岂不是荒唐吗？”

庄周出口讲出这个故事，显然是在告诉张仪，道不同不相为谋，大有话不投机半句多之意。

“谢先生教诲。”张仪听得明白，微微一笑，“晚生愚昧，敢问方里方外之别？”

“方外之人，一如那莫逆之三子，与天共生，与地同体，以生为附痈，以死为决溃，外托于万物，内忘其形体，彷徨于尘垢之外，逍遥于无为之境。方内之人，一如那孔丘，忧其心，劳其形，外逆于天，内逆于性，为其所不能为，行其所不能行，碌碌乎奔走列国，凄凄乎呼吁仁义，惶惶乎如丧家之犬，恓（xī）恓乎如漂泊之萍。”

“呵呵呵，”张仪连笑数声，“先生有所不知，仪既非孔丘，亦非彼三子。

仪既能逍遥于方外，也可彷徨于方内，是一脚踏三江呢。”

“你呀，”庄周扫他一眼，重重摇头，“不过是一心想三江而已。想不是踏。天道阴阳，非阴即阳，非阳即阴。人道游方，非方里即方外，非方外即方里。你只有两只脚，如何就能踏三江呢？”

“这个，”张仪无话说了，咂吧几下嘴皮，“就算晚生踏在方里吧。若依先生之见，万事皆可无为而治。方今乱世，若是也以无为应之，岂不是战乱频仍、永无宁日了吗？”

“哈哈哈哈，”庄周爆出几声长笑，转对惠施，“老惠子，听到了吧，这就是从鬼谷里走出来的大秦相国！”眯起眼睛，“据周所知，鬼谷子也算是方今世上的有道之人，竟然教出这等弟子，真正让人想不透呢。”说毕，动作夸张地连连摇头。

眼见辱及师门，张仪脸色涨红了，二目逼视，语调加重，不再具足恭敬心：“敢问庄先生，张仪错在何处？”

“你什么也没有错，不过是不知道而已。”庄周回转头来，二目如炬，嘴角溢出不可意会的哂笑。

鬼谷中从先生修道五年，吃过不知几多苦楚，竟被人判为不知道，一向好胜的张仪挂不住面皮，凝起眉头，嘴角撇出一声冷笑，声音寒冽：“晚生何处不知道，敬请先生详言！”

“知道之人，当顺天应命。”对张仪的态度变化，庄周似无所见，似无听闻，顾自侃侃而谈，“天性自然，命理无为。尔等鬼谷弟子，游走于列国，叫嚣于朝堂，离心朝野，拨弄是非，混淆黑白，挑动征伐，内不顾身家性命，逞口舌之能，外无视生命价值，逞兵器之恶，使原本病入膏肓的尘世雪上加霜，使原本昏黑的大地愈加昏黑，如此行事，可谓知道否？”

这些诛心之论若由鬼谷子说出，张仪或许出于师徒之礼，不敢强辩。但对于庄周，张仪原本只有恭敬，并无畏怵，这又被他逼到死角，只能操戈回击了。

“以先生之见，”张仪略略一顿，以退为进，“凡事皆可无为而治否？”

“天道无为。”

“人道呢？”

“天人为一，人道自也无为。”

“晚生不敢苟同。”张仪抓到机会了，微微拱手，侃侃言道，“人道若是无为，何人去尝百草？何人去种五谷？何人去伏百兽？无人尝百草，何以祛病魔？无人种五谷，何以养生命？无人伏百兽，何以得安宁？是以晚生以为，人道须是有为。无为只会养懒惰，尚食利，长此以往，民不得生，国不得治，天下不得安。”

“大谬特谬矣，”庄周连连摇头，苦笑一声，“无人尝百草，百草得全。无人种五谷，五谷得年。无人伏百兽，百兽得安。”

“百草得全，人若生病呢？五谷得年，人若饥饿呢？百兽得安，人若虚弱呢？”

“天生万物，人为其一。你口口不离人字，妄自尊大至极矣。即便如此，若是依你所言，尝百草之前，人岂不是病绝了？种五谷之前，人岂不是饿绝了？百兽得安之前，人岂不是让兽食绝了？其实不然，人修身悟真，相善万物，得养天年，恰是在尝百草、种五谷、训百兽之前。以鬼谷子修持，不该不知。”

“这……”张仪眼睛一眨巴，强自辩道，“上古之事，皆是推演，难成定论，我们还是解析眼前之事吧。今世风日下，人心不古，礼坏乐崩，欲念横溢，诸雄争霸，群龙舞爪，生灵涂炭，民不聊生，如此种种，皆为方今乱象。既为乱象，当有人治。天性存公，人性存私。若是天下人皆如先生，行无为之治，此等乱象何日方达尽头？”

“唉，”庄周长叹一声，“看来你是既不知何为无为，亦不知何为有为。无知而妄为，天下岂不悲夫？天地初成时，南海之帝为儵（shū），北海之帝为忽，中央之帝为混沌。儵与忽时常会聚于混沌之野，混沌也总是厚待二帝。儵与忽感念混沌帝之德，图谋报答，相议曰：‘人有七窍，方得视、听、食、息，混沌却无，我们何不帮他一把，为他凿上七窍。’二人说干即干，日凿一窍，待七窍凿成，混沌却死。”

混沌掌故为庄周信口编出，张仪从未听闻，自也无从考辨。胡作妄为之责，更令他牙寒齿冷，心里发揪。想到出山辰光，鬼谷先生对他与苏秦的切切期盼和谆谆教诲，张仪大是不服，内中五味杂陈，如翻江倒海般折腾一阵，拱手道：“谢先生教诲！虽然如此，晚生不以为解！”

“你有何解？”

“老子曰，出生入死。反言之，出死亦入生。得窍之前，混沌不死不生，是谓永生。得窍之后，混沌由永生入死。然而，道之理，即死即生，即生即死，混沌死后必得生，生后必得死，死生相继，亦为永生。同为永生，混沌何死？”

张仪由老子引句入手，辩出这个理来，倒让庄周不可小觑，冲他凝视有顷，吸口长气，微微拱手：“后生可畏也。”又转向惠施，乐了，“呵呵呵，有意思，有意思，这话听起来不像是秦国相国，有点儿鬼谷气度了。”

“谢先生高看！”张仪缓过一口气，不待惠施反应，先一步拱手谢过，顺势回扳，“天道无为，亦无不为。无不为亦即有为。依先生所言，道无处不在。人为万物化生之精华，人道当为天道，游方内外，也当无分别才是，方内亦即方外。游方既无内外之别，无为亦即有为，有为亦即无为。我辈所为，自也当是循道而行，外不逆于天，内不逆于性。至于世道昏暗，生灵涂炭，先生将之归罪于我辈鬼谷弟子胡作乱为，更是有失公允。在我辈出山之前，世道安泰否？生灵安全否？我辈出山之后，奉恩师之命，竭股肱之力，导引天下大势，拨乱以反正，使乱象回归秩序，使天下步入正轨，当为顺天应命才是，不想却遭先生鄙夷，实让晚生委屈。”

“哈哈哈哈！”庄周爆出几声长笑，“既为天道，不可拨也。既为大势，不可导也。齐庄公出猎，有虫当道，举足欲搏车轮。庄公大怔，问其驭手：‘此何虫也？’驭手应道：‘此虫名叫螳螂，知进而不知却。’螳螂怒其臂以当车辙，不知其不胜任也。你等欲竭股肱之力，以导引天下大势，与此螳螂何异？”

“哈哈哈哈，”张仪亦出几声长笑，“先生谬矣。天尽其用，人尽其才。蚊虫虽小，可制蛮牛。大象虽巨，奈何田鼠不得。治乱若得方，回天即有术。治乱若失方，心有余而力不足。我等鬼谷弟子顺天应时，以纵、横之术整合天下，导乱势入正途，还天下以正统，使万民得安泰，使后生得太平，身纵死而心无憾，人生若此，不亦壮阔也哉！”

张仪说到激动处，身子微微发颤。

“啧啧啧，”庄周轻轻摇头，“不惜己身，却爱天下，除去墨者，古今未之有也。鬼谷之徒难道这也归服于墨者之流了吗？各家立宗，诸子立说，争争吵吵，沸沸扬扬，不过是各执一端而已，鬼谷之徒何以自尊若是，以己方为正道，以他方为歧途呢？天下既没有是，也没有非，既没有正，也没有邪，鬼谷之徒何以如此这般轻易论定是非、正邪了呢？”

“先生是说，天下没有是非了吗？天下没有正邪了吗？是就是是，非就是非。正就是正，邪就是邪。是非、正邪，非风马牛不相及，先生何以抹杀其分别呢？”

“啧啧啧，”庄周再度摇头，“好一番慷慨陈词。庄周问你，何为是，何为非？”

“顺天则是，逆天则非，顺势则是，逆势则非。”

“好一个顺天逆天，顺势逆势。”庄周冷笑一声，话锋犀利，“好吧，庄周这就与你论论这个是非。就说你我这场论争吧，假使你论胜我，你就一定是，我就一定非吗？假定我论胜你，我就一定是，你就一定非吗？我与你之间，难道只有一个是，只有一个非吗？为什么不是你我皆是、你我皆非呢？凡人皆执己见，无论是一个是，一个非，还是两个皆是，两个皆非，作为当事方，你与我都是无法判定的。孰是孰非，既然你与我皆不能裁定，照理该请第三方。那么，该请何人为第三方呢？先请一个意见与你相同的人来吧。可是，既然已经与你相同了，他又怎能来裁定呢？那么，就请一个意见与我相同的人来吧。可是，既然已经与我相同了，他又怎能来裁定呢？好吧，二者皆不妥，就去请一个意见与你我皆不同的人来。可是，既然此人与你、与我皆不同，他又怎能来裁定你、我之间的是与非呢？那么，换一个意见与你我都相同的人来，总该行了吧？唉，既然此人与你、与我都相同，他又怎能来裁定你我之间的是非呢？由是观之，你、我与任何第三方的他，都是无法判断你我之间孰是孰非的。既然你我他都不能裁定，你又如何来确定孰是孰非呢？”

似乎是被庄周一连串的正问、反问及无懈可击的推论震撼了，张仪张口结舌，好半天，方才喃出一句：“那……依先生之见，我们当该如何看待是非呢？”

“万物皆有双面，”庄子侃侃而论，“从彼方去看，无不是彼，从此方去看，无不是此。彼有是非，此亦有是非。果真有彼此吗？果真无彼此吗？果真有是非吗？果真无是非吗？从彼方看不清楚时，从此方去看，或可明白。从此方看不明白时，从彼方去看，或可清楚。是以，彼出于此，此出于彼，因彼而存此，因此而存彼，彼此相反相成，相克相生。因是因非，因非因是，无是无不是，无非无不非。此亦彼也，彼亦此也。是亦非也，非亦是也。是以，圣人不拘泥于是非之辨，而明照于天道。明照于天道，彼此俱空，是非皆幻，彼与此、是与非，并立互偶，道居于中，是为道枢。执道枢而立于寰宇，可应无穷。是亦无穷，非亦无穷。是无定是，非无定非。倘若照之以自然之明，即可不执我见，灭是非之论。”眼睛斜向惠施，努下嘴，“一切诚如那人所言，天地一指也，万物一马也。可乎可，不可乎不可。是乎是，不是乎不是。道行之，路成，物称之，名有。物固有其所以然，物固有其所以可，物固有其所以是，物固有其所以非。无物不然，无事不然。是以，粗细，丑美，正邪，曲直，是非，成毁，合分……若是一以贯之，并无差别，无不通达于道，非旷达者不可知也。既然万物万事无不通达于道，合而为一，你我却在此地论辩是非曲直，岂不可笑？”

话音落处，庄周爆出一声长笑。

庄周论辞，文采喷涌，气势如虹，磅礴云天，如泰山压顶，张仪完全听傻了，再无一句辩驳，低头拜道："先生妙论，晚生服了。"

"呵呵呵，"庄周显然也是中意他了，晃头笑道，"你是心里不服，只是一时梗塞而已。庄周不过一介草民，你乃达官显贵，此头消受不起。同声相应，同气相通，观你秉性，当可与周同行。走走走，与其在此空耗心志，论辩莫须有，莫如与庄周水边逗鳖去。"

听闻逗鳖，惠施、张仪玩兴亦动，纷纷起身。

庄周一手扯张仪，一手扯惠施，沿水岸而行。三人在此无人旷野，无不放开天性，就如三个孩童，面对浩瀚烟波，载歌载舞，疯疯癫癫，直闹到天色傍黑，兴尽方归。

第 087 章丨 争巴蜀秦楚角力 迷情心痴王误国

庄周走后，惠王的病完全好了，只是眼前总是浮出庄周，连续两日失眠，其中一日，他由早至晚一直闷坐在与庄周共同斋心的大樟树下，不吃不喝也不睡，心疼得毗人直抹眼泪。

然而，毗人深知，他的这个主子是绝对不能离开这个宫门的，一旦离开，于国于君，都将是灭顶之灾。

熬到第三日凌晨，惠王实在挺不过去，使毗人往请庄周。毗人极不情愿地赶至相府，惠施看看天色，说庄周怕是仍在做梦呢。毗人扯起惠施前往庄周榻处，却是不见人影，其随身携带也不翼而飞。惠施略略一怔，迅即明白庄周是闷得久了，这已逍遥游去，遂望空作别。

毗人倒是长嘘一口气，兴致勃勃地回宫复旨。

听闻庄周不辞而别，惠王枉自嗟叹一番，传旨上朝。

庞涓奏请和秦，惠王传见张仪。见张仪以归还曲沃谷地作为睦邻之礼，魏臣尽欢。惠王不战而得曲沃，也是喜悦，当廷允准，旨令朱威与秦人交换国书，办理接收。

至此，一场由苏秦合纵引起、庞涓蓄意发动的六国伐秦闹剧，以张仪连横、秦魏睦邻收场，不能不说是命运之神对鬼谷诸子的捉弄。

与魏睦邻的目标一达到，张仪就吩咐打道回秦，一路上催马加鞭，昼夜兼程。

张仪之所以匆忙，是因为司马错捎来急信，说是蜀道完全开通，苴国太子通国率人前来迎接便金石牛，秦王要他火速回宫，谋议对策。

其实，比张仪更急的是太子通国。张仪出使前，已经预知通国到访，叮嘱礼司大夫克扣一头石牛，没给任何理由。秦公当年允准五头，且其中一头须是公牛，扣不得，要扣只能扣母牛，而母牛是真正便金的。通国一行又急又气又无可奈何，通国几番入宫觐见秦王讨要说法，皆被以各种理由拒在门外，只好前往司马错的国尉府咨询因由。司马错是个直人，克扣人家一牛，又解释不出所以然，自然过意不去，只得厚起脸皮向通国赔罪，并说这些全是相国张仪吩咐的，待他回来，一切自有分晓。通国一边催他写信促张仪，一边如坐针毡，苦熬时光，坐等张仪归来。

张仪是迎黑时分赶回咸阳的。虽然被任命为左相，但他的府宅没变，依旧住在原先的右庶长府邸。公孙衍走后，秦惠王一度将大良造府转赐张仪，被他婉言谢绝，说是自己的府邸住习惯了。尤其是香女，压根儿不愿搬家。

香女不愿搬，因其心思不在物，只在人。

这人就是张仪。在这世上，她再无别的亲人了，只是为他而活。一日不见，她的心就被吊起一日，何况此番使魏，前后有两个来月未曾谋面呢。

此时张仪平安到家，香女喜极而泣，扑他怀里不肯撒手。

张仪扳过她身子，动作夸张地吸会儿香气，笑道："热水备否？"

"备好了。"

"我这身上臭烘烘的，快别污了你的香气。走走走，你我洗个鸳鸯浴去。"话音落处，张仪揽起香女，共入浴室，正在宽衣解带，门外一阵脚步声响，小顺儿的声音飘进来："主公，苴国那个蛮太子驾到，在府门外立等见您。"

"吵什么吵？我正光着屁股呢！"张仪没好气地冲他嚷道，"让他明日再来！"

"夫君，"香女小声应道，"通国太子来过多次了，想是有啥急事情。"

"我晓得是啥，"张仪嘻嘻一笑，对小顺儿大叫，"顺儿，去，这对他说，我与夫人正在鸳鸯戏水。哼，正是因为他赶路，才害得我一连三日没有睡成个囫囵觉，累得我头晕眼花，这刚到家，还没打个盹，他就寻上门来，还让人活不？"

"该说的我都说了，可通国太子不肯走呀，死活定要见到主公！"

"小顺儿，"香女这已扣好衣服，走到门口，开门笑道，"甭听他瞎扯。去，有请通国太子，让他在客堂里稍候片刻。"

小顺儿应过，扭身匆匆去了。

香女复关上门，动作麻利地脱光他，又将他一把拎起，按进桶里："夫君，你快洗吧。香女早就洗过了。”

因有通国的事，张仪这也无心缠绵，匆匆洗过，换好官服，大步入堂。

通国起身相迎，一脸急切。

一番客套话过后，通国击掌，随行者抬着两个大礼箱进厅。通国从袖中摸出礼单，双手呈给张仪，拱手：“苴地贫瘠，通国仅以些许山产敬奉相国，还望相国不弃。”

张仪接过礼单，见上面所列，皆是山中奇珍，其中还有精盐，心里一动，问道：“你们苴地也产盐吗？”

“不不不，”通国太子应道，“我们只有山货农产，精盐为巴王所贡。”

“巴王？”张仪心里一动，“听说巴盐乃盐中上品，在下还没见识过呢。”

通国太子忙走过去，打开箱盖，取出两只由山草精致编织的袋子，摊开：“这就是巴盐，请相国查验。”

张仪细审那盐，果是精致，洁白如雪，无一丝杂质，掰下一小角，伸舌微舔，一味咸香直入肺腑，不禁连赞几声：“好盐，好盐哪！”又转对候在一侧的小顺儿，“既为通国太子和巴王盛情，你就照单收下，好生款待。”

小顺儿点头应过，吩咐抬下箱子，将通国随从一行请往偏厅，侍奉茶水。

见张仪为巴盐高兴，通国太子两手拱起，直入主题：“相国大人出使刚回，通国即冒昧打扰，实为不得已，还望大人宽谅。”

“殿下不必客气。”张仪还过一礼，“殿下此来，为的可是那几头便金神牛？”

“正是。”

“道路修通了？”

“完全修通了，最窄的是栈道，宽约五尺，可行车马。通国测试过，运神牛当无障碍。”

“既如此说，在下明日就奏请我王，发送神牛如何？”

“这……”通国屏气凝神，“敢问相国发送几头神牛？”

“咦？”张仪假作吃惊，“他们没有告诉殿下吗？大王允准五头神牛，殿下承诺三年修通蜀道。大王五头神牛早就备妥，可殿下承诺的蜀道，却迟迟没有开通，在下是以……”故意顿住话头。

“相国大人，”通国急切地打断他道，“非通国不努力，实乃……”泪水流出，声音哽咽，“实乃通国未曾料到蜀道如此难修呀！”

“你这讲讲，蜀道如何难修了？”

“相国大人有所不知，”通国擦把泪水，“蜀道原也是有的，但原道走人已非易事，更谈不上走车了。为运神牛，父君举国征调丁壮，由通国亲率，全力以赴开山辟道，不想难度太高，天公也不作美，雨、雪、风、寒不说，每年自入冬日，更有数月天寒地冻，大雪封山，根本无法动工。”

“是哩，”张仪审视通国，微微点头，“观殿下相貌，比三年前消瘦多了，看来真还吃苦不少呢。”

“谢相国大人体谅，”通国再度哽咽，“吃苦倒在其次，主要是丁壮不足。通国苦拼两年，使尽解数，路仍有一半未成。为赶三年之约，通国恳求父君向巴王求援。巴王拨给一万人丁，全力追赶工期，结果仍是迟了。通国……”扑通跪地，泪流满面。

“殿下万万不可！”张仪急急起身，上前扶他，“此等大礼，折杀张仪了！”

“相国大人，”通国叩首于地，不肯起来，“通国恳请大人如约赠送神牛五头，大人若不成全，通国就……不起来了！”

“唉，殿下，”张仪轻叹一声，“照理说，便金神牛，有四头已经不少了，起码三头是能便金的，做人不能太贪呀。”又压低声音，“不瞒殿下，这头牛也不是在下故意克扣，实乃我家大王他……不成心给呀！”

通国立马止住哭声，忽地坐起，不无惊愕地看向张仪：“大王他……为何不成心给呀？”

“还能为何？舍不得嘛！殿下想想看，一头母牛一天可便一坨金，金子占重，一坨少说也有数镒，可向列国购粮上千担，购千里马一匹，你叫大王如何舍得？”

“这这这……”通国更是急了，“当初大王亲口允准过的，大国之君，一言九鼎，且还立有国书，写有契约，怎能说反悔就反悔，说少给就少给呢？”

“殿下，”张仪两手微拱，“若论契约，何方违约在先，殿下应该清楚。使魏之前，在下入宫面君，大王突然问在下：‘苴人的山路修得如何了？’在下应道：‘听说这就修好了。’大王说：‘寡人似乎记得当初那个叫通国的太子约定三年为期，三年之期到没？’内宰二话没说，当即拿出当年所签契约及殿下承诺，说是逾期半年了。大王说：‘寡人早就晓得苴人说话靠不住，你们不信，这下应验了吧！’内宰问：‘苴人既已违约，这几头神牛我们是给还是不给？’大王说：‘当然不给了，谁让他们违约呢？’在下一听大急，忙为殿下求情说：‘大王不可呀，苴人为这几头神牛，举国上下全力修路，路就要修通了，大王若是不给神牛，叫通国殿下如何做人，如何面对苴国的父老乡亲呀？’大王见在下此话在理，不好不给了，但旨令在下扣留一头，作为违约惩罚。这个也是应该的，殿下通晓情理，想必不会……”

“相国大人有所不知，”通国再次泣下，声音恳求，“莫说是去掉一头，即使不去，五头神牛也是不够分哪。”

“哦？”

“不瞒大人，”通国和盘托出难言之隐，“为赶工期，父君恳求巴王援助。巴王当然不肯无缘无故地助我，父君就承诺巴王，待道路修成，送给巴王神牛一头。巴王这里刚安顿住，蜀王那里也听说了，旨令进贡两头。蜀王为父君长兄，蜀国为苴国上国，父君不敢不允。五牛中只有四牛可以便金，巴王一头，蜀王两头，父君只剩一头了，这一头若是再让大王克扣，叫通国如何去向父君交代？叫父君如何去向苴地父老兄弟交代？为开拓此道，数百父兄付出性命，若是一头便金之牛也未到手，叫通国何以告慰他们的在天之灵哪！”

通国讲到动情处，再次以泪沾襟。

张仪大受“震撼”，长吸一口气，闭目思忖良久，长叹一声，抬头：“殿下之苦，在下今日方知。这样吧，明日在下进宫面君，殿下可一同前往。大王心善，见不得别人作难，只要殿下将这些苦楚诉诸大王，在下再帮个腔，大王或会改变初衷，不作扣留。反正大王还有不少牛，多一头少一头无伤根本。”

“谢大人了！”通国再拜起身，忐忑辞别。

翌日晨起，通国随张仪入宫，照张仪叮嘱，哭鼻子抹泪地将蜀道工程之难当廷诉说一遍，秦王果然被深深“感动”，加之张仪、司马错相继“说情”，五头神牛一头未少，如数赠送苴国，只将原来承诺的二十名美女减去十名，算作惩戒延期之过。

通国如愿以偿地得到五头神牛，千恩万谢，再拜告退。

看到太子通国兴高采烈地大步走下殿前台阶，惠王、张仪相视，会心一笑。

“大王，”司马错怔道，“你们这在笑什么呢？”

“笑张爱卿呀！”惠王指张仪道，“亏他想出这个妙主意，扣牛一头，要不然，不定捅出什么娄子来呢。”

“什么娄子？”司马错挠挠头皮，“臣一直纳闷呢，原本讲好了的，莫明其妙就扣掉人家一头，任谁也想不通。”

“呵呵呵呵，你呀，这脑瓜子何时才能拐个弯呢？”惠王乐道，“通国此来，随行人员一大堆，立等运牛，而如何征伐，我们尚未备好，暂时顾不上此事。

无事则生非，通国使臣中或会有人随处走动，万一有人走漏风声，金牛之计岂不泡汤？张爱卿这先扣牛一头，通国一行，上上下下就会为这头牛揪心，无心他顾了！”

司马错这才明白张仪用心，真正佩服，朝他大竖拇指。

“二位爱卿，人家把路修好了，下面的戏就该我们去唱。”惠王说着话，引二人直趋御书房，让内宰从书架上抱出两块麻油布，在几案上摊开。

摆在案上的是两份地图，一份是蜀道图，包括终南山的三条山道。

面对这份标志详尽、比例恰当的地图，张仪、司马错惊愕之余，无不感动。单看笔迹，就知是秦王亲为。看来，就巴、蜀二地所下的功夫，秦王一点儿不比他们少呢。

“两位爱卿，”惠王看向地图，“巴、蜀就在这里。礼尚往来，人家主动送来大礼，我们也该有所表示。这如何表示，寡人想与二位议议。”

“以臣之见，”司马错开门见山，“可将兵士杂糅于送牛队伍中，大军悄悄跟后，借苴人欢庆之时袭击，我保管能出奇制胜。”

惠王笑笑，转向张仪：“爱卿意下如何？”

“好是好，只是胜之不武。”张仪亦笑一声，算是作答。

“对付那些蛮人，有什么武不武的？”司马错急切辩道，“再说，这样可以减少伤亡。让我大秦勇士死在那些尚未开化的贪金人手里，在下还舍不得呢！”

“若是此说，”张仪接口，“大将军只会伤亡更大！”

“咦？”司马错怔了。

“在下问你，”张仪两眼直盯住他，“大将军劳动三军，如此吃力地翻山越岭，只为一块小小苴地吗？”

“当然不是。”司马错当即应道，“待在下控制苴地，就可长驱直入，杀蜀、巴一个片甲不留。”

“巴人、蜀人并不是猪，你这背信弃义，磨刀霍霍，一上来就把苴人灭了，巴、蜀二王还不拼命？人家熟门熟路，既得地势，又得民心，而将军是人地生疏，鹿死谁手尚难预料呢。再说，即使将军最终取胜，巴王、蜀王溃退至四周山林，巴、蜀之民是听从将军呢，还是跟从巴王、蜀王？将军只能下更大力气去追踪巴王、蜀王，巴、蜀之民更将是伤痕累累，四分五裂，控制已难，将养恢复就更需时日了。这样的巴、蜀，非但于大秦无助，反会成为大秦累赘，有不如无。”

张仪一番高瞻远瞩的妙论，莫说是司马错，即使惠王也惊怔了，连连击掌：“爱卿妙言！”

“这这这……”司马错挠挠头皮，“如此不成，如何征伐，相国可有锦囊妙计？”

“暂时没有，”张仪做个苦脸，又笑了，“不过，只要用心，相信能够想出。好事不在忙中起，是不？反正路已修通，急也不在这一时吧。”

“呵呵呵，”惠王笑出几声，“你俩不急，寡人倒是急呢。”

“臣晓得了，”司马错听出端倪，凑上身去，“大王想必已有锦囊妙计了？”

“妙计没有，锦囊倒有一个，”话音落处，惠王真从袖中抖出一只锦囊，摆在面前几案上，“此囊是有人让郢都斥候递回来的，说是楚人听闻巴、蜀有屙金之牛，也要去抢一头呢。若是不出寡人所料，楚国大军此时当在征巴途中。”

此言如同晴天霹雳，张仪、司马错皆是一震，面面相觑。单征巴、蜀已非易事，楚人若是再来插一脚，岂不是……

尤其是张仪，内中震撼非比寻常。张仪深知，与巴、蜀打交道最多的莫过于楚人。在过去近百年中，楚人溯江水而上，已攻占涪陵，完全控制由楚入蜀的江上通道，夺取巴、蜀只是迟早之事。楚人已定吴、越，若是再得巴、蜀，将会成为庞然大物，秦国若想与其抗衡，难度可想而知。楚不能定，何以定天下？人生不过几十年，张仪的背脊骨都是凉的，不敢再想下去。

“咦，你二人对起木脸来了？”惠王非但无忧，反倒乐不可支，“巴蜀如此热闹，寡人真还有点儿兴奋了呢。”

“大王，”司马错“咚”一拳砸在几上，“我们这就发兵吧。单打巴、蜀，末将还觉得没劲呢。跟楚人大战一场，方才过瘾！”

“让爱卿说着了，寡人也是！”

“大王，”张仪回过神来，眼角瞟向那只锦囊，“送此囊之人，是……”顿住话头，目光征询。

“呵呵呵，”惠王乐了，“就是你的老朋友，陈轸！”

张仪咂吧几下嘴皮，深吸一口长气。

此囊的确是陈轸送回秦国的。

纵亲伐秦未果，有功于秦的陈轸却被张仪排挤出秦国，不无郁闷地再次使楚，也自然而然地再次投奔昭阳。在楚国，怕也只有昭阳晓得他、信任他、能够收容他了。

二人相见，客套话还没说完，昭阳就向他抱怨起征巴的事来。

“征巴？”陈轸吃一大惊，“啥人征巴？”

“屈氏！”一声“哼”字过后，昭阳恨道，“屈门真正无人了，指望一个乳毛小子来翻江倒海，这不是痴心妄想吗。”

“哪个乳毛小子？”

“屈原！”昭阳不屑地撇下嘴，“屈宜臼嫡孙屈伯庸的种。”

“乳毛小子？他多大了？”

“不晓得，听说是十七八了吧，还没加冠呢。”

“呵呵呵，”陈轸笑过几声，“果真是个乳毛小子！敢问大人，何以生一个乳子的气呢？”

“上卿有所不知，”昭阳略略皱眉，“别看他小，鬼精得很呢，听说颇具才名，甚得殿下器重，此番蒙殿下举荐，为楚国纵亲副使公子如亲随。”

“殿下不过是让他历练一下而已。”

“是历练。”昭阳略顿一下，“不过，听公子如说，此番盟亲的盟誓就是此人起草的，连苏秦也对他另眼相看！”

陈轸长吸一口气，缓缓呼出，有顷，微微点头，拱手贺道：“楚国有此大才，幸甚，幸甚！”

“什么大才！”昭阳冷笑一声，震几，“看我如何……”不知想到什么，生生将后面“收拾他”三字憋回肚里，但肚皮却一鼓一鼓，口中兀自喘气。

“敢问大人，”陈轸刨根问道，“此人与征巴有何关联？”

“说起此事，在下倒想问问上卿呢。”

“大人请问。”

“听说你们秦人欲送五头会屙金的神牛给苴侯，可有此事？”

“哈哈哈哈！”陈轸爆出一声长笑，“什么神牛？狗屁！全都是张仪那厮瞎编出来的。”

“张仪？”昭阳心里一沉，“听说此人官拜秦相，可是真的？”

陈轸点头。

“唉，”昭阳脸色沉郁，长叹一声，半是自语，半是责怪陈轸，“想当初，真不该……”所省词句，显然是后悔听从陈轸所言，放走张仪。

“是哩。”陈轸亦是点头，“此人没除，终成你我大患。”

“好了，”昭阳转过话头，“我们还是说说苴人吧。苴人为此开山辟路，难道是上秦人的当了？”

陈轸不答反问：“会屙金子的神牛，大人信不？”

昭阳沉思一时，摇头。

“莫说是大人，连三岁孩童也不会信。若是秦国真有屙金神牛，秦王舍得送给他人吗？换到楚国，即使大王愿意送人，大人舍得不？”

“要是此说，”昭阳盯住陈轸，“那个乳子所言，真还不可等闲视之。”

“敢问大人，他是如何言的？”

“乳子所言，与上卿一般无二。金牛不过是诱饵，秦人欲借苴人之力，开山辟道，再借此道征伐巴、蜀。”

陈轸微微点头：“大人意下如何？”

“唉，”昭阳长叹一声，“乳子之言，让在下一口否决了。哪想到殿下不依，一口气闹腾到章华台，大王偏听殿下，倒让在下……”顿住话头，神色黯然，有顷，猛然抬头，盯住陈轸，“上卿来得正好，快帮在下拿个主意。”

“大人不想征巴，难道是对巴、蜀不感兴趣？”

“上卿有所不知，蜀人本为荆人，蜀荆气息相通，习俗相近，两国和睦久矣。蜀地去楚甚远，由蜀人居之，与荆人居之无异。至于巴地，尽是穷山恶水，要之何益？”

“巴人盐泉，岂不是大利？”

“巴人盐泉，多在我手，只有两处道路险恶，皆离江水甚远，争之吃力。再说，巴人世居巴山，既不能赶尽杀绝，就得给人家留条活路，是不？”

“大人既对巴地不感兴趣，那就让给秦人好了。”

昭阳急看过来。

“如果不出在下所料，”陈轸斜他一眼，晃晃脑袋，“道路既修，秦人必寻口实出兵，且成此功者，必是秦相张仪！”

昭阳震惊。

“如果不出在下所料，”陈轸加重语气，“张仪野心不在苴地，不在巴地，亦不在蜀地！”

“其心何在？”

“荆楚！”

“此乳子所言矣！”昭阳脱口而出。

“是哩。”陈轸竖拇指道，“在下是以恭贺，大楚得此明眼少年，幸甚！张仪此番诱哄苴人修路，其志不在苴地，而在巴、蜀。张仪若得巴、蜀，必定会北图汉中，南图黔中。大人试想，秦人已得商於，若是再得汉中、巴、蜀和黔中，居高临下，各路向楚，郢都能得保乎？”

昭阳倒吸一口凉气，不相信地望着他：“张仪有那么大的胃口吗？”

“呵呵呵，”陈轸苦笑几声，微微摇头，“大人可否记得，此人一出山就灭掉越国，为大楚扩地逾三千里，其胃口能算小吗？”

昭阳又吸一口气。

“大人，巴、蜀之地，不下数千里，粮、盐之富，不逊于大楚，至于山珍……”

昭阳扬手止住他，声音嗡嗡的：“若是出兵遏秦，上卿可有良谋？”

“能制秦人者，非屈将军不可。”陈轸点出屈匄。

于昭阳而言，屈门是不可承受之重，是以陈轸的话音尚未落定，昭阳的脸色就黑沉下去。

“请问大人，”陈轸却似铁了心推荐屈匄，“在楚国柱国中，最熟悉秦人战略战术者，当是何人？最熟悉秦、巴山水者，又是何人？”

陈轸一语道中要害。多年以来，身为楚国的两大柱国将军，昭氏一门以征东征北为要务，与吴、越、中原列国对抗，屈氏一门则负责征西，主要与巴、蜀、秦抗衡。如果西征，屈匄确为不二人选。

昭阳陷入沉思，陈轸也闭上眼去。

“陈兄，”昭阳猛然抬头，冷不丁问道，“照理说，你是秦使，该当为秦说话才是，为何这般为楚说话了？”

“在下身为客卿，”陈轸拱手道，“在哪儿都是客。在秦是秦客，当为秦谋；在楚是楚客，当为楚谋。今到大人府中，当为大人谋。”

“哈哈哈哈！”昭阳爆出长笑，“上卿究竟在为何人所谋，在下心里一清二楚。讲吧，为何此番使楚，真心为楚说话了？”

“唉，”陈轸长叹一声，“大人定执此意，在下也是洗脱不清了。好在大人也没冤枉在下，此番劝勉大人西图巴、蜀，倒是有点私怨。”

“有何私怨？”

“是张仪那厮。秦公称王，听信他言，用他为相。他不知从何处得知在楚所受委屈，皆是在下设计，对在下颇有微词。在下解说不清，在秦又势小力微，只好躲他一躲。至于所打的使字旗号，无非是图个边关顺畅。陈轸此来，是特意投奔大人的，还望大人不弃！”

“这这这……”昭阳震惊，“嬴驷也不留你？”

“一头老牛，留之何用？”陈轸复叹一声，低下头去，模样甚是伤感。

“陈兄是因为这个而不想让张仪在蜀得逞，是不？”

“就算是吧。”陈轸应一声，抬头看向昭阳，目光恳切，“令尹大人，昭兄，在下此来，既然是真心投奔大人，投奔大楚，就当为大人谋划，为大楚谋划。大楚不能没有巴、蜀，今巴、蜀内争，是最弱之时，与其让秦人得之，莫如大楚得之！”

“在下晓得了。”昭阳冲他深抱一拳，郑重点头。

然而，昭阳并未听从陈轸的荐举之言。

权衡再三，昭阳向威王举荐黔中郡守庄乔为主将，屈匄之子屈丐为副将，设定一个两路夹击的制秦方案，一路由庄乔亲领，经由乌江顺流而下，直取涪陵，另一路由屈丐亲领，出鱼复西进，沿江水及江水两侧的山道分水、陆攻击前进，目标也是涪陵。

昭阳此荐亦为上策。庄乔本是悍将，主政黔中郡近二十年，对手正是巴人。由黔中郡北下乌江，可直捣涪陵，远比由鱼复溯水西上方便。为争夺江水南岸的伏牛山盐泉，庄乔曾多次使人沿乌江而下，数度兵临涪陵。这且不说，为在与巴征战中占上风，庄乔还注重修好与蜀关系，与蜀王私交甚善，其长子庄胜娶妻蜀王次女，其长女庄啬嫁给蜀相长子，与这对最具权势的蜀国君臣悉数结为亲家。

欲制秦人，首要制巴。而巴人的咽喉之地，则是涪陵。

巴地广袤，但真正的形胜要地只有四个，涪陵位于乌江汇流江水处，首当其冲。次是江州，控扼江水与潜水。再次是垫江，控扼潜水、涪水和巴水。最安全的地方则是阆中，位于潜水岸边，东有巴水，西有涪水，北有苴国，南是垫江，堪为巴国心腹之地，是以巴王筑宫殿于此。

作为巴人先君葬区，涪陵万不可失，因而是巴人重兵防护之地。若是涪陵失守，巴人根脉被切断不说，整个乌江流域依赖舟船的所有巴人也将失去依托，成为楚人附庸。

正因为此，巴王任命巴子中最骁勇善战的长子运掩携步卒两万驻守，另配舟船三百艘协防。距此不远的重镇江州则由巴王次子菟裘镇守，拥雄兵一万五千，可据上水优势，随时往来驰援。

巴人骁勇善战，又据山水优势，急切间难以服之。而川中情势，今又急如水火，一时也拖延不得。昭阳亲至黔中郡与庄乔筹谋，决定与蜀人合作。只要楚、蜀联手，赶在秦人到达之前制服巴、苴，后面的戏就好唱多了。

这出大戏需要一个前提条件，就是楚人必须赶在秦人之前击垮巴人，蜀人也必须赶在秦人之前，击垮苴人，控制住新开辟的“神牛道”。

只要秦人入不得川，巴蜀局势就可完全掌控在楚人手中。

兵贵神速。

庄乔接到任命，即全力部署进击。两路五万大军犹如一把铁钳，张开血口卡向涪陵。

与此同时，庄乔长子庄胜夫妇扮作大盐商，乘一艘载有食盐的大舟，沿乌江飞流北下，由涪陵逆水西上至江州，之后弃水登陆，组成浩浩荡荡的运盐车队，驰往蜀国成都。

中间一辆轺车上，一巴人模样的商贩闭目端坐，神态安闲。

然而，明眼人一眼就可看出，这个巴人尚不适应身上装饰，尤其是他的白胖、斯文模样，还有因长期食细饮软、缺乏运动而日渐隆起的大肚腩子，与精悍黑瘦、欢蹦乱跳的山地巴人迥然相异。

这位“巴人”就是“大盐客”庄胜新雇的“账房先生”陈轸。

成都一片安详。

成都是蜀国开明王朝的最后一个都城，而蜀国，则与巴并论，若是溯源，上可追至伏羲氏。及至黄帝，其子昌意娶蜀女（蜀山氏之女），生子高阳，也就是帝喾。帝喾封其支庶于蜀，为侯伯，历夏、商、周三朝。武王伐纣时，蜀国与巴国尽皆参与，均被封为子国，蜀地东接巴，南接越，北与秦分，西至峨嶓，称天府。

蜀王自蚕丛始，接后是柏灌，再后是鱼凫。据传鱼凫得道升仙，接其位的是杜宇。杜宇看到巴国也称王了，不屑与其并伍，改称帝，号望帝。时水害为患，民不聊生。望帝任用荆人鳖灵为相，决玉垒山导水，变水害为水利，得蜀民拥戴。望帝法尧舜之义，将大位禅让于鳖灵。

鳖灵继统，设立新都，改国号为开明，自称丛帝。丛帝及其子卢帝为政之时，兴修水利，发展农业，清明政治，开化文字，模仿中原设立丁役制，以五户为伍，每户出一丁壮，所有丁壮又按工种分类，分列土丁、水丁、木丁、石丁和金丁，合称五丁，分则各务其业，合则移山辟石，开疆拓域。经此治理，开明王朝国力强盛，开拓疆域，东越潜水，北霸褒汉（汉中地），西征青衣（羌国），南服诸夷，雄霸西南夷。

卢帝之后，开明朝又历褒子帝、青帝、赤帝、黄帝、白帝、黑帝、圣帝等九世，其间新都再遭水灾，移至广都。至十世开明尚时，去帝称王，都城再由广都徙至成都。此后迄今，开明王朝又历三世，成都渐次成为户逾三万、人口逾十万的蜀中都市，乍一眼望去，好一片人口稠密的聚居区，虽说仍旧赶不上郢都的繁华，却也毫不见差。

浩浩荡荡的盐队由远而近，扬起一路尘土，驰入一片繁华。街道两侧，酒肆、店铺鳞次栉比，各式人等，熙来攘往，各就其行，各务其业。

显然，此地已是闹市区了。

陈轸一脸诧异，两眼大睁，似乎在搜索什么。

“大人，”一路陪同他的年轻巴人见他这么专注，小声问道，“您在看什么呢？”

“这到哪儿了？”陈轸好奇地问。

“成都呀。”巴人朝前一指，“前面就是王宫了。”

“咦！”陈轸越发诧异，“怎么没过城门，也不见城墙呢？”

“大人有所不知，成都没有城墙，也没有城门。”

“这这这，”陈轸惊道，“要是外敌打过来呢？”

“哪有外敌打过来呀！”巴人笑应，“此地四周皆山，千百年来，蜀人几乎没有对手。”

“不是有你们巴人吗？”

“巴人与蜀人不是对手。巴人常年生活在川东山地，不习平路，不喜耕种，对成都没有兴趣，蜀人对我们的山地也没兴趣，所以巴、蜀井水不犯河水，各务各业，除去集贸互通有无，来往不多。再说，蜀人也在边境布防，涪水一线驻有五丁，巴人稍有动静，蜀国就晓得了，即使想打，也不容易呀。”

“可我怎么听说，就在几年前，巴、蜀有过一战呢？”

“是哩。”巴人应道，“那是因为苴侯。苴侯对蜀王滥用五丁不满，向巴人借兵问罪，谁想没到成都就被相傅领人打败了。”

“问罪？”陈轸惊道，“苴侯是王弟，兴师伐蜀，当是谋逆才对，怎能说是问罪呢？”

“说到这个，话就长了。”巴人正要开讲，猛一抬头，笑道，“大人快看，宫城到了。”

陈轸抬眼望去，果然，一座富丽堂皇的宫城已在眼前。

陈轸正要下车，率先下车的庄胜偕夫人已走过来，亲手为他摆好乘石，扶他下车，拱手：“陈大人，宫城已到，如何说服大王，就看大人您的了。”

“非也，非也，”陈轸回过礼，转对庄胜夫人（蜀王长公主）又是一揖，微微一笑，避重就轻道，“能否说服大王，还是得看尊夫人的面子哟！”

“父王他……”庄胜夫人眼圈一红，顿住，拿袖子抹下泪水，脸色沉郁，“能否被人说服，大人但进宫去，一看便知。”说着，并未给陈轸回礼，蓦然转身，头也不回地朝宫门而去。

见公主这般说话，又如此沉郁，陈轸不免一震，情不自禁地看向庄胜。

庄胜苦笑一声，伸手礼让：“大人，请！”

陈轸、庄胜跟在公主的后面大步走进偌大的宫城里。

一进宫门，一股强大的压抑感就迎面扑来。

不仅仅是压抑。

与城外的熙熙攘攘完全不同，宫城里面死气沉沉。陈轸一行随着守值宫人一路走来，莫说是活人，竟连活物也没看到一个。

守值宫人将他们引入偏殿，安排就座，斟上茶水，而后静静地守在一侧。

陈轸觉得奇怪，瞄一眼公主，转对庄胜小声问道：“咦，庄将军，哪能不向大王引见呢？”

庄胜看向宫人。

“请客人耐心等候，”宫人躬身应道，“大王与朝臣全都上朝去了。”

“上朝正好禀事，”陈轸笑道，“烦请转奏大王，就说楚王特使陈轸求见。”

宫人尚未应腔，一阵突如其来的哀乐宛若从天外缥缈传来，声音极轻，但在这沉闷的宁静里却直刺耳膜。

陈轸不由自主地打个惊战，侧耳细听。

音乐声骤然加大，间杂有编钟和编磬的声音。陈轸自幼知乐，后又侍奉魏王，结交公子卬，音乐造诣更是突飞猛进，然而听闻此乐，却是一脸惑然，不觉抬头看向公主和庄胜，见二人无不垂头，表情哀伤，便转问宫人：“是何音乐？”

“回禀客人，是大王上朝的音乐。”

“这这这……”陈轸惊愕了，“上朝怎么奏哀乐呢？”

“陈大人，”公主出声道，“你别不是想见识一下大蜀之王是如何上朝的吧？”

陈轸点头。

“陈大人，那就请吧！”公主起身，看也不看众人，拔脚走去。

开明王城很大，虽说在外观上是仿照中原王宫，但宫舍间距却是稀疏，不似中原王宫那般惜地如金，鳞次栉比。一行人走有半炷香工夫，方才穿过宫殿区，步入西北角一片园林，林木参差，花卉竞艳。若在中原，这样的园林当叫御林苑。

越近林苑，器乐声越大。

陈轸正自狐疑，在林苑的最北角，可以看到宫墙处，一大群宫人赫然在目，有男有女，有老有少，望去不下千人，皆着素衣，尽跪于地，目不转睛地望着一块土台。

“原来如此，”陈轸忖道，“怪道宫中无人呢。”

走在前面的公主在远处一棵大树下站定，哀伤的目光射向远处的土台。庄胜、陈轸等陪护在侧。引路的宫人却走过去，挨住众人跪下。

土台约三亩见方，高约七丈，呈六角菱形。土台顶部，有个一亩见方的空场，宛若中原的民间戏台，戏台两侧分别跪坐六十四名乐师，各持编钟、编磬、錞于、埙、篪、笙、箫等器乐，无不表情专注，正沉醉于一场大型的哀乐演奏。

陡然，器乐声急，六十四名男女巫者穿各色巫衣分两路登台，在乐曲伴奏下翩翩起舞。再接着，大巫祝上场，领舞。

一曲舞毕，音乐戛然而止，众巫退避两侧，变队形为两道人墙。大巫祝反身，迎出一个身材壮硕的缟衣汉子。

无须再问，缟衣汉子当是开明王芦子了。

全场静寂，空气凝滞。

开明王在台中站定，向天地四方各拜一拜，在中央摆好的王位上坐定。

大巫祝走到台前，朝台下朗声叫道：“开明王驾到，众卿上朝！”

台下一阵脚步声响，众卿分作两行，尽着缟衣，络绎而出，分两排在最中心预留位置，面对开明王跪定，齐道：“臣拜见开明王，拜见孔雀王妃！”

开明王高高扬起两手，朝下一摆：“众卿平身！”

“谢大王，谢王妃！”众朝臣再拜谢过，改跪为坐。

“孔雀王妃？”陈轸小声嘀咕一句，悄问庄胜，“怎么不见她呢？”

“大人马上就会看到了！”庄胜朝台上努嘴。

话音落处，大巫祝走到台中，两手一扬，声音雄浑：“起乐，《陇归》——”后面的归字拖得极长，并在声音消失时，两手猛地一挥。

音乐再起。

众巫伴乐起舞。大巫祝走到前面，拉开一道高大的帷幕，现出一块高高竖起的条形方石，围约六尺，高约三丈。

巨碑上赫然刻写几个大字：开明王芦子爱妃孔雀栖处。

音乐节奏变得舒缓，轻松。

开明王在乐舞声中缓缓站起，转过身，目光深情地凝视巨碑。

大巫祝在巨碑前面跳起怪异的巫舞，一边跳，一边转向巨碑后面。等大巫祝从巨碑另一侧转出时，与他同上场的是四个人，一个年长者，一个妇人，一个青年男子，最后一个是美少年。

四人上场，边走边回头。尤其是美少年，三步一回头，一边舞，一边哭，渐渐走向台中。

与此同时，大巫祝高声吟唱：

稚凤出陇兮，武都之川；
云发蛾眉兮，粉面娇艳。
父兄大谋兮，春月南徙；
丁装柔躯兮，尘垢红颜。

六十四名巫者，齐声合唱：红颜，红颜……

大巫祝走到一边，美少年一家转到场中，美少年泣中带泪，吟唱：

频频回首兮，难舍家园；
陇山不见兮，故乡邈远。
五月至蜀兮，七月遇王；
车载入宫兮，玉榻承欢。

美少年在吟唱的同时，渐渐走向开明王，与开明王手牵手，深情凝视，二人在乐声中舞蹈，缠绵悱恻。

美少年唱完，与开明王一道转入碑后，众巫者合唱：承欢，承欢……

音乐再起，曲调伤悲，一位绝世美女，也即孔雀王妃，与开明王双双从碑后转出。孔雀王妃凭栏北望，伤心不已。

开明王凝视美妃，心疼不已，亲口吟唱：

冬去春来兮，信雁北归；

凭栏望乡兮，爱妃伤悲。
娇啼鸟啭兮，王心不忍；
筑台东平兮，以慰妃心。

众巫者合唱：妃心，妃心……

在众巫者合唱声中，孔雀王妃晕倒在开明王的怀抱里，开明王抱起王妃，缓步走向石碑后面。台下众宫人无不抹泪，悲泣。

音乐更悲，五个力士模样的丁壮挑起土石，腰弓着，一步一步，动作艰难地在空场上来回走动，口中发出“哟嗨——哟嗨——”的号子。

“哟嗨”声转轻，大巫祝接唱：

妃心不治兮，魂魄离散；
王意不已兮，五丁秉担。
担陇土石兮，为妃作冢；
三年冢成兮，凤体归陇。

五个丁夫放下担子，挥泪合唱：归陇，归陇……

五丁夫在归陇声中隐入碑后。

音乐更加悠长，悲凉，丧失爱妃的开明王失魂落魄地缓缓从石碑后面转出，在空场上摇摇晃晃，完全进入一种恍惚状态。

台下悲哭声一片。

大巫祝动作夸张，音调悲凉，吟唱拖得又颤又长：

凤体归陇兮，我王哀悼；
磬埙声声兮，情思遥遥。
阴阳两绝兮，相见无期；
魂萦梦牵兮，无非爱妃。

“苍天哪——”开明王扑通跪地，仰望苍天，双手高举，声音嘶哑而悲凉，“爱妃呀——”

这声悲恸的声音过后，台上所有人，包括大巫祝在内，全部加入合唱：爱妃，爱妃……

撕心裂肺的合唱声渐渐弱下去，但余音缭绕，管埙鸣起，悠长而苍凉。

“苍天哪——”台下上千人似乎全被这种巨大的悲怆气氛笼罩了，齐声合吟，以头抢地，场面壮观。

此后，“上朝”仪式进入更为悲怆的哀悼中，由开明王在哀乐声中面对巨碑亲自吟唱《臾邪歌》，歌曰：

臾邪，臾邪；
孔雀飞邪。
臾邪，臾邪；
舍我归邪。
臾邪，臾邪；
冲云际邪。
臾邪，臾邪；
……

追悼仪式持续有两个时辰，直到每一个在场者皆在哀乐声中肝心俱碎。仪式散时，开明王已是如痴似呆，呈半晕厥状态，被众宫人抬回寝宫。

任凭陈轸走南闯北，见识颇广，竟也为这样的情殇场面唏嘘不已，向庄胜细问此事，庄胜瞄公主一眼，不愿多谈。

显然，开明王的时下状态是不适合议论国事的。

仪式散后，公主入宫探视母亲，庄胜陪同陈轸到馆驿安歇。

一切安排妥当，庄胜看到陈轸状态疲惫，遂告辞道：“大人旅途劳累，这先歇下。在下明日晨起，再来探望大人，共议大事。”

“还好，还好，”陈轸笑一下，做出轻松样子，“将军请坐，在下正要请教呢！”

“请教不敢。”庄胜拱手，“大人请讲！”

“不瞒将军，男女之事，在下向不为意，但在今日，在下深为所动了。大王与孔雀王妃的隔世之恋，堪称惊天地、泣鬼神，若不亲睹，必以为笑谈。”

庄胜长叹一声，算是应答。

“大王恋情，歌舞虽有昭示，但只是个大要。在下是好奇之人，甚想知晓其中细情，还请将军不吝赐教！”

“这……”庄胜迟疑一下，“大王是在下岳丈，长辈之事，晚辈不便多议。大人若想了解细情，可见一人。”

“何人？”

“大人先歇息一宵，待明日晨起，在下引大人前去就是。”

“在下并不疲惫，”陈轸的好奇心被他挑拨起来了，起身，“烦请将军这就引见！”

见陈轸执着，庄胜不好推辞。二人换过服饰，径出驿馆，投东而去。二人说说道道，闲话没讲几句，竟就到了。

面前是一处庄严府宅，门外竖着两个持戟卫士。

二人候有一时，一对年轻夫妇迎出，女子叫声“阿哥”，飞跑过来，一把挽住庄胜胳膊。男子躬身揖道：“听闻阿哥、阿嫂来了，在下正要与啬儿前去探望你们呢。”

“谢阿弟了。”庄胜回揖过，指陈轸道，“这位是陈轸大人，楚王特使。”

“柏青见过特使大人。”叫柏青的男子躬身揖过，伸手礼让，“特使大人，请！”

几人步入府厅，坐有一时，一个年逾花甲但精气神十足的老人在啬儿的搀扶下缓缓走进厅门。

相见礼毕，众人分宾主坐定。得知面前之人是楚王特使，老人的一双鹰眼里当即射出两道光柱，直射陈轸面门。陈轸也不怯场，眯起一双小眼，与他对射。

老人收回目光，微微点头，语气和蔼了：“老朽柏灌见过特使大人。”

面前坐着的老人竟然就是开明朝中权倾朝野的老相傅柏灌！

陈轸暗吃一惊，赶忙起立，合手揖道：“晚生陈轸拜见相傅。”

“特使不必客气。”柏灌摆摆手，指席位道，“请坐。”

待陈轸坐定，柏灌再无客套，直入主题：“特使不辞劳苦，跋山涉水，光临我穷乡僻壤，可有见教？”

“见教不敢。”陈轸拱手，“晚生此来，是奉楚王旨意，为大王和相傅送封急信。”

“哦？”柏灌略吃一惊，“急信何在？”

陈轸从袖中摸出一封加有玺印的昭阳亲笔书信，双手呈给柏灌。

柏灌拆看毕，吸口长气，陷入沉思，良久，转对柏青：“去，有请太子殿下。”

不一时，太子修鱼驾到，急不可待地将信览过，略略一怔：“秦人谋我？

不可能吧？”

“不是谋，是灭国！”陈轸沉声应道。

许是被“灭国”一词震住了，修鱼愣怔良久，方才醒悟过来，陡然爆出长笑：“哈哈哈哈！灭我大蜀？”又是几声长笑，转对柏青，“柏青将军，你可听清了？秦人谋我！秦人要灭我开明！哈哈哈哈！就凭他们秦人？”连连摇头，“楚人别不是让秦人吓破胆了吧？”

“殿下，”柏青小声禀道，“据臣所知，苴、巴已修通五尺山道，直达褒汉。由褒汉至土费，如果赶得快，二十日可到！”

“到了又如何？”修鱼冷冷一笑，“先王之时，与秦人数战，秦人无不望风披靡，差点丢掉老巢庸都！及至父王，秦人欺我父王年幼初立，争我褒汉，又战，结果如何？秦人再次溃不成军，哈哈哈哈！还是老相傅领的兵呢！”说着不无得意地看向柏灌，“是不，相傅？”

“是的，殿下。”柏灌应一声，脸上浮出浅笑。褒汉之战，是他此生最值一提的功业，早晚被人提及，柏灌心里总是美滋滋的。

“哈哈哈哈，”修鱼再出讥笑，“秦人被老相傅打得屁滚尿流，秦公不得已，才与父王会盟于褒汉，自愿称臣不说，又贡金百镒，宝器无数。特使大人，你这猜猜，父王是以何物回敬他的？”

陈轸眯缝两只小眼，微微摇头。

“哈哈哈哈，”修鱼笑得前仰后合，笑毕，将那封信“啪”地扔在几案上，极是不屑，“我晓得你是猜不到的。父王收到秦贡，随手捧出一把土，包在空礼盒里，就这样回赠他了！哈哈哈哈，一把土呀，一把烂土而已！如此蒙羞，修鱼若是秦公，必会一头撞死在终南山上。”又转向柏灌，“相傅，修鱼所讲，可有虚言？”

“殿下所言甚是，”柏灌澄清道，“只是与实情略有出入。当时，大王收到秦礼，一时却无合适的宝器回赠。老臣正自犯难，大王灵机一动，吩咐内臣拿出一堆烂泥，用水、灰搅和，亲手捏出不少宝器，喷上颜色，真正是以假乱真了呢。呵呵呵，老臣实在没想到，大王泥工如此了得。”

“还是相傅说得好。”修鱼看向陈轸，目光挑衅，“楚王特使，你这可都听清楚了？”

“哈哈哈哈——”陈轸听得明白，笑得比修鱼的还响，略显肥胖的身子在他的笑声里一抖一抖。

“咦，你笑什么呢？”修鱼怔了。

“笑你们大蜀呀。”陈轸又笑几声，方才收起，看向修鱼，“你们蜀地有如此之多的可笑之事，在下焉能不笑？”

“有何可笑之事，你且说来。”修鱼脸色变了，沉声道。

“就今日所知，可有三条：其一，王痴；其二，君狂；其三，臣愚且失能。”陈轸不管三七二十一，一棒子照头打下。

王自不必说，君当指太子修鱼，而臣……

修鱼、柏灌、柏青在场三人面面相觑，各呈愠色。

庄胜大急，正要补救，陈轸伸手阻住，侃侃说道：“大国邦交，当慎之又慎，王却捏泥作宝，应之以儿戏，岂不为痴？王以国土赠人，前兆不祥，臣子不力谏，反而沾沾自喜，贪功迄今，岂不为愚？殿下狂妄自大，目中无人，岂不为狂？君臣坐井观天，足不出蜀，不知塞外变化，抱住陈年往事不忘，亡国之日近在眼前而不自知，岂不为失能？”

陈轸一一数落开明君臣几大不是，在场诸人，尤其是一向说一不二的老相傅柏灌，在殿下及子女跟前丢丑，面子没处搁了，气得吹胡子瞪眼，却也反驳不出，因陈轸所言，乍一听，句句成理。

气氛一时沉闷。

“殿下，相傅大人，还有柏将军，”陈轸轻叹一声，拱手，“非在下言语相逼，危言耸听，实乃情势逼人，时不我待了。”

“敢问特使，”老相傅最先缓过神来，干着脸问道，“你且讲讲，山外有何变化？”

“山外变化，莫大于秦，”陈轸应道，“二十年前，秦公任用商鞅变法改制，国力强盛，河西一战，击败大魏武卒，斩首八万。之后又与楚人战于商於，斩首楚人三万，强霸商於。中原列国为对抗强秦，结盟合纵，就在去年，六国四十万大军兵分数路，夺关攻秦，秦与六师激战数月，大破之，斩首无数。六国不敢西向，秦人腾出手来，集结大军，磨刀霍霍，将于近日攻夺巴、蜀。在下……唉……”长叹一声，摇头顿住。

“秦师如此厉害？”柏青大瞪两眼，显然不信。

“秦师厉害不厉害，交战之后你就明白了。”

“谢特使，”老相傅心服口服，换过脸色，拱手谢道，“老朽受教了。老朽再问一句，特使何以晓得秦人近日就要谋我？”

“回禀相傅，”陈轸拱手还过一礼，“因为在下刚刚去过秦国。可叹苴人，连秦人出征的山道也修好了。”

“苴人修道是为迎取神牛。”修鱼愣头愣脑地接上一句。

“唉，”陈轸长叹一声，看向太子，“殿下呀，你难道真的相信秦人有神牛吗？”

“咦？”修鱼怔道，“通国亲眼所见，亲手所试，还能有假？”

“殿下既然问起，在下就对你们讲讲这神牛。”

话及此处，陈轸遂将几年前张仪如何谋划征伐巴、蜀，如何编出神牛故事欺骗苴国太子通国，如何让通国验看神牛，诱他修路，通国太子如何信以为真，等等，悉数讲述一遍，听得众人目瞪口呆。

“老天，”修鱼咋舌道，“不久前本宫向通国索要几头神牛，通国心疼，却又不敢不给，再三与本宫讨价还价，岂料……”

“若照特使所言，”老相傅这也意识到事态的严重了，不顾君臣礼节，出声打断修鱼，直视陈轸，“巴、蜀情势危矣。敢问特使，此来就为捎封急信？”

“非也，”陈轸应道，“在下此来，一为代令尹大人捎封急信，二为代楚王陛下与开明王陛下做笔买卖。”

“做何买卖？”

“临别之时，楚王执在下之手，再三叮嘱说，荆、蜀一家亲，荆人不会眼睁睁地看着秦人入川，毁蜀人宗庙。只要开明王诚心，楚人愿助一臂之力。”

“这……”柏灌眯起老眼，“亲归亲，买卖何在？”

“楚助蜀拒秦，蜀助楚灭巴。事成之后，蜀、楚平分巴地，以潜水、江州为界，潜水以东，归楚，潜水以西，归蜀！”

巴都阆中位于潜水中部，巴人势力近年西迁，已扩至涪水。蜀地东北部的其他山地，则为苴人所占。作为开明王芦子的拥立者之一，苴侯葭萌与大王之争，柏灌是最清楚不过的。葭萌做梦也想回到成都，坐上王位，前番借巴兵谋反，这又勾结秦人，再引秦兵作乱，堪为开明朝心腹大患。柏灌早想除掉此患，然而，一则大王芦子出于兄弟亲情，于心不忍，二则苴侯与巴王攀为儿女亲家，订立攻守同盟，蜀国这又因修筑孔雀王妃陵墓闹得国力疲软，急切间图谋不得。陈轸讲出的这宗买卖，莫说是得到巴人之地，单是楚人助蜀除掉苴侯，于柏灌也是求之不得的。

然而，柏灌毕竟是柏灌，老眼珠子滴溜一转，缓缓说道：“楚王既言平分巴地，巴地广袤，若按特使方才划界，不为平分吧？”

“依相傅之言，当如何划界？”

“以巴水为界。巴水以东山地，归楚，以西陵地，归蜀。”

“就依相傅，但江州归楚！”

柏灌看向太子修鱼，朝他微微点头。

“就这么分吧！”修鱼一锤定音。

“不瞒诸位，”陈轸拱拱手，和盘托出此行目的，“在下之所以急急赶来，是时不我待了。秦兵不日即至，楚王已命庄乔为主将征伐巴国，起兵五万，分两路合击涪陵，攻打巴国。但楚国出兵只是呼应，就眼前而言，我们最大的对手，不是巴人，不是苴人，而是秦人。战略要冲不在涪陵，而在通往褒汉的数百里蜀道，但蜀道掌控在苴人手里。兵贵神速，庄将军希望贵国尽快起兵，早日夺取蜀道。只要我们扼控蜀道，秦人再凶悍，万难攻入。没有秦人，巴人就是瓮中之鳖了！”

听到要蜀国立马出兵，柏灌、修鱼、柏青三人面面相觑。

“唉，”柏灌长叹一声，“不瞒特使，苴人为患久矣，老朽早欲除之。只是，调兵遣将，征伐讨逆，没有大王旨意，万万不可，而大王他……”复叹一声，“多少年了，一心只在那个女子身上，视一切于不顾啊！”

“那女子可是孔雀王妃？”陈轸问道。

“正是。”

“晚生敢问其详。”

“说来话就长了。”老相傅闭起眼睛，将芦子大王如何梦到美少年，美少年如何变作女子，女子如何与他缠绵，他如何爱恋那女子，那女子如何化作孔雀远去，大巫祝如何解梦，大王如何循巫祝所解，微服出访，如何在集市上遇到梦中少年，少年又如何按梦中所示变身美女，大王如何纳其为孔雀王妃，如何置王后及三宫六院于不顾，独爱此妃，孔雀王妃如何体弱多病，如何念家，大王如何仿其故乡家舍在宫中筑东平台，如何作《东平之歌》，以歌舞慰其心，孔雀王妃如何不治仙去，临终如何留下遗言归葬陇山，大王如何伤悲，如何不舍，如何不顾朝臣反对，诏令举国五丁赴陇山背运故乡土石为她筑巨冢，等等诸事，如此这般娓娓道来，足足讲有一个多时辰，听得修鱼、柏青、庄胜三人不胜其悲，掩面恸哭，陈轸也是唏嘘再三，嗟叹不已。

“唉，”老相傅长叹一声，“十年来，为了一个梦，为了一个女人，大王就是这般折腾，莫说是朝臣，纵使五丁百姓，也是疲惫不堪，只是大王之梦，迄今未醒哪！”

“这……”陈轸纳闷，“以老相傅之望，以殿下之尊，难道也劝谏不动吗？”

老相傅摇头。

“五丁千里跋涉，往返陇山，只为担些土石，难道就……没有怨言吗？”陈轸又问。

“怎能没有呢？”老相傅苦笑一声，“苴人就不肯听啊。作为开明属国，大王要苴侯也出五丁，苴侯非但不从，反倒阴结巴人，以大王役民过重、荒诞不经为名，兴兵问罪。所幸大王震怒，蜀人奋勇，将苴、巴之兵一举击溃。”

“照理说，”陈轸不解了，“苴侯所言，也是为蜀人着想，蜀人当群起响应才是。”

“特使有所不知，蜀人天性多情重义。据大巫祝所说，大王是峨眉山阳神化生，孔雀妃是陇山阴精化生，二山相望，阴阳相隔，不知几多年矣，方于此时相合，王妃与大王该有一场旷世恋情。看到大王如此伤悲，蜀人皆恸，五丁奋勇，搬运土石三年，方才成冢。运土石之时，大王躬身力行，秉担承土，又在摩天岭顶修筑望妇堠，登高眺远，冢成，更作《陇归》之辞，由大巫祝谱曲，每三日行相见之礼，久而久之，遂成惯例，大王也就以此作为朝礼了。”

“那……国事呢？朝臣如何奏事？”

“除去征伐，开明朝并无国事。至于寻常事务，各地领主、有司、土司皆有处置，到殿下这里，就算到顶了。眼前伐苴也好，御秦也罢，皆是举国征战。举国征战，就要动用五丁，而按照开明律法，就必须禀报大王，由大王亲下御旨，否则，就是谋逆！莫说是老朽，即使殿下，也不敢擅专哪！”

显然，摆在眼前的是一个无解之题：蜀国兴兵，必须经由大王，而大王之心只在一个情字上！

众皆默然。

陈轸闭目良久，心头闪过一念，抬头看向柏灌：“相傅大人，晚生有一事相问。”

“特使请讲。”

“孔雀王妃可有画像？”

“有。在大王宫里，大王视之若宝，日夜相守。”

“是何人所画？”

“宫中画师。”

“是男是女？”

“给王妃画像，自是女流。”

“在下能否见到那位画师？”

相傅看向修鱼，修鱼不假思索，转对柏青：“去，传画师来。”

俄顷，画师赶到，陈轸直入主题：“请问画师，孔雀王妃身体可有痣记？”

“是有一处胎记，只是……”画师猛地顿住，不自然地看向这几个大男人。

“不可有瞒，”修鱼厉声说道，“无论什么，全部讲给这位先生！”

画师迟疑一下，走到陈轸身边，附耳悄语一番。

“甚好。”陈轸沉思一下，点头，“能否凭借记忆再画一张？”

“这……”画师面现难色。

“此画关系大王，关系殿下，关系相傅，关系八十万蜀人，也关系你的身家性命。”

画师看向修鱼和柏灌，见二人尽皆点头，放下心来，转问陈轸：“大人是要画幅一模一样的吗？”

“让我想想。”陈轸眼珠子急转一阵儿，吩咐她道，“画一幅山涧水里洗浴的像，就叫王妃出浴，要山水俱在，对了，加点雾气，最好是朦朦胧胧，若隐若现，但那个痣记不可少。”又顿一下，“还有，王妃神情忧郁，眼中泪出，脚脖子被一根粗铁链拴着，铁链嵌入一块巨石深处。至于鸟花虫鱼，你自在加去，画出个悲情即可。”

众人无不愕然。

见画师动也不动，仍在那里僵站，陈轸问她：“能画出不？”

画师点头：“画像不难，只是……”

“去吧，就照我讲的画，不得有误。”

老相傅努下嘴，柏青叫出自己的夫人陪护画师备料作画去了。

画师他们走后，柏灌、修鱼、庄胜尽皆看向陈轸，不知他是何主意。

“殿下，相傅，”陈轸朝柏灌、修鱼抱拳道，“明日晨起，烦请二位向大王引荐在下，就说女几山仙人崆峒子求见。”

第088章｜ 装神仙陈轸用蜀 拜主将张仪征川

翌日晨起，一身仙袍、装饰离奇的陈轸在老相傅柏灌、太子修鱼的陪护下步入蜀宫，觐见开明王芦子。

大巫祝陪坐王侧。

开明王芦子瞪起两眼，将陈轸上下打量许久，看向大巫祝。

大巫祝两道犀利的目光死死盯在他的肚腩上。

陈轸两眼微闭，两道细缝无视大巫祝，只是斜睨芦子。

“听闻你是女几山仙人崆峒子？”芦子发问。

“正是。”

“敢问仙人高龄几何？”

“高龄不敢。小仙不过虚历三百二十又五度春秋。”

“啊？”芦子目瞪口呆，“你是说，三百二十又五岁？”

“正是。”

芦子吸口长气，转向大巫祝。

大巫祝的目光从陈轸的肚腩上收回，直射陈轸眼睛，陡然出声，声音犀利：“上仙可是居住女几之山？”

“正是。”

“上仙既居女几之山，何又叫作崆峒子？”

“此事说来话长，”陈轸将郢都所遇之苍梧子旧事稍加夸张，娓娓道来，“小仙本为荆山人氏，出生那年，楚庄王新立，又五年，父母双亡，小仙伤悲欲绝，泣哭十日，声震旷野，惊动一个异人，就是先师，女几山真人。真人携小仙一路西行，至女几山深处，习练仙道，得养生妙术，历两个甲子一百二十春秋，真人乘风远去，小仙功力不逮，飞升不起，遂沿地脉循先师之气至崆峒山，在先师真气销匿处结草而居，又历一百春秋。”

“真人哪！”芦子嗟叹一声，又吸一口长气，两眼眨也不眨，不无叹服地盯视陈轸。

“可在本巫眼里，”大巫祝声色不动，不依不饶，“上仙怎么就不像是个仙人呢？”

“敢问巫祝，何出此言？”

大巫祝迸出一声冷笑：“修仙之人无不仙风道骨，饥餐宇宙精气，渴啜天地甘露，反观上仙，一身俗气，通体肉膘，根本不是仙人！”声音陡然严厉，一震几案，“大胆刁民，竟敢冒充上仙，蒙骗大王，欺我大蜀无人耶？”

“哈哈哈哈！”陈轸爆出长笑，拍拍隆起的肚腩，转对相傅、太子抖抖肩膀，“看来大蜀果真无人也！”

“此话怎讲？”大巫祝厉声喝问。

“天地博大，宇宙万象，皆在一个易字。易者，变也；变者，化也；化者，天地之道也。道本为一，一分阴阳双体，双体化而出四象，四象出而生八卦，八卦生而衍六十四卦，卦卦皆有互因互果，互变互化，方出博大天地，万象宇宙。至于人道修仙，自当与天地契合。天地既有万千之化，人道何无？人道既有万千变化，仙道何无？”

陈轸于眨眼间辩出这些理来，莫说芦子诸人，即使大巫祝，心头也是一震，愣怔有顷，略略抱拳，语气稍有放缓：“修仙之道，共有多少？”

“道者，经由之途也。据小仙所知，仙有天仙、地仙、人仙三种，每种又有三万六千六百六十六道入门。”陈轸语气极是肯定，显然毋庸置疑。

“这……”倒是大巫祝见识不够，傻眼了，咂吧几下嘴皮子，“敢问上仙所修何仙，所由何道？”

“小仙初修地仙，经由气道入门，后修人仙，经由谷道入门。”

陈轸胡乱应对，倒也滴水不漏，大巫祝皱会儿眉头，抬头又问：“何为谷道？”

“就是这个，”陈轸拍拍自己的肚腩子，“食五谷，饮陈酿。”

食谷饮酿，于仙道为匪夷所思之事，但出自陈轸之口，味道竟就两样了。大巫祝鼻子眼儿全不信，却又辩陈轸不过，气得干瞪眼，却想不到合适的说辞回击。

“上仙此来敝邦，”开明王显然是完全听信了，真诚地拱手，“实乃敝邦之幸。芦子粗鄙，敢问上仙，可有教芦子之处？”

“小仙不敢，”陈轸回过一礼，“只是小仙近日出游，远远望见一座山顶祥云笼罩，百鸟盘旋，深以为奇，遂近前探视，果在一山溪中邂逅一名奇异女子……”刻意顿住。

“哦？”开明王倾身问道，“上仙快讲，那女子在做何事？”

“那女子正在溪中沐浴。”

“你看到了？”

“不仅看到了，还将她的裸身作出一画。”

开明王吸口长气：“你画她时，她不晓得？”

“晓得，晓得，是她央求小仙画的。”

“啊？”开明王愕然，“她不惧羞耻了？”

“在人界有羞耻，在我们仙界，没有羞耻。”

“后来呢？”开明王显然对此故事着迷了。

“待小仙画好，那女子求小仙将此画送往成都，小仙正是为此觐见大王。”

“那……”开明王的呼吸紧促起来，“此画可在？”

陈轸看向周围诸人，芦子会意，吩咐相傅、太子及身边宫人尽皆出去，只有大巫祝端坐不动。

“此地无外人了，请上仙出画。”

陈轸的目光看向大巫祝。

开明王略一迟疑，冲大巫祝抱拳：“也请神巫暂避。”

大巫祝狠盯陈轸一眼，大步跨出。

看到殿中再无他人，陈轸从袖中摸出画轴，起立，展开，以身做挂架，将画正对开明王悬挂。

“苍天哪！”开明王看得真切，目瞪口呆，好半天，方才回过神来，“扑通”跪地，手抚画面，泪流满面，语不成声，“是……是……我的孔雀爱妃啊，苍天哪！”

开明王号哭一阵，陡地抢过那画，揉去泪水，细细审去，大惊：“上仙，爱妃她……这是在哭呀！看她的脚……怎会有根锁链呢？”

“唉，”陈轸吟出一声抑扬顿挫、富有乐感的长叹，捋一把长长的雪白假胡子，语气沉重，“说来话就长了。那女子一见小仙，涕泪涟涟，向小仙哭诉身世，说她本是陇山山神之女，托身孔雀。大王年轻时，有次打陇山经过，她刚巧从大王头顶飞过。想是大王威仪不凡，孔雀在大王头顶盘旋，一路尾随大王，越看越爱慕，真正是一见钟情啊。后来，大王离开陇山，孔雀求告山神父亲成全她的心愿，山神死活不肯。无奈之下，孔雀哭求其母，其母只此一女，只好含泪说出实情，非你父不成全你，是你不能嫁给蜀王呀。她问因由，其母说，你是陇山之精，非陇山水土滋养，不可活也。孔雀闻言伤悲，自此得下相思病，山神用尽办法，其病不轻反重。眼见孔雀奄奄一息，山神只得成全，施法让她变身人间少女，派数灵护送她至成都，要她起誓，她必须在一年之内回归陇山，若是不回，她就会生病，客死他乡，再也回不到陇山了。孔雀一一应允。后来诸事，大王也都晓得了。”

与大巫祝所言相比，陈轸讲出的孔雀王妃前身故事更是有鼻子有眼，切近情理，开明王越听越信服，悲从爱中来，“孔雀啊，我的爱妃啊”，一声接一声，哭了个稀里哗啦。

“大王呀，”陈轸任他悲哭一阵子，导入正题，“你可想知晓孔雀王妃现在何处，因何涕泣，脚上因何有链吗？”

一语惊醒开明王，芦子猛地止住号啕，含泪急问：“上仙快讲！”

“孔雀王妃仙逝后，一缕精魂离开肉身，袅袅升空，径投陇山。行至白龙水，王妃口渴，欲饮水，不料撞到白龙水怪，那怪贪她貌美，强掳她身，囚于……”陈轸再次顿住，轻轻摇头。

“囚于何处了？”开明王急不可待。

“就囚在小仙作画处。附近有处深潭，潭下有个宫城，白龙水怪掳她至此，日日威逼她成亲，可王妃心系大王，宁死不从。白龙水怪急切不得，就将她用铁链锁在潭边，使虾兵蟹将日夜看守，不许她擅走一步。”

“我的……我的好爱妃呀……”开明王顿足捶胸，号啕又哭。

“大王呀，”陈轸火上浇油，“孔雀王妃在那潭水里受苦受难，度日如年，无时不在想念大王哪！”

开明王擦把泪水，一把抓住陈轸胳膊：“请问上仙，可否记得那个处所？”

“记得，记得，小仙全都印在心里头呢。”

“这就引本王前去，看本王……捣碎它的宫城，活捉那怪，剥去它的皮，抽掉它的筋！”

“好倒是好，不过……”

“不过什么？”

“欲去此处，须得经由苴地，可那苴侯……”

开明王两眼一瞪，朝几案上猛震一拳：“什么苴侯？他是本王所封，本王欲去何处，看他敢说半个不字！”

“唉，大王有所不知，”陈轸摇头叹道，“若在过去，大王借路，苴侯不敢不从，但今日不成了。听老相傅说，苴侯为王位之事对大王早有怨言，前几年大王使人前往陇山担土，苴侯非但不听命，反倒密结巴人，反攻大王。”又压低声音，“这且不说，据小仙探知，那苴侯又与白龙水怪结作同盟了。白龙水怪探知大王与王妃有恋情，恐惧大王前去营救，托梦于苴侯，要他万不可放大王过来，如若不然，就率虾兵蟹将冲毁他的王国，苴侯一则害怕，二则也对大王不满，就与他订下盟约了。”

“葭萌，”开明王从牙缝里挤道，“你个忘恩负义的东西，本王看在父王、母后面上，一再让你，你却得寸进尺，吃里爬外，看本王……”朝几案又是一拳，朝外大喝，“来人！”

殿下修鱼、相傅柏灌应声而入。

“听诏！”开明王一字一顿，“苴侯葭萌无视王尊，暗结水怪欺我爱妃，本王忍无可忍，自今日起，废去葭萌苴侯封号，起五丁十万，荡平苴地，营救爱妃！”

修鱼、柏灌长吸一口气，不无叹服地看一眼陈轸，叩首于地：“（儿）臣遵旨！”

就在开明王颁诏废掉苴侯封号，起举国之兵杀气腾腾地杀向苴地、营救王妃时，秦都咸阳一如既往，看不出一丝异常。

咸阳人中，最失落的莫过于公子卬。

自陈轸走后，公子卬听其所言，更名魏章，几番捎信求见紫云公主，均被拒之门外。无奈之下，公子卬只好前往太傅府求见嬴虔。

自陈轸走后，嬴虔耳聋日甚，人也越发糊涂了。之前陈轸曾经引见他来过太傅府，照理说已是熟人，但此时的老太傅既听不清他说什么，也记不起他是何人。公子卬枉自解释半晌，最终苦笑一声，别过家宰，讪讪而去。

回到府中，公子卬思前想后，越想越觉得失落和悲凉。遍观秦境，没有一个能够交流的人。作为魏国降将，秦国大夫中几乎没人瞧得起他，只有公子疾偶尔过来看望，却也是无话可说。秦王似是把他忘了，迄今仍旧没有给他名分。众人各有忙碌，只有他一天到晚无事可做。虽说有陈轸留下的厚实底子，暂时不愁吃喝，但生性喜欢热闹的他竟然连个朝也不能去上，让他憋闷无比。有时难受至极，公子卬甚至想过挥剑自尽。偏又时过境迁，血气尽失，此时的他，尽管照样能够把剑架到脖颈上，却再也鼓不起闭目一挥的勇气。

苦闷数日，公子卬在大街上偶遇张仪回府车驾，陡然想到陈轸所言，精神一提，尾随而去。

“主公，魏章求见。”小顺儿禀道。

“魏章？”张仪一怔，“魏章是……”

“就是那个草包将军呀，公子卬，在洛水边被咱的人逮住，没有骨气，降了，住在陈轸府上，嫌丢脸，改换个名字，叫魏章了。”

张仪的眉头紧皱起来。

“主公呀，想当年，就是此人失掉河西的。咱家的灾难，他是个根。他这寻上门来，咱不能放过他，得好好羞他一羞。”

“你想如何羞他？”

“只要主公点头即可，如何羞他，小顺儿自有主张。”

“少卖关子，说！”

“主公，”小顺儿凑近，压低声音，“听说这人当年娶妻紫云公主，河西败后，他不顾公主，自个儿跑了。这辰光他兵败投秦，才又想起公主，几番上门，欲重修旧好，可公主连个门边儿也不让他进。小顺儿想定了，就拿这事儿羞他，看他的臭脸搁哪儿去！”

听到“紫云公主”四字，张仪心里一喜，狠狠白他一眼，朝他脑壳子上弹一指头，斥道：“臭小子，净打这些歪主意，这颗脑袋不想要了？”

“主公？”小顺儿急道。

“主个屁！快去，王亲国戚驾到，上礼侍候。先请至客堂，主公这就更衣待客！”

见张仪竟要更衣待客，小顺儿再不敢犟嘴，咂吧几下舌头，一溜烟儿小跑着出去了。

张仪回到后堂，脱下朝服，换作闲装，快步走到客堂。

公子卬躬身以迎，长揖：“在下魏章，见过相国大人。”

“张仪见过安国君。”张仪亦回一揖。

公子卬脸色涨红：“安国君早已阵亡，在下乃落魄之人魏章。”

“唉，”张仪长叹一声，轻轻点头，指一下客席，“魏章兄，请！”

“谢大人赐座！”公子卬坐下。

张仪在主位坐定，小顺儿斟好茶水，看到张仪示意，便悄悄退出。

“魏兄，请茶！”张仪端过茶水，礼让道。

公子卬望着茶水，发出一声长叹。

“观魏兄气色，似有心事。敢问魏兄，可有不才帮忙之处？”

“谢大人厚爱！”公子卬拱手，“不瞒大人，在下此来，真也是走投无路了。”

“哦？”张仪倾身，目露关切。

公子卬也不客套，将近日窘境备细陈述已毕，目光便殷切地盯住张仪。

“呵呵呵，”张仪笑出几声，“是魏兄多虑了。就在昨日，上大夫还向在下讲起魏兄呢。”

“唉，”公子卬叹道，“无用之人，不值挂齿了。”

“魏兄差矣！”张仪摇头，“听上大夫所述，此番六国伐秦，庞涓几路奇兵均丢盔卸甲，唯独魏兄所部横扫河西，打得吴青连招架之力也没有了。纵观河西之战，无论是战略还是战术，魏兄部署均是无懈可击，若不是庞涓败北，魏兄想必早已收复河西，名垂青史矣！”

这是近日听到的唯一暖心话，且出自名震天下的鬼谷士子张仪之口，公子卬大是感动，拱手泣道：“败军之将，无复他言，谢相国大人安慰。”

“非在下安慰，”张仪真诚说道，“魏兄可知，从宁秦到洛水，魏兄身先士卒，冲锋陷阵，何以毫发无伤？洛水冰桥上，二十壮士无不罹难，何以魏兄一人昂然独立？魏兄以一人之力，挺枪杀入秦阵，左右冲突，秦人挡者死，抵者伤，何以无一人加刃于魏兄？魏兄拔剑殉国，舍身就义，何以又……”

“是在下听到上大夫所言，一时分神，被秦人——”

“非也，非也，”张仪又是一番摇头，“据上大夫所言，非魏兄一时分神，所有种种，皆因秦王有旨，伤魏兄者死，挡魏兄者斩！”

公子卬长吸一口气。

“魏兄可知秦王何以不欲魏兄殉国？”

“他想羞辱在下。”

“非也，非也，”张仪连连摆手，“秦王下达此旨，原因有二：一是相中魏兄将才，这个你可以不信；二是魏兄本为秦室国戚，大王实不忍见他的胞妹年纪轻轻就守寡终身哪！”

后面一句戳中痛处，公子卬低下头去，久久没有应声。

“魏兄？”

“不瞒大人，”公子卬抬起头来，泪眼模糊，“在下求过公主了，可她……拒不相见。”

“唉，”张仪故作一叹，“这也不能怪她。当初她是被作为筹码嫁予魏兄的，并非出自本意。再说，魏兄河西战败，公主落于乱军之中，差点死于非命，在最关键辰光，魏兄未能施以援手，她也心存怨气呀。”

“是的，”公子印点头，“在下是有愧于她，可眼下……”

“魏兄勿忧。常言道，嫁乞随乞，嫁叟随叟，公主与魏兄既成夫妻之实，公主不好不认。天下列国皆知公主是魏兄夫人，魏兄又在她身边，她也不得不认。公主眼下这个态度，正说明她心里仍念魏兄，不过是要个面子而已。只要魏兄诚心待她，真心爱她，想必公主……”张仪顿住话头，留给公子印思考。

“不瞒张兄，”公子印沉思有顷，转过话锋，“在下与紫云之事，他人皆是臆测。自她嫁给在下，不曾有过一日笑脸。在下风花雪月惯了，身边也不缺女人，娶她不过是娶个名分。紫云是此态度，在下并不怪她。紫云不爱在下，在下也并不在意。”

“那……”张仪心中倒是一凛，“魏兄不在意这个，在意什么？”

“唉，”公子印长叹一声，“在意的是此生年华虚度，未曾快意过，活得憋屈！”

“哦？”张仪愕然，“敢问魏兄，何以活得憋屈？”

“在下幼读兵书，少习武艺，人生快意，只在疆场厮杀。然而，在下出身宫室，父王溺爱，致使在下目中无人，无其能而逞虚名，与秦战，丢失河西，与齐战，三战皆北，将士离心，所幸遇到庞涓将军力挽狂澜，使在下有所顿悟，后从苏秦合纵，又增诸多见识，回首往日，恍如隔世。可惜，天不顾我，好不容易盼个补过机缘，竟又……”公子印讲至此处，哽咽落泪。

张仪未曾料到公子印竟有这般心境，盯住他有顷，拱手：“魏兄此来，想让在下做些什么？”

“在下志在疆场厮杀，求大人成全！”

“这……”张仪迟疑一下，“魏兄此求，在下恐怕爱莫能助。”

“张兄？”公子印急了。

“不过，在下倒有一计，或可有助于魏兄。”

“张兄请讲。”

“明日在下即带魏兄觐见大王，魏兄可在大王面前阐明思念公主之切切深情，求大王成全。在下视情帮腔，由大王出面，魏兄必可重续好事。只要魏兄得到在朝名分，以秦国之力，魏兄必可一展才学，纵横列国，垂名青史。”

“谢大人成全！”

翌日，张仪如约带公子印入宫觐见。

闻听公子印觐见，秦王迎出殿外，凝视良久，微微点头："近看将军，果是英武。听张爱卿说，将军已经更名魏章，真正好呢。"

"魏章谢大王定名！"公子印拱手。

秦王手指张仪："他可叫大王，"又指公子印，"你不能叫。"

"这……"公子印略略一怔，"魏章该如何称呼才是？"

"叫王兄就是。"

见面即得认可，公子印激动万分，嗓眼里一阵发痒，咕噜几下，喃声："王兄……"

"妹夫。"秦王紧忙上前一步，双手握住公子印之手，"嬴驷近日冗务缠身，怠慢你了，今日一并赔罪！"携公子印之手，大步入殿。

张仪嘘出一口气，紧跟于后。

君臣三人刚刚坐定，公子华趋入，禀道："王兄，老太后有旨，传相国张仪后宫觐见！"

突闻老太后懿旨，张仪、惠王皆吃一惊。

老太后即老夫人，孝公生母，在惠文公南面之后被拜为老太后。老太后已是年过八旬，莫说是宫外之事，即使宫内之事，她也早就撒手了。此番陡然传出懿旨，且隔过秦王，直接传见相国张仪，真正是匪夷所思。

"华弟，"惠王愣怔有顷，问公子华道，"相国刚至，老太后何以晓得？"

"这……"公子华瞄一眼公子印，支吾道，"臣弟不知。臣弟方才代家父向老太后例行问安，老太后随口传此懿旨，臣弟……"

"大王？"张仪似是预知什么，看向惠王，目光忧切。

"既是老太后懿旨，爱卿但去就是。"惠王略一思索，转向内宰，"带张爱卿觐见老太后！"

内宰领旨，与张仪径去后宫。

公子印见公子华有意防他，也起身告辞。

"老太后召张仪何事？"公子印一走出去，惠王就急不可待了。

公子华凑近，在他耳边悄语几句。

秦惠王目瞪口呆。

张仪随内宰觐见老太后，出乎他意料的是，老太后并未问他婚姻之事，甚至没有与他多说什么，不过是拉会儿家常，聊几句花呀草呀不着边际的话题，便摆手打发他走了。

送走张仪，老太后即召秦王，同时叫来太后，也即孝公夫人、嬴驷生母，开门见山："驷儿，老身相中一人，可配紫云，你办去吧。"

"祖后相中何人了？"惠王叩伏于地，假作不知。

"就是你的那个相国，名唤张仪。"老太后一字一顿。

老太后虽已年过八旬，但耳不聋，眼不花，牙口也好，只缺两颗边牙，一点儿也不影响说话。

惠王长吸一口气，迟钝有顷，叩道："祖后，孙儿有奏。"

"说。"

"阿妹嫁人之事，列国皆知，阿妹在名义上仍旧是魏国安国君夫人，这且不说，安国君眼下就在……"

"咸阳"二字尚未出口，只听"噗噗"两声，老太后的拐杖就已落在他的屁股上。老太后手软，打得自是不痛，但这威势足以让惠王不敢再吱声。

"什么安国君夫人？"老太后照他屁股又打几下，"你给老身听好，紫云让公孙鞅那个逆贼害了！行兵打仗是男人之事，男人不上阵，却让紫云受辱，这叫什么谋略？紫云鲜花一朵，却让那国贼生生插进牛粪里，气杀老身也！老身这对你讲，嬴渠梁犯糊涂，你不得糊涂！秦国对不起紫云，那草包不配你阿妹……"

老太后顾自发泄一通，将拐杖朝他身上一搡："去，别的老身不想多说。老身就此一桩心事，早办早安生。再有差池，老身死不瞑目！"

听到老太后连死也扯上了，惠王只有诺诺连声，出门征询母后，母后竟也认可张仪。显然，紫云早把太后、老太后搞定了。

回到前殿，又琢磨一阵，惠王扑哧一声笑了，觉得老太后这主意不错，自己竟然就没想到。此事若是玉成，一可遂妹妹愿心，二可遂母后、老太后欢心，三可安张仪臣心，真还是一举多得呢。为了得到张仪，他已放走公孙衍和陈轸两员能臣。但君臣之义，远不如血亲之固。如果张仪能够成为自己妹夫，定不会另生他心，于张仪，可放手一搏，于他，亦可放心使用。

再说，就此事而言，张仪这里当无障碍，毕竟阿妹才貌双全，名扬列国，算是当世奇女，作为风流才子，他想必不会拒绝。

眼下只有两个难题，一是如何向天下人解释，二是如何安抚公子卬。

一连思考三日，于第四日晚间，惠王摆驾陈轸府，也即公子卬住处。

"臣弟……不知王兄驾到，迎得迟了！"公子卬受宠若惊，当院叩首。

“魏章将军请起。”惠王伸手扶起他，携手入客堂，分主仆坐了。

“王兄有事，旨令魏章进宫即可，这竟劳动大驾，让魏章情何以堪？”公子卬再次拱手谢恩。

“魏章将军，”惠王两眼紧盯住他，“这个王兄你怕是叫不成了！”

“这……”公子卬怔了。

“嬴驷此来，就为晓谕将军此事。”惠王缓缓说道，“非嬴驷不肯相认魏兄，实乃……”略略一顿，“实乃阿妹为此事受伤太深。将军当知，秦、魏构怨太久，阿妹自幼所习，皆是报仇雪耻，不料刚刚及笄，就被迫嫁往仇国，内心实难接受。尽管将军各方面都很出色，但因你是魏国公子，阿妹死活不从，只是拗不过先公及公孙鞅，只得为国屈从。此后诸事……将军这也晓得了。河西战后，阿妹侥幸得脱，但一直孤身一人，因她在名义上仍是将军夫人。此番将军归秦，嬴驷喜甚，因为嬴驷实在不想看到阿妹在秦宫守活寡，试图弥合将军与阿妹隔膜，不料事与愿违，阿妹死活不从。这且不说，阿妹又说服母后及老太后，老太后下懿旨结束阿妹与将军婚约，嬴驷……唉，老太后年近九旬，嬴驷不敢不从啊。”

公子卬这也回过神来，表情黯然，良久，改过称呼，拱手说道：“魏章谢大王厚爱。请大王稍候！”说毕走到一侧，寻到笔墨，在竹简上匆匆书写一阵，双手呈上，“大王，此为公子卬生前休书，公子卬已在洛水岸边战死，紫云公主早已是自由之身，大王可以昭示天下了！”

惠王接过休书，拱手谢道：“嬴驷代紫云谢将军恩德！将军有何愿望，嬴驷定当竭诚效力！”

“谢大王厚爱，”公子卬苦笑一声，“魏章已是死过之人，早无他求，只想远离咸阳，甘为马前走卒，战死疆场！”

“将军才华，嬴驷尽睹。将军欲征何方，可否告知嬴驷。”

“只要不征魏人，魏章无条件听从君王旨令！”

“好吧，”惠王郑重点头，“嬴驷答应你。就眼下情势，秦国不久将有一场恶战。将军只在府中守候就是。”说完，朝内宰点头。

内宰出门，不一时，领进五名年少佳丽，一字儿叩在堂中。

“魏将军，”惠王指着五名美女，“这五名美姬，颇善歌舞，皆通六艺，是嬴驷亲至乐坊挑选的。为首之女是乐坊花魁，一曲惊倒咸阳城，连嬴驷也为她痴迷呢。嬴驷全部赠给将军，望将军不弃！”

公子卬满面潮红：“大王，这……”

“哈哈哈哈，”惠王挥退舞姬，转对公子卬长笑数声，“英雄配美人，古今一也。大丈夫可战死疆场，不可怀无美人，何况将军本也不是吃素的猫呢！”又笑几声，压低声音，指向自己，“不瞒将军，嬴驷在这方面不比将军逊色，三日不见女人，这心里就如让山猫抓过，是辗转反侧，茶饭不香哪！”

只此一句，君臣间的距离近在咫尺了。

“魏章，”公子卬声音哽咽，跪地叩首，“谢王恩赐。”

“还有，”秦惠王余兴未尽，“有美人，就得多开销。寡人另赐爱卿足金一百两，绸五十匹，杂役五人，望将军好生消遣！”

公子卬再叩：“谢王关爱！”

拿到公子卬的休书之后，惠王即着手第二步计划，托公子疾为媒，成全妹妹的好事。然而，天有不测风云，公子疾未及开口，巴、蜀境内已狼烟四起，求救使臣经由新开辟的蜀道驰至咸阳，朝堂内外一下子沸腾起来。

张仪一连三日不在府中。第四日头上，张仪从外“匆匆回府”，见通国与一个皮肤黝黑的矮个子年轻人守坐中堂，已知端底，故意没睬那人，只对通国拱手：“哟嘿，这不是通国殿下吗？殿下光临，在下未能远迎不说，这这这……又让殿下守候，汗颜，汗颜哪！”

“相国大人，”通国回过一礼，赔笑，“在下与巴子已在府中守候三日了。”

“巴子？”张仪这才看向那人，目光征询。

那人拱手：“在下梓犨见过相国大人。”

“梓犨？”张仪似是想起他是谁了，拱手道，“呵呵呵，是了，是了！久仰，久仰！呵呵呵，在下早听通国殿下讲起过有个叫梓犨的巴子，说是文治武功，在巴地无人可及，堪称巴子中的巴子，今日得见，果然是风流倜傥，幸会，幸会。”

巴子即巴王之子。巴王娶妻无数，巴子甚多，但与中原列国一样，巴王之妻也分正庶，正室所出，即正宗巴子，在众巴子中享有尊位。方今巴王正室共生三子一女，长子镇守涪陵，次子镇守江州，梓犨是第三子，与胞妹涪鸾守护巴王，坐镇都城阆中。巴人的最大敌人是楚人，涪陵是第一线，江州是第二线，阆中于巴国而言，是大后方了。巴王如此安排，足见对梓犨的溺爱，是以张仪不为瞎夸。

梓犨腼腆一笑，拱手：“谢大人美言。”

“二位请！”张仪指下席位，礼让过，率先于主位坐了。

二人也坐下来。

"呵呵呵，"张仪笑过几声，指指自己身上的尘垢，"你们虽说久等了，却也等得值呢。不瞒二位，本相这几日，一直在为二位忙活。"

二人皆是一怔，通国问道："为我们忙活？"

"是呀，"张仪摇头，做个苦脸，"那几头神牛出岔子了。说来可笑，其中一头，就是原来讲好的那头公牛，死活不肯支差，几日前离家出走。牧童四处寻找不见，急得直哭，层层上报，最后才报到我这里。我一听，这还了得？没有公牛，母牛就不能便出金了！听说巴子此来，也是为接牛，本相那个急呀，这不，匆匆进山，直忙到方才，累得是筋疲力尽了呢。"

通国、梓雟俱是惊呆。

"大人，"通国回过神来，急切问道，"神牛寻到没？"

"哈哈哈哈，"张仪大笑几声，"寻不到神牛，本相哪敢回府呀！"

"在哪儿寻到的？"通国好奇了。

"嘿，这家伙撒起野了，一溜儿跑到大山深处一条不知名的山沟沟里，钻进一个树洞，幸亏树洞不够大，它的屁股钻进去了，小尾巴却露在外面，恰巧让一个兵士看到。如若不然，真还寻它不出呢。"

"这这这……"梓雟目瞪口呆，"石牛也能自己走路？"

"咦？"张仪盯他一眼，"不能走路，哪能叫神牛呢？"

"要是这么说，"通国兴奋了，"我们不用费力拖运了，直接赶回家就成！"

"成是成，"张仪挤出个笑，"只有一点不妥，这些神牛得终南山日月精气滋养，分别为终南山各路山神看管，让它们在此山闲耍，它们自是高兴。大王却旨令它们前往巴、蜀应差，它们就不乐意了。不乐意又不能抗旨，它们就消极抗拒，是以你们仍需绳捆索绑，用强力拖去，昼夜还得守牢点，不听话就用鞭子抽，否则，它们是一步也不肯走的。"

"那……"通国问道，"为何母牛不逃，只有公牛逃呢？"

"唉，"张仪轻叹一声，"说到这个，就有点张不开口了。"又压低声音，"不瞒二位，在我们山里，一头公牛一般是配两头母牛，顶多配三头，你们要的是四头母牛，它有点发怵呢。"

"咦？"梓雟纳闷了，"照理说，母牛多，它该高兴才是。在我们巴国，随便哪个巴子，女人越多越高兴，最少的也有几十个呢！"

"殿下厉害。"张仪朝他竖下拇指，"只是，巴子是巴子，神牛是神牛。母牛之精来自上天月华，公牛之精来自上天日华，日月精华相合才能便出金子。月有圆缺，日有阴晴。终南山水汽旺，若是遇上连日阴雨，日华就会赶不上，公牛就会耗用原精。原精损耗过多，公牛就会肾虚，肾是能量之源，肾若过虚，公牛就会吃不消。再说，公牛在我们山里数量少，珍稀，连山神也宠着它们，舍不得责罚，所以这头公牛才敢撒野。母牛数量多，不受人贵重，不听话就遭鞭打，没胆逃呀！”

张仪生拉胡扯，二位殿下却觉得合情合理，深信不疑。

“二位殿下，”张仪现出笑脸，表情轻松，拱手，“大王赠送你们的公牛好歹追回来了，本相也已祭过终南山山神，请求神灵严加看管，想必不会再出乱子。只是夜长梦多，本相还是请你们早点运走为妥。”

梓犨这也回到现实中，皱下眉头，拱手回礼：“大人有所不知，梓犨此来，非为运牛。”

“哦？”张仪佯作吃惊，“不为运牛，又为何事？”

梓犨看向通国，通国遂将巴、蜀情势略述一遍，泣泪：“相国大人，开明王起举国五丁，征我苴地，已克我数道关垒，逼近苴都土费了。楚人分兵两路夹攻巴国的江水要冲涪陵，涪陵眼见失守。涪陵若是失守，江州必定不保，江州若是保不住，阆中危矣……大人，眼下军情危急，神牛暂先搁一搁，君父祈请贵国发大兵救援，务求大人帮忙！”

“哦？”张仪又做惊愕状，沉思良久，略皱眉头，摇头，“不是本相指责，殿下也太过分了。前几年，殿下一见神牛，就张口讨要。大王允准神牛，你们却又搁下来，改要借兵。前不久，六国合兵打到我家门口，我们刚把六国赶走，三军尚未休整过来，殿下这……”说到这儿，又是一番摇头。

六国合兵攻秦、为秦所退之事，天下广传，苴侯、巴王自也知晓。张仪提及此事，等于是自夸。通国偏没听出，只以为张仪是推诿，“噗”地跪下。

梓犨见通国下跪，也忙跪了，两个殿下连连叩首。

“不可，不可，殿下不可呀！”张仪慢腾腾地起身，将二人扶起，长叹一声，“唉，二位殿下这般殷切，实让本相为难。不瞒二位，本相只是国相，出兵征战做不得主。”说着，一手挽住一人胳膊，“走吧，本相所能做的，也就是与两位殿下觐见大王，求大王恩准，没准儿能够借到千儿八百强兵锐卒呢！”

“千儿八百？”通国急了，定住步子，“相国大人，这一点儿哪儿能成？楚兵就不说了，单是蜀兵就有十多万，这这这……”

“哦？”张仪盯住他问，“殿下欲借多少？难道要上万不成？”

“上万也不够啊！”

“若是上万，”张仪略顿一下，走回席位，一屁股坐下，“本相就得好好合计了。”说着扳指头起算，一边算，一边自语，“兵马借出去是要打仗的，打仗是要死人的，大秦兵士只为保家卫国而死，让他们为毫不相干的外人去打仗，去卖命，这这这……这个账怎么算呢？”

“相国大人不用算了，”通国急不可待，“君父承诺，只要贵国助我们击退开明王，君父就以全部汉中地相赠！”

“哦？”张仪佯作惊喜，“这个有点儿意思。”盯住通国，“不过，我们的兵士一到战场上可就没准儿了。听说开明王是你家君父的嫡亲兄长，万一碰到伤到他，怎么办呢？”

“伤到他？”通国恨得牙根痒痒，“这个篡位昏王，你们最好把他杀了！想当初，先王本要传位给君父葭萌，不想被他夺去，将君父贬到土费，封为苴侯。君父和我做梦都想回到成都，那儿才是我们的故土。”

“呵呵呵呵，”张仪嘘出一口气，笑道，“有殿下此话，本相心中有数了。若是本相助你们父子夺回故土，殿下又能以何相赠呢？”

“大人想要什么？”

“苴地。”

通国咬会儿牙，拳头一捏：“只要得到蜀地，在下一定说服父君，以苴地相赠。”

“呵呵呵，成交了。”张仪扭头看向梓犨，“巴子呢？此来何求？”

“恳请贵国助我们击溃楚人！”梓犨朗声应道。

“楚人不经打，击溃他们倒是不难，只是，你家父王总不能让我们白帮忙吧？”

“大人想要什么？”

“听说巴盐不错，咸阳人都爱吃呢。”

巴地最贵重的就是盐泉，对张仪此言，梓犨早有所料，抱拳应道：“父王有诺，如果贵国助我们击溃楚人，巴国愿以一眼盐泉相赠。”

“盐泉？”张仪佯作不知，连连摇头，“我只要盐，要泉何用？”

“那……”梓犨略顿一下，“大人想要何物？”

“就要盐。”

“多少？”梓犨心里一揪。

“够吃就成。”

够吃不是一个确数，明看不多，实则是个无底洞。梓犨深晓此理，眉头拧紧，良久，抬头：“多也好，少也好，大人总该有个数目才是。”

张仪叫进小顺儿，问道："顺儿，算算，咸阳城里每年要吃多少盐？"

小顺儿掰指头算一会儿："回禀主公，少说也得三五十担。"

"才这么一点儿？"张仪皱下眉头，显然嫌他算少了。

"主公有所不知，"小顺儿凑上一步，"巴盐不是粟米，一星点儿就够一家人吃一天呢，咸阳总共不过十几万人，四五万户，用不了多少。"

"晓得了。"张仪挥退小顺儿，转对梓犛，"每年五十担，可否？"

"好好好，"梓犛见他费尽周折，竟然只讨这么一小点儿，觉得占了大便宜，便嘘出一口长气，拍胸脯道，"五十担，全部包在梓犛身上！"

"谢巴子了，"张仪朝巴子笑笑，伸出拳头，用力紧握一下，表示成交，又起身整下衣襟，对二人拱手，"二位殿下在此稍等，本相这就进宫，求请大王出兵。"

按照苴使所述，蜀军已经攻破数道关垒，逼近苴都土费。如果不出所料，土费此时或已遭到蜀人围攻。万一土费被破，蜀道让蜀兵控制，几年心血就算白费了。

军情火急，刻不容缓。秦王当廷颁诏，拜张仪为主将，司马错为副将，魏章为先锋，甘茂坐镇汉中接济粮草，起锐卒五万，往驰苴地。

因是征伐蛮地，生死相搏，香女放心不下，死缠从军。按照秦律，出兵征伐，若无大王特旨，随军将士不可私带家眷。张仪以此军律阻她，香女二话不说，洗掉脂粉，脱去红装，下巴上粘一小撮胡子，束发披甲，英姿飒爽地站在张仪面前。一是拗不过她，二是考虑到征伐南蛮，香女或能派上用场，张仪摇头苦笑一声，只好顺她所请，安排她为贴身侍卫。

三军中知晓此情的只有司马错一人。

秦以国相为将，以国尉副之，起精兵锐卒往救，太子通国、巴子梓犛皆是感激，精神抖擞地率领部属先行探路。

虽说早有谋划，但毕竟是出山之后首次统兵出征，张仪不敢马虎，一边紧急赶路，一边周密思考谋巴、蜀的各种方略。

伐蜀锐卒司马错早已选好，移营至汉中附近山地。

张仪诸人驰至汉中，驱动三军踏上蜀道。蜀道虽为新修，但许多地方仍是难行。秦国锐卒五万，在蜀道上施展不开，前后拖拉近百里，远远望去，就如一条长蛇蜿蜒迂回于盘山凌空的栈道上。而身后的粮草、医护及其他运输队伍不下三万，加上牛马辎重，几乎把通往汉中的蜀道占满了。

一踏上蜀道，这条长蛇就再无退路，只有勇往直前，一头拱进川里。

蛇头是骁将都尉墨麾下的八千锐卒，被编为左军，由先锋将军魏章统领。紧跟八千锐卒的是三万中军，张仪、司马错并行在中军队伍的最前面。将军陈庄则引一万二千右军殿后。

幸运的是，这些日天气晴好，大军晓行夜宿，一路行进顺利。

前锋顺利通过天门，进入苴国的核心腹地。

张仪诸人登上天门之巅，遥望宽阔流急的潜水如一条玉带在山峦间迂回南下，总算舒出一口长气。

从天门下来，蜀道沿潜水东岸蜿蜒南下，直通苴都土费。此处蜀道，一边是江，一边是山，山与水时开时合，移步换景，尽现大自然之壮美，秦人无不看得呆了。

沿潜水南下，再走百余里即是苴都土费城。

魏章精神抖擞，正引部下加速前进，猛见一行苴人迎头跑来。这些苴人大多身上带伤，其中一人已走不动路，被两个壮汉左右架着。

被架的不是别个，正是通国，双腿皆有箭伤，一腿伤在腿肚上，另一腿伤在脚踝上，其中腿肚上的箭直入腿骨，箭虽拔出，但伤得实在太重了。

见到秦军，通国涕泪交流，向魏章诉说前方火急军情：开明王芦子引五丁十万，经过多日血战，已将苴国都城土费攻陷，完全控制两道水口，苴侯葭萌仅率千余人退至土费城外，据险死守两日，苴侯负伤，生命垂危，无奈之下，于前几日乘筏沿潜水南下，逃往巴都阆中。一大群蜀人渡过潜水，正向此地开发，刚好遇到他们。通国等寡不敌众，先一步赶回禀报军情，余下苴人则由梓犛率领，沿途设防，节节堵截。

魏章吃一大惊。

土费已失。如果蜀军完全控制潜水东岸，在狭隘处设下关垒，布下滚石，进可攻，退可守，秦人就会被卡死在潜水上游的狭长谷道里，就如水牛掉井，有力也用不上了。

军情火急，魏章来不及多想，让参将陪通国太子守候张仪，自己则与都尉墨急引八千锐卒风驰电掣般迎向蜀人。

不消多时，前面隐隐传来厮杀声。

魏章拔出宝剑，朝众军士挥道：“将士们，建功立业，为国争光，杀呀！”说毕率先冲上前去。

秦人个个奋勇，紧跟于后，朝喊杀声冲去。

挡在秦人前面的是老相傅柏灌之子，蜀国第一员战将柏青。

控制两道水口之后，柏青奉老相傅之命率五千军士渡过潜水，一路追杀败退的苴人，沿东岸山道向北直扑，欲抢夺天门，在天门设置关垒，将秦人卡死在通往褒汉谷地的漫长栈道上。不料他们走没多远，狭路相逢由秦国返回的殿下通国和巴子梓犨。双方激战，通国负伤。梓犨让通国回报军情，自己亲率部众，凭借山险，节节阻敌。

就在梓犨不支时，魏章引兵杀到。

双方人马在一块稍稍开阔的地方摆开阵势。

此处南宽北窄，远看像根条带，一边是高山峭壁，一边是滚滚潜水，南边最宽处约三十来丈，北边最窄处仅两丈有余。

蜀人已先机占据最宽处，密密麻麻地排出近千人，有执刀剑，有执矛戟，有执弓箭，无不袒胸露肩，杀气腾腾，但阵形散乱，毫无章法。

将军柏青居于阵中核心位置。

都尉墨观望一时，朗声命令："布矩阵！"

秦卒列成一个矩阵。

由于地形所限，每排勉强可站六人，前后共站十几排，左右排开，也将他们这边的场地排了个密密麻麻。

望着秦人的矩阵，柏青紧张地判断形势。显然，就人数而言，蜀人占据优势。蜀兵已完全展开，而秦人却被紧紧压在狭窄的江边空地上，能够使上力的不过是这个矩阵最前面的几排，双方可投入战斗的人员几乎为十比一。如果冲垮这个矩阵，他们就完全可以把秦人压回去，甚至压到江里去。

柏青正在思索如何冲垮矩阵，秦人的战鼓已经擂响。

随着鼓点，秦兵矩阵一步一步地向蜀人的阵势移动。步伐与鼓点一致，不急不缓，整齐划一，威力无比。

这些蜀兵从未与秦人交过手，此时见秦兵个个盔甲护身，武器精良，尤其是前三排，左手持盾牌，右手竖举长枪，一步一步地稳稳走来，既新鲜，又震撼。

方才还有少许自信的柏青在秦人稳定如山的矩阵面前，心里渐渐发毛，耳边响起陈轸的声音："秦师厉害不厉害，交战之后将军就会明白。"

果不其然。战尚未交，秦人所显示出来的霸气，就足以撼人心魄了。

秦人鼓点一刻不停地有节奏地擂响，秦人矩阵随着鼓点一步一步地向前逼近。眼见秦人已步入箭程，柏青不再犹豫，依常规喝令放箭。

蜀人箭矢如雨，但蜀人之箭多是铜矢竹身，质轻，虽能射远，却失力道。秦人方阵迅速挺起盾牌，箭矢落在盾牌上，就如冰雹打在雨帽上，叮叮当当作响，大多有惊无险，即使射中，也穿不透结实的盔甲。秦人保持方阵，持盾牌冒箭雨前进，“嘭嘭嘭嘭”，整齐划一的脚步声随着鼓点震耳欲聋。

蜀人见箭矢阻敌不住，无不惊愕。

眼见秦人越逼越近，只有半箭之地，柏青扬剑，传令：“击鼓鸣号！”

蜀人号角齐鸣，战鼓擂响。

早已蓄势待发的蜀人呐声喊，各执兵械，依仗数量优势，排山倒海般涌向秦阵。

蜀人击鼓，秦人止鼓，矩阵停步。前三排持枪的秦兵突然蹲下，盾牌护身，长枪置地，第四排兵士弯弓搭箭，“嗖嗖”射去，射完立即蹲下，第五排发射，之后是第六排、第七排，待第八排射完，第四排站起再射。秦人五排弓箭手如波浪般前后起伏，箭矢不断。蜀兵一无重甲护身，二在冲锋状态，三是距离太近，四是秦人之箭皆为铜矢铁身，蜀人盾牌几乎不起作用。几轮箭矢下来，冲在前面的蜀兵大多倒地。好不容易冲到跟前的，未及挥剑，秦军前三排兵士猛然跃起，第一排各挺一丈有余的长枪向前捅去。长枪击中敌身，未及拔出，第二排枪手已越过第一排，然后是第三排越过第二排，各自冲刺，错落有致，根本不给蜀人任何还手机会。蜀人多持短兵器，个别使有长兵器的，在长度上也无法与秦人的长枪相比，往往是未及近身，就已被捅，惨叫声不绝于耳，不消一刻，秦军阵前蜀尸横陈，而秦人这边，只有数人受伤，皆不影响战力。

这是一场在技能、装备、素养、训练诸方面皆不对等的交战，秦人几乎是在屠杀。尝到苦果的蜀人无不震惊，纷纷后撤。

柏青阻止不住，鸣金撤退。

然而，在这时宽时狭的山道上，一旦撤退，后果就是灾难性的，何况此时的蜀人在心理上已经崩溃，在宽处无不争先恐后，到窄处却自己把路堵死，彼此践踏，秦兵也早散开队形，自由追杀。可怜五千蜀兵，除去部分逃入山林的，大多或跳水，或乞降，或成为秦人的枪下之鬼。

这场遭遇战，从秦人擂鼓开始到战斗结束，前后不过三个时辰，秦人完胜，基本控制了潜水以东的狭隘山地。

身上多处负伤的柏青在百多死士的掩护下，依仗熟悉地形，一路逃到渡口，看到几只渡船仍在，迅速撑离，急急划向江心。

就在柏青与秦人在潜水东岸对阵时，老相傅柏灌、太子修鱼、陈轸、庄胜四人刚好站在潜水与白龙水交合处的山坡上观望地势。

放眼望去，苴都土费真是形胜之地。白龙水从西侧流向东北，在那里汇入潜水，二水相交，从东侧南下，在南侧再度西拐，于十几里处拐向正南，形成一个方约几十里的大大的“几”字。土费城就坐落在这个“几”字的最顶端，三面环水，背后是山，山上是关，堪称铜墙铁壁。此番蜀人来袭，就吃了很大苦头，尽管动用五倍于敌的兵力，最终攻克土费，但苴侯仍能利用地势之便，率残部退入身后关垒，据险死守两日。

面对这般形胜地势，即使不懂军事的陈轸也乐得合不拢口，交口称赞。

“呵呵呵，”老相傅捋把长长的胡须，“不瞒特使，与天门相比，此处之险不值一提。天门刚好卡在苴人新辟的苴汉通道上，依山就势，一夫当关，万夫莫开。我已吩咐柏青引五千丁壮，前往彼处筑关设垒。柏青只要卡死天门，秦人即使插翅，想必也难飞进。”

“好好好，”陈轸竖起拇指，“不过，老相傅也不可低估秦人之力，我们仍要在此严密布防，万一天门失守，也好有个应对。”

“特使放心，老朽自有安排。”

老相傅话音落处，土费城中号角响起，不一时，几个宫人气喘吁吁地跑来，为首之人禀道：“相傅大人，殿下，快，大王要出战，求请上仙快回！”

“出战？”几人互望一眼，皆吃一惊，匆匆跟在宫人后面，赶回苴城。

果不其然，苴城广场上，众多兵丁正在集结，开明王全身披挂，手执长戟，正在队伍前面来回踱步，巡检他的军队。

“大王，这这这……”老太傅指点队伍，语不成声。

“快快快，”开明王没有睬他，情绪亢奋，只对陈轸叫道，“上仙呀，方才寡人看到爱妃了！”

“看到王妃了？”几人面面相觑。

“她向寡人呼救，要寡人快去救她，说是那怪……”开明王顿住话头，声音哽咽，将戟尖朝地上猛捌。

柏灌看向陈轸。

“那怪怎么了？”陈轸不动声色，缓缓问道。

“那怪等不及了，今晚就要与爱妃结亲，要寡人速去救她！上仙快讲，那怪的宫殿位于何处？眼下已是后半晌，再晚可就迟了！”

“是呢。”陈轸看看天色，“敢问大王，可是在梦中看到王妃的？”

“不不不！”开明王急切回道，“寡人是亲眼看到的。寡人拿出那画，像往日一样审视爱妃，看没多时，猛然觉得那画略略有些异样，正自惊愕，爱妃的嘴巴竟然动了，她……她在向寡人求救呢！”说着，急不可待地看向宫外，“前面就是白龙水，上仙快带寡人前去！”

显然，开明王痴火攻心了。

“大王勿忧，”陈轸闭目有顷，安抚他道，“那怪不过是吓唬一下孔雀王妃，因为他眼下连命也顾不上呢，哪能顾得上成亲？”

“命都顾不上？”

“大王请看，”陈轸指向眼前兵士，“大王十万大兵压境，他的盟友苴侯惨败，水怪大势已去，料定敌不过大王，这正四处搬请救兵呢！”

“搬请救兵？”开明王急问，“他可曾搬到？”

“搬到了。”

“救兵何在？”

“就在那边，”陈轸遥指东北方向，“秦人！”

话音落处，潜水东岸隐隐传来厮杀声和惨叫声。

众人皆惊。

开明王二话不说，掂起长戟，飞奔出宫，朝喊杀方向冲去。众人紧跟蜀王，赶到岸边，远远望见潜水对岸，蜀兵正在飞逃，秦兵正在追杀，场面惨不忍睹。

几艘渡船由对面渡口破浪而来，在岸边泊靠。

柏青满身血污，脚步踉跄，赶到跟前，扑通跪地，大叫一声：“大王……”便昏厥于地。

秦人初战完胜。

潜水东岸，白龙水、潜水的相合处，有一块几里见方的开阔地，原是苴人的庄稼地，此时尽被秦人毁作营地了。从这里一眼望去，二水相交，激荡南流，茫茫一片碧绿清流将对岸状如龟头的半岛紧紧环护，而苴都土费就在这个半岛的形势最险胜处。

秦师的中军大帐就设在这块开阔地的核心位置。

入夜，中军帐里灯火通明，一片喜气。一张硕大几案上摊着这一带的山水形势图，主将张仪端坐于几案后面，两眼眯缝，两耳竖起，似在斜视那图，似凝眉苦思，又似在倾听什么。

图画得并不规则，是受伤后的苴国太子通国强忍剧疼临时描出的。

几案对面是司马错和魏章，显然，二人也在看图思考。

大帐外面，几个将领凑在一堆，正在热烈议论白日之战。都尉墨讲到激昂处，声情并茂，将蜀人如何不经打，如何亡命，如何求饶，他们如何像狼群驱赶羔羊般追猎蜀人，又如何如切菜瓜般砍掉蜀人脑袋，割下蜀人耳朵等，娓娓道来，引出阵阵狂笑和声声赞扬，气氛高涨。

张仪微微皱眉，轻轻咳嗽一声，目光看向帐外，朝司马错努下嘴，点头示意。

司马错会意，起身走到帐外，扬手招呼："将军们，主将有请！"

众将尽皆入帐，依席坐下。

所有目光看向张仪。

"诸位将军，"张仪扫众将一眼，沉声说道，"今日首战，魏章将军、都尉墨等先锋将士功不可没，当记首功。然而，庆功之余，在下还请大家思考一事：我们此来，是为了杀人，还是为了征蜀？"

征伐与杀人，二者同为一体，并不是可选项。张仪此言一出，众将无不错愕，即使司马错也是不解。

"诸位将军，请回答。"张仪再问。

"征蜀！"众将迟疑一时，错落应道。

"正是！"张仪点头，"我们是来征蜀的，不是来杀人的。当然，征伐必要杀人。但诸位试想，如果我们把蜀人全都杀光了，还要这个蜀地何用？"

这个"如果"并不完全成立，众将无不惶惑。

"诸位将军，"张仪循循善诱，"大争之世，没有国界。既无国界，何来秦蜀之分？这么说吧，与我们对阵的，今日是蜀人，明日就是秦人了。"目光看向都尉墨，"墨将军，秦人去杀秦人，值得夸耀吗？"

都尉墨脸色涨红，犟嘴："可……他们不是秦人，他们是蜀人，是拿着兵器的蜀人，我们不杀他们，他们就会杀我们！"

"是的，"张仪顺着他的话茬子，"我们不杀他们，他们就会杀我们。然而，"话锋一转，声音严厉，"本将在巡视战场时，看到的却是，不少蜀人是跪着死的！将军们，蜀人已经跪下了，蜀人的兵器已经放下了，但他们仍然被杀了！"

都尉墨的嘴巴张了几下，又合上了。

"诸位将军，"张仪声音沉重，"本将晓得他们为什么被杀。为什么呢？因为我们的将士们只想割去他们的一只耳朵。"

场面死一样地静。

"将军们，"张仪的声音越发沉重，"不是本将不让你们立功，不让你们杀人，是本将不想你们滥杀无辜。诸位有所不知，蜀制不同于秦制，这些蜀人并不是兵，他们只是五丁。什么叫五丁？五丁就是金丁、木丁、土丁、水丁和工丁，说白了，就是各行各业的苍头百姓。他们平素各操其业，只有战时才集结成伍，成为兵丁，随从蜀王征伐。他们有许多不懂厮杀，这就是你们看到的他们服色各异、不堪一击的真实原因。”

经张仪这么一解释，都尉墨高昂的头颅才垂下去，众将也都纷纷低头，没人再吱一声。

“诸位将军，”张仪紧紧揪住这个话题，语气陡然激昂，“你们可曾想过，蜀有大兵十万，山河之险，我有蜀道之难，补给之艰，然而，在下仅带你们麾下五万军卒，走天路，犯绝地，侵大国，征远国，孤军无援，后退无路，凭仗什么呢？凭仗诸位善于作战吗？凭仗诸位敢于杀人吗？不，在下凭仗的，压根儿就不是你们，是蜀人！是蜀地的民心！因为在下早已探知，蜀王痴情劳民，蜀吏骄奢淫逸，蜀民怨声载道，却又敢怒而不敢言哪！”

张仪讲出这一席话，众将听得脸上火辣辣的，却又无不信服。

“将军们，”张仪放缓语调，“我们征蜀，首在服蜀；服蜀，首在服民；服民，首在服心；服心，首在少杀人，多为蜀民着想。是以，本将宣布三条军令。”

众将慑服，昂首听令。

“其一，两军对垒，以势压之，逼其降；其二，凡降者不杀，妥善安置；其三，抗拒者死，妇孺老弱除外。”

“敬受命！”众将异口同声。

“还有，”张仪朗声又道，“军功奖励法也作适当修改，修改有三：其一，获二耳，作一耳记功；其二，获一俘，作二耳记功；其三，擒杀领主，倍之，王子公孙，五倍，蜀相，十倍，太子或蜀王，二十倍，其他奖惩不变！注意，本修改仅适用于蜀，不适用于楚。与楚战，仍循旧制。”

“敬受命！”众将无不欢喜，声音更响了。

“诸位将军，”传完军令，张仪总算完全放松，露出笑容，“本将召请大家，宣读几条军令倒在其次，谋议下步方略才是真章。诸位皆知，本将不通行伍，不谙军事，此番征伐，蒙王恩受命，内中却是忐忑，实在指望诸位。”指向地图，“情势已经摆在这里，敬请诸位各出奇谋，克敌制胜！”

众将面面相觑。

“苴地形胜，诸位于白日也都看到了，”张仪指向地图上的一道蓝线，

"从这里一直到那里，我们被这条潜水隔开。潜水水深流急，不可涉渡。另外，据苴人所讲，蜀王此番伐苴，号称征用五丁十万，实则不足八万，其中五千已经溃散，尚有六万集结于此，主要分布在这里，"在土费城周边，沿水画个大圈，"另有一万余人，分散在这条线上。"指向苴都土费至剑阁的曲折线条，"这是由蜀地通往苴地的唯一山道，堪称陆路。"又指向另外两条相交的蓝带，"这是白龙水，这是潜水，沿白龙水经潜水可直插此处，就是这个'几'字的入口处，堪称水路，蜀人正是由此绕过苴人的陆路防守，成功袭击苴人的。"看向众人，"诸位议议，我们如何出击方为上策？"

"末将以为，"司马错率先说道，"鉴于蜀人战力不强，我可大胆结扎木排，由此顺水渡过潜水，控制此处水洲，再以此洲为跳板，正面强攻，直取对岸滩头，一举击溃蜀人。"

众将皆曰上策，只有魏章没有反应，似是仍在沉思。

"魏将军？"张仪看向他。

"回禀主将，"魏章拱手，"若是与敌正面交锋，虽可取胜，却也有两不妥：一是造成大量杀伤，有违主将初衷；二是不为完胜，蜀人可以从容退去，沿途组织抵抗，反会使我被动。"

众将皆是一震，因为这个魏章，竟然连国尉的方案也敢否定。

"将军可有高谋？"张仪倾身向前，显然赞许了。

"末将以为，"魏章起身走到图前，取笔沿潜水下游，在土费南部几十里处向西画出一线，在"几"字形的底端停住，"我可由此处渡过潜水，沿此线插入此处，截断蜀人水陆两条通道。而后，主将可晓谕蜀人以大势，再由正面组织进攻。前有大兵相逼，后路又被截断，蜀人自乱。我再对蜀人喊话，蜀人或可不战而降。"

魏章的想法极是大胆，众将无不看向他。

在多数秦将眼里，魏章仍旧是个草包将军，此番被秦王破格拜为先锋，不少将领颇不服气，尤其是都尉墨，更是往低处瞧他。这也难怪，作为先锋的左军锐卒是都尉墨一手带出来的，轮到出征时，秦王却空降给他一个上司，自己只能屈居副将，更让他对魏章多出一份私怨。

"魏将军，"都尉墨半是揶揄，"这条线一星点儿也不打弯，是将军随手画出来的呢，还是哪路神仙鬼斧神工开辟出来的山道呢？"

众将皆笑起来。

"诸位将军，"魏章看他一眼，朝众人逐一拱手，"作为先锋，在下有几句话，借此机会顺便倾吐。常言道，人有脸，树有皮。在下更名魏章，是想告诉世人，昔日那个魏国公子，昔日那个成事不足、败事有余的大魏草包将军公子印，正式死了。”

见魏章较真了，众将皆敛住笑，面面相觑。

“在下一向自命不凡，以杀戮为乐，”魏章侃侃接道，“然而，近年遇到几人，无不让在下自惭形秽。这几人，一是庞涓，一是苏秦，再一就是张将军。”朝张仪拱手，“张将军方才所言，震撼吾心，堪称天底下真正的将军。不瞒诸位，此番出征，在下请缨，只想做普通一卒冲锋陷阵，岂料大王降恩，封赏在下为先锋将军。在下于诸位面前盟誓，在下无意求功，只欲求死于沙场，一是回报王恩，二是为昔日正名，请诸位将军督察。至于方才那条线路，断非在下随手所画。在下愿立军令状，引领敢死之士一千，沿此线堵截蜀人归路！”

显然，魏章如此肯定此路，且愿领兵前去，并敢立下军令状，一定是成竹在胸了。自到此处，迄今不足半天辰光，而在如此之短的时间内，魏章竟然探明一条出奇制胜之路，又该多么上心。秦军诸将听毕，既震惊，又感动，无不朝魏章点头致敬。即使都尉墨，也朝魏章拱手一笑，表示道歉。

而这正是张仪希望看到的效果。

其实，说得更确切点，这是张仪事先对魏章面授的机宜。身为魏人降将，魏章引领秦兵，秦将不服已是必然。至于这条秘道，则是苴国太子通国私底下透露给张仪的，虽然绕弯，却可走人，当地猎手和采药人无不晓得。对此奇兵方略，张仪早已成竹在胸，不过是将此功劳有意送给魏章，好使他立威于军，建功于秦。

见众将皆被魏章慑服，张仪顺势发出几道令牌：一令魏章、都尉墨引军五千，秘密运动至潜水下方，带足旌旗及锣鼓号角等鸣响之物，由苴人为向导，在七日之内插入指定地点，截断蜀人水陆归程，布疑兵惑敌；二令将军张若引三千军士，组织船只，护送巴子梓犨顺潜水直下，前往巴都阆中，助巴王守御；三令司马错引军两万，砍伐木材扎成木排横渡潜水，抢占白龙水北岸滩头，夺占两个水心岛，取得上水优势和制敌先机，从而威慑蜀人。其余各部，依旧屯扎于潜水东岸，静观变化，往来接应。

第 089 章 | 行诈术秦人灭巴 救父兄烈女行刺

五千蜀兵在潜水东岸一触即溃、遭秦人一路追杀的惨烈场景，被一水之隔的蜀人看个真切，恐惧情绪就如瘟疫般在蜀人中间蔓延。

天黑时分，柏青悠悠醒转，将这场可怕的遭遇战由头至尾细述一遍，听得太子修鱼背脊骨阴森森的，看向相傅，声音发颤："老爱卿呀，秦人如此厉害，这该如何是好？"

"唉，"老相傅沉吟良久，叹道，"是老朽之错矣。悔不该与苴人在这土费城里纠缠，耽搁整整两日辰光。若是一到此处，就去先机抢占天门，在彼处筑垒，设下一道防线，局势就断不至此了。"

"这这这，"见老相傅应出此话，修鱼脸色变了，"如若不然，我们就与秦人议和吧。"

"殿下想得未免天真了。"陈轸半是讥讽道，"秦人兴师动众，出大兵数万，跋涉数千里，绝不只是议和来的。"

"那……"修鱼打个惊战，"他们要做什么？"

"想吞吃殿下的国土。"

"给他们呀！"修鱼略略一想，修正道，"把苴地送给他们！"

"苴地已经是他们的了。"

"给他们一半蜀地，如何？"

陈轸苦笑一声，摇头。

"我我我……"修鱼急了，"我们只留下成都，其余都给他们，如何？"

"唉，"望着这样的太子，陈轸摇摇头，又是一声苦笑，"殿下呀，这是生死存亡，不是小贩之间讨价还价呀！记得此前在下说过，蜀国膏腴之地，秦人觊觎久矣。秦人处心积虑地诱使苴人打通山路，目的只有一个，就是吞并巴、蜀。巴地暂且不提，单这蜀地，它们是属于大王、属于殿下的，数百年来，蜀人只知尽忠于大王，尽忠于殿下。殿下呀，即使你们把所有蜀地拱手相送，秦人能让大王和殿下苟活于世吗？”

陈轸所言句句在理，显然不是恫吓。

修鱼脸色惨白，浑身打战，陡然间，扑通跪地，朝老柏灌连连磕头，涕泪交流：“老爱卿，你……你你你……你快去求求父王，修鱼不做太子了，修鱼……修鱼不想死呀，老爱卿……”

大敌当前，太子却是这般表现，丢尽了蜀人的颜面。老相傅全身打战，哆嗦的手指戳向修鱼：“你……你……”

老相傅一口气噎住，憋得脸色涨紫，幸亏庄胜跑过来又捶又拍，方才缓过。

陈轸递过一杯水，老相傅喝一口，喘几下粗气，转对外面，沉声：“来人！”

二汉走进。

老相傅朝着仍旧跪在地上的修鱼努嘴：“殿下龙体不适，送寝宫安歇。”

二汉不由分说，一边一个，架起修鱼就朝门外走去。

修鱼没有挣扎，但送回来的声音却是凄惨：“老爱卿呀，修鱼求求你了，修鱼不要当太子，修鱼不想死啊！”

修鱼的声音渐去渐远。

老相傅朝陈轸苦笑一声，老泪纵横。

“相傅大人，”陈轸拱手谢罪，“是晚生讲错话，吓到殿下了。晚生……”

厅中死一般沉静。

不知过有多久，老相傅伸手抹去眼泪，陡然抬头，冲陈轸道：“特使大人，什么话也不必说了。”略略一顿，老拳头用力一捏，表情刚毅，字字铿锵，“这片土地是开明先王留下来的，断不容许在老朽手中赠予他人！”

“老相傅呀，”听闻此言，陈轸既感动，又忧心，“大王是那样，殿下是这样，柏将军这又伤重在身，您老这……”

“这是命啊！”老相傅仰天长叹一声，接上话茬子，“陈先生，你这也全看到了，是天要亡蜀，天要亡蜀啊！”说着，用力站起，摇几下头，拖着沉重的步子，颤巍巍地扬长而去。

望着老相傅渐渐远去的背影，庄胜凑到陈轸跟前，悄声问道：“陈大人，事已至此，我们该怎么办？”

“唉，”陈轸长叹一声，也站起身，“还能怎么办呢？快去备船，再备几套苴人服饰，随时候用！还有，将军最好马上派人前往成都，接尊夫人与令妹速离蜀地，如果你不想让她们陪欢秦人的话。”

“谢先生关照！”庄胜深鞠一躬，匆匆去了。

翌日午时，一阵雄壮的号角声刺破天空，蜀人各执兵械，纷纷集结在白龙水沿岸的滩头上，一排排，一行行，远远望去，黑压压的就如一窝窝蚂蚁。

成千上万的蚂蚁渐渐簇拥向一处高台。

高台是奉老相傅之命临时搭建起来的。高台两侧，几十名乐手敲打各式器乐，几十个巫人伴随巫乐，大跳巫舞。

台上，横着一道幕布。台下，几十名将军，也就是千夫长以上级别的各地领主、五丁首领，各持兵械，昂首挺立，如一根根竖起的木桩。

一曲跳完，巫乐戛然而止，巫人有序退开。

场上气氛凝重，无数道目光盯向高台上的那道幕布。

幕布缓缓拉开。

开明王芦子一身戎装，手持长戟，昂首挺胸，站在台子正中。开明王左侧站着老相傅，也一身戎装，手持长枪。右侧站着将军柏青。

开明王精神亢奋，一身杀气。老相傅白须飘飘，二目如电，浩气贯空。柏青头上、身上几处裹伤，血水渗出，但面色刚毅，气态沉定。

看到开明王，全场蜀人群起雀跃，顿足齐呼：“开明王！开明王！开明王……”

老相傅摆手，呼声顿住。

“勇士们，”开明王跨前一步，将长戟重重戳在台上，一字一顿，“白龙水怪阴结葭萌，葭萌阴结秦人，二贼合谋欺侮本王孔雀爱妃。就在昨夜，爱妃又一次泣血求救，本王决定，自今日起，与白龙水怪决一死战！勇士们，有不惧死者，这就跟从寡人，冲锋陷阵，扫平秦人，活擒水怪！”

开明王话音刚落，柏青即以枪顿地，振臂高呼：“勇士们，追随大王，冲锋陷阵，扫平秦人，活擒水怪！”

众勇士皆以兵械戳地，手舞足蹈：“追随大王，冲锋陷阵，扫平秦人，活擒水怪！”

场地上，巨大的声浪震耳欲聋。

开明王豪气贯空，两手持戟，气昂昂地步下台阶，杀向他的战场。

老相傅示意，柏青摆手，与几名兵士护佑在开明王身后，跟下台阶。台下，几十名持戟兵士早已恭候，一齐跟在开明王身后，各自做足姿势，山呼口号，雄赳赳，气昂昂，沿大道渐渐走远。

显然，这是老相傅精心安排的开场白。站在台下的陈轸微微点头，目不转睛地看向台面，看老相傅这出独角戏如何唱下去。

柏青再次返回台面，站在父亲身边。他的伤势不在要害，歇过一夜，这也能够挺住了。

“勇士们，”老相傅将手中长枪递给柏青，朗声说道，“白龙水怪阴结苴侯，苴侯阴结秦人，欺侮孔雀王妃，是可忍，孰不可忍。方才，大王明旨，与秦人决战，营救王妃！”

众将皆不作声。场面死一样地静。

“勇士们，”老相傅语气缓慢，几乎是一个字一个字说出的，“白龙水怪欲霸的只是王妃一人，秦人欲霸的，却是我开明山水。据老朽所知，秦人谎称有神牛屙金，诱惑苴人拓辟山道，目的只有一个，就是利用此道，灭绝我们蜀人，霸占我们的田地，欺侮我们的妻女，永世骑在我们蜀人头上。勇士们，老朽老矣，你们都还年轻。老朽不乐意！老朽誓死不答应！老朽这来问问你们，答应，还是不答应？”

“不答应！”台下群情激昂，异口同声。

“勇士们，”老相傅再次摆手，“昨日一战，我方受挫，五千勇士为国捐躯。据柏青将军及其他亲历者所言，秦人毫无人性，凶残至极，我们的勇士见势不敌，有不少人放下兵械，然而，仍旧被他们斩杀了。这且不说，勇士们，凶残的秦人还把我们勇士的耳朵割下来，挂在枪杆上！”

场上一片死寂，所有面孔都在扭曲，一股巨大的悲愤和压抑似在空气中凝结。

“勇士们，”老相傅捏紧拳头，声音高亢，“秦人凶残，是魔鬼，是比水怪还要可恶的魔鬼！但我们不怕他们，因为他们同我们一样，也是血肉之躯，他们也会死。昨日之战，秦人胜在装备上。他们有盔甲，他们的枪比我们的长，他们的箭比我们的重，他们的人比我们的多。然而，秦人不是没有短处。秦人有三不利：一、不得地利；二、孤军袭远；三、人地生疏。不得地利，我可据险以抗，以檑木滚石砸死他们。孤军袭远，粮草就会不继。我们只要坚持抗拒，相信在三个月内，秦人必会撤军。人地生疏，秦人是孤军作战。秦人的盟友苴人已经败散，而我开明王，却有楚人支援。楚人十万大军，正在进攻巴人，相信不过一月，就会赶到此地，与秦人决战！”

全场再次雀跃，呼声雷动。

昨日兵败的悲观愁云似乎在刹那间消散，蜀人的卫国斗志也似乎完全被老相傅的慷慨陈词激励起来了。

接后一个时辰，老相傅连发令牌，布置三道防线：第一道，由他与开明王亲率兵士四万，利用潜水、白龙水天险，拒秦人于苴都土费；第二道，由将军渠首引军一万，沿白龙水纵深分散布防，在险要处设关筑垒，往来接应；第三道，由殿下修鱼、将军柏青引军两万，沿清水一线驻防，在剑门设置关垒，确保运输通畅。

众勇士倍感鼓舞，各自受命而去。

在如此不利的情势下，老相傅竟于短短两个时辰内完全扭转士气，将杂乱无章的蜀国五丁合理分派，有序调动至关键岗位，足见功力。

深谙军事的庄胜看得眼花缭乱，大是赞叹。

“庄将军，”陈轸却道，“船只备好没？”

“备好了，在苴宫下方的潜水渡口处。”

“你夫人她们，安排接应否？”

“安排了。”

“既然一切妥当，我们这就乘船走吧。”陈轸看看天，率先走向渡口。

“陈大人，”庄胜紧追几步，“是否看看局势再说，晚走几日未尝不可。我看老相傅安排得挺周全的，想必秦人……”

“晚走几日？”陈轸顿住步子，看向秦人方向，冷冷一笑，拍拍他的肩膀，“庄将军不会喜欢被人五花大绑地接受审讯吧？即使庄将军喜欢，在下也不想在此地看到秦人，尤其是张仪那厮。”

“应该不会吧？”庄胜大是不解，半是自语，半是求问，“我看蜀人斗志昂扬呢。近八万大军，又有山水之险，秦人……”再次顿住，只将两眼盯住陈轸。

“我这告诉你吧！”陈轸一字一顿，“你只看到台上，却没看到台下。你只看到台前那些锦衣玉食、有权有势的领主，却没看到远处那些褐衣草履、窃窃私语的五丁。他们的口号，是喊给领主听的，他们的雀跃，是跳给领主看的。”

“大人何以晓得？”

“因为就在这几日里，”陈轸指着远处那些跟在领主后面分别流散的五丁，“我与那些人谈过，也问过他们。他们皆有父老妻子，皆有糊口营生，然而，上至开明王，下至各地领主，没有人顾念他们。一个眼中只有死妃、没有活民的国王，能指望他的臣民们为他卖命吗？”

庄胜愕然。

一切未出陈轸所料。

就在陈轸、庄胜等人扮作苴人乘舟沿潜水溜走后的第三日，秦人从潜水上游乘木筏漂下，一举抢占白龙水北岸，夺得两个水洲。水洲上的蜀人，在秦人攻来并做出不杀的承诺时，没作抵抗，纷纷扔下兵械，跪地投降。

又过两日，不知多少秦人如鬼魅一般陡然出现在剑门一线修筑关垒的蜀人身后，大“几”字底端一时狼烟四起，鼓角齐鸣，到处可见秦人的旗帜，可听到秦人的喊杀声，已被老相傅安排到最后方的殿下修鱼吓得屁滚尿流，不顾一切地落荒而逃。众蜀人见殿下跑了，自也一哄而散。

柏青此刻正在清水河岸视察地势，安排从员择地筑垒，待听到声响急急回援时，已是迟了，他们所修的壁垒全被秦人所占，后路被断，根本攻不过去。柏青无奈，只好引众沿清水河谷退回白龙水，向老相傅求援。

剑门一线是通往蜀中的最近也几乎是唯一的退路。得知退路被断，前线蜀人尽皆惊慌，不战自乱。秦人擂鼓呐喊，兵分几路进攻，苴人也乘机以蜀话劝降。逃无可逃，抗无可抗，蜀人，甚至包括许多领主，再也顾不上老相傅之言，纷纷扔下兵械求饶。

眼见大势已去，老相傅急与柏青保护开明王沿白龙水撤退。

“柏将军，快看，秦人在那儿！”开明王却不肯走，看到远处如蚁般涌来的秦人，兴奋地舞动长戟，扭头反冲回去。

柏青拦他不住，正自急切，老相傅赶上，指着白龙水上游方向对开明王道：“大王不可与这些虾兵蟹将纠缠，王妃正在前面受难，我们得快去寻那水怪，搭救王妃才是！”

听到“王妃”二字，开明王两眼发红，回转身冲向前去。

经此折腾，有苴人看到了开明王的衣冠，高声喊叫，引领秦人急追而来。

老相傅、柏青等沿白龙水南岸一路向西狂奔，走有三十多里，意外再次发生。开明王看到前面有处飞瀑，飞瀑下面有个深潭，情景与画中略似，眼前出现幻觉，大喝一声：“水怪休走，还我爱妃来！”说着，不顾一切地跃下河岸，舞动长戟，冲向水潭。

一切发生得过于陡然。待柏青等追下去时，开明王已经整个跃入潭中，众人眼睁睁地看着他们的大王在水中沉落，随激流翻转。那潭足有几丈深，潭水清澈见底，他们可以清楚地看到他们的大王在水中不停地舞动长戟，直至不再动弹。待水性好的兵士跳下深潭将人救出时，开明王已经没有呼吸。

一代痴王芦子就这么死在对孔雀王妃的一片痴情里。

老相傅跌坐在石上，望着开明王，老泪横流。

老相傅在开明王的尸体前面缓缓跪下。

所有蜀人尽皆跪下。

“青儿！”听到追杀声渐近，老相傅猛地醒转，急对柏青叫道。

柏青涕泣：“父亲？”

“为父老了，走不动了，就在此处守护大王。秦兵就要赶来了，你速带勇士们离开，务必抢在秦人前面赶回成都，寻到殿下，带他逃往西山。只要殿下在，人心就不归秦。人心不归秦，蜀地就永远是蜀人的！”

“父亲……”柏青伏在老相傅身上，痛哭失声。

“快——走——”老相傅一把推开他，声嘶力竭。

柏青朝老相傅和开明王又拜几拜，含泪引众飞奔而去。见他们走远，秦人这也迫近了，老相傅长叹一声，缓缓拔出宝剑，眼睛一闭，横剑自裁。

柏青一行又沿白龙水上行数十里，沿另外一条河谷南转，绕个大弯，于半月之后方才转出山地，朝成都方向疾走。

及至彭州，柏青远远望见前面一群秦人正在围住蜀人厮杀，遂冲过去解救。秦人见他们人多，掉头反走。柏青近前，见被一群蜀人舍命护在核心的正是太子修鱼，他人已软瘫。

柏青大喜，使人背起太子，向离此最近的西北山林逃去。

不幸的是，柏青他们一路奔波十数日，大多疲惫不堪，加之柏青有伤在身，更是力不能支。一行人你搀我扶，跌跌撞撞地逃有二十多里，至白鹿山时，大队秦人已追踪而至。

柏青见无处可逃，只好引众上山，据地势四面守定。

秦人赶至，将这座孤山团团围困。

白鹿山虽然叫山，实则是个荒丘，山上既无贮粮，也无人家。

秦人劝降，柏青宁死不降，苦守两天，于第三日夜间兵分三路溃围。柏青保护修鱼没走多远，又遭秦人围困。柏青背负早已瘫软的修鱼拒不归降，遭秦人射杀。

绵延三百余年的大蜀开明王朝，由望帝鳖灵开局，历任九帝，至开明尚王时降格为王，又历三世，至第十二世芦子承统，不思进取，因情误国，在白龙水潭里与他的孔雀王妃相会去了。老相傅柏灌对开明王朝抱有的最后一丝期望，也在其子柏青、太子修鱼双双被秦人乱箭穿身之后化为乌有。

此后数月，蜀人群龙无首，完全慑服于秦人的枪矛之下。

然而，随着时间迁移，蜀人惊讶地发现，秦人并非虎狼。非但不是虎狼，秦人反而比开明王朝更"关心"他们，既没有骚扰他们的妻女，也没有劫掠他们的财物。这且不说，秦人还四处张贴告示，永久解散五丁，免除蜀人十年赋役，只将成都王宫及豪门望族家的嫔妃、公主、宫女及各地逃亡或战死贵族家的妻女、婢女等统一配发军营，作为战利品奖赏。

到第四个月，秦人运回客死于巴都阆中的开明王王弟、苴侯葭萌的遗体及开明王芦子、太子修鱼等遗骨，依王礼安葬于开明王陵。老相傅、柏青等蜀人公族遗骨，亦得善待。与此同时，苴侯太子通国作为新朝蜀王，在王宫登基。

从通国以降，蜀人渐渐感恩秦人，那些躲在密林里的蜀国贵族，也陆续回家。

除去协防巴都阆中的三千秦卒之外，从进入成都到新王登基的长达五个月里，张仪一直在蜀地忙活，完全把巴人忘却了。秦军也是，即使陈兵在蜀、巴交界之地，也是眼睁睁地看着楚人攻杀巴人而无动于衷。

一切似乎是，秦人出兵，想得到的无非只是苴地和蜀地，至于巴地，则完全放任楚人了。

楚人大喜过望，庄乔更是准确地把握了这个绝佳机会，在连克涪陵、江州之后，迅速挥师北上，经过三个月激战，再克垫江，彻底敲开巴都南门，将巴人紧紧压缩在都城阆中附近方圆不足百里的狭隘区间。三个嫡亲巴子中，长子运掩在涪陵战死，次子菟裘在江州挂伤，只有三子梓犨生龙活虎，毫发无损。

眼见巴国不保，巴王大急，三次遣梓犨赴成都秦兵大营求救，张仪每次都待之以礼，承诺发兵，待梓犨兴致勃勃地赶回阆中坐等时，却又迟迟望不到救兵的影子。

巴王气得吐血，跺脚大骂秦人不守信用，梓犨却陡然开窍，小声应道："父王，儿臣琢磨，秦人迟迟不发救兵，别不是因为其他原因吧？"

巴王怔道："快讲，什么原因？"

“记得在咸阳时，通国求救，张仪向他讨要好处，通国先是赠以褒汉谷地，继而以全部苴地相赠。张仪甚喜，求请秦王，果然就马上发兵了。这不，通国以苴地归秦，秦也践诺，将通国扶为蜀王！”

“咦，我们不是也赠他精盐了吗？”巴王不解地问。

“才五十担，于我们就像是拔根毛。”

“是每年五十担，这是很大的负担哪！”

“是呀，再大，也不过是盐，不是盐泉。”

“你不是也送他盐泉了吗？”

“那时他不懂，这辰光也许后悔了呢。”

“这……”巴王陷入沉思，良久，抬头，“盐泉不行。我们眼下只有两眼盐泉了，其他都在楚人手里。没有盐泉，我们的后人吃什么，用什么，你想过没？”

“我也没说要送他盐泉呀！”梓犨嗫嚅。

“那……你这说说，我们还有什么可以赠他？”

“反正……楚人若是打过来，啥也没了，干脆……就送给他国土好了，反正都是荒山野岭。如果秦人助我赶走楚人，我们就与他划水而治！”

“划哪条水？”

“就以潜水、阆中为准。潜水以西，阆中以北，归秦；潜水以东，阆中以南，归我们。”

巴王陷入沉思。

不知过有多久，巴王抬起头：“没有阆中，父王何以安身？”

“回江州呀！”梓犨脱口而出，“我们的条件是，秦人必须把楚人赶走。”

“赶到哪里？”

“赶出涪陵。”

“若是能把楚人赶出涪陵，”巴王沉思良久，一捏拳头，“为父就依你所言。你可拿上地图，将这般好处讲给张仪，看他是何话说。”

巴子梓犨领受王命，兴冲冲地再赴成都，急不可待地求见张仪，将巴国属地的样图摊开，沿阆中南侧东西画出一条线，又沿潜水南北画出一条线，将两线以北、以西的土地一边指给秦。

不料张仪并未如他所预料的那般当场表态出兵，只是收下地图，说是感谢巴王慷慨赠地，但秦国的土地不是属于他张仪的，而是属于秦王，他只能依据程式表奏秦王，只要秦王同意，他即出兵。

如果报奏秦王，至少尚需一月时光，而在一个月之内，什么都可能发生。梓犨大急，却也无可奈何，灵机一动，赶往蜀宫觐见蜀王通国。通国先是闪烁其词，后被梓犨逼得急了，只好透出信息，说是楚王早于几日前也派来特使，这辰光就在馆驿住着。

“这这这……”梓犨大惊失色，“张大人见过那特使否？”

“应该没有。”通国应道，“昨日我使人打听此事，说那特使自来成都，迄今没有出过馆门，也没听说张大人去那个馆驿。”

梓犨二话不说，当即跑出蜀宫，疾驰秦军大营，再欲求见张仪，却被军士拦在帐外，说是张将军不在，外出视察去了。梓犨晓得张仪不愿见他，急得团团打转，末了，又驰回蜀宫，恳求通国：“你与张大人熟，面子大些，务必通融一下，我必须尽快见到张大人！”

见天色已晚，通国安排他在宫中住下，承诺次日陪他求见张仪。

梓犨略松一口气，就在宫中歇了。

在驿馆里闭门不出的楚王特使不是别人，正是陈轸。

真所谓冤家路窄。于陈轸而言，此番出使当是他有生以来所受命的最苦差事了，然而，令尹举荐，楚王亲旨，只要他想继续留守楚国，也就无可推托。

陪他前来的依旧是庄胜。

经过前番使命，庄胜对陈轸佩服得五体投地了。

一连闭门数日，陈轸于次日晨起，驱车径来秦军大营，求见张仪。

陈轸赶到时，蜀王通国和巴子梓犨已先一步抵达，正在帐外恭候。观二人焦急之态，似乎求见并不顺利。

陈轸大步走过去，走到二人跟前时，眼也不瞟，径打前面走过，直至帐外，掏出名帖，以楚王特使名义，请求照会秦国主将。

有顷，一人走出帐门。

让陈轸喜出望外的是，来人不是别个，竟是魏章。

魏章走到陈轸跟前，长揖：“楚国特使，秦国主将有请！”

陈轸以外交使节身份回过一礼，在魏章的陪护下，在巴子、梓犨的惊恐注目下，昂首阔步走进秦国中军大帐。

张仪端坐主位，见他进来，屁股动也没动，面上却作惊讶，转对身边的司马错道：“咦，这不是陈上卿吗？一家人哪，怎么说是楚王特使呢？”

“张将军、司马将军，”陈轸近前，揖道，“楚王特使陈轸有礼了。”

“慢慢慢，”张仪故意抓耳挠腮，“在下这脑袋不好使了。上卿别不是没睡醒吧，如果在下没有记错，上卿应该是秦王特使才是！”

“张将军没有记错，”陈轸沉声应道，“一年之前，陈轸是秦国特使，奉秦王之命使楚。一个月之前，陈轸是楚国特使，奉楚王之命使秦。”

“好好好，”张仪慢腾腾地鼓几下掌，“特使真是大忙人哪。不过，若是论起名分来，”倾身向前，故作神秘，“据在下所知，陈特使恐怕这还漏掉一个呢！”

“敢问其详。”

“数月之前，女几山有个叫崆峒子的上仙，说是与特使大人有点儿貌似。”

见张仪一口点出这个绝密，陈轸着实吃惊不小，身子略略一晃，勉强稳住。上次陈轸使蜀，根本没有对外声张，知晓此情的几人，开明王、柏灌、柏青等，全都死了。再就是庄胜夫妇，可他们……

“呵呵呵，”不及陈轸细想，张仪只管把此事往死里砸，“在下也是道听途说，仅此而已，不定冤枉了陈特使呢。特使是何等样人，这装神弄鬼之事，哪能做得出来呢？”

“确有此事。”陈轸再无退路，坦然承认。

“哦？”张仪大张两目，盯视陈轸足足一息辰光，方才收住目光，连拍几下脑袋，不无揶揄，“啧啧啧，真还是在下看走眼了，陈上卿原来不是凡品啊！”说着，动作夸张地站起身子，“凡人张仪不知上仙驾临，失敬，失敬。”礼让席位，“上仙请坐！”

陈轸长叹一声，在席位上坐下，正襟闭目。

“上仙请用天水。”张仪亲手端起一杯清水，放在陈轸几案前，回身坐下，倾身说道，“听闻上仙不仅为开明王芦子寻到爱妃，还激励开明王引领大军十万征伐其胞弟苴侯葭萌，大战白龙水怪，真正令人振奋呢！在下虽为俗人，却生性好奇，愿听上仙细述此事。”

“这些都是过去的事，”陈轸拱手，“陈轸健忘，记不起了，还请张将军宽谅。”

“呵呵呵，”张仪拱手回过一礼，“好好好，上仙既然健忘，在下就候上仙忆起时再听不迟。上仙此来，可有要事？”

“张将军，”陈轸再次拱手，“陈轸此来，是奉楚王旨令，与张将军商榷巴国之事！”

“哦？”张仪倾身向前，故作不知，“巴国怎么了？”

"巴、楚为边界、盐泉诸事，世代争执。"陈轸一口外交辞令，"就在不久之前，巴人趁蜀、苴起争，再度打劫，不仅沿江水寻衅滋事，且还扬言犯郢，楚王震怒，旨令将军庄乔出兵教训巴人。今蜀、苴之争已了，楚王使在下与将军商榷一个可行方案，好使川中早一日息事宁人，回归秩序。"

"敢问特使，"张仪不再打哈哈，直入主题，"楚王既欲商榷，想必已有预案，在下愿闻其详。"

"巴人原籍巴山，"陈轸从袖中掏出巴国详图，摆在几案上，在图上画个大圈，"就是这片山地。至于这川中巴地，原为荆人所有，只是在近百年内才被巴人强夺。楚王之意是，所有巴人徙回原籍，巴人在巴山以西、江水以南之地，由秦、楚分界治理！"

"敢问界分何处？"

"将军请看，"陈轸取过朱笔，在图上画出几条弯弯曲曲的红线，"江水以北，以巴水为界，巴水以西，归秦。江水以南，以江州为界，江州以东，包括江州、江水沿线三十里方圆，归楚！"

"在下代秦王谢楚王美意。"张仪凝眉沉思有顷，抱拳说道，"只是，疆土之事，既为王侯所有，就非臣属所能决断。此案既为楚王所提，秦王也当认可才是。敬请特使少安毋躁，在下这就使斥候将楚王美意，连同此图，转奏秦王，俟有旨意，在下立即知会特使，如何？"

"谢张将军。"陈轸将图双手呈上，起身拱手，"将军百忙，在下就不打扰了。"

"恭送特使。"张仪起身，回过礼，示意魏章。

魏章礼送陈轸出帐。

听到陈轸走远，张仪转对司马错笑道："在下这出戏说完了，下一出该由将军来。"说毕，将地图顺手递过，"此图正好让巴国那个火暴子看看！"又转对参将，"有请蜀王，有请巴子！"

在参将出去请人时，张仪起身，见帐中并无他人，只有一身卫士服的香女站在旁侧侍奉茶水，遂唤她过来，冷不丁出手，一把揽紧她的蛮腰，嘻嘻笑道："此地要完了，侍卫大人，这请侍奉本将榻上耍去！"

香女挣脱开，斜睨一下正在望着他们呵呵直乐的司马错一眼，一脸羞红，嗔怪他道："瞧你，没个场合，没个辰光，没个正经，哪里像个三军主将？"

"哈哈哈，那就不做三军主将了，在下只做你这一军主将！"话音落处，张仪再次将她揽起，拥她隐向旁侧的暗门。

接后一月，就在陈轸依张仪之约守在成都恭候秦王旨意时，一万秦军却在魏章统领下，悄无声息地兵出葭萌，乘筏沿潜水漂至阆中，会合此前援巴的张若部三千秦卒及巴子梓犨精选的三千巴国勇士，改走陆路，昼伏夜行，向东直插，横渡巴水，穿越三道南北向的山脉，沿一条人迹罕至的南北峡谷直插涪陵，在一个月黑风高之夜，向楚军营地发动猛攻。

先期楚军加上后期陆续赶至的援军，楚军在巴总兵员已逾六万，但大部分屯守于江州、垫江等新开拓的巴地，此时已成为楚人大后方的涪陵，仅有守军一万左右，因有守护粮草辎重任务，战力更是降低。战斗从黎明前开始，至太阳一竿高时基本结束，秦人共斩首二千余，俘获近万，楚人囤积于此的大量辎重，也于一日之间，成为秦人囊中之物。

涪陵东西控扼江水,向南控扼乌江,堪为楚人出入的咽喉要地和库房基地。涪陵失陷，楚军慌乱。在江州中军大帐指挥攻巴的主将庄乔闻报大惊，刚要组织反攻，又有战报传来，早已屯防于蜀、巴边界一线的各路秦军，皆于一夜之间越过蜀界，有条不紊地逼向楚军营垒，摆开决战阵势。

真正要命的却是巴人。

巴子梓犨以巴水、江州之西土地全部赠予秦人为条件，换取秦人出兵，帮他们赶走楚人，夺回盐泉。协议达成后，秦人终于出兵，巴人大受鼓舞，巴王迅速纠集两万名勇士，亲引大军沿潜水顺流而下，向楚军水师疯狂进攻。

楚人数面受敌，后路被断，庄乔无奈，只好下令撤退。

秦军在陆路追堵，巴人沿水路骚扰，楚人已失战心，溃不成军，争相亡命，先弃垫江，后弃江州，前后不足一月，深入巴地的六万大军折损逾五成，辎重丢失殆尽。

巴人在前，一路追击溃散楚人，秦人在后，四处收拾城邑关卡。

得到秦势的巴人为收回失地，勇猛异常，穷追猛打，追至涪陵后又分两路，一路沿江水东进，将楚人赶至鱼复，一路沿乌江南进，将楚人赶回黔中，一鼓作气收复三处盐泉。

一则楚人渐渐扎稳阵脚，二则巴王许是觉得够了，旨令收兵。

巴国勇士凯旋，张仪在江州的秦军大营里设宴，邀请巴王及诸巴子，包括各部族酋长、领主等三百余人欢庆胜利。庆功宴上，与宴巴人载歌载舞，张仪更是陪同巴王及诸巴子频频举杯，开怀畅饮。

所有巴人酩酊大醉，待翌日酒醒，尽皆傻眼，因为他们已被悉数投入早已备好的监牢里，手脚皆被铸死，更有秦人重兵巡防。

与此同时，在各地军营屯扎的凯旋勇士，也在一觉醒来之后，在“大秦恩师”的强弓劲弩威逼下，缴械者生，违抗者死。

一场令天下列国叹为观止的五国闹川大联奏，从陈轸入蜀始，到张仪在酒中下蒙汗药将巴王、巴子等领主贵胄囚禁于重兵看护的监牢之日止，历时仅十个月即曲终人散，秦军以折兵不足一万的微薄代价，成为巴、蜀新主。

成都蜀王宫，宫门外昂首挺立两排荷戟秦卒。

宫门旁边约几丈处悬挂一个招用宫女的告示牌。蜀宫原来的宫人，除太监之外，几乎所有宫女都随嫔妃等被统一发配到秦军的兵营里劳军去了，新朝王宫急需宫女。

两个粗布蜀女恳求进门。得知是来应征宫务杂役的，秦尉问过姓氏住址，见二人应对无误，脸上布满斑垢，腿脚倒是利索，一看就是打杂役的，也就没加怀疑，随口招来杂役坊太监，让他领入。

太监将二女引入杂役坊，正欲安排杂务，为首女子交给他一物，悄语几句。太监惊愕，拿进去禀报蜀王，不一时，内宰出迎，将二女导入后宫。

“阿哥！”为首女子一见通国就扑过去，伏他肩上放声长哭。

“你是……”通国吓一大跳，推开她，盯住她问。

“我是涪鸾呀，阿哥！”女子又哭起来。

“涪鸾？”通国将她又审一时，一脸狐疑，“这身衣装？还有这脸？”

叫涪鸾的女子向旁边宫人讨要一盆清水，二女洗过，眨眼间变作两个美貌女子，涪鸾一双泪汪汪的大眼死死地盯在通国身上。

“涪鸾，果真是你！”通国这才认出她来，不无激动地一把揽住她，拿出太监交给他的一只黄金打造的鸾鸟饰物，“见到此物，我一直在纳闷儿呢！快告诉我，出什么事了，涪鸾？父王他们呢？”

涪鸾是巴王嫡女，巴子梓犨的胞妹，巴王与苴侯多年前就为她与通国定下亲事了，那只金鸾是她年仅十岁时通国送给她的定情信物，一直挂她胸前。另一女子是巴子梓犨的宠妃，名叫竹叶，武功极高，能用竹叶杀人。

听到“父王”二字，涪鸾再放悲声，呜呜咽咽，将江州近日发生之事细述一遍。原来，巴男征战楚人，巴女不让须眉，姑嫂二人跟从巴王、巴子远征，深入乌江后，她们姑嫂奉巴王谕令，前往伏牛山联络巴人，接收盐泉，在返回途中惊闻秦人发难的消息，悲恸之余，痛定思痛，扮作丑妇星夜逃往蜀地，听说蜀宫在招用宫女，遂赶来应聘。

通国听完，全身僵硬，脸上不见一丝血色。

“大……大王？”内宰吓傻了。

“苍天哪！”通国回过神来，一屁股跌坐于地，受伤后没好利索的左腿瑟瑟发抖，见涪鸾的两道目光直盯住他，打个寒战，“涪鸾，你……你和嫂夫人怎么办呢？他……他们……”指门外，“要是晓得……”

“通国阿哥，”涪鸾晓得他害怕的是什么，摆手打断他，淡淡说道，“涪鸾不是给你添麻烦来的。涪鸾来，是归还金鸾的。巴国没了，涪鸾不再是巴国公主了，从今往后，你我之间，只有兄妹情分，再没有婚约约束。”

“这……”

“通国阿哥，”涪鸾又道，“我和阿嫂一时没个去处，想在阿哥宫里暂住几日，给口饭吃，俟有去处，定不多扰。恳请阿哥看在多年兄妹的情分上，予以恩准。”

“我……”

“我们就做普通宫女，打扫庭除，浣洗女红，歌舞器乐，涪鸾和阿嫂什么都情愿做，即使不会，我们也会用心学，敬请阿哥放心。”

见通国仍旧迟疑，内宰不忍心了，在一旁抹泪：“大王呀，留下她们吧。眼下知晓此事的就我们几人，不对外讲出也就是了！”

“好吧。”通国咬下牙关，重重点头，“你安排去。”

内宰引二人沐浴过后，换作寻常宫女衣饰，安排在前殿伺候茶点。

待内宰走开，附近再无他人，竹叶压住声音，悄声问道：“阿妹，你说，我们这……能成吗？”

“阿嫂，”涪鸾从腰间拔出一柄袖珍短剑，拔剑出鞘，以手拭锋，“父王、阿哥他们的生死，完全系于你我二人了！”

“要是……”竹叶轻问，“那畜生不来此地呢？”

“他一定来！”涪鸾的声音几乎是从牙缝里挤出，“巴国没了，下一个就是蜀国！这个背信弃义的畜生是断不会让通国顺顺当当做个蜀王的！”

“我们这……不是害了通国吗？”

“害死他活该！”涪鸾恨道，“若无此人，我们就不会落到这步境地！”

在涪鸾、竹叶姑嫂潜伏蜀宫后不到一周，张仪不期而至。

一切未出公主涪鸾所料，张仪是来向蜀王摊牌的。秦王是王，已经沦为秦国属国的蜀王也是王，显然不合秦王之意。可话说回来，自秦人入蜀，通国积极配合，通国的王位，也是张仪承诺并奉旨拥立的。而今蜀地刚定，就废人家的王位，于情于理张仪都开不了口。

然而，政治容不得婆婆妈妈，尤其是治蜀。张仪决定先造一个势，再“点到即止”，让通国“感悟”，自降身价。

为达到造势效果，张仪几乎没给通国准备时间，只在将到王宫时，使先锋将军都尉墨入宫“禀报”。与此同时，随从都尉墨的数十甲士步伐整齐地踏入王宫大门，将蜀宫正殿里里外外搜索一遍，之后退出殿门，五步一卒，锃亮的枪戟在宽阔的宫院里竖起一条长长的通道。突如其来的肃杀气场吓得宫人腿不敢移，气不敢喘，战战兢兢地挤在旁侧的偏殿里。

自于涪鸾口中得知巴国之事后，通国食不甘味，夜不安寝，身边又无高人谋划，正自没有主张，张仪到了，且又闹出这般阵势。情急之下，通国愈发慌乱，发不及梳，饰不及佩，便跌跌撞撞地出门迎接，匆忙中王冠落下也未顾及，幸亏胖内宰眼疾手快，将一顶冠饰提在手中，气喘吁吁地追到宫门处，才在秦人的枪戟丛中用指尖为他理顺乱发，佩以冠饰。

主仆二人刚刚理好，远处就传来更大的喧嚣。

无须再问，是张仪驾到。

通国匀平气息，挺直身体，在胖内宰的搀扶下迈出宫门，走下台阶，面朝由远而近的张仪车马哈腰长揖。

前有仪仗开道，后有护卫簇拥，张仪夫妇的驷马甲车直驱宫门。

相距约三十步远近，张仪喝叫停车，从车上跳下，亲手放置乘石，扶下早已换作一身红装的香女，夫妇二人趋行至通国前面，伏地叩道：“秦臣张仪并夫人觐见蜀王！”

通国这也缓过神来，急趋近前，扶起张仪：“相国快快请起！相国大礼，叫通国如何承受得起！”见香女也一同站起，朝她深深一揖，“通国见过相国夫人！”

香女拱手回礼，给他一笑。

“大王，此地风寒，敬请宫中说话。”张仪反宾为主。

“相国先请。”通国闪到一侧，毕恭毕敬地伸手礼让。

张仪跨前携住通国之手，并肩踏上台阶，步入宫门。香女又对胖内宰笑笑，与他一道跟随于后。都尉墨一脸严肃地手握剑柄，走在最后。

出来时只顾慌张，没顾上害怕，这辰光返回，身边走着笑里藏刀的大秦相国，身后跟着杀人不眨眼的都尉墨，两侧是寒森森的枪刀剑戟，通国不由额头汗出，腿肚子打战，步伐慢下，几乎是一步一挪。

张仪瞄见，觉得势也造得差不多了，在行将踏上正殿台阶时，顿住步子，松开通国的手，转对都尉墨，语带双关："墨将军，蜀王既为我王册封，蜀地就是秦地，蜀宫就是秦宫，蜀王与我就是一家人，大可不必这般兴师动众。"

"末将得令！"都尉墨应过，朝众甲士挥手，所有秦卒有条不紊地撤到宫门外面。

"呵呵呵，"望着一下子空荡下来的偌大宫院，张仪转对通国笑出几声，拱手，"出征在外，在下为三军主将，墨将军这也是例行秦人军律，大王莫要在意。"

"通国不敢！"通国亦忙还过一礼，伸手礼让，"相国大人，请！"

二人步入正殿，分宾主坐下。

胖内宰站在通国身后，香女坐在张仪下首。

看到通国脸上仍旧惶恐，张仪指着面前几案，半开玩笑，半缓和气氛："几案空空荡荡，大王总该不会这般待客吧？"

"上……上茶！"通国嗫嚅道。

事出仓促，加之秦人清场，殿里没留一个宫人。胖内宰欲召人来，又怕不妥，欲亲手斟茶，却连茶水茶具放在何处也不晓得，只得四顾张望。

张仪瞧出他的尴尬，笑笑，朝外努嘴。

胖内宰会意，走出去，正在四顾寻人，廊道里闪出涪鸾和竹叶，一个端着茶具，盘中还放着各色茶点，一个提着炭盆和水壶，显然早在恭候，炭火已经烧得很旺了。

胖内宰看出端倪，压低声，急切道："公主，你俩……"又环顾四周，见并无秦人，方才缓出一口气，将二人扯到背处。

涪鸾腾不开手，只弯腰施礼："老阿公，听闻有贵宾光临，就让我俩侍奉茶点吧！"

"公主呀，"胖内宰泪水流出，连连摆手，"万万使不得啊，这这这……你俩快快躲起，老奴另请人去。"

"阿公啊，"涪鸾声音柔软，二目放电，"那些宫人没有几个见过世面，全让秦人吓破胆了，哪能侍奉得起贵宾呢？再说，我和阿嫂本是茶人，这又熟悉宫廷礼仪，我们堂堂大蜀，总不能因为一杯茶水而让贵宾低瞧了，是不？"

"公主，你……"胖内宰的目光落在涪鸾腰间。

“阿公，”涪鸾忖出他已看破，泪水流出，扑通跪下，“涪鸾……代父王、阿哥，还有数不尽的巴人和蜀人，求你了……”

“唉，”胖内宰长叹一声，闭上眼睛，老泪流出，“使不得呀，孩子，事已至此，你们即使杀掉张相国，也是……”重重摇头。

“阿公，我们不想杀他！”竹叶急切说道。

“哦？”胖内宰盯住二人，目光质询，“你们既然不想杀他，这又做什么呢？”

涪鸾的语气颇为自信：“拿住那个不守信用的畜生，换回父王、阿哥和被他关押的巴子！”

胖内宰陷入沉思，良久，拭干泪水，扭过肥胖的躯体，头前走去。

涪鸾擦过泪水，与竹叶交换个眼神，紧随于后。

二女紧跟胖内宰款款步入，在旁侧一个空案上放下茶具，跪地见礼毕，便分头忙活起来。

见是涪鸾二人，通国吓坏了，脸色发白，转对胖内宰语不成声：“你……怎么是她俩？快让她们出去！”

“大王，”胖内宰早已淡定，半是解释，“方才清殿，宫女全跑散了，只有她俩在，老奴就……”

正在准备茶具的涪鸾迅即做出委屈状，泪水夺眶而出，拿衣襟擦拭。

“呵呵呵呵，”张仪不知端底，笑着打诨，“蜀地出美人，二位宫女是真正的大美人呢，蜀王别不是舍不得吧？”

“通国不敢！”见不好再说什么，通国只得哑起声音，转对涪鸾，“莫再哭了，快为贵宾上茶！”略略一顿，话里有话，“二位千万小心，烫伤贵客，大家可都吃罪不起！”

“呵呵呵，二位美人，莫怕你家大王，但有好茶，只管沏来！”张仪来了兴致，挽起袖子，故意摆出准备挨烫的架势。

涪鸾止啼，冲他嫣然一笑，见竹叶已把壶水烧开，朗声：“阿姐，起茶！”

姑嫂二人缓缓站起，一边沏茶，一边环绕几案，咿嘻唱对，手舞足蹈，俯仰拾趋，洗冲沏煮，将杯盏炉壶等一应茶器拨弄得叮当作响，将个寻常的沏茶过程生生变作一场茶艺表演，曼妙成趣。涪鸾、竹叶原本就是巴地的标致美人，这又操练数日，施出媚功，跳出巴山茶舞，莫说是张仪、香女，即使熟知二人的通国，也是看得傻了。

就在几人目不暇接、眼花缭乱之时，茶水已过两冲，最上口的第三冲沏毕斟好。在一如既往的优美舞蹈唱对中，涪鸾、竹叶各捧一盏玉杯，分别奉送于张仪、香女案前，在案上摆好，绽出一个媚笑，再舒身姿，再起舞蹈。

张仪显然被这场别致的异域风情震撼了，两手摸向茶盏，两眼依旧盯在二女身上。

眼见张仪端起茶盏，下意识地就要送入口中，香女陡然出声："慢！"

香女的声音急促有力，如同断喝。

二女显然被这声断喝吓一大跳，相视一眼，顿住手脚。

张仪打个惊怔，放下茶盏，狐疑地看向香女。

香女瞄一眼眼前茶盏，又瞄一眼二女，伸手摸过茶盏，略略一嗅，看向胖内宰："请饮此茶！"

胖内宰略作迟疑，淡淡一笑，伸手接过，眼睛眨也不眨，一饮而尽。

就在此时，涪鸾朝竹叶使个眼色。竹叶长袖舞动，身体翻转，大喝一声："着！"一枚暗器破空飞出，直取香女。

与此同时，涪鸾跃过几案，直扑张仪。

一切发生在眨眼之间。已有防备的香女看得真切，闪身躲过暗器，借力纵身，顺手拔出西施剑，凌空劈向竹叶。竹叶万未料到香女有此功夫，躲避不及，本能地伸手挡去，齐腕断掉，另一手再施暗器，未及出手，被香女复一剑刺中左胸，立时毙命。

待香女腾出手来去救张仪，却是迟了，尚未反应的张仪早被涪鸾从身后扯牢长发，将头后扳，一把利刃紧扼在他充分暴露的脖子上。

香女顿步，二目逼视涪鸾。

"放下剑吧，刀上带毒，沾血必死！"涪鸾的语气平静得出奇。

香女倒吸一口气，细看那刀，有顷，扔下西施剑，站于原地。

张仪的脖颈被涪鸾牢牢扼住，莫说是说话，即使出气也是艰难，只得仰脖坐地，任由摆布。

涪鸾瞄了一眼，见竹叶横尸，老宫宰中迷药歪向通国，通国则完全被吓呆了，身体发僵，眼珠子也是直的，任凭胖内宰的沉重躯体压在他的腿脚上，只有香女杏眼圆睁，眨也不眨地紧盯自己，周身处在战斗状态。

"退后一步！"涪鸾语气严厉，几乎是命令。

香女一动不动。

脚下是西施剑，再退她就手无寸铁了。

"我数三个数，"涪鸾加大扼脖力度，"一、二……"

张仪透不出气，憋得脸和脖子通红。

在涪鸾就要数到三时，香女退后一步。

“再退三步！”

香女又退三步，再后是大殿的门槛。

涪鸾松开张仪脖颈，刃尖不离其脖。

张仪接连深吸几口气，努力冷静下来，轻声说道：“敢问侠女，在下可以说话否？”

“你不是已经说了吗？”涪鸾冷冷应道。

“还想再说一句。”

“说吧！”

“在下仍旧活着，说明侠女并不想取在下性命。侠女既不谋命，却又这般扼住在下脖子，岂不是太累了？在下有条腰带，带扣就在背后，侠女何不解开将在下反绑起来呢？”

涪鸾略略一怔，觉得张仪讲得是，遂出手解开他的腰带。张仪主动将手伸到背后，交叉扣在一起，任由她缚牢。

“大王，夫人，”见她扎缚牢固，张仪方对通国、香女道，“冤有头，债有主，侠女既然是冲在下来的，就与你二人无碍，出去吧。”

通国这也缓过神了，忙将宫宰移开，连试几次，方站起来，难受得龇牙咧嘴，看样子，他的腿脚让胖内宰的庞大躯体压木了。

“阿哥，你不能走！”涪鸾几乎是命令。

听到这声“阿哥”，通国脸色瞬间白了，却又不敢不听吩咐，只得复坐下来。

香女又退一步，左脚跟顶在门槛上。

涪鸾看出她是想借力于门槛，以便跃身，冷冷一笑：“张夫人，你也想留在此地吗？”

香女看向张仪。

听到涪鸾叫通国的那声阿哥，张仪已是恍然有悟，闭目有顷，对香女道：“夫人，听侠女的，出去吧，这里没有你的事了。”

香女退出门槛，但并没有走开，只在槛外牢牢站定，两眼眯缝，始终不离涪鸾。

涪鸾瞄她一眼，看出已在安全线外，不再多究，走前几步，弯身捡起香女的宝剑，拭下剑锋，脱口赞道：“好剑哪！”

“侠女好眼力也，”张仪顺口夸她，“这是西施剑，本为吴王夫差赠予美后西施，后为越王无疆所得，转赐在下夫人了！”

涪鸾也不搭话，拿剑走到竹叶身边，缓缓跪下，将她仍在大睁的眼皮轻轻合上，喃声：“阿嫂，你一生嗜武，死于此剑之下，亦是值了！”

“唉！”张仪长叹一声。

“你叹什么？”涪鸾把西施剑摆放在竹叶怀里，缓缓站起，复回张仪身边，静静问道。

“为这位阿嫂而叹！”

“我的阿嫂无须你叹！”涪鸾的声音依旧淡淡的。

“在下张仪，敢问侠女尊姓大名？”

“你的仇敌，巴王嫡女涪鸾！”涪鸾转到他前面，手拭利刃。

“仇敌？”张仪故作惊愕，不解地扭头看她，“在下愚钝，敢问公主仇从何来？”

“仇从何来，你自己清楚！”涪鸾声音阴冷，几乎是一字一顿。

张仪盯住她的眼睛，良久，做出懵懂之状：“在下愚痴，还请公主详释！”

涪鸾嘴角撇出冷笑，利刃指向张仪：“死到临头，还想抵赖！”

“好吧，”张仪闭上眼睛，“在下不抵赖，在下只想求问公主，能否让在下死个明白？”

“我这问你，我的父王在哪儿？我的几位阿哥又在哪儿？”

张仪方才已从她的眼睛里读出什么，早有主意了，因而坦然许多，不无夸张地“咦”出一声：“这些日来，他们一直和在下在一起呀！”

“你……骗人！”涪鸾的刀刃再次逼近他的脖颈。

“唉，”张仪长叹一声，“公主呀，你让在下怎么解释才肯信呢？二十日前，巴王及诸巴子与在下在江州相聚，之后就去阆中，前几日又与在下一路赶奔蜀地！”

这是一个全新的信息，涪鸾眼睛大睁，愣怔有顷，显然不信，将刀子在他脖子上又紧一紧，低声喝道：“我不信！他们让你下了迷药，这辰光正被你押在江州大牢里呢！”

“他们被在下押在大牢，公主可是亲见？”

“这……”涪鸾语塞。

“唉，”张仪又是一声长叹，“公主呀，难道你一定要相信谣传、屈死我张仪吗？你的父王这辰光就在蜀地，难道公主……”顿住话头，夸张地摇头。

“你……”涪鸾大睁两眼，“此话当真？”

“在下身为大秦相国，堂堂七尺男儿，还能蒙骗你个弱女子不成？你的父王前几日与在下同车赴蜀，欲与蜀王商议巴、蜀边界划分，昨晚在下还与你的父王喝酒谈天来着。”

“那……父王何在？”

“嗨，也是凑巧，今晨我俩就要登车入宫时，忽闻一桩奇事，你父王定要去看，在下拗不过他，只好让国尉司马将军陪他去了。”

“是何奇事？”

“说是附近人家养头母豚，前日产下一怪，长鼻子，小眼睛，五条腿尽皆胳膊粗细，仅两日，块头竟比母豚还大，有人说是大象呢！”

涪鸾眼珠子连转几下：“有此奇事，你为何不去？”

“嘿，在下鼻子眼儿全不信！母豚生象，这不是瞎扯吗？再说，象也只有四条腿呀，天底下哪有五条腿的象？蜀人擅长瞎编，在下上过几次当了！”

想到父王生性好奇，涪鸾不由得信了，眼皮子眨巴几下：“梓犨阿哥呢？”

“原说要来的，临走时让你父王留在阆中，说是让他准备移都江州呢。”

“既是此说，你立马请出我父王！不见父王，我不会信你！”

“夫人，”张仪吩咐仍在门外的香女，“这辰光巴王想必看过稀奇了，你速去城外，有请巴王，莫提在下和公主，只说蜀王有请！”

香女应一声，正要走开，张仪又道：“关上殿门，免得有人打扰！还有，传令墨将军，在巴王驾到之前，任何人不得踏入宫门一步，违令者斩！”

香女听出话音，大大咧咧地跨进殿门，将两扇门拉上，虚虚掩起，就不慌不忙地走下台阶，扬长而去。

听到“嘚嘚嘚”的脚步声渐去渐远，张仪长舒一口气，看向涪鸾：“在下实不明白，公主何以认定巴王、巴子被在下害了呢？”

“巴人全是这么讲的！”涪鸾应道，语气远没有前些时肯定，“他们还说，你们秦人把巴人勇士全部射杀了！”

“这这这……”张仪苦笑一声，看向通国，“这些谣传大王信不？在下是应大王和巴王之邀出兵的。这般翻山越岭替人解围，做的全是赔本买卖，秦王初时死活不肯哪。后见大王苦苦相求，是在下于心不忍，这才说服我王，千里迢迢赶来救援解难，不想却又……”

“阿妹，”通国亦觉对不住人了，转向涪鸾，“想是谣传了，就阿哥所知，相国不是那样的人。”

涪鸾低下头去。

“公主，在下渴了，能赏口清水不？”张仪咂吧几下嘴唇，显然是真渴了。

涪鸾将壶里的水倒出一盏，递他口边。

“不会有毒吧？”张仪盯住涪鸾，故作狐疑道。

涪鸾白他一眼，喝一口，复递给他。

张仪似是再无顾忌，咕嘟几声一气喝下，开始大谈与通国、梓犨二人如何在咸阳相识，如何建立下兄弟般情谊，尤其是梓犨，为人如何爽直，如何讲义气，二人如何饮酒，酒后如何耍疯，如何谈天说地、彼此无疑，等等。

涪鸾听得感动，渐渐觉得是自己误信误解了。

“公主，”张仪似又想起一事，看向涪鸾，“听人说，公主与大王早有婚约，可有此事？”

听到“婚约”二字，涪鸾面色羞红，低下头去。

张仪转向通国：“大王，有这事没？”

“嗯嗯，”通国嗡出两声，声音很小，几乎是嘟囔，“那时我俩还小哩。”

“呵呵呵呵，”张仪迭声笑道，“在我们中原，这叫娃娃亲，所有姻亲中，娃娃亲最是难得，你俩这桩婚事，真正是天作之合呢。大王，你看这样如何，待巴王赶到，由在下出面张罗，为你俩做个见证，让这桩好事情有个圆满！”

见张仪大谈亲事，涪鸾羞涩难当，心中一直绷着的那根警弦砰然裂断。

“公主，再请一杯水喝！”张仪再次恳请。

涪鸾对他笑了一下，将刀放在几案上，为张仪倒完水，侍奉他喝完，又为通国斟满一杯，推到他面前。

“公主，在下这腿脚坐得麻了，能否站起来走动走动？”张仪伸下腿，做出苦涩状。

涪鸾点头。

张仪吃力地站起，伸展几下腿脚，一边走动，一边说话，活动几圈后回到案边，冷不丁发力，一脚扫飞毒刀，向后猛撞涪鸾，显然肯定门外有人，口中朗声叫出：“夫人速来！”

张仪三个动作一气呵成，涪鸾猝不及防，被张仪撞个结实，跌出两步开外。

几乎是在同时，不知何时已经踅回并悄悄守在门外的香女“嗵”地撞开殿门，飞身闪入，一个箭步蹿到竹叶身边，伸手捡起西施剑。

正殿两侧各竖两根合抱粗细的殿柱。因是毒刀，张仪在踢刀时看准刀柄，横脚扫出，毒刀侧飞，柄重刃轻，柄头先行，撞击在左侧靠里的粗大楠木柱上，“当”的一声拐个方向，转头飞向两丈开外的涪鸾，刚巧扎在涪鸾的腿肚上。

刀刃喂过剧毒，见血必死，但涪鸾早已看破生死，全然不顾，拔出毒刀，一个鲤鱼打挺站起，大叫一声："奸贼看刀！"便"嗖"地掷向张仪。

张仪撞飞涪鸾后，因惯性仰面摔倒，加之两手被她反绑，且一切发生在眨眼之间，只能眼睁睁地看着毒刀直飞过来，无力也不及躲闪。

眼见情势危急，香女几乎是出于本能地顺手掷出西施剑。那剑刚好在张仪胸前撞到利刃。两刃撞击，毒刀受力，打个弯，拐向右侧庭柱，"哐啷"掉地，西施剑尖不偏不倚地插进庭柱，悠悠闪动。

一击未中，涪鸾顺手拔下头上金簪，"噫唷"一声发出怪叫，腾身飞起，凌空扑向张仪。

香女已先一步扑到张仪身上，一边护住张仪，一边伸手从柱上拔出西施剑，不及翻身，将剑反手望空击出。

一切来得太快，涪鸾既无时间躲闪，也根本无意躲闪，径迎剑尖扑下。

西施剑贯胸而过，涪鸾的金簪也同时刺入香女肩胛。

都尉墨引领秦兵冲入，将扑压在香女身上的涪鸾翻到地上，拉开香女，解开张仪。

看着方才还在鲜活舞动的优美躯体于瞬间倒地抽搐，一腔青春热血在眼皮底下汩汩流尽，张仪凄然闭目，长叹一声："好一个烈女子也！"

第 090 章 | 用强势紫云上位 伤别离香女归隐

经过涪鸾姑嫂这段惊心动魄的插曲，张仪也就无须“点到”了。

面对铮铮闪亮的秦卒枪戟，通国既无法辩解，也无可辩解，只有“扑通”跪地，磕头请罪。所幸饮下迷药的胖内宰适时醒转，见主子陷于危地，心一横，将这一切悉数揽下。张仪念其忠义，令秦卒递给他一条长缟，待他了断，就与涪鸾、竹叶一道厚葬了。

至于通国，张仪指给他两条前路：一条是随巴王一道，北上赴秦，当面接受秦王册封；另一条是暂且留蜀，由张仪代奏。

通国不敢多话，表示臣服，并称自己腿脚不便，愿以秦国属侯名分恳请相国代奏。

张仪允准，当下草拟奏本，奏请秦王：将巴、蜀之地划为四十一县，择地势险要处筑垒成塞，派锐卒驻守；在江州立城，设巴郡，奏请都尉墨为郡守，北控出入通道，东拒楚人；将苴地更名葭萌县，隶属汉中郡，奏请魏章为汉中郡郡守；蜀王通国降为蜀侯，奏请张若为相。另奏秦法暂不行于巴、蜀，鼓励无地秦民举家入蜀，守蜀军卒推行耕战制，可就地结亲，娶巴女、蜀女为妻室。

秦王一一准奏。

不足一年，巴、蜀入治。

翌年初，张仪奉诏回朝，留司马错及三万军兵驻守葭萌，自带阶下囚巴王、巴子等四十余巴蜀权贵踏上北归之路。

巴王从押送的秦卒口中得知涪鸾之死，又想到以此锁链之身前往秦地，莫说是前路莫测，纵使一番折辱也是他不愿面对的，遂在夜间趁人不备，以藤条自缢于他亲自参与开通的蜀道上。巴子梓犨愧不欲生，与同缚一索的四个异母巴子纵身跃下绝崖，由巴人先祖廪君一手开创的巴国王室就此绝灭。

张仪凯旋，秦王郊迎三十里，设坛犒赏三军，封张仪为於城君，赐民千户。

六国伐秦，庞涓以十足胜算却吃败仗，痛定思痛，下狠心整肃扩充三军。为此，庞涓做了三件大事：

其一，增扩虎贲三师。如果说武卒是吴起首创，虎贲则是庞涓一手打造，并在函谷战中展现出非凡战力。函谷战后不久，庞涓举国征召特异能人和超强力士，张榜向列国悬赏招募，两年不到，就将三千虎贲扩至一万，设左中右三师，亲任主将，将中师，使青牛将左师，龙虎将右师。龙虎也即先将军龙贾之孙，此时已长大成人，勇冠三军，在庞涓的训导下成长为一员智勇双全的骁将了。

其二，整编武卒三军。除虎贲三师外，庞涓又竭尽国力，从各城邑兵员及苍头中挑选三万健士锐卒，组成中坚武卒，分左中右三军，自任主将，将中军。三师与三军将领虽所将人数差异颇大，但军阶相同，待遇相同，可平行调动。这四万锐卒清一色为职业军士，隶属于魏王，由庞涓统辖，一年四季别无他事，全天候训练搏击和阵列。且不说一万虎贲，单是三万武卒，也是了得，皆为一等一的健士，个个可负重百斤，驱百里而战。

其三，改造三军装备。无论是虎贲还是武卒，皆铁制甲胄，装备在各方面参照吴起定下的规制。四万锐卒另配战车两千乘，其中三师、三军各一千乘。

至于将士待遇，更是没得说的，军卒皆按食量足额供应，战马除草料外，另补粟米。凡在册武卒，全家免赋役五年，战时，伤残者赐田五十亩，免十年赋役，殉国者赐田一百亩，免二十年赋役。立军功者，另按军功赏赐。大魏武卒待遇于一夜间提高，女子争嫁，男儿以加入武卒为自豪，孩童纷纷舞枪弄棒，尚武之风流行于魏地。

与此同时，庞涓频繁地把魏王请入军营，让他阅兵，观摩军威，喜得惠王笑逐颜开，对庞涓所奏，尽皆准允。

然而，这对君臣几乎是在穷兵黩武了，函谷战后远未恢复元气的魏国财力迅速枯竭。上卿朱威、司徒白虎忧心忡忡，接二连三地上奏告急。

魏王头大，召庞涓谋议。

庞涓邀他再至军帐，掀开大沙盘，指点魏国周边一些小黄旗道：“父王请看，凡是小黄旗，皆是列国粮仓，凡是小绿旗，皆是列国草场。这些是卫国的，这些是宋国的，这些是齐国的，这些是楚国的，这些是韩国的，这些是秦国的，”特别指向邯郸，“还有这里，一连三面黄旗，全是赵国的！父王喜欢何方旗子，儿臣这去拔下就是！”

魏惠王长吸一口气，面孔僵住。

“父王，”庞涓二目放光，直盯惠王，“得苍头者，可有衣食；得士子者，可有筹策；得技巧者，可悦耳目；得美女者，可充后宫；”说到这儿，拳头紧捏，“父王今得天下勇士，当可拥有这一切啊！”

魏惠王又吸一口气，良久，拳头亦捏起来：“贤婿所言甚是！”又看向列国小旗，“以贤婿之见，何旗可拔？”

“就是这儿！”庞涓的手指缓缓移向赵都邯郸。

魏惠王闭目有顷，睁开眼睛，再度看向这些小旗，良久，重重摇头。

“父王勿忧，”庞涓一怔，指沙盘，压低声音，“这两年来，儿臣已使人密探赵国，邯郸一地，山川地势、要塞兵营，尽在儿臣心中，此战可保完胜！”

“唉，贤婿呀，”惠王轻叹一声，“不是胜与不胜之事，是寡人不想伐赵！”

“为什么呢？”庞涓急了，恨道，“赵首倡纵亲，但当纵亲伐秦时，赵却密结秦人，独害我师，如此反复无义之邦，天当诛之，地当灭之！”

“寡人仔细想过了，”惠王给出解释，“伐国当有正义。赵虽失义，但罪不至于当伐。六国伐秦，赵人毕竟出兵了，且三晋之兵尽在函谷前线，缩首不前的是齐、楚、燕三军。赵军撤退，是奉爱卿之命，至于赵人未受阻击，赵仓未遭损毁，或是秦人离间之计……”

“父王，这是赵人强辩之辞！”

“不要再提了！”惠王摆手止住他，“强辩也好，真实也罢，我们并无实证。无实证而伐，是谓唐突。纵亲伐秦虽未成功，但盟约未除，纵亲未散，寡人若伐约国，更是失义！”

“这……”见惠王这般说话，庞涓不好再辩，迟疑有顷，“父王欲伐何处？”

“就伐此处！”惠王指向河西，“河西七百里，江山如画，先祖浴血打下，却于一夜之间在寡人手里丢失。河西一日不收回，寡人一日不甘心哪！”说着长叹一声，“不瞒贤婿，前番六国伐秦，为父只有一念，收复河西，不想却又……”顿住话头。

近两年来，庞涓的心思只在邯郸，显然未能转过弯来。

“爱卿啊，”惠王抬头看向庞涓，神色凝重，“寡人老朽，不久于人世矣。荣华富贵，寡人也算享受了，不再贪恋了。此生再无他愿，只存河西一憾。

纵亲国不可指望，为父只系一念于贤婿，若是贤婿真的能为寡人收复河西，寡人……死当瞑目矣！”

“父……王……”庞涓仍旧一脸茫然。

“唉，”惠王轻叹一声，“爱卿若无把握，也就算了。寡人老了，不想再开战了。”

“父王，”庞涓自知曲直，晓得再无选择，拳头渐渐捏起，脸色也恢复刚毅，“儿臣明白，这就筹备伐秦，夺回河西！”

香女的肩胛被涪鸾的金簪刺中，所幸金簪无毒，且又刚好扎在肩胛骨上，刺入不深，加之救治及时，过有半月，外伤就好了。

问题是内伤。由于金簪尖伤及骨头，军旅之中又受湿寒，香女自此落下肩胛炎的毛病，天气稍一变化，肩胛就会又酸又痛，有时痛得钻心。

香女为张仪连命都豁出去了，真叫张仪又疼又爱。香女疼痛时，张仪恨不得将疼痛移到自己身上。为纪念发生在蜀宫里惊心动魄的场面，张仪特意把涪鸾浸过毒药的刀具摆在书案旁边，每每无聊时节，就让兵士寻些老鼠、山蛇等小动物玩毒刀游戏，亲眼看着它们如何在一刻滴漏之内因中剧毒而抽搐至死，而后闭目联想此刀距离自己胸脯仅咫尺之遥，若不是香女飞剑击飞，他张仪就……

每当游戏玩至此处，张仪就会情不自禁地打个冷战，对香女之爱也就更深一层，师姐玉蝉儿在他的心海里没有一丝空间了。至于引起香女疼痛的那根金簪，张仪更是随身携带，早晚想到香女，就拿出来瞄上几眼。

对于这一切，香女看在眼里，甜在心里。

然而，这点儿甜在回到咸阳后迅速发酵，变成苦涩。

到家后第三日，也是凑巧，香女想起小顺儿的两个孩子来，就到偏院寻他们玩耍，不料人没走到，远远就听到院里传来打骂声和哭泣声，显然是孩子们正在挨罚。

香女心疼孩子，加快脚步，不由分说冲进院门。

果然，两个孩子当院趴在条案上，小顺儿手拿一根荆条，正在抽打。荆条上缠着软布，但落在光屁股上仍旧很疼，大的咬牙忍着，小的受不住，哇哇大哭。娘亲小翠儿站在一侧，没有为他们求情。

“住手！”香女大叫一声，快步跑到跟前，见两个小屁股上布满红印子，尤其是大孩子的屁股，一道挨一道，看得出，小顺儿下手很重。

小顺儿两口子显然未曾料到香女会来，惊呆了，你望我，我望你，不知如何是好。

“怎么回事？”香女把孩子们撩起的衣襟放下，瞪眼看向小顺儿，“怎么这样子打孩子哩？怎么不知个轻重哩？”

“主……主母……”小顺儿舌头打结了。

“娃子们，”香女见他说不出来，一手扶起一个，“你们这就说说，阿大凭什么打你们？要是打得不对，大娘来替你们出气！”

“阿大他……”大孩子刚刚说出两个字，听到小顺儿重重咳嗽，赶忙憋住。

香女白小顺儿一眼，一手一个，将两个孩子牵往院外。

“主母，你……”小顺儿急了，在后面追，“你不能带他们出去呀！”

“去去去！”香女回头斥道，“再追一步，看我打烂你的屁股！”

小顺儿住步。

香女乐悠悠地牵着两个孩子走到百步开外，在一个阴凉处站下，见老大仍不吱声，改问小姑娘道：“囡囡，你哥不乖，你乖，来，告诉大娘，为个啥哩？”

“大娘，”小姑娘迟疑一下，小声道，“是我俩错了，我俩不该把阿大对娘讲的话讲给外人听！”

“是啥要紧话，能让你阿大生恁大的气？”

“是阿大昨晚讲给娘的，说到公主什么的，还说主公这场喜事儿满城都在议论，万一让府中人晓得了，怎么办呢？我没睡着，听得半白不白，早晨讲给阿哥，阿哥也不晓得，就向人打问，结果传到阿大耳朵里，逮住我俩一顿暴打。”

“公主？主公的喜事儿？”香女心里打个惊战，自语一句，凝眉有顷，变出个笑道，“乖囡囡，慢慢说，什么公主？什么喜事儿？”

“不晓得呀，他们讲得很轻，断断续续，我没听明白，这才问阿哥哩。”

“呵呵呵，囡囡真乖！”香女表扬囡囡一句，拍拍老大的头说，“就这么点儿事情，看把你俩打的！这带妹妹玩去，大娘这就寻你阿大，为你俩讨个公道去！”

不及她说完，老大就带妹妹溜了。

香女回到院里，小顺儿两口子已在跪迎，神情惶然。

“说吧，你的主公有啥喜事儿了？”香女看向小顺儿，开门见山。

小顺儿晓得瞒不过了，便一五一十地将张仪与紫云公主的事略述一遍，道：

"这桩亲事是老太后亲点，大王允准，咸阳城里王亲贵胄无不知晓，对咱张府无不恭敬，只是主公此番回来，既没有提及此事，也没有具体交代。因为涉及主人私事，看样子主母也不晓得，我就不好乱讲，昨晚与小翠儿商议何时禀告主母为妥，结果竟让孩子听去，嚷嚷得所有下人全都晓得了……"

小顺儿尚未讲完，香女已是娇喘吁吁，一个字未出就扭头回走，沉重的脚步就如醉酒一般。

见香女这般反应，小顺儿慌神了，吩咐小翠跟紧侍奉，自己则匆匆出门，禀报张仪。

是日傍黑，张仪端着一碗热汤走进寝房，见香女已在木榻上侧躺下，头朝墙，一条被子叠成长条，隔在木榻正中。

"夫人，"张仪将汤碗放在案上，挪开被子，侧伏在她身边，轻抚她受伤的肩膀，"今天的事情我都晓得了，是小顺儿讲给我听的。"

香女没有动，手抚在脸上，在抹泪水。

"呵呵呵，夫人，"张仪继续抚摸她，"你这是想歪了，想多了，事情不是这样的，你听好，为夫这就讲给你实情！"

张仪将征蜀前发生的事情，包括公子华如何邀他喝酒，紫云公主如何易服斟酒，他如何喝高，如何在醉酒状态下邀紫云公主跳舞，公子华如何开他玩笑，甚至老太后如何召见他等，凡是与王宫和紫云有关的事情，由头至尾讲述一遍，并无一丝遗漏。

听他讲得这般细微，语气这般诚恳，香女晓得不是乱编，坐起来，略一沉思，半笑不笑道："夫君，你讲得好哩。就算香女我想歪了，想多了，可夫君可否回答我，公主凭啥守在公子华府上？公子华凭啥让她斟酒？她又凭啥在夫君醉酒后陪侍身边？"

"这这这……"张仪有点急了，眼珠子连转几下，拍脑门道，"是了，公主是大王阿妹，任性惯了，在宫中没人能够约束她，她爱到哪儿就到哪儿，她爱做啥就做啥。再说，她与公子华是堂兄妹，打小一块儿长大，二人本就没大没小，亲密无间，公主到他府上是极随便的事。至于她易装斟酒，完全是出于恶作剧，如果是真的，公子华就不会与我开这玩笑了！"

"你呀，"香女白他一眼，苦笑，摇头，"运筹帷幄在行，对付女人就差强人意了。我这告诉你，风在动，树能静得了吗？此事从一开始就是圈套，这种小伎俩香女早就玩剩下了！"

"呵呵呵，"想到香女当年谋他时上演的那一场场好戏，张仪笑起来，"夫人哪，此番也许你真就看走眼了呢。”压低声音，“不瞒夫人，公主是有夫君的，你猜她的夫君是谁？就是大名鼎鼎的魏室二公子，上将军公子卬！”

“公子卬？”香女先是一怔，继而恍过神来，“他不是战死在河西了吗？”

“哪里呢，”张仪又是一笑，“他非但活得好好的，且此番征蜀，他就跟在你我身边，立下大功了呢！”

“在我们身边？”香女吃一大怔，一脸犹疑，“我怎么没听到这个名字呢！”

“易名了，就是魏章将军！听魏将军说，这名字还是陈轸那厮帮他改的。”

香女长吸一口气，又将这口气缓缓嘘出，身子一软，倚靠在张仪怀里。

张仪怀抱香女，正自享受幽香，一阵脚步声急，小顺儿在门外小声禀道：“宫中来人，说是召请主公这就觐见！”

秦王晚上召请，且派来的是宫中当值内宰，必是遇到紧要事了。张仪动作麻利地穿好衣冠，别过香女，急驶入宫。

张仪赶到王宫，时辰已交人定。

宫中灯火通明，从表情上看，宫人们都很紧张。张仪不晓得发生了何事，见内宰路上并未透露半字，也就不便多问，只悄无声息地跟在后面，匆匆直入后宫。因是黑夜，又因是后宫禁地，张仪本就不晓得南北，连拐几个弯后，彻底转向了。

又走一时，二人在一处殿门外停下。

灯火更多，往来的人也多起来，宫人们跪拜一地，表情虔诚，无一人出声，显然是在向天祈祷。张仪就着灯光看向殿前匾额，模糊辨出“沐慈宫”三字，不由得打个惊怔。

沐慈宫不是别处，正是孝公生母、当今秦王嫡亲祖母老太后居所，他曾来过一次。

观这情势，老太后怕是……

想到老太后，张仪顿觉一股寒气袭向顶门。显然，如果是老太后发生不测，作为外臣受邀，张仪入宫只有一个理由——紫云公主。

果然。

内宰进去，旋即又匆匆出来，导引张仪入内。

院里黑压压地跪满各宫嫔妃、公子、王孙，不下数百人，不用多想，凡是与秦室血亲有关的后辈、女眷全到场了。

张仪趋入寝宫，见老太后榻前齐刷刷地跪满男女，打头的是秦王，秦王左侧是太后，也即孝公媳妇，右侧是王后魏姬，挨后的是嬴虔等，紫云、公子华等跪在第三排，紫云与公子华之间留一空位，内宰引张仪趋至此处，张仪别无选择，只能跪下。

老太后躺在榻上，已入弥留，出的气多，入的气少。一个花白头发的御医跪在榻前，一手搭脉，一手捻动银针。

银针扎在人中穴上。张仪虽然不通医理，对人中穴却是晓得的，只在任、督二脉不通时才用，堪称救命穴位，不到危急关头是不用的。

御医拔下银针，揉捏穴位，有血涌出。

老太后悠悠醒来。

御医长嘘一口气，又揉搓几下，朝秦王小声奏道："启禀我王，老太后醒了，臣请告退。"

秦王摆下手，御医退出。

秦王跪前一步，摸到老太后的手，轻声："祖后，驷儿请您安了！"

"张……张……"老太后声音断续，目光搜索。

秦王松开手，朝后看去。

张仪心里又是一紧，正自紧张，臂肘被人顶了一下。

是公子华。

张仪闷在那儿。

秦王看过来，声音低沉："张爱卿，祖太后召请！"

张仪再无退路，嗓眼里咕噜一声："臣谢恩！"说毕跪前几步，在榻前叩拜，声音依旧咕噜，"臣张仪叩见祖太后，恭请祖太后万安！"

老太后没有应他，口中又道："紫……紫……"

听到召唤，迫不及待的紫云跪前几步，一头扑在老太后身上，泣不成声："祖后，紫云在呢，紫云请您万安了！"

"好……好……"老太后一双老手伸过来，一边说，一边摸索。

紫云明白，将手放在她手里。

"张……张……"老太后声音断续。

张仪傻了。

"张爱卿，祖太后叫你呢。"秦王提醒道。

张仪依旧呆呆地愣在那儿。

"张……张……"老太后的声音越来越低。

紫云公主急了，白他一眼，用另一只手攥住张仪的手，一并放到老太后手里。

“老……老身……祝……祝福你……你俩……”老太后用尽最后力气，另一只手也伸过来，将张仪、紫云的手合到一起，勉强挤出一丝笑容，眼睛慢慢合上，手一松，溘然长逝。

“祖后——”紫云大放悲声。

“祖后——”秦王扑上来，伏在老太后身上。

“母后——”太后扑跪于地，埋头痛哭。

然后是嬴虔、公子华等，然后是满殿堂、满院子及满后宫的各色人等，各发悲音。

所有人都在恸哭，只有张仪傻在那儿，如同呆子一般。

张仪一夜未回。

又候一日，张仪依旧未回。

香女不用打探，因为老太后仙逝，早已轰动全城，香女晓得张仪是治丧去了。国有大丧，张仪身为相国，责无旁贷。

然而，香女心头莫名生起一种感觉。

这种感觉越来越强，到第三日头上，渐渐变成恐惧了。

将这恐惧坐实的是公子疾。

将近傍黑，香女站在府门外面的台阶上守望，一辆辎车停下，一身孝服的公子疾跳下，见到香女，拱手见礼。

香女回过礼，引他入客堂坐下，亲手泡茶。

“嫂夫人，”公子疾没有端茶，直将两眼盯住她，“你在门外，可为守望相国大人？”

“正要问大人呢，”香女勉强笑道，“我家张仪几时回来？”

“一时三刻回不来了。”公子疾回个笑，表情略略尴尬，“不瞒嫂夫人，在下此来，是给嫂夫人带个话。”

“什么话？”

“是……嫂夫人可能不太想听的话。”

香女心里咯噔一沉，嘴唇抿紧。

公子疾端起茶，喝一口，放下，再次盯住香女：“嫂夫人，要不，在下明日再讲！”

“是张仪托你的？”香女挤出一句，头没抬，声音极低。

“是王上。”

“既是王旨，就请大人宣旨吧。”香女显然猜出是什么了，心里一沉，冷冷应毕，改坐为跪，“民女候旨！”

“嫂夫人，”公子疾苦笑一声，“不是王旨，是王上托在下向嫂夫人求情来的。祖太后薨天，临行之际特颁懿旨，指配紫云公主与相国大人婚事。祖太后遗旨，王上不敢有拂，已封紫云公主为……”说到这儿，长吸一口气，顿住了。

死一般的寂静。

“嫂夫人，”公子疾轻叹一声，缓缓说道，“相国大人他……”

公子疾本欲讲出“也是无奈”，香女的声音已经出口，越发阴冷：“这还没有讲出大王已封公主为什么了呢。”

“封为……於……於城君……夫人。”公子疾每说出一字都很吃力。於城君是张仪刚刚得到的封号。

香女的嘴唇哆嗦一下，低下头去，将脸整个埋入袖管，公子疾可以觉出她的心在滴血。

“唉，嫂夫人哪，”公子疾长叹一声，半是劝慰，半是解释，“整场事情，在下在场，也知情。据在下耳闻目睹，张兄绝不是攀龙附凤之人，张兄的心思完全系于嫂夫人一人。主要是老太后，后宫晚辈中，老太后最喜紫云，当年先君迫于无奈，将紫云公主嫁往魏室，老太后一直耿耿于怀，所幸公主又回来了，老太后总算心安。这几年来，老太后一直在为公主物色如意郎君，挑来挑去，竟就相中张兄了。老太后慧眼识才，不想却……却把火烧到了嫂夫人头上！”

公子疾顿住话头，斜眼看香女，见她似没听见，身子竟如僵硬，一动不动。

“嫂夫人哪，”公子疾转过语气，稍稍轻松些，“木已成舟，嫂夫人得往开处想。我晓得张兄，他心里只存二宝，一是嫂夫人，一是人生大业。张兄的人生大业是一统六合，而要实现人生大业，张兄首先得站稳脚跟，是不？张兄站稳脚跟之地，别无二选，当是秦国。秦国坐西而四塞，进可以攻，退可以守，这又取得巴、蜀，等于建下米仓。更重要的是王上，就在下所知，天下诸国中，我王堪称一代明君，列国之君几无匹敌，张兄得遇明君，明君得遇张兄，作为君臣，当是千年之遇，天作之合。虽然如此，嫂夫人也需假想，无论君有多明，臣有多贤，君臣之间，难免有个生涩之时，一旦生涩，单单是君臣名分，就显得单薄了。譬如说，商君与先君，关系不为不密，然而，一旦山陵崩，改地换天，四宇之大，竟无商君立锥之地。何以至此？因为商君是外来客，容于先君，却不容于王室，不容于秦人！”

公子疾缓缓道来，句句实在，香女却置若罔闻，宛如一尊埋头石雕。

“就眼下而言，”公子疾一狠心，干脆把话挑明，“这桩婚事于嫂夫人虽有些许不利，对张兄却是大利。一旦公主进门，张兄就是王亲，是方今王上的嫡亲妹夫，于君王，可放心使用，于张兄，可后顾无忧，将来万一有所变故，单是王亲一款，张兄就可免除商君之灾！还有紫云公主，她为大秦立下大功，先君赐她以终身豁免权，张兄若是……”

“她……不是嫁给公子卬了吗？魏将军这还……”香女总算活转，抬起头，打断他，一双泪眼盯过来，后面的话不言自明。

“唉，”见香女的心思窝在这里，公子疾苦笑一声，“嫂夫人有所不知，魏公子卬早已战死疆场，今日之魏章将军，与紫云公主并无瓜葛！”

“可……他们是同一个人呀！”香女显然糊涂了。

“是哩，”公子疾点头，“他们的确是同一人，但今日之魏章将军从名义上已经不再是昔日之魏公子卬。魏公子卬在河西战场已英勇殉国，魏王更将他的牌位列入宗祠，在河西建立陵园，只是其人绝地逢生，易名魏章，成为秦国将军。魏章将军在出征巴、蜀之前，以魏公子卬的名义亲手写就休书一封，将公主正式休了。他们的婚姻无论在事实上还是在名义上，皆已不存。”

“难道张仪他……”想到张仪两日之前还在议论此事，拿魏章作挡，香女抿紧嘴唇，不忍再讲下去。

公子疾显然猜出来了，直言点破：“事关王室隐私，外人谁也不晓，自也包括张兄在内。至于在下，也只是刚刚听闻。不瞒嫂夫人，王上托在下恳请嫂夫人谅解时，在下也如嫂夫人这般质疑，王上无奈，方才出具魏公子卬的休书，在下亲眼验过，确无半点虚假。魏章将军府中今有侍姬五人，皆是王上所赐。若是姻亲仍在，王上怎会不顾妹妹感受而将美姬侍妾赐予嫡亲妹夫呢？”

香女豁然洞明，脸上血色全无。

“嫂夫人……”公子疾还要劝慰，香女再不想听，缓缓站起，一步一步地挪出堂门，走向后院，从背后望去，就如一具行尸。

公子疾跟着站起，目送一时，发出一声长叹，走向院门。

长夜漫漫，月入云中。

幽幽夜空，风动珠帘，发出咔咔嗒嗒的轻微碰撞声。

香女独坐窗前，一宿未眠。一会儿想到自己无依无靠，只有一个张仪，却又这般被人抢去；一会儿想到婚后张仪未曾做过对不起自己之事，除一统大业外，张仪的心思也确实从未离开过自己；一会儿想到张仪这般疼爱自己，而自己迄今未曾生养，未曾为他添丁加口；一会儿想到这是秦地，新人又是秦国公主，尚未过门已是这般强势，今后又该如何相处；一会儿想到公子疾的由衷劝慰……种种念头，就如断掉的莲藕，稍稍一扯，便丝连万端，免不得愁由里生，悲从中来，泪水一汪一汪涌出。

鸡鸣头遍，香女主意打定，成全夫君，为新人腾位。

鸡鸣二遍，香女擦干泪水，收拾细软，做成一个包裹。

鸡鸣三遍，香女卸去红装，换作一身素服，挎上包裹，挂起西施剑，悄悄开启后花园扉门，头也不回地扬长而去。

祖太后归天，秦宫大丧，作为嫡亲孙婿，张仪与嬴驷等一应亲人、眷属披麻戴孝，并肩守灵，当哭即哭，当泪即泪，未曾得脱一日。

守到第五日，晨起，内宰引公子疾入内，带张仪出宫，见小顺儿一脸焦急地守在门外。

“小顺儿？”张仪心里一沉。

“主母不见了！”小顺儿扑前一步，跪地泣道。

“啊？”张仪脸色变了，“快讲，她哪儿去了？”

“顺……顺儿不晓得呀，”小顺儿泣道，“昨儿就不见了，晌午时不见主母用餐，翠儿前去叫她，见无应声，进屋看时，人已不在了。翠儿寻顺儿，顺儿以为主母有啥事儿出去了，就没多心。候至天黑，仍不见主母回来，翠儿方才急了，再到主母房间细审，见一切好好的，首饰盒也在，只是随身衣物少去些许，翠儿拉我查看，可主母房间，顺儿不敢擅入，就叫翠儿细审，顺儿使人四处打问，折腾两个时辰，竟无一丝音讯。顺儿本欲入宫禀告主公，可又大半夜的……主公呀，顺儿和翠儿，全府上下，昨儿一宵没睡，候到天亮，寻到天亮啊！”

张仪二话没说，拔腿就向家中飞跑，还没跑下台阶，公子疾的声音由后传来：“相国大人，等等！”

张仪顿住。

公子疾交代内宰几句，让他速报秦王，之后，赶到张仪跟前，悄声：“嫂夫人必是出走了！”

“她……”张仪刚出一字，陡然明白过来，两眼紧盯住他，“你怎么晓得？”

“前日后晌，在下去过张兄府上，将宫中之事晓谕嫂夫人了。”

“你哪能……”张仪跺脚道。

“是王兄旨意。”公子疾轻叹一声，将秦王如何召他，如何要他晓谕香女，他如何对香女讲，香女如何反应，等等，一五一十，尽皆说了。

张仪眉头凝起，猛地想到嵖岈山吴王寨，急急走到外面，跳上辎车，对小顺儿喝道：“快，函谷关！”

驭手二话不说，扬鞭催马，一车直驱城外，径投函谷关而去。

见张仪前往函谷关，公子疾不敢怠慢，急进宫去，秦王这也刚听内宰禀过，冲他问道：“张仪何在？”

“去函谷关了！”

“函谷关？”惠王长吸一口气，“他去那儿做什么？”

“必是拦截夫人！”公子疾应道，“要不，臣这也同去？”

“不必了，”惠王摆手，“让他去吧。”在几前坐下，思忖有顷，轻叹一声，“唉，疾弟，是寡人错了，寡人不该操之过急。他们夫妻相爱多年，该让他们自己处理才是。”

张仪与小顺儿快马加鞭，一路打问，一路驱驰，连走两日，于次日迎黑辰光赶抵关前。

六国攻秦时，关令跟从张仪数日，早已熟识，这见相国亲来，不敢怠慢，当下审看过关简册，未曾发现符合描述的单身女子。

“主公呀，”小顺儿半是嘀咕，半是说给张仪，“主母单身一人，又没骑马，我查验过了，钱也没带，想必只能步行。若是步行，我估摸，这辰光主母顶多赶到宁秦，我们不如守在此地，坐等主母才是！”

经小顺儿这么一讲，张仪眼前顿时浮出香女身无分文、孤单一人奔走于途的场景，眼眶里盈出泪水。

小顺儿跟从张仪多年，除开那年老夫人过世，还没有看到过张仪出泪。此时此刻，眼见这个流血不流泪的硬汉子竟然出泪了，叫小顺儿情何以堪，因赶路而连憋两日的泪门顿时松开，大把泪水犹如散掉的串珠般呼啦啦洒下，一边伸袖抹泪，一边还不无夸张地哽咽煽情：“主公呀，主母哪能是这般脾气哩，说走就走，连声招呼也不打，好歹总该留句话呀，哪怕是只言片语哩。

我的好主母呀，你走就走吧，哪能又不带一个铜子哩？渴了还好办，河沟里到处是水，饿了你又哪能办哩？晚上这又宿在何处哩？我的好主母呀，你金贵的身子，总不能睡在荒郊野地里吧？呜呜呜，我狠心的好主母呀，你纵有一千个想不开，一万个想不开，也不能糟蹋自己的身子骨呀！我的好主母呀，你哪能不想想我的好主公啊？我的好主公一心都在你身上，你又不是木头人，哪能感觉不出哩……”

小顺儿没完没了地净说一些勾情搭意的伤感话儿，这又呜呜咽咽，将张仪的心全都叨唠碎了，正欲放开泪门与小顺儿一哭为快，台阶上一阵脚步声响。主仆二人抹泪敛神，刚刚恢复常态，就见关令提着酒坛，身后厨师端着菜肴，径进门来。

张仪却无心思饮酒，随便应对几盏，推说胃不舒服，一边歇了。

翌日晨起，张仪听从小顺儿的建议，亲手画出香女素描，令关尉使人四处查访，自己与小顺儿则轮流坐守关门，凡出关女子，即使老太，也必亲眼查验。

二人守关三日，不见香女露面，关尉那里也无音讯。张仪正自苦闷，家仆赶至，说是小翠儿要二人速回。

主仆奔驰回府，急入客堂，见客席端坐一人，近前一看，是贾舍人。

听闻香女进了终南山，张仪喜出望外，二话没说，吩咐小顺儿收拾好铺盖卷儿，将香女常用的物品尽装上车，自当驭手，与舍人一道，匆匆赶往山里。

张仪赶到寒泉，随舍人走进一片密林。

香女全然换了模样，一身道姑打扮，正在林中从仙姑习练吐纳。

林深人静，飞鸟无踪，只有不远处的水石相激声隐隐传来，想必是一道飞瀑。

张仪远远站着，两眼只在香女身上，内中突然萌生一种莫名的感觉。这种感觉恍恍惚惚，缥缈唐突，如痒如醉，如麻如酥，于张仪十分陌生，甚至在鬼谷里他痴迷玉蝉儿时也不曾有过。

香女与仙姑正襟端坐于林荫下，两手搭在膝上，手心向上，两眼迷离，如如不动，只有嘴巴偶尔张合，全身心地沉醉于这种全新的放松状态。

几缕阳光透过树叶，斜射在香女身上，光影交错，斑驳陆离。

光影缓缓移动，香女静如磐石。

不知过有多久，张仪恍然醒来，径自走去，在香女身边款款坐下，使出鬼谷中从大师兄处修来的功夫，与香女一道吐气，纳气。

香女早已觉出他来，见他又这般挨近自己，身子微微一颤，旋即静止，只有两滴泪水不争气地滑出眼眶，顺脸颊淌下，因在功中，她无法也无力擦拭。

光影再移，林子暗淡，鸟儿多起来，叽叽喳喳。

仙姑缓缓起身，扫视二人一眼，悄然离开。

香女、张仪仍旧坐着。

山谷黑起，鸟儿入眠。

“你……”香女总算出声，声音微颤，“来了？”

“是哩。”张仪淡淡应道。

“你……怎么寻来的？”

“贾兄报的信。”

“不在宫中守灵了？”

“不守了。”

“为什么不守了？”

“不想守了。”

“为什么不想？”

“因为夫人。”

“你的夫人在王宫里呢。”

“王宫那个，非张仪夫人。”

“哦？”香女吃一大怔，直盯过来，“她……非张仪夫人，却是何人？”

“是於城君夫人。”

“你不就是於城君吗？”

“已经不是了。”

香女震惊，关切问道：“出什么事了吗？”

“只出一事，张仪嗅不到香了。”

“你……”香女松下一口气，又好气又好笑，半是嗔怪道。

“夫人，”张仪声音平和、安详，像是平日说的悄悄话，“张仪身边不可无香。不瞒夫人，就在今日午时，就在进谷之后，你的夫君已经写就奏呈，托小顺儿呈送上大夫，请上大夫代为转奏秦王。奏呈上写的是，自今日始，你的夫君不做於城君了，不做大秦相国了，只在此谷里，只与夫人相守余生。”

香女脸上的诧异于瞬间变作感动，泪水淌出来，泪眼看过来，静默片刻，再也憋不住内中澎湃，声音颤颤地低叫一声“夫君”，便一头扎入张仪怀里。

月朦胧，夜静谧。

祖太后年近九旬，早过古稀，是历代秦宫为数不多的长寿之命，算是喜丧，是以秦惠王旨令礼送祖母灵魂升天，秦宫中除正常礼仪之外，并无过多伤悲。头七过后，太后孝公夫人吩咐各宫举办一些祖太后生前喜欢的娱乐活动，譬如猜谜、赶鸭、歌舞、吟诵之类，嫔妃、公主、宫女在后花园里摆下灵台，各拼才具，相互嬉闹，嘻嘻哈哈，欢声笑语不绝于耳。

秦惠王这也抽出身来，操心国事。

最大的国事是三晋。公子华的黑雕传回谍报，说赵国与中山国近日频繁发生边界摩擦，魏国庞涓招贤纳士，大力扩军，厚赏之下，列国异能之士纷纷赴魏，大梁已经拥有一支规模庞大的新一代武卒，战力胜过吴起时代。

“庞涓？”秦惠王嘀咕一句，疾步走到列国形势图前，目光落在河东安邑一带。

“这儿与这儿！”公子华分指大梁、安邑两地，“魏武卒分两地屯扎，其中三分之二屯于河东。更紧要的是，庞涓在得我曲沃、太阳渡之后，大兴土木，沿河堤直至曲沃一线，筑墙设垒，临晋关的渡桥也加宽加固，河水东岸三里筑起新城，库存粮草。看来，魏人对我河西之地仍旧耿耿于怀。”

“是哩。”秦惠王微微点头，“召相国来！”

公子华苦笑一下：“相国大人寻夫人去了，怕是没有回来！”

“咦，他不是回来了吗？”秦惠王眉头拧起，“召嬴疾！”

话音落处，内宰已引公子疾走进。

“寡人正寻你呢，快快请坐！”不及公子疾见礼，秦惠王已上前一步，扯住他衣袖，将他按坐于席，“张爱卿可有音讯？”

公子疾点头，从袖中摸出一块丝帛，双手呈送惠王。

惠王匆匆阅过，倒吸一口凉气，有顷，看向公子疾，苦笑一声：“这这这……怎会闹成这样？”

公子华不知帛上所写何事，着急地盯向公子疾，希望他能透露一二。

公子疾却别过脸去，看向窗外。

“唉，”秦惠王将丝帛扔给公子华，长叹一声，摇头，“寡人本是一番好意，一是成全阿妹，二也是与他攀亲，不想事与愿违，竟将他逼进山里去了，唉。”又是一番摇头。

“君兄，”公子华这也看完丝帛，急切说道，“相国本是性情中人，不过是一时情迷而已，臣弟这就进山，先把他扯回来再说！”

“华弟，”公子疾扭过头，冲他揶揄，“在下敲声破锣，张相国可不是魏将军哪！”

“疾哥，你说怎么办？”公子华不服了，“公主这门亲事是祖太后指定，莫说是这宫中，秦国上下也都风闻了，他这逃进山里，国事姑且不说，祖太后那儿如何交代？祖太后这还没有入土呢！”

见他扯到祖太后身上，公子疾自也没个说的，咂吧几下嘴巴，看向惠王。

“好了好了，”惠王心烦，摆下手，“你们告退吧。”

二人退出，惠王又坐一时，使内宰召来紫云，将这几日发生的事情一五一十讲述一遍，末了把张仪的辞呈递她手里。

紫云咬紧牙关，一声不响。

“云妹呀，”惠王轻叹一声，“强扭的瓜果不甜，张子虽好，我们总也不能一厢情愿啊。香女跟从他适越走楚过赵，辗转至秦，历尽万般难，吃尽千般苦，这且不说，更在蜀地于张子有舍身相救之恩，他们二人，堪称一对患难夫妻啊。”

紫云牙关咬得更紧，两手不自主地撕扯那块丝帛。

“云妹呀，”惠王伸手抚在紫云头上，“听哥的，这桩事情到此为止。祖后母后那儿，自有大哥解释。至于云妹的婚事，就包在大哥身上。其实，魏将军这人……”

“大哥！”紫云猛一摆头，跳到一边，爆发了，“莫再提起那个姓魏的，小妹纵使嫁鸡嫁狗，也不想再见那个人！”

“好好好，”惠王连连摆手，“大哥不提就是！”

“大哥，”紫云猛一用力，将张仪的辞呈撕成碎条，扔到地上，两眼直盯惠王，“我实话对你讲，我相中的正是相国这般情义，除非你要我死，否则，无论上天入地，无论当牛作马，我都要嫁给张仪，我此生此世，只愿守住张仪。”

惠王不无苦恼地闭上眼去。

“大哥，”紫云公主看得明白，缓和一下语气，“你方才讲得是，香女跟从相国，受尽千般苦，这个我认。我也想明白了，退一步海阔天空，请大哥也封香女为於城君夫人，我愿与她姐妹相称，不计名分，共同辅佐相国，让相国助大哥成就帝业！”

“如此甚好，”惠王来精神了，陡地睁眼，重重点头，“就听云妹的！”

终南山草舍，寒泉子端坐于席，张仪、香女双双执弟子礼，并肩跪在下首。

“不瞒先生，”张仪叩首于地，语气诚恳，“在鬼谷之时，仪年幼无知，眼中只见青史功名，不见其他，不顾先生一再挽留，唐突出山。山外一晃多年，仪劳心于中，忘形于外，亡命于途，狼狈于命，未曾有过消停，实负先生心愿。亡羊补牢，未为迟也，仪已心定，然却无脸再回鬼谷，祈请先生念及鬼谷先生薄面，收留仪并香女在此修道怡性，聊度余生，仪必以事鬼谷先生之诚，敬事先生，还望先生不弃！”

寒泉子击掌，贾舍人与公子疾由偏门走进。

见是公子疾，张仪略略一怔，闭上眼去。

“禀报相国大人，”公子疾与寒泉子见过礼，朝张仪拱手，“列国出大事了！”

张仪几乎是出于本能地耳朵一动，虽然细微，却躲不过寒泉子法眼。

“据细作禀报，中山国与赵国边界起争，中山调兵遣将，欲夺回鄗邑。魏国招贤纳士，扩编武卒，庞涓磨刀霍霍，有伐我意图！”

张仪的耳朵不再动了。

“大王为此夜不成寐，特使在下急来山中，请大人回宫议政！”

张仪仍旧不动，似是山外之事已经与他无关了。

“张仪，”寒泉子直言点破，指明前路，“非老朽不肯收留，是老朽晓得你心。你心未定，你心仍系山外。你与苏秦皆是凡尘中人，得高人教化，堪为天地造化之英杰，既非池中物，亦非林中鸟，儿女情长更非道器，实难终老于山林。天意不可拂，大任不可弃，宏愿不可废，这就下山，纵横捭阖去吧！”

“先生……”张仪重叩于地，声音几近悲泣。

“公孙燕听旨！”公子疾瞄他一眼，接过并转移话题，声音爽朗。

陡然听到让她听旨，香女打个惊战，愣怔半晌，方才反应过来，叩首应道：“民女公孙燕候旨！”

“王上口谕，”公子疾朗声宣旨，“吴女公孙燕与相国张仪伉俪多年，荣辱与共，劳苦功高，更在蛮域舍身护夫，堪称贤内。寡人感念至深，特此赐封公孙燕为於城君夫人，自即日始，与紫云公主姐妹相称，名分勿论，共佐张仪成就功名。嬴驷。”

香女身子微动，旋即稳定。

张仪倒是吃惊不小，抬头看向香女。

“恭请大人回禀秦王，”香女淡淡说道，“民女公孙燕谢秦王厚恩，也请大人转告秦王，民女公孙燕自进山之日起，已将此身交付山野林莽，公孙燕从师修道之心也已盟告天地日月、四方神灵，恕难从命，望大王垂恩，收回此旨。”

“这……”公子疾显然没有料到香女会有这般反应，一时语塞，看向寒泉子。

“呵呵呵呵，”寒泉子笑出几声，“公孙燕心底诚灵，是天生道器，为师收下你了！”

夫妻拜师，寒泉子赶一个，留一个，取舍已明。众人再无话说，寒泉子吩咐贾舍人带公子疾到寒泉处吃茶，自往后山转悠去了。

草舍中，只剩下张仪、香女二人。

“夫君，”香女移到张仪身边，深情地凝视他，“香女这是最后一次这般称呼你了。”

张仪忘情地紧紧拥抱住她。

“夫君，”香女挣脱出来，依旧凝视他，语调平淡许多，“这些年来，都是香女听夫君的，这要分开了，敬请夫君也听香女几句。不是香女不从旨，不是香女不顾念夫君，是香女晓得，天上日头，伴他的永远只有一个月亮。两个夫人，主次不分，家中就不会太平。夫君心系天下，后院不能起火。紫云公主既然这么欢喜夫君，这么迁就夫君，必也挚爱夫君。有公主在侧，香女亦是放心。这只是其一。其二是，那日晚上，上大夫见到香女，讲出一番话，实让香女一宵未眠。上大夫说得是，就未来而言，紫云公主更合适夫君。夫君驰骋天下，就需一块立足之地。一旦公主进门，夫君就是王亲，是方今秦王的嫡亲妹夫，于君王，可放心使用，于夫君，可后顾无忧，将来万一有变，单是王亲一款，夫君就可免除商君之灾。”

张仪泪出。这些道理，以张仪之智早看明白，但此时此地由香女口中说出，张仪心里就如毒蛇钻入一般难受。

“夫君哪，”香女的语调越发平淡，“前面所讲是为夫君，后面该是为香女了。不瞒夫君，香女自懂事起，就与先考、荆叔等豪杰一般无二，早将生死置之度外。先考、荆叔他们脱身而去，逍遥自在于天地之间，只有香女有所依恋。香女依恋夫君，不为别个，只为欢喜夫君。近日之事，能得夫君这般宠爱，香女已经知足了。夫君得遇鬼谷先生，方有今日；香女得遇寒泉先生，或有未来。”

见香女与此前判若两人，讲到这般深度，张仪惊讶了，眼前不由幻想出玉蝉儿身影。

天哪，近在眼前的难道又会是一个玉蝉儿？

果然。

“夫君，”香女越发深情地望着他，“成全香女吧。记得初遇香女时，夫君总是在梦里念叨蝉儿，香女总算搞明白了，她不是树上的蝉儿，她叫玉蝉儿。成全香女，就让香女做个蝉儿吧！”

张仪傻了，死死盯住她，模糊泪眼中，眼前之人分明就是玉蝉儿！

“夫君？”香女小声叫道。

经她一叫，张仪这也回过神来，不无诧异地看着她：“你是如何晓得她的？”

“听贾师兄讲的。贾师兄说，他是听苏师兄讲的。据苏师兄所述，夫君心中只有一个女子，就是玉蝉儿！”

“是哩，”张仪承认，“不过，那是曾经的张仪。现在的张仪，心中仍然只有一个女人，她就是……”

不待他说出名字，香女的纤手已经捂他嘴上。

“夫君，”香女脸上浮出红晕，腾出手，抽出西施剑，拭其锋，“你赠香女西施剑，香女别无他物相赠，”说着，顺手扯出一束秀发，拿剑割下，捧献在他面前，“此发为父母精血凝聚，香女更是早晚梳理护爱，这里献君一束，闲暇时节，夫君万一念及香女，就可看看！”

“香女……”张仪双手接过头发，手指颤抖。

大婚之夜，相国府张灯结彩。

张仪显然喝多了，脚步踉跄地摸进新房，一口一个香女，栽倒于地。

新娘子看得真切，“呼”一声抛掉盖头，近前两步，扶起他，吩咐仆女端来热水，将他抱在怀里，亲手擦洗。

“香女，香女，香女……”张仪醉眼迷离，两手紧抓紫云。

“夫君，”紫云泪水涌出，将他抱紧，颤声，“你的香女在呢，你的香女在这里呢！”

是夜，繁星满天，冷风拂面。

香女独坐寒泉边，抚摸西施剑，久久凝望咸阳方向。

寒泉子走来，在她身边坐下。

“先生……”香女一时语塞，泪水涌出。

与心上人终成眷属，紫云公主既感恩，也知趣，不仅放下公主架子，亲身侍奉张仪，对其举案齐眉，呵护有加，且对前任亦无一丝冒犯。紫云将自己的新房设在偏院，对香女的主卧原封不动。只要是香女用过的东西，她就亲手理出，原样封存，除去张仪，任何人不可擅动。当张仪睡在香女寝中时，她也绝不叫他。就餐辰光，她也要空置香女坐过的席位，还在她的案前摆好食器、食品和筷子，自己于对面坐下。这在实质上，紫云已将香女尊为上，而视自己为下了。

这些细节让张仪感动。张仪甚至觉得紫云公主除武功之外，其他方面并不逊色于香女，尤其是她通情达理，并没有传言中的傲慢架子。至于在床上，张仪觉出，紫云与香女略有不同，但各有绝妙，因为她们都是真心爱他的。

张仪明白，紫云如此这般委曲求全，无非是想讨他个好。想到玉蝉儿对自己的冷漠和对苏秦的关切，再联想紫云对公子卬的那般无情及对自己的这般迁就，张仪颇为感慨，觉得女人不可思议，爱与不爱之间，真就是天壤之别。

张仪怀着这般感慨度起蜜月来，初几日还在思念香女，旬日过后，也就渐渐适应新人，与紫云琴瑟和合了。

惠王闻报喜甚，一日晚间，悄无声息地驾临相国府。

娘家王兄驾临，紫云公主自不怠慢，卸去红装，系上围裙，亲自下厨烹饪，做出满案菜肴，搬出陈年老酒，跪地斟酒。

在王兄面前，紫云依旧不恃不骄，像平素那样谦卑，给足了张仪面子。

张仪把酒举爵，踌躇满志。

酒过数巡，惠王将话题扯到国事，盯住张仪："不瞒妹夫，愚兄此来，一是望望云妹，二是有大事相商。"

"请问大王，是何大事？"张仪不太习惯这层新关系，仍旧不改称呼，直奔题眼。

"魏人仍不死心，又要伐我了。"惠王嘴角撇出不屑之笑，"据探马所报，庞涓利用我南出谋蜀之机，整顿武卒，战力不亚于吴起之时。近闻庞涓调兵遣将，移师河东，临晋关外杀气腾腾，函谷关外人头攒动。"

张仪微微闭目。

"唉，不瞒妹夫，今日看来，是寡人做错事了。"

"大王做错何事？"

"一不该把曲沃、陕地拱手送给魏人，二不该让魏人守在临晋关。尤其是这临晋关，魏人加固河防，浮桥上不仅战车来往，即使牛车辎重，也是畅通无阻啊！”

张仪深吸一口气。将临晋关留与魏人及归还曲沃、陕、焦三邑，退守函谷关，均是张仪为全力伐蜀所献的缓兵之计。惠王这般讲出，实际上是在责他了。

“奇怪，”张仪眯缝起眼，半是自语，半是解释，“庞涓与我讲得好好的，怎么可能……”略顿，“难道是魏王……”再次顿住，陷入沉思。

“呵呵呵呵，”惠王嘴角轻蔑一笑，举爵，“妹夫只管喝酒，六国纵军我且不惧，难道还怕一个黄土埋到脖颈上的魏罃不成？”说罢，仰脖饮下。

张仪亦笑一下，举爵饮下。

“妹夫可知中山相国司马赒其人？”惠王转过话头，扯到中山国。

“臣略知一二。司马赒先祖本是魏人，二十年前袭父职而为中山大夫，因才具晋升宫尉，掌管禁宫，之后不久，乐池亡故，司马赒入主相府，辅助中山君称王，因功受封蓝诸君，三年前，中山成王薨天，其幼子继位，司马赒作为托孤重臣，权倾朝野。”

“是哩，”惠王点头，“中山弱小，向来不惹赵国，近日却传闻两国不睦，边界时有冲突发生。寡人怀疑，其中或与魏人有关。据细作探报，司马赒府中常有魏客来往。”

“说到中山，”张仪应道，“臣听闻一则小说，大王可愿一闻？”

“妹夫请讲。”

“说是当年赵简子围猎中山，一狼突围，求救于东郭先生，先生悯其怜状，囊之，骗走简子，狼出，欲啖先生，幸遇智者路过，设计复置狼于囊，杖毙之。”

“这……”惠王挠挠头皮，笑道，“嬴驷愚钝，这则小说有何玄虚，还望妹夫详释！”

“呵呵呵，”张仪亦笑一声，“不瞒大王，这则小说是贾舍人载臣由赵至秦时途中所讲，原为解闷。臣初闻时，也是不解，求问贾兄，贾兄是赵人，一语道破玄机。”

“玄机何在？”

“在于观照了赵国与中山国的玄妙之处。”张仪将案上菜碟重新摆放，指碟，“大王请看，这是赵国，这是中山，这是魏国，这是韩国。赵国从地缘上分为两块：一块在太行之东，邯郸为东都；一块在太行之西，晋阳为西都。太行纵列南北，山高谷深，无路可通，太行八陉，赵仅据守其一，滏口陉，但此陉西端，韩人占据上党大部，赵人不能独享此陉。东西二都之间，另有一陉，就是井陉，却在中山人手中。中山于赵，就如喉中之刺，必欲除之而后快。然而，中山东有河水，西有太行，北有易水，南有槐水、大野泽等数水相连，易守难攻，且戎狄本就尚武好战，伐之吃力。昔年魏伐中山，赵人借道，欲使二者相争，好从中取利。魏得中山，赵人不快，暗助中山复国。魏与中山反复争夺，赵人……”

“嬴驷晓得了，”惠王恍然有悟，打断他道，“中山狼当指中山国，赵简子围猎中山狼，指赵欲吞噬中山，东郭先生当是魏国，只是……那个智者所指何方，还请妹夫点拨！”

“大王性子急了，”张仪笑道，“东郭先生不是魏国！”

“哦？那是何人？”

“是墨者。墨者兼爱，赵屡伐中山，屡受挫，因为总有墨者助中山人守城。赵人深恨墨者，以此小说讽其迂腐。”

“那……魏人何在？”惠王纳闷了，“赵与中山之争，不能没有魏人。不会是那智者吧？”

“魏人被排除在这小说之外了。魏灭中山，赵助中山复国，魏复伐中山，赵人再助中山，赵人自认为有德于中山，岂料中山人并不领情。中山迎战魏国时，赵人觉得时机到了，趁出兵助中山时，占据石邑，控制了梦寐以求的井陉塞。在赵助中山赶走魏人之后，中山人却要赵人交还石邑，赵人不肯，中山人于是变脸，袭击赵人，夺回石邑，更将赵人一路赶出南易水。赵人皆骂中山人忘恩负义，在此小说中以狼喻之！”

惠王吸一口气：“那个智者呢？他又是何人？”

“智者就是编此小说之人。这些人三五成群，遍及列国，自成一门，消息灵通，可谓无所不晓，专以解说列国趣闻为事，能在片刻之间，将小道所得之各类传闻变成有趣故事，他们统称为小说。小说也即道听途说，三分真，三分假，三分猜。”

“还有一分呢？”

“应该就是推演了。他们个个都是推演家，出口成章，善于以此生彼，类推其余，能将真的讲成假的，假的讲成真的，凡事到他们口中，往往是半真半假，栩栩如生，听者既信不得，也不能不信。”

“呵呵呵，”惠王笑几声，拱手，“嬴驷受教了！妹夫呀，甭扯这些小说了，咱们还是回到正事。这些日来，寡人总觉得这里面大有可为，但门在何处，如何破门，嬴驷尚未理出头绪，甚想听听妹夫妙论。”

“大王，”张仪显然已经思考成熟，“综合判断，秦人是时候东出了！”

“如何东出，妹夫可有妙策？”

“横魏，联中山，制赵。”

“此棋甚好！”惠王闭目思考一时，点头应道，“只是，第一子该落何处，妹夫可有考虑？”

“臣请辞相。”

“辞相？”惠王不可置信地看过来。

“大王，横魏，首要制魏；制魏，首制庞涓。能制庞涓者，非臣莫属。”

惠王缓缓举爵，饮毕，看向张仪：“妹夫，此事重大，容为兄斟酌几日，再行定夺。”

“臣候旨！”

惠王回到宫中，前思后想一宵，晨起召来公子疾、公子华，将张仪之谋略述一遍，半开玩笑道：“相国此举，莫不是为了逃避紫云吧？”

“王兄想多了！”公子华笑应，“听阿妹说，这些日来人家两口子夫唱妇随，琴瑟和合哩。”

“是哩，”公子疾亦出一笑，拱手应道，“据臣所知，相国志在一统天下，破六国合纵，今壮志未酬，不可能另生他心。”

惠王不再多话，当即召来张仪，君臣四人就张仪之策商讨半日，议定详细方略。三日后大朝，张仪以身体欠安为由辞去相位，惠王意外允准，让公子疾代行相国府事。

百官震惊。

（第九卷完）

图书在版编目（CIP）数据

鬼谷子的局．卷九／寒川子著．— 武汉：长江文艺出版社，2018.3

（“智慧的游戏”系列作品）

ISBN 978-7-5702-0261-4

I. ①鬼… II. ①寒… III. ①长篇小说－中国－当代 IV. ① I247.5

中国版本图书馆 CIP 数据核字（2018）第 030336 号

鬼谷子的局．卷九

寒川子 著

选题产品策划生产机构｜北京长江新世纪文化传媒有限公司

总 策 划｜金丽红 黎 波 安波舜

项目策划｜寒川图书　版权所有｜寒川图书　项目统筹｜赵晨阳

责任编辑｜张 维　装帧设计｜MM末末美书　媒体运营｜刘 峥

助理编辑｜赵晨阳　内文制作｜张景莹　责任印制｜张志杰 王会利

法律顾问｜张艳萍　版权代理｜何 红　印刷监制｜战 梅 刘 刚

特约编辑｜韩明辉　封面插图｜李茂国　书名题写｜张兼维

总 发 行｜北京长江新世纪文化传媒有限公司

电 话｜010-58678881　传 真｜010-58677346

地 址｜北京市朝阳区曙光西里甲 6 号时间国际大厦 A 座 1905 室　邮 编｜100028

出 版｜长江出版传媒｜长江文艺出版社

地 址｜湖北省武汉市雄楚大街 268 号湖北出版文化城 B 座 9-11 楼　邮 编｜430070

印 刷｜天津宇达印务有限公司

开 本｜680 毫米 ×990 毫米 1/16　印 张｜16.75

版 次｜2018 年 3 月第 1 版　印 次｜2018 年 3 月第 1 次印刷

字 数｜277 千字　印 数｜20000

定 价｜42.00 元